Penny Vincenzi, Jahrgang 1946, begann ihre Karriere bei *Vogue* und *Cosmopolitan* und machte sich mit großen und in England äußerst erfolgreichen Romanen einen Namen. Sie lebt mit ihrem Mann und vier Töchtern in Surrey, England.

Vollständige Taschenbuchausgabe November 1997
Droemersche Verlagsanstalt Th. Knaur Nachf., München
Lizenzausgabe mit Genehmigung des Scherz Verlag,
Bern und München

Einzig berechtigte Übersetzung aus dem Englischen
von Monika Curths
Titel der Originalausgabe: »Another Woman«

Originalverlag: Orion, London
Umschlaggestaltung: Agentur Zero, München
Druck und Bindung: brodard & taupin, La Flèche
Printed in France
ISBN 3-426-60660-7

2 4 5 3 1

Penny Vincenzi

An jenem Sommermorgen

Roman

Aus dem Englischen
von Monika Curths

Knaur

Prolog

Es würde eine wundervolle Hochzeit werden.

Natürlich sagte man das vor jeder Hochzeit, aber in der Runde, die sich an diesem schönen Juliabend an dem großen Holztisch in der Küche der Brauteltern versammelt hatte, hegte diesbezüglich niemand auch nur den leisesten Zweifel. Wie sollten sie auch – angesichts eines so offensichtlich glücklichen Brautpaars, das händchenhaltend nebeneinandersaß und allen zulächelte, während sich draußen das tiefe Oxfordshiretal nach einem herrlichen Sommertag mit feinem weißen Nebel füllte und einen noch schöneren morgigen Tag versprach, süßer Rosenduft aus dem Garten ins Zimmer drang und Maggie Forrest, die Brautmutter, aufatmete in der Gewißheit, daß alles in Ordnung war? Das weiße Partyzelt war mit Blumen dekoriert, die Tische waren gedeckt, der Champagner stand kühl im Vorratsraum neben der Küche, im Speisezimmer prangte der vierstöckige Hochzeitskuchen, und das Essen, ein köstliches Hochzeitsmahl, zubereitet aus ungeheuren Mengen von Lachs, Huhn und Rinderfilet sowie Bergen von Erdbeeren, Himbeeren, Eiern und Sahne, würde morgen von einem Partyservice geliefert werden.

Hätten sie sich fragen sollen, was möglicherweise schiefgehen könnte bei dieser nahezu idealen Verbindung zwischen Cressida, der jüngeren Tochter des erfolgreichen und geschätzten Frauenarztes Dr. James Forrest, und Dr. Oliver Bergin, ebenfalls Gynäkologe und einziger Sohn des New

Yorker Ehepaars Julia und Josh Bergin? Welche andere Frau als die blonde Cressida mit ihrer rosigen Schönheit und ihrem entzückenden Wesen hätte besser zu dem eleganten, gutaussehenden Oliver gepaßt?

Die Gästeliste war lang, aber nicht zu lang, denn die kleine Kirche von Wedbourne, auf der Cressida bestanden hatte und in der sie auch getauft worden war, faßte nicht mehr als dreihundert Besucher. Die eingeladenen Damen hatten landauf, landab Kleider gekauft, Hüte anprobiert, über der Liste der Hochzeitsgeschenke gegrübelt und die Cuts ihrer Ehemänner inspiziert. Die acht Auserwählten, deren Kinder dem Hochzeitszug angehören sollten, waren aus ganz England ins Londoner Studio von Harriet Forrest, der älteren Schwester der Braut, gekommen, die von hier aus ihr Modeimperium leitete und die Kostüme der Kinder eigens anfertigen ließ – reizend geblümte Batistkleider für die Mädchen und weiße Matrosenanzüge für die Jungen. Cressidas Kleid, ein Modell der Chelsea Design Company, war eine wundervolle Kreation aus schwerer cremefarbener Seide, mit Perlen bestickt und bis an den Saum der Schleppe mit zartrosa Röschen besetzt. Jetzt hing es in Musselin gehüllt oben im Speicherraum, den Maggie als Nähzimmer benützte; der Schleier lag lose gefaltet daneben in einem Karton. Das Krönchen aus frischen Blüten sollte am Hochzeitsmorgen geliefert werden, ebenso das Brautbukett aus weißen und rosa Rosen sowie die Körbchen mit den Tausendschönchen und Skabiosen für die blumenstreuenden Kinder. Im Eßzimmer stapelten sich die Geschenke – Kristall, Porzellan, Wäsche, Silber –, alle bereits in einer Liste erfaßt und zum Versand nach New York verpackt, wo sich das junge Paar Dr. und Mrs. Oliver Bergin demnächst im neuen Heim niederlassen würde.

Einige Kilometer entfernt, in Oxford, studierte ein Streichquartett ein Stück von Mozart ein, das sich die Braut gewünscht hatte; der Vikar von St. Stephen's in Wedbourne ging noch einmal seine Hochzeitsansprache durch; der Organist probte mit dem Kirchenchor, besonders mit einem kleinen Sänger, den er kürzlich in einer Nachbargemeinde entdeckt hatte. In der Garage des nahe gelegenen Royal Hotel in Woodstock wurde der cremefarbene Oldtimer-Rolls des mächtigen und reichen Theodor Buchan, des Paten der Braut, auf Hochglanz poliert.

Alles war aufs vortrefflichste vorbereitet für eine wundervolle Hochzeit einer wundervollen Braut.

Der Abend davor

KAPITEL 1

Harriet

Sie wußte, sie würde zu spät kommen. Wenn sie heute zu dem Abendessen im Familienkreis zu spät kam, würde ihr ihre Mutter das niemals verzeihen. Sie sah sie vor sich, wie sie immer häufiger auf die Uhr blickte, immer angestrengter lächelte und sagte, daß Harriet meistens von schrecklich wichtigen Dingen aufgehalten werde, und ihr Vater würde wie immer versuchen, sie zu beruhigen. Cressida würde sagen, es sei doch gar nicht so schlimm, wenn Harriet zu spät komme, alle anderen seien doch da und Mutter solle sich nicht so aufregen. Mutter und Cressida hatten gut reden. Ihr Problem war es nicht, mitten in der Woche in London alles stehen- und liegenzulassen für eine Hochzeit an einem Donnerstag. Warum konnte Cressida nicht wie jeder normale Mensch an einem Samstag heiraten? Gewiß, Mutter hatte sich mit den Hochzeitsvorbereitungen große Mühe gegeben, aber es war schließlich das einzige, worüber sie sich den Kopf zu zerbrechen brauchte. Und Cressidas Job in der schicken Londoner Kinderarztpraxis war nicht mehr als ein Zeitvertreib; sie konnte sich freinehmen, wann immer sie wollte, und brauchte dafür nicht einmal mit ihren langen Wimpern zu klimpern. Weder sie noch Mutter hatten ein eigenes Unternehmen zu leiten; sie brauchten keine Kollektionen zu entwerfen, keine Ware zu liefern und keine Rechnungen zu bezahlen. Harriet fühlte sich plötzlich hundeelend und von einer so gräßlichen Angst erfaßt, daß sie scharf bremste und auf dem Seitenstreifen anhielt. «Keine Panik, Harriet», murmelte sie. «Nicht nach unten sehen.» Sie holte tief Luft und atmete langsam aus. Alles wird gutgehen, dachte sie, und wenn nicht, was wahrscheinlicher war, dann würde sie es auch überleben. Eine Pleite war schließlich kein Schwerverbrechen und auch nicht das Ende der Welt – nur das Ende eines Traums. Und Träume waren ihr schon früher zerronnen.

Sie hatte Kopfschmerzen und eine trockene Kehle wie nach einem Kater. Den ganzen Tag über hatte sie keinen Tropfen getrunken, so sehr ihr auch nach einem Drink zumute gewesen war. Aber sie brauchte einen klaren Kopf für die endlosen Telefonate, Fernschreiben und notwendigen Entscheidungen. Trotzdem schien alles umsonst gewesen zu sein. Sie war mit ziemlicher Sicherheit bankrott. Sie brauchte mehr Geld, viel mehr als sie zusammenkratzen könnte, und das innerhalb von vierundzwanzig Stunden; und der einzige Mensch, der imstande gewesen wäre, ihr zu helfen, war jemand, den sie unmöglich um Geld angehen konnte. Also blieb ihr nichts anderes übrig, als den Tatsachen ins Auge zu sehen und ihr Leben neu zu überdenken.

Harriet warf einen Blick in den Rückspiegel. Sie war nicht nur blaß und zerzaust, auch ihre grauen Augen waren glanzlos, die Haut wirkte schlaff und der Mund angespannt, fast wie der Mund ihrer Mutter, dachte sie entsetzt. Die verschmierte Wimperntusche machte die Ringe unter ihren Augen noch dunkler. Der Kragen ihres weißen Leinenshirts war zerknittert. Sie nahm die Ohrringe ab. Die Ohrläppchen schmerzten, und plötzlich traten ihr Tränen in die Augen.

«O nein, Harriet Forrest», sagte sie laut und fuhr sich zornig über die Augen. «Nur weil dir die Ohren weh tun, wird nicht geheult.» Sie ließ den Motor an, und während sie sich wieder in den Verkehr einreihte, zwang sie sich, an den morgigen Tag zu denken. Ihre Schwester verheiratete sich. Harriet hatte familiäre Pflichten zu erfüllen, nicht zuletzt die, so bald wie möglich im Elternhaus zu erscheinen. Sie fühlte sich plötzlich besser und bemerkte sogar, wie schön der Abend war, der sich über die dunklen Hügel senkte.

Sie schaltete das Radio an. Pavarotti sang herzzerreißend eine Arie aus *Madame Butterfly*, und Harriets Tränen begannen wieder zu fließen. Sie hielt nicht noch einmal an, aber die letzten fünfzehn Kilometer zogen nur noch hinter einem Tränenschleier an ihr vorbei.

«Lieber Gott», sagte sie laut, als sie den Peugeot auf den Kiesweg lenkte, der zu ihrem Elternhaus hinaufführte, «heute hast du es mir so richtig gegeben, nicht wahr?»

James

James atmete auf, als er das Scheinwerferlicht von Harriets Wagen sah, nicht nur, weil er wußte, daß Harriet meistens viel zu schnell fuhr – in dieser Hinsicht war sie ganz seine Tochter –, sondern auch, weil ihre Ankunft Bewegung bringen würde, vielleicht auch eine Umgruppierung, so daß er dieser erdrückenden Atmosphäre wenigstens für kurze Zeit entfliehen konnte. Er brachte es kaum fertig, stillzusitzen. Immer wieder war er aufgesprungen, um nachzuschenken, Kaffee anzubieten, Obst herumzureichen, Käse, Gebäck, bis Maggie lächelnd, aber sichtlich irritiert bemerkte, er solle sich entspannen, jeder könne sich schließlich selbst bedienen – als ob sie mit ihrer eisernen Ruhe, ihrem nahezu manischen Lächeln gewußt hätte, was entspannen bedeutet. Eine wahre Quelle der Ruhe war Susie dagegen. Sie unterhielt sich mit Josh Bergin, Cressida und Oliver, und James fragte sich einmal mehr, ob Alistair wußte, wie außerordentlich glücklich er sich schätzen konnte, Susie zur Frau zu haben. Sie war diese Ehe eingegangen, ohne das große Glück zu erwarten, und hatte etwas Gutes daraus gemacht. In all den Jahren hatte er nie ein Wort der Klage von ihr gehört. Ihre Ehe war ihr Job, ihre Karriere, und sie hatte sich darin als ungemein erfolgreich erwiesen. Und jetzt war alles wegen einer geradezu boshaften Laune des Schicksals plötzlich gefährdet. Sie war vor dem Essen mit ihrem Drink zu ihm in den Garten gekommen. «James», hatte sie mit einem leicht besorgten Blick in den dunklen Augen gesagt, «wir müssen etwas besprechen.» Und später, während Maggie letzte Hand an das Abendessen legte und Alistair half, die leeren Gläser ins Haus zu bringen, war er mit Susie durch den Rosengarten gegangen, und sie hatte halb scherzhaft, halb ängstlich gesagt: «James, du wirst es nicht glauben, aber Rufus will heiraten.» – «Und wo ist das Problem?» hatte er gefragt, worauf sie antwortete: «Er will Tilly Mills heiraten. Und ich habe so ein komisches Gefühl – ich weiß auch nicht, warum –, als könnte dabei etwas ans Licht kommen.»

Seitdem war ihm so übel vor Angst, daß er von Maggies vorzüglichem Abendessen kaum etwas zu sich nehmen konnte. Noch nie in den zwanzig Jahren, die seit Tilly Mills' Geburt vergangen waren, hatte er sich so nach einem Drink gesehnt.

Es war die erzwungene Untätigkeit, die ihn so quälte. An jedem anderen Abend hätte er vielleicht mit Rufus gesprochen und ihn beiläufig über seine Zukunftspläne ausgehorcht, so daß er zumindest eine Vorstellung davon bekommen hätte, wie ernst die Geschichte tatsächlich war. Aber heute abend, nachdem sich die ganze Familie versammelt hatte, um die Hochzeit seiner Tochter zu feiern, konnte er nichts tun als stillsitzen und Rufus beobachten, der ihm gegenüber am Tisch saß und seinen Charme verbreitete, sich angeregt mit seiner Mutter unterhielt – die er abgöttisch liebte –, mit Julia Bergin, mit Maggie und Janine Bleche, Cressidas französischer Patentante, die, obwohl bereits über siebzig, bezaubernd aussah. Ihm blieb nichts anderes übrig, als sich damit abzufinden, daß er der Sache frühestens in vierundzwanzig Stunden auf den Grund gehen konnte.

Neidvoll betrachtete er seinen alten Patenonkel, der friedlich in der Ecke neben dem Kachelofen schlief. Sir Merlin Reid, der berühmte exzentrische Abenteurer, der selbst in seinem neunten Lebensjahrzehnt noch Entdeckungen machte, hatte eine Andenexpedition vorzeitig abgebrochen, um bei der Hochzeit dabeizusein. Merlin hatte nie geheiratet, er behauptete, keine Frau hätte ihn haben wollen. Aber James sei für ihn wie ein Sohn, und Cressida und Harriet seien seine Enkeltöchter. Um keinen Preis der Welt habe er bei diesem Familienfest fehlen wollen. Merlin hatte dichtes schlohweißes Haar, lebhafte blaue Augen und hielt sich stets kerzengerade, so daß er trotz seines Alters Jugend und Kraft ausstrahlte.

James beneidete Merlin nicht nur um das Schläfchen, dem er sich so ungeniert hingeben durfte, sondern auch um das unkomplizierte Leben, das hinter ihm lag und in dem es offensichtlich nichts gab, das er bedauern müßte. Merlin hatte sich auf seinen Reisen vielleicht großen Gefahren ausgesetzt, aber er kannte weder persönliche Schuld noch Reue, weder zerrüttete Beziehungen noch die Angst vor einer gescheiterten Existenz.

Plötzlich fiel James ein, daß er doch etwas tun konnte, damit er sich wieder ein wenig besser fühlen würde. Er konnte Theo anrufen, wie er dies in jeder Krise seines Lebens getan hatte. Er würde ihn im Hotel anrufen, wo er ausgerechnet diesen für Cressida und die Familie so bedeutungsvollen Abend mit seiner neuesten Eroberung verbrachte. Bei dem Gedanken, daß Theo dieses Flittchen auch noch geheiratet hatte, mußte James unwillkürlich lächeln. Er würde ihn heute abend nicht stören. Aber morgen vormittag, wenn alle anderen mit Frisuren und Blumen, Kleidern und Hüten beschäftigt waren, würde er zum Hotel hinüberfahren und mit ihm sprechen. Theo fiel zu jedem Problem eine Lösung ein.

Tilly

Weit vom bisherigen Schauplatz entfernt, in Paris, hörte sich Tilly Mills entgegen ihrer zuvor getroffenen Entscheidung sagen, daß sie sehr gern mit Jack Menzies ins «Les Bains Douches» gehen würde. Menzies war ein großes Tier beim Film. Sie wußte, daß es verrückt war, mit ihm auszugehen, weil sie sehr früh am nächsten Morgen einen Fototermin hatte und ein anstrengender Tag hinter ihr lag und weil es Rufus ärgern würde, wenn ein Bild von ihr und Menzies in den Zeitungen erscheinen würde – aber sie mußte etwas unternehmen, um auf andere Gedanken zu kommen. Die ausgelassene Stimmung in einer der schicksten Pariser Diskotheken würde sie das Bild des selbstgefälligen James Forrest vergessen lassen, der morgen seine Tochter in Anwesenheit von gut dreihundert Bekannten, Freunden und Familienmitgliedern – darunter auch Rufus Drayton – zum Altar führen würde. Hätte sie der Versuchung und Rufus' heftigem Drängen nachgegeben, wäre sie jetzt ebenfalls in England. Sie hätte der großartigen Hochzeit zusätzlich Glanz und Farbe verliehen und mit ihren ein Meter dreiundachtzig einen langen Schatten über James Forrests Glückseligkeit geworfen.

«Mist», sagte sie laut. Dann stand sie auf, zog ihr kurzes Lycrakleid nach unten und strebte mit langen Schritten dem Ausgang zu, verfolgt von den Blicken der Männer und beinahe ebenso vieler Frauen. Als sie in Begleitung von Menzies und seinem Leibwächter durch die Tür des Restaurants auf die Straße trat, flammten die unvermeidlichen Blitzlichter auf. Sie lächelte den Reportern zu, drehte sich, machte einen Witz über den Flash, den sie ihnen gönnte, und stieg in Menzies' Limousine. Als der Wagen losfuhr, fragte sie sich nicht zum ersten Mal, wie sie sich ihren Umzug aus dieser Welt in die wohlgeordnete, altmodische Welt eines Rufus Drayton überhaupt vorstellen konnte.

Theo

Theodor Buchan saß allein an der Bar des Royal Hotel in Woodstock. Er trank seinen vierten Armagnac, während er ungeduldig darauf wartete, daß seine fünfte Gemahlin Sasha von einem Ort zurückkehrte, den sie beharrlich «für kleine Mädchen» nannte – er nahm sich vor, ein paar Takte mit Sasha zu reden, denn es gab einiges, was ihn allmählich an ihr störte –, gleichzeitig versuchte er, nicht an die Hochzeit zu denken, die am nächsten Tag stattfinden sollte.

«Natürlich kommst du», hatte James gesagt, als Theo anfangs versuchte, sich mit durchaus glaubwürdigen Alibis wie Konferenzen, Firmeneröffnungen und einer versprochenen und immer wieder verschobenen Hochzeitsreise mit der neuen Mrs. Buchan davor zu drücken. «Du mußt kommen. Cressida ist dein Patenkind, und du bist mein ältester Freund. Wie, glaubst du, soll ich so einen Tag ohne dich überstehen? Außerdem liebst du doch Hochzeiten – es müssen ja nicht immer nur deine eigenen sein.»

James klang aufrichtig gekränkt. Also hatte Theo versprochen zu kommen und sich die folgenden Monate auf diese Tortur vorbereitet.

Die Hochzeit selbst würde selbstverständlich wundervoll werden: Die Tochter eines seiner ältesten Freunde heiratete den Sohn eines anderen Freundes. Der gute alte Josh, er war mit ihm auf der International School gewesen, gemeinsam hatten sie Genf unsicher gemacht, und er hatte als Joshs ältester Freund eine wichtige Rolle bei der Ausrichtung seiner Hochzeit mit Julia übernommen. Diese Ehe hatte gehalten – im Gegensatz zu Joshs erster und zweiter Ehe, die beide nur von kurzer Dauer waren. Julia war intelligent, kultiviert, ein wenig energisch, aber schließlich war sie Amerikanerin, und sehr attraktiv. Sie war Oliver eine vorbildliche Mutter, der Junge war ein feiner Bursche geworden. Der perfekte Ehemann für Cressida. Schön wäre gewesen, wenn Cressida seinen Sohn geheiratet hätte, seinen geliebten Michael. Aber eine solche Verbindung hätte fast inzestuösen Charakter gehabt, so eng waren die Kinder miteinander aufgewachsen. Weitaus schlimmer wäre es gewesen, wenn sich Cressida... Theo dachte den Satz lieber nicht zu Ende. Er sprach auch mit James nie über dieses Thema. Er konzentrierte sich wieder auf die Bergins und ihren Sprößling Oliver, den blonden, gutaussehenden und in seinem Beruf glänzend vorankommenden Oliver. Vielleicht fehlte ihm ein bißchen Humor; trotzdem war er ein Goldjunge. Er hatte nicht nur auf der Harvard Medical School mit *summa cum laude* abgeschlossen und ein Forschungsstipendium gewonnen, sondern war auch ein sehr guter Sportler, der für Harvard Tennis spielte. In gewisser Weise verschwendete er sein Talent an die Medizin, aber als Spezialist würde er zweifellos eines Tages ein Vermögen verdienen. Er war bereits jetzt auf dem besten Weg dazu.

Eigenartig, wie sich vieles im Leben wiederholte, dachte er. Die Tochter eines Gynäkologen heiratete einen Gynäkologen – und dies in der dritten Generation. Nun, wenigstens war Cressida Olivers erste Wahl, die große Liebe seines Lebens. Trotz ihrer sanften Art war sie keineswegs schüchtern, und sie war ungemein tüchtig, obwohl sie kein praktisches Talent besaß, aber sie verstand es zu delegieren. Sie war die perfekte Ehefrau für einen reichen Mann.

Es war schon seltsam, daß sich die Institution Ehe so hartnäckig hielt. Immer wieder hieß es, sie sei überholt, heutzutage lebe man einfach zusammen. Aber statistisch gab es heute mehr Eheschließungen als je zuvor. Mit fünf Ehefrauen hatte er auch sein Teil zu diesem Rekord beigetragen. Was ihm gehörte, wollte er auch besitzen – Firmen, Häuser, Bilder, Autos, Pferde und Frauen. Er hatte es mit Mätressen versucht, aber es funktionierte nicht. Was er liebte, mußte er an sich binden. Auf diese Weise war es zu Ehe zwei und drei gekommen. Beide Frauen waren zuvor seine Geliebten gewesen, die er einfach keinem anderen gönnte. Danach hatte in diesen Ehen jedoch der prickelnde Reiz gefehlt. Er sah sich genötigt, sich eine neue Geliebte zu suchen, und so war es weitergegangen, bis er Sasha gefunden hatte. Sie rangierte sofort als Ehefrau. Er war ihr beim Pferderennen begegnet, und schon nach dem ersten Blick auf ihre Pfirsichhaut, ihr wallendes blondes Haar und ihre Figur hatte er gewußt, daß er sie haben mußte. Bis jetzt war alles erstaunlich gutgegangen. Es war ihm sogar gelungen, nur noch ganz selten an die Zeit vor Sasha zu denken. Bis heute, denn morgen würde er mit der ganzen verdammten Geschichte erneut konfrontiert werden. Er wußte nicht recht, wie er sich verhalten sollte, genauer gesagt, er hatte eine Heidenangst. Und das war für Theo eine ungewohnte Situation.

Er winkte dem Kellner und bat um eine Zigarre. Sie begann eben zu glühen, als Sasha frisch zurechtgemacht durch die Bar auf ihn zueilte und sich, in eine Wolke ihres schweren Parfüms gehüllt, neben ihn setzte. Sie küßte ihn, nahm seine Hand und lächelte ihn an. Theo sah sie an, ihre schwellenden Brüste unter dem schwarzen Kleid, die schlanken Schenkel, auf die der kurze Rock einen freizügigen Blick gewährte, und den sanft gerundeten Bauch. Wortlos stand er auf, zog sie beinahe heftig vom Stuhl und marschierte voraus durch die Bar zum Lift. Sie folgte ihm halb besorgt, halb neugierig. Am Lift trat er zur Seite, um sie einsteigen zu lassen. Dann schloß er die Tür und drängte sie an die Rückwand der Aufzugskabine. Sie mußte in seinem Gesicht gelesen haben, wonach ihm zumute war, denn sie lächelte ihn an und zog den Rock etwas höher. Sie trug weder Schlüpfer noch Strümpfe.

Graziös wie eine Tänzerin hob sie langsam eines ihrer Beine und legte es um seine Taille. Theo fühlte, wie ihre Hand seinen Reißverschluß öffnete, und dann konnte er für ein Weilchen vergessen, was ihm am morgigen Tag bevorstand.

Susie

Susie war schrecklich müde. Wie James blickte sie neidvoll auf Merlin, der selig in seiner Ecke schlief. Der Tag schien kein Ende zu nehmen. Normalerweise ermüdete sie nie in Gesellschaft. Sie versuchte sich auf Josh zu konzentrieren, der Geschichten aus seiner Jugendzeit zum besten gab. Sie mochte Josh; er war so unkompliziert, so charmant und sehr anziehend. Susie konnte nie verstehen, wenn Frauen sagten, sie machten sich nichts aus gutaussehenden Männern. Sie hatte die Erfahrung gemacht, daß sie genauso interessant und nicht eingebildeter waren als weniger gutaussehende Männer, und wenn sie langweilig waren, so boten sie wenigstens einen erfreulichen Anblick.

Alistair hatte ein gewinnendes Äußeres, und diese Tatsache spielte eine wesentliche Rolle, als sie sich entschloß, ihn zu heiraten. Sie sah nicht ein, was daran nicht in Ordnung sein sollte. Wenn man für den Rest seines Lebens mit einem Menschen zusammenleben wollte, dann sollte es doch jemand sein, bei dem man sich wohl fühlte. Mit einem körperlich unattraktiven Mann wäre Susie nicht glücklich geworden.

Sie beobachtete, wie reizend er sich um Maggie bemühte. Susie wußte, daß er Maggie im Grunde als Zumutung empfand, auch wenn er ihre Kochkünste schätzte und heute abend zweimal von ihrem Lachs *en croûte* und eineinhalb Portionen Schokoladencreme genommen hatte. Im Scherz behauptete er, in Susies Küche sei sogar das Wasser fettarm. Doch das Essen zu Hause bekam ihm hervorragend. Er sah zehn Jahre jünger aus als neunundfünfzig, sein braunes Haar war voll und kaum ergraut, sein Körper schlank, muskulös und kräftig, und seine blauen Augen waren klar und lebensfroh. Susie mußte zugeben, daß Alistair zur Zeit besser in Form war als James, der stark zugenommen hatte und häufig erschöpft wirkte – so wie jetzt, und das war zum Teil ihre Schuld.

Vielleicht hätte sie ihm nichts sagen sollen. Aber wenn sie nichts gesagt hätte, wäre es vielleicht Rufus gewesen, und James wäre mit dieser Neuigkeit ausgerechnet am Hochzeitstag seiner Tochter konfrontiert worden.

Sie sah, daß Janine zu ihr hersah und lächelte. Liebe Janine. Wie hübsch sie noch war, wie unverkennbar *parisienne* mit ihrem pechschwarzgefärbten Haarknoten, dem blassen Gesicht mit den dunklen Augen und der zierlichen Figur. Sie trug ein schlichtes Leinenkleid und ließ Maggie neben sich sehr plump wirken. Susie fragte sich, ob Maggie wußte, daß Janine James' erste große Liebe war – er ein grüner Bengel von achtzehn und sie eine erfahrene Frau von dreiunddreißig. Vermutlich wußte sie es nicht. Maggie war mit Phantasie nicht gerade gesegnet. Gottlob. Susie blickte auf ihre Uhr. Es wurde allmählich spät, und die Braut sah trotz ihrer glücklichen Miene aus, als ob sie ihren Schönheitsschlaf brauchte.

Auch Harriet machte einen sehr erschöpften Eindruck. Das arme Ding. Mit ihrem Geschäft hatte sie sich zuviel aufgebürdet, und niemand war da, der ihr half. Andererseits hatte sie zahlreiche Angebote für eine Partnerschaft abgelehnt, einschließlich eines sehr großzügigen Angebots von Theo.

Plötzlich spürte sie wieder den dumpfen Schmerz in ihrem Arm. Wahrscheinlich hatte es nichts zu bedeuten, vielleicht war alles nur Einbildung, aber sie mußte den Anruf morgen erledigen, sie mußte wissen, woran sie war.

Sie stand auf und streckte die Hand nach Alistair aus.

«Darling, komm. Wir sollten nicht zu spät bei den Beaumonts sein. Und Cressida muß rechtzeitig zu Bett. Maggie, Liebste, das Essen war wie immer wundervoll. Vielen Dank. Gute Nacht allerseits. Wir sehen uns morgen.»

«Rufus, kommst du mit uns?» fragte Alistair.

«Ich weiß nicht. Michael, was meinst du?»

«Ich denke, wir sollten zusehen, daß Oliver sicher im Hotel landet.»

Mein Gott, er ist hinreißend, dachte Susie und lächelte Michael zu. Kaum jemand konnte Michael ansehen, ohne zu lächeln. Und zum hundertsten Mal versuchte sie herauszufinden, was ihn so ungemein attraktiv machte. Sein glattes schwarzes Haar wirkte immer zerzaust, die braunen Augen unter den geschwungenen Brauen lagen ein wenig zu tief, die Adlernase war eine Spur zu scharf und der Mund einen Millimeter zu voll und dadurch unerhört sinnlich geraten. Susie mußte sich eingestehen, daß ihr Sohn Rufus, was das äußere betraf, nicht an Michael heranreichte. Rufus hätte in einem Film den typischen Engländer spielen können. Er war blond, groß, ein wenig träge, und ihm fehlte diese unverhohlene Sinnlichkeit. Dabei wirkte nichts an Michael einstudiert; es gehörte zu seiner Natur. Aber er war sich seiner Wirkung durchaus bewußt.

«Wie ihr seht», sagte er an alle gewandt, «nehme ich meine Pflichten als ältester Freund des Bräutigams ernst.»

«Aber Michael, Oliver kann auch mit uns ins Hotel zurückfahren», sagte Julia Bergin lächelnd.

«Nein, Mutter. Laß nur. Ich fahre gern mit ihnen.» Oliver stand auf und küßte Cressida leicht auf die Wange. «Sie wissen hoffentlich, Miss Forrest, daß ich Sie jetzt das letzte Mal sehe.»

«Was um Himmels willen meinst du damit?» fragte Maggie erschrocken.

«Mami, nun mach doch kein solches Gesicht!» sagte Cressida lachend. «Er meint doch nur, daß ich morgen Mrs. Bergin sein werde. Gute Nacht, Oliver. Und träum was Schönes. Harriet, kommst du mit nach oben? Mami, du kommst noch, um gute Nacht zu sagen, ja? Und du auch, Daddy.»

Was für eine wundervolle Tochter, dachte Susie zärtlich, während sie Cressida nachschaute, die Arm in Arm mit Harriet die Küche verließ. Und morgen im Brautschmuck würde sie entzückend aussehen.

Michael

Schon den ganzen Abend wollte Michael aus dem Haus, um zu telefonieren, denn bei den Forrests konnte jeder an einem der Nebenanschlüsse mithören. Zweimal hatte er versucht, sich mit einer Ausrede davonzustehlen, um das Telefon in Rufus' Wagen zu benützen, aber jedesmal hatte ihn jemand aufgehalten. Er hätte ohne weiteres ein Wort zu Rufus sagen können. Rufus hätte nie gefragt, wen er anrufen wollte oder warum. Es war nur so, daß bis jetzt niemand wußte, daß er seit einiger Zeit eine ernsthafte Beziehung hatte, und er wollte dieses kleine Geheimnis so lange wie möglich für sich behalten. Es sollte alles so still und dezent bleiben wie seine ruhige, sanfte Alice.

Er liebte Alice wahnsinnig. Er war krank vor Liebe. Den ganzen Abend mußte er denken, wie schön es wäre, wenn sie hier bei ihnen gewesen wäre. Sie hätte wunderbar dazugepaßt, jeder hätte sie gemocht. Und er fragte sich, wie er es noch länger ohne sie aushalten konnte. Morgen, nach der Hochzeit, würde er mit seinem Vater sprechen, und dann sollten es alle erfahren.

Sein Vater würde überrascht sein, aber vermutlich auch hocherfreut, daß Alice seinen Sohn «an Bord nahm»; so jedenfalls hatte er sich ausgedrückt, als er Sasha heiratete. Und Cressidas Hochzeitstag war genau der richtige Zeitpunkt, um seinen Vater von seinen eigenen Heiratsabsichten in Kenntnis zu setzen.

Der Hochzeitstag

KAPITEL 2

Harriet – sieben Uhr morgens

Cressida war sicher früh aufgestanden, um einen Morgenspaziergang zu machen, dachte Harriet, als sie kurz nach sieben Uhr einen Blick in das Zimmer ihrer Schwester warf. Der leicht dunstige Morgen versprach einen prächtigen Sommertag. Es sah Cressida ähnlich, daß sie jetzt am Bach auf der kleinen Brücke saß – auf *ihrer* kleinen Brücke, wie sie sagte, obwohl sie ihr nicht mehr gehörte als sonst jemand – und schon jetzt genoß, was ihr der heutige Tag bringen würde. Das hatte sie schon getan, als sie klein war. Vor einem wichtigen Ereignis, ob es der erste Tag an einer neuen Schule war, ihre neueste große Liebe, die sie der Familie vorstellte, oder die Ankündigung ihrer Verlobung, immer hatte sie sich vorher auf die Brücke zurückgezogen.

Cressidas Zimmer war aufgeräumt und das Bett gemacht, als hätte sie nicht darin geschlafen. Sie war der ordentlichste Mensch, den man sich vorstellen konnte. Während Harriets Zimmer immer aussah, als hätte eine Bombe eingeschlagen, war dies hier das Zimmer einer wohlerzogenen Tochter. Kein Wunder, dachte Harriet, daß Cressida der Liebling ihrer Mutter war. Sie war die Verkörperung all ihrer Ideale. Cressida sah sogar wie Maggie aus mit ihrer englischen Pfirsichhaut, ihrem leicht gelockten Blondhaar, den großen blauen Augen und dem reizend geschwungenen Mund. Harriet mit ihrem glatten braunen Haar, dem olivfarbenen Teint, mit ihren grauen Augen und den ausgeprägten Wangenknochen wirkte, zumindest nach Ansicht ihrer Mutter, leicht kantig, genau wie ihre Großmutter Rose – James' Mutter, die eine sehr energische Dame gewesen war und der sich Maggie nie gewachsen fühlte.

Harriet machte sich nicht mehr allzuviel daraus, daß Cressida das Lieblingskind ihrer Mutter war. Es war eine Tatsache in ihrem Leben, genauso wie die, daß sie immer zu spät kam und immer diejenige war, die Probleme hatte. Die Sorge, daß auch ihr Vater Cressida mehr lieben könnte als sie, war schwerer zu ertragen. Harriet liebte und bewunderte ihn. Er war für sie der Inbegriff eines vorbildlichen Vaters, Ehemanns und Arztes – liebevoll, fürsorglich und gewissenhaft. Sie hoffte, dieser Tag würde für ihn rundum erfreulich werden. Es war sicher etwas Besonderes für einen Vater, seine Tochter zum Altar zu führen, und wie es aussah, würde es lange dauern, bis er dazu noch einmal Gelegenheit haben würde.

Vielleicht, dachte Harriet, als sie auf die taubenetzte Wiese hinter dem Haus blickte, sollte sie ebenfalls einen kleinen Spaziergang machen. Schlafen konnte sie nicht mehr. Die ganze Nacht über hatte sie Stimmen gehört, Telefone hatten geläutet und das Faxgerät gepiept. Ihre Sorgen verfolgten sie auch im Schlaf. Eine Unterhaltung mit Cressida würde sie etwas ablenken.

Harriet wollte eben die Tür schließen, als ihr plötzlich etwas auffiel. Das Fenster, das Cressida nachts immer offenließ, war geschlossen. Die Luft im Zimmer roch etwas muffig, die Vorhänge hingen unbewegt herab.

«Harriet, *mon ange,* geht es Cressida gut?» Es war Janine, die so besorgt fragte. Leise und sich in ihren seidenen Kimono hüllend kam sie über den Flur.

«Ja, natürlich», sagte Harriet. «Das heißt, ich denke schon. Sie ist nicht da. Warum sollte es ihr nicht gutgehen?»

«Ich habe sie vorhin gehört. Sie hat sich übergeben. Ich bin aufgestanden, um ihr zu helfen, aber sie hatte die Badezimmertür abgesperrt. Wahrscheinlich sind es die Nerven, *la pauvre petite,* aber trotzdem –»

«Bist du sicher, daß es Cressida war?» fragte Harriet überrascht.

«Aber natürlich. Ihre Tür stand offen, die Bettdecke war zurückgeschlagen. Und dann hörte ich sie in ihr Zimmer zurückgehen.»

«Arme Cress. Aber es scheint ihr wieder besserzugehen. Sie ist spazierengegangen. Wahrscheinlich zur Brücke.»

«Ah. Wenn ihr diese Brücke nicht hättet!» sagte Janine lächelnd. «Harriet, ich würde gern eine Tasse Tee trinken. Wenn du mir eine machst, komme ich mit dir in die Küche.» Sie folgte Harriet die Treppe hinunter und in die Küche, schloß die Tür hinter sich und meinte lächelnd: «Hier können wir reden, ohne jemanden aufzuwecken. Das wollen wir doch nicht, oder?»

«Ganz sicher nicht», sagte Harriet grinsend.

«Du hast Sorgen, Liebes, nicht wahr?» fragte Janine.

«Nein, nein, Janine, mir geht's bestens», log Harriet. Sie zwang sich zu lächeln und die schreckliche Gewißheit zu verdrängen, daß Janine durch ihr geschäftliches Fiasko mehr Geld verlieren würde als einige andere. «Nur der übliche Ärger, du weißt schon. Nichts Ernstes. Jedenfalls nichts, was uns diesen Tag verderben könnte.»

«Natürlich, das verstehe ich vollkommen», sagte Janine und sah Harriet mit ihren klugen dunklen Augen an. Harriet wußte, daß sie Janine nichts vormachen konnte. Plötzlich war sie wieder das kleine Mädchen, das hinter der Schlafzimmertür weinte und Janines Stimme hörte, die am Fuß der Treppe mit ihrem Vater über sie sprach...

«James, sei nicht so streng mit ihr. Du tust ihr unrecht.»

«Janine, es tut mir leid, aber Harriet ist *meine* Tochter. Ich muß streng mit ihr sein. Sie muß lernen, daß sie sich so nicht benehmen darf.»

«Wie soll sie sich denn benehmen, James? Harriet ist neun Jahre alt. Und sie ist im Augenblick schrecklich unglücklich. Sie muß bestraft werden, ja, aber sie braucht auch Zuneigung.»

«Nun ja, vermutlich. Ich fürchte, ich bin zur Zeit nicht der geduldigste Vater. Aber sie ist auch so schwierig –»

«Im Gegensatz zur Kleinen, die pflegeleicht und artig ist, ja. Ich verstehe das schon, aber –»

Es entstand eine kleine Pause.

«Ja?» sagte James. Seine Stimme klang argwöhnisch.

«Nun, es geht mich natürlich nichts an. Aber ich denke, Harriet auf diese Schule zu schicken ist keine gute Idee. Sie ist noch so klein, James. Sie sollte zu Hause bleiben dürfen.»

«Janine, verzeih mir, aber es ist wirklich nicht dein Problem. Maggie kommt mit ihr nicht mehr zu Rande. Und dieses Internat, das wir gefunden haben, ist auf schwierige Kinder spezialisiert.»

«Nun, ich nehme an, ihr wißt, was ihr tut.» Janines Stimme klang kühl. «Gute Nacht, James.»

Anschließend hörte Harriet Schritte auf der Treppe. Sie kroch rasch unter die Bettdecke. Kurz darauf klopfte es leise an ihrer Tür.

«Harriet? Schläfst du schon, *mon ange*?» Die Stimme, die sie so liebte, klang besorgt. Sie rührte sich nicht.

«Liebling, ich bin sicher, daß du noch wach bist. Möchtest du ein bißchen mit mir plaudern?» fragte Janine, die ins Zimmer gekommen war und sich über Harriet beugte, um sie zu küssen. Und Harriet streckte plötzlich die Arme aus und schlang sie um Janines Hals.

«Du bist mir von allen Erwachsenen die Liebste», sagte sie. «Daddy ist immer böse auf mich, und Mami – Mami mag mich nicht. Aber jetzt sind sie mich bald los. Sie schicken mich auf ein Internat.»

Sie begann zu weinen, und Janine nahm sie in die Arme. «Ich wünschte, du wärst meine Patentante. Nicht ihre.»

«Ich werde dir ein kleines Geheimnis verraten», sagte Janine. «Ich wünschte auch, ich wäre deine Patentante. Ich habe Cressida natürlich sehr lieb –»

«Ich hasse sie. Ich habe sie schon immer gehaßt.»

«Aber warum?» fragte Janine.

«Weil sie so hübsch ist und so brav, daß mir ganz schlecht wird. Und sie ist so oft gemein zu mir, nur merkt das niemand.»

«Schwestern zanken sich nun mal, Harriet. Und sicherlich bist auch du nicht immer ein Engel. Und», fügte Janine hinzu, «es war ganz sicher keine gute Idee, ihr heute abend die Suppe ins Gesicht zu schütten.»

«Ich weiß», sagte Harriet. «Aber sie ist so – ach, ich weiß nicht. Sie ist das Lieblingskind von Mami und Daddy, und –»

«Und ihr Hund wurde nicht überfahren, und sie wird nicht in ein Internat geschickt. Ist es das?»

«Ja», sagte Harriet und begann aufs neue zu weinen. «O Janine, ich muß immerzu daran denken. Ich sehe aus dem Fenster, und das Tor ist offen. Aber ich hatte es zugemacht. Ich laufe hinunter. Ich rufe Biggy. Und dann seh ich ihn auf der anderen Straßenseite im hohen Gras sitzen, und er sieht zu mir her. Und gerade als der Laster kommt, läuft er auf die Straße – und dann fährt der riesige Lastwagen über ihn drüber. O Janine, ich wünschte, er hätte auch mich überfahren –»

«Nicht doch, Harriet. Das darfst du nicht sagen.»

«Weißt du, was Cressida gesagt hat? ‹Es ist deine Schuld, Harriet. Du hättest eben das Tor schließen müssen.› War das nicht gemein?»

«Das ist wirklich alles sehr traurig, Liebling», sagte Janine. «Aber glaub mir, der Schmerz vergeht. Du wirst Biggy nicht vergessen, aber irgendwann wünschst du dir wieder einen kleinen Hund.»

«Aber ich werde ja nicht mehr hier sein», schluchzte Harriet verzweifelt. «Ich muß doch in diese gräßliche Schule.»

«Nun, vielleicht ist die Schule nicht ganz so schlimm. Vielleicht gefällt es dir dort sogar. *Allons, mignonne*», sagte Janine und strich Harriet übers Haar. «Du schläfst heute nacht bei mir. Was hältst du davon?»

Janine streckte die Hand aus. Harriet umschloß sie mit ihrer Kinderhand und folgte Janine durch den Korridor in ihr Zimmer. Am nächsten Morgen erwachte sie in Janines Bett, nachdem sie die ganze Nacht ruhig geschlafen hatte.

Die Schule war schrecklich. Sie hatte sich noch nie so verlassen, so unglücklich gefühlt. Sie war krank vor Heimweh. Sie durfte nicht einmal nach Hause telefonieren, weil die Erzieher sagten, das würde die Eingewöhnung stören. Neue Schülerinnen durften im ersten Halbjahr auch sonntags die Schule nicht verlassen. Harriet war ständig übel, sie konnte nicht schlafen und schien alles nur wie durch einen langen Tunnel zu hören und zu sehen. Die anderen Mädchen waren anfangs nett zu ihr, aber als sie bei ihr nur auf Ablehnung stießen, begannen sie, sie zu hänseln.

Harriet war ungenügend in der Schule und wegen ihres immer schlechter werdenden Gesundheitszustands auch bei Spiel und Sport. Als sie ihre Eltern nach dem ersten Halbjahr abholten, fiel sie ihnen weinend in die Arme.

Doch alle Tränen und aller Widerstand nützten nichts, nach den Ferien mußte sie wieder zurück. Harriet begriff, daß sie selbst etwas unternehmen mußte, um aus dem Gefängnis herauszukommen.

Sie mußte es schaffen, daß man sie hinauswarf. Das war die einzige Möglichkeit. Sie begann zu stehlen: eine Uhr, ein Armband, ein Transistorradio, Geld. Sie wurde natürlich erwischt. Harriet stand im Zimmer der Direktorin, blickte auf die gestohlenen Gegenstände auf dem großen Schreibtisch und wartete darauf, die ersehnten Worte zu hören: «Wir haben deine Eltern gebeten, dich von der Schule zu nehmen.»

Statt dessen bekam sie nur eine Standpauke gehalten und mußte dreimal wöchentlich zur Schulpsychologin, einer ältlichen Person mit fettigen Haaren, die Dinge sagte wie: «Niemand ist böse mit dir, Harriet, aber alle fragen sich natürlich –» und: «Du mußt lernen, dich selbst besser zu verstehen, dann weißt du auch, warum du so etwas tust.»

Harriet gab auf. Sie fühlte sich, als hätte man sie zu einer lebenslänglichen Gefängnisstrafe verurteilt.

Und dann tauchte Sir Merlin auf.

Sie hatte ihren Großvater Merlin schon immer geliebt. Seine Besuche zu Hause waren stets ein Ereignis, denn immer brachte er von seinen Reisen die ungewöhnlichsten Geschenke mit. Als Harriet zehn Jahre alt war, durfte sie vier Tage lang in die Pyrenäen mit ihm, wo sie wanderten und im Zelt übernachteten. Als sie zurückkam, war sie von der Sonne verbrannt und von Mücken zerstochen, aber sehr glücklich. Danach hatte er sie öfter mitgenommen, so wie früher ihren Vater. Sie war mit ihm in Indien gewesen, in Marokko und Ägypten, und sie waren in einem klapprigen Laster durch ganz Amerika gefahren. Harriet liebte diese Reisen mit Merlin, unter anderem auch weil Cressida nichts dafür übrig hatte.

Sie saß auf einer Bank auf dem Spielplatz und spielte allein Fadenabnehmen, als sie die Hupe seines Lagonda hörte. Sie glaubte zu träumen. Und dann rannte sie über den Platz und warf sich in seine Arme.

«Du siehst sehr mager aus», sagte er, während er sie vor sich hinstellte. Seine blauen Augen blickten besorgt. «Bekommt ihr hier nichts zu essen?»

«Doch», sagte Harriet achselzuckend. «Aber ich krieg nichts runter.»

«Ich wollte dich zum Mittagessen ausführen», sagte er. «Bin eben aus Java zurückgekommen.»

«Großvater Merlin, sie werden mich nicht mit dir ausgehen lassen», sagte Harriet. «Nicht mitten in der Woche.»

«Ach, Unsinn. Ich werde mit ihnen reden. Komm schon, Harriet. Wo ist dein Unternehmungsgeist?»

Er führte sie über den Spielplatz ins Haus zum Zimmer der Direktorin, Miss Edmundson.

«Sir Merlin!» flötete Miss Edmundson. «Wie schön, Sie kennenzulernen. Sie wollen uns also Harriet für heute entführen. Ich fürchte nur, das wird nicht möglich sein –»

«Hören Sie, Gnädigste», sagte Sir Merlin, und seine buschigen weißen Brauen sträubten sich, «mir gefällt nicht, wie mager dieses Kind ist und daß es aussieht, als ob es seit Monaten nicht an der Luft gewesen ist. Was haben Sie mit Harriet gemacht?»

«Sir Merlin, ich versichere Ihnen –»

«Es interessiert mich nicht, was Sie mir versichern. Mir geht es um Harriet. Und ich nehme sie jetzt mit und damit basta.»

Sir Merlin erreichte, was Diebstähle, Krankheit, Tränen und Briefe an die Eltern nicht bewirkt hatten. Harriet wurde von der Schule genommen.

«Ich denke, ich gehe zur Brücke und sehe nach Cressida», sagte Harriet und stellte ihre Teetasse ab. «Ich bin gleich wieder zurück, Janine.»

Harriet zog den alten Trenchcoat ihrer Mutter über das lange T-Shirt, das sie als Nachthemd trug, schlüpfte in Gummistiefel und ging hinaus in den goldenen Sommermorgen. Die Luft war frisch und würzig. Sie ging über den kleinen, mit Ziegeln gepflasterten Platz hinter dem Haus, durch den ummauerten Rosengarten und überquerte den Rasen. Durch ein kleines Tor gelangte sie auf den Feldweg, der zum Bach und zu der kleinen gewölbten Brücke führte. Es war ein idyllisches Plätzchen. Eine Weide ließ ihre Zweige ins Wasser hängen, und auf der anderen Seite der Brücke stand eine Steinbank auf einem kleinen, von Farnkraut bewachsenen Hügel.

Cressida war nirgends zu sehen. Harriet kehrte um und ging mit raschen Schritten zum Haus zurück. Erst jetzt fiel ihr auf, daß auf dem betauten Rasen nur ihre eigenen Fußspuren zu sehen waren. Sie mußte im Haus sein, sagte sich Harriet. Aber als sie in die Küche zurückkehrte und Janine fragte: «Ist Cress schon zurück?», erwiderte die Tante erstaunt: «Nein. War sie denn nicht an der Brücke?»

«Nein», sagte Harriet. «Sie war nicht dort. Vielleicht ist sie ein bißchen weiter gegangen. Ich zieh mich mal an, und dann fahre ich ins Dorf, um eine Zeitung zu besorgen. Vielleicht treffe ich sie unterwegs, wenn sie bis dahin nicht schon zurück ist.»

Im oberen Stock war es immer noch ruhig. Harriet blickte auf ihre Uhr. Viertel vor acht. Das bedeutete, daß Cressida seit mindestens einer Stunde aus dem Haus war. Vielleicht war sie durch die vordere Haustür zurückgekommen. Harriet klopfte leise an Cressidas Tür. Keine Antwort. Sie öffnete. Das Zimmer war unverändert. Harriet schloß die Tür und stand für einen Moment ganz still. Dann ging sie mit einem unbehaglichen Gefühl in ihr Zimmer, zog sich ein Paar Leggings und ein sauberes T-Shirt an und lief wieder nach unten. Wo waren bloß ihre Autoschlüssel? Natürlich am Schlüsselbord, wo sie hingehörten. Sie hatte sie neben Cressidas Schlüssel mit dem albernen Anhänger gehängt. Harriet griff nach ihrem Schlüsselbund, und da sah sie, daß Cressidas Schlüssel fehlten. Sie hingen auch an keinem anderen Haken, lagen auch nicht auf der Kommode in der Diele. Sie lief aus dem Haus. Der rote Mini, der am Abend zuvor noch vor der Garage stand, war weg. Harriet ging zur Garage und öffnete mit zitternden Händen das große weiße Tor.

Der einzige Wagen in der Garage war Maggies kleiner Renault. Cressidas Wagen war fort.

KAPITEL 3

Theo – sechs Uhr dreißig

Als Theo aufwachte, empfand er das dringende Bedürfnis nach Sex. Ein wesentlicher Grund, warum er Sasha zur fünften Mrs. Buchan gemacht hatte, war die Tatsache, daß sie ihm morgens wundervoll entgegenkam. Es war die beste Art, den Tag zu beginnen. Anschließend ging er unter die Dusche und sang, was ihm gerade einfiel. Dann wurde geturnt, erneut geduscht, und nach einem ausgiebigen Frühstück, das seinem ein Meter neunzig großen und hundert Kilo schweren Körper entsprach, fühlte er sich fit für den Tag.

Nur heute schien ihm dieses Ritual nicht in der üblichen Weise vergönnt zu sein. Das Royal Hotel in Woodstock, eigentlich ein sehr gutes Hotel, hatte weder einen Gymnastikraum noch ein Schwimmbecken, und Sasha lag auch nicht neben ihm, als er die Hand nach ihr ausstreckte.

«Sasha?» rief er gereizt in Richtung des Badezimmers. «Sasha, wo bist du?»

Keine Antwort. Zum Teufel, wo war sie? dachte er wütend. Sie hatte nicht viel anderes zu tun, als für ihn dazusein. Als er Sasha kennenlernte, arbeitete sie in einer Werbeagentur. Doch nach der Heirat bestand er darauf, daß sie ihren Job aufgab, mit der Begründung, das einzige, worum sie sich in Zukunft zu kümmern habe, sei ihr Mann. Sie hatte es akzeptiert, vermutlich, weil sie eingesehen hatte, daß diese Aufgabe nicht nur wichtiger, sondern auch wesentlich angenehmer war. Und sie hatte ihn in den neun Monaten ihrer Ehe beinahe glücklich gemacht. Daß sie es nicht ganz geschafft hatte, lag nicht an ihr. Sie war erst einunddreißig – er dagegen neunundfünfzig –, sehr liebevoll, charmant gegenüber Freunden und Geschäftspartnern, eine erstaunlich gute Haushälterin und Köchin.

Theos fünf Kinder, mit Ausnahme von Michael, sahen in ihr nur eine Frau, die hinter seinem Geld her war. Michael jedoch, der Sohn seiner zweiten Frau, seiner großen Liebe, die nach einer fünfjährigen Ehe an Krebs gestorben war, machte seinem Vater die Freude, Sasha zu mögen. Er fand sie entzückend.

Michael war jede willkommen, die die Aufmerksamkeit seines Vaters von den Eskapaden seines Sohnes ablenkte. Von Frau Nummer vier war Michael weniger begeistert gewesen, weil sie der Ansicht war, daß Michael, der noch nie in seinem Leben etwas getan hatte, das man als Arbeit hätte bezeichnen können, und nachdem er mindestens eine Million am Pokertisch verspielt hatte, härter angefaßt werden mußte. Sie hatte Theo dringend geraten, die finanziellen Zuwendungen an seinen Sohn einzuschränken und ihm die Möglichkeit zu geben, einmal ernsthaft über den Erwerb seines Lebensunterhalts nachzudenken.

Theo mochte es nicht, wenn an dem Jungen herumgenörgelt wurde; hatte er doch selbst bis zu seinem dreißigsten Lebensjahr ein ähnliches Leben geführt, bis er entdeckte, daß man den Adrenalinstoß nicht nur beim Pokern, sondern auch als Geschäftsmann erleben kann. Daraufhin hatte er das Vermögen, das er mit fünfunddreißig Jahren von seinem Vater geerbt hatte, verdreifacht. Im Augenblick waren seine Firmen – er machte hauptsächlich in Lebensmittel, Öl und Holz – gut zwei Milliarden Pfund wert, dazu kamen diverse Immobilien sowie ein Stadthaus in London, eine Wohnung in Paris, ein Schloß in den Bergen oberhalb von Nizza, eine kleine Insel bei Mustique, ein Schloß im irischen County Cork und eine Wohnung im Trump Tower in New York. Am liebsten hielt er sich jedoch in Paris auf. Hier war er aufgewachsen, hier hatte er seine schönsten Jahre verbracht, hier lebten seine engsten Freunde.

Sasha dagegen zog London vor.

Theo stand auf, zog sich den Bademantel über und trat ans Fenster. Er blickte in den stillen Hof auf der Rückseite des Hotels hinunter. In der Ferne konnte er die wundervolle Parklandschaft von Blenheim sehen. Der Tag würde schön werden, wahrscheinlich zu heiß, aber Hauptsache, die Sonne schien auf die Braut, und sie könnten sich im Garten aufhalten und Champagner trinken, von dem er wußte, daß er gut sein würde, weil dies sein Hochzeitsgeschenk für James war. Cressida hatte ein französisches Bett aus dem späten achtzehnten Jahrhundert von ihm bekommen, exquisit bemalt, mit geschnitzten Pfosten und zartgelben Brokatvorhängen. «Stell dich nicht so an», hatte er zu James gesagt, als er bei ihm anrief, um ihm zu sagen, daß zwanzig Kisten Veuve Clicquot geliefert würden. «Heiraten ist ein teurer Spaß. Wer weiß das besser als ich? Und du bist kein Krösus.»

«Ich bin reich genug», hatte James leicht gereizt geantwortet. Und Theo hatte gesagt, man könne nie reich genug sein; außerdem dürfe er einem alten Freund nicht verwehren, etwas zur Hochzeit seiner Tochter beizutragen.

Während er stirnrunzelnd in den Hof hinunterblickte, bemerkte er plötzlich, daß sein Wagen weg war. Immerhin handelte es sich um seinen Lieblingswagen, einen silbergrauen Bentley Continental. Er hatte ihn eigens für Cressidas Hochzeit aus Frankreich herüberbringen lassen. Der Chauffeur sollte um halb zwei Maggie und die Brautjungfern mit dem Bentley abholen und dann Cressida und James zur Kirche fahren.

Er griff nach dem Telefon und rief bei der Rezeption an, man möge ihm seinen Chauffeur heraufschicken. «Haben Sie meine Frau gesehen?» fragte er noch.

«Ja, Mr. Buchan. Sie hat vor einer halben Stunde das Haus verlassen. Für einen Spaziergang.»

Für einen Spaziergang? Sasha ging höchstens von einer Kaufhausabteilung zur nächsten spazieren. Was zum Teufel ging hier vor?

Es klopfte. Brian, sein Chauffeur, stand im Morgenrock vor der Tür.

«Brian, wo ist der Wagen?»

«Ich fürchte, Mr. Michael hat ihn gestern abend genommen.»

«Brian, wie konntest du ihm den Wagen geben? Du weißt doch, daß er alles wie seinen Maserati fährt. Er hatte mindestens eine Flasche Champagner getrunken!»

«Also, er hat gesagt, er müsse ganz dringend noch einmal wegfahren. Es handle sich um einen Notfall. Er habe seinen Wagen in London gelassen und sei mit Mr. Drayton gekommen.»

«Rufus war also auch dabei?»

«Ja, Mr. Buchan. Und sie waren beide sehr aufgeregt.»

«Du lieber Gott, Brian!»

«Wirklich, Mr. Buchan. Mr. Drayton war den Tränen nahe.»

«Und sie haben nicht gesagt, worum es ging?» fragte Theo, der nicht mehr ausschließlich wegen seines Wagens besorgt war.

«Nun, sie haben gesagt, sie müßten unbedingt jemand aufsuchen, es ginge um Leben und Tod. Sie wollten aber nicht, daß ich einen Rettungswagen rufe. ‹Ich schwöre dir, Brian›, hat er gesagt, ‹auf das Grab meiner Mutter: Es ist die Wahrheit.› Und Sie wissen, Mr. Buchan, daß Mr. Michael nicht lügen würde, wenn er so was sagt.»

«Vermutlich nicht», knurrte Theo. «Haben sie wenigstens gesagt, wann sie zurückkommen?»

«Ja, sie wollten heute morgen zurück sein, Mr. Buchan.»

«Sag mir Bescheid, sobald sie da sind.»

Theo ging in sein Zimmer zurück und wollte eben unter die Dusche, als das Telefon läutete.

«Guten Morgen, Theo. Hier ist James. Wie geht es dir?»

«Wie es einem Mann so geht, dessen Wagen, dessen Sohn und dessen Frau verschwunden sind. Sie sind nicht zufällig bei dir?»

«Nein», sagte James, «nicht, daß ich wüßte.»

Er klang sehr merkwürdig. Vermutlich die Nerven, dachte Theo.

«James, bist du okay?»

«Nein», sagte James, und nach einer kleinen Pause fügte er hinzu: «Theo, ich muß mit dir sprechen. Könnte ich zu dir rüberkommen?»

Theo hatte diesen mühsam beherrschten Tonfall von James schon bei anderer Gelegenheit gehört. «Natürlich», sagte er beruhigend.

«Ich bin in zehn Minuten bei dir.»

«Bis dann. Suite 2, erster Stock.»

Er bestellte Tee und Kaffee. Dann lehnte er sich im Sessel zurück, und während er wartete, erinnerte er sich, wie James vor dreißig Jahren zum ersten Mal voller Verzweiflung zu ihm gekommen war.

Er sah damals schrecklich aus, kreidebleich und zehn Jahre älter als seine neunundzwanzig Jahre.

«Ich muß mit Susie Schluß machen», sagte er.

«Ich nehme sie sofort», sagte Theo fröhlich.

«Theo, bitte. Das ist kein Scherz.»

«Das seh ich. Tut mir leid. Aber warum mußt du mit ihr Schluß machen, wenn es dich so unglücklich macht? Ich habe gedacht, ihr beide würdet heiraten – nach all den Jahren, die ihr schon zusammen seid.»

«Ich werde Maggie Nicholson heiraten.»

«James, nein!» Theo war erschüttert. «Kannst du mir vielleicht sagen, warum?»

«Weil ich es will», sagte James schon etwas gefaßter, als hätte ihn Theos Reaktion in seinem Entschluß bestärkt. «Weil ich sie liebe.»

«Quatsch.»

«Maggie ist ein großartiges Mädchen. Ich bin ein Glückspilz, wenn sie mich heiratet.»

Und dann saß er da und kippte einen Scotch nach dem anderen. Er drehte das Glas in seinen Händen und redete immer undeutlicher, während Theo zu begreifen versuchte, was James ihm da erzählte, und überlegte, wie er ihm helfen könnte.

Doch schließlich konnte er für James nichts anderes tun als ihm beizustehen. James hatte sich unwiderruflich entschieden. Er hatte Maggie Nicholson um ihre Hand gebeten und sie hatte ja gesagt – die dicke, gutmütige kleine Maggie, die er seit einigen Jahren kannte, deren Vater Chef der Gynäkologie im St.-Edmund's-Krankenhaus war, demselben Krankenhaus, in dem James als Assistenzarzt arbeitete, die zweifellos in ihn verliebt war und mit der James vor einigen Monaten eine kurze Affäre hatte.

«Sieh mich nicht so an, Theo. Sie ist ein nettes Mädchen und eigentlich ganz – nun, wie soll ich sagen –»

«Was springt dabei für dich heraus?» unterbrach ihn Theo. «Abgesehen davon, daß du eine wundervolle Gattin bekommst?»

«Ich weiß nicht, was du meinst», sagte James.

«Natürlich weißt du, was ich meine. Der alte Nicholson hat dich gekauft. Sieh mich an, Forrest, und sag, daß es nicht so ist.»

James starrte ziemlich lange auf den Fußboden. Dann stand er plötzlich auf und rannte ins Badezimmer. Theo hörte, wie er sich übergab. Er ging zu ihm und setzte sich neben ihn.

«Du Riesenrindvieh», sagte er gutmütig. «Versteh doch, mir ist egal, was du tust. Aber du wirst nicht glücklich werden bei dieser Geschichte.»

«Vielleicht doch», sagte James. «Ich muß es eben versuchen.»

«Was hat dir der Alte versprochen?»

James ging wieder ins Wohnzimmer und ließ sich auf das Sofa fallen. Er sah Theo nicht an. Schließlich sagte er: «Seine volle Unterstützung für meine Anstellung als Oberarzt am St.-Christopher-Krankenhaus in Cambridge. Und wenn er sich in drei Jahren zurückzieht, kann ich Juniorchef am Edmund's werden. Erfolg, Geld, Ansehen – alles garantiert. Allein würde ich das nie schaffen. Und alles, was ich dafür tun muß, ist ein nettes Mädchen heiraten.»

«Und das willst du tun?»

«Ja», antwortete James und klang leicht erstaunt. «Das muß ich wohl tun. Verdammt, Theo, du hast keine Ahnung. Ich habe mich in den vergangenen neun Monaten bei sechs Krankenhäusern beworben. Ich will als Facharzt an einem Krankenhaus arbeiten und etwas Geld verdienen, bevor ich ein alter Mann bin. Und ohne ein wenig Hilfe schaffe ich es nicht.»

«Trotzdem. Ich kann es einfach nicht glauben», sagte Theo und sah James verdrossen an. «Es ist widerlich. Und ich kann nicht glauben, daß jemand seine Tochter auf diese Weise verkauft. Ist sie denn schwanger?»

«Nein, natürlich nicht», sagte James abwehrend. «Es ist einfach so, daß Maggie und ich uns mögen und daß er in mir den richtigen Schwiegersohn sieht. Mein Gott, Theo, die meisten Ehen auf dieser Welt sind Vernunftehen, und oft funktionieren sie sehr gut.»

«James, du bist verrückt», sagte Theo. «Ich hoffe nur, daß Maggie nie etwas von deinem Verhältnis mit Susie erfährt.»

«Sie wird nichts erfahren, weil es kein Verhältnis mit Susie mehr geben wird.»

«Ach ja?» sagte Theo ungläubig.

Ungefähr drei Wochen vor der Hochzeit traf sich Theo mit Maggie zum Essen. James hätte auch dabeisein sollen, aber er wurde im Krankenhaus aufgehalten. Theo saß mit Maggie am Tisch und wurde immer betrunkener, während er Maggie zuhörte, die ihm sehr ausführlich erzählte, wie glücklich sie war und was für ein wundervolles Leben sie mit James führen würde. Sie war lieb, nur unwahrscheinlich naiv und bis über beide Ohren verliebt. Sie würde die perfekte Arztfrau werden, denn sie war wohlerzogen, hatte ein paar Semester Kunstgeschichte studiert und arbeitete jetzt in einer Galerie. Sie teilte sich mit vier anderen Mädchen eine Wohnung in Kensington und hatte zur Zeit alle Hände voll zu tun, das reizende kleine Landhaus in Fulham einzurichten, das ihr Vater für sie gekauft hatte und in dem sie und James nach der Hochzeit wohnen würden.

«Ich kann mein Glück noch immer nicht fassen», sagte sie. «Es ist fast zu schön, um wahr zu sein. Ich habe gewußt, daß James mich mochte, aber ich dachte nicht, daß er es ernst meint, bis er mir vor ein paar Wochen einen Antrag gemacht hat. Ich habe gedacht, es gäbe da eine andere. Dabei hatte er nur im Krankenhaus soviel zu tun. Du weißt, sie haben schreckliche Arbeitszeiten.»

«Oh, ich weiß», sagte Theo und hielt die Augen auf seinen Teller gerichtet.

«Theo», sagte Maggie plötzlich. «Ich möchte dich etwas fragen.»

Zögernd blickte er auf. Sie sah ihn aus ihren ehrlichen blauen Augen sorgenvoll an. «Ich hoffe, es ist nichts Ernstes», sagte er lächelnd und goß sich ein weiteres Glas Wein ein.

«Sieh mal, du kennst James besser als irgend jemand sonst auf der Welt. Und deshalb dachte ich, du würdest es vielleicht wissen.»

«Was, Maggie?»

«Nun – ob ihm das mit meinem Vater etwas ausmacht.»

Theo fühlte sich mit jeder Minute unbehaglicher. «Was ist mit deinem Vater, Maggie?»

«Es ist einfach so, daß wir – nun, daß es ein paar Dinge gibt, über die wir nicht sprechen. Und –»

Sie verschränkte die Hände und beugte sich etwas zu ihm vor. Ihre Wangen waren gerötet, ihr helles Haar fiel in weichen Locken auf ihre Schultern. Auf ihre Weise war sie sehr attraktiv. Er lächelte ihr zu.

«Sprich weiter.»

«Weißt du, mein Vater ist sehr dominierend. Er möchte alles fest in der Hand haben. Auch seine Mitmenschen.»

Sie hat es erraten, dachte Theo. Sie wußte Bescheid. Theo legte seinen Löffel auf den Teller und nahm ihre Hand. «Maggie, ich kann dir nicht sagen, wie –»

«Laß mich ausreden, Theo. Bitte. Es ist ohnehin reichlich schwierig, was ich sagen will. Du weißt, James' Eltern sind reizend, aber nicht sehr wohlhabend. Und mein Vater hat jede Menge Geld und wirft damit nur so um sich. Er kauft das Haus, er zahlt die Hochzeitsreise. Und ich habe mich gefragt, ob James das wirklich nichts ausmacht. Er hat nie etwas gesagt. Aber ich möchte um keinen Preis, daß er sich irgendwie gedemütigt fühlt. Oder gar seine Eltern. Es ist eine heikle Sache, Theo, findest du nicht auch?»

Theo ließ ihre Hand los und lehnte sich lächelnd zurück. «Ich denke, du solltest dir um James keine allzugroßen Sorgen machen», sagte er. «Ich glaube nicht, daß ihn an alldem auch nur das geringste stört.»

«O Theo», sagte Maggie. «Ich bin ja so erleichtert. Vielen Dank. Du bist ein sehr guter Freund.»

Später, nachdem er sie vor ihrer Wohnung abgesetzt hatte, fragte er sich, ob es nicht besser gewesen wäre, ihr reinen Wein einzuschenken. Einen Freundschaftsdienst hatte er ihr jedenfalls nicht erwiesen.

Theo war so besorgt um James, daß er, während er dort saß und auf ihn wartete, an sein kostbares Auto gar nicht mehr dachte. Das bewies außerdem, wie sehr er seinem Sohn vertraute. Michael war aus zwei Schulen geflogen und hatte bis jetzt keinerlei Interesse für eine Berufskarriere gezeigt, obwohl er sich zur Zeit als Grundstücksmakler ausgab und ein Büro in Carlos Place unterhielt, dessen Einkünfte ganz allmählich die Kosten deckten. Er verlor ständig große Summen beim Poker und konsumierte eine beträchtliche Menge Alkohol. Aber er war grundehrlich, loyal und, wenn es die Situation erforderte, vernünftig. Michael würde den Wagen zurückbringen.

Theo zündete sich eine Zigarre an, als das Telefon erneut klingelte.

«Theo, guten Morgen.»

«Ja, Mark?» Mark Protheroe war sein persönlicher Assistent und leitete das Londoner Büro. Er hatte Prokura für sämtliche Firmen, war zuständig für alle von Theo gestifteten wohltätigen Einrichtungen und hatte zudem die reichlich schwierige Aufgabe, sich mit Theos Privatsekretär abzustimmen. Er informierte Theo stets direkt, ohne den Umweg über George Harding, den Leiter von Buchan International, was gelegentlich zu Spannungen mit Harding führte. Doch ihr System hatte sich bewährt, vor allem dank Marks Fähigkeit, in Windeseile und mit nahezu schlafwandlerischer Sicherheit der Fülle der Informationen die Dinge zu entnehmen, die Theos sofortiges Eingreifen erforderten.

Marks Stimme klang ruhig und gelassen wie immer: «Ich will sie nur auf den neuesten Stand bringen, Theo. Londoner Markt konstant. Japan leicht schwankend. New York hat gut abgeschlossen. Zwei Sachen sind im Auge zu behalten. Tokyo Electron sind um drei Punkte gefallen, und es gibt eine sehr interessante kleine Bewegung bei Tealing Mills. Seit drei Tagen kauft hier jemand kleinere Aktienpakete.» Tealing Mills war eine Holzfirma; die Aktienmehrheit befand sich noch im

Besitz der Gründerfamilie, die jedoch vor vierzehn Tagen aufgrund finanzieller Probleme dreißig Prozent ihrer Aktien auf den Markt werfen mußte.

«Warum zum Teufel hast du mir das nicht vor drei Tagen gesagt?» fragte Theo verärgert. «Und was hat George dazu zu sagen?»

«Er hält die Sache nicht für besonders wichtig. Schließlich handelt es sich nur um ein Dreizehn-Prozent-Paket.»

«Diese dreizehn Prozent sind sehr wichtig», bellte Theo in den Apparat. «Wir haben bis jetzt nur zwanzig. Muß ich mich denn um alles selbst kümmern? Holz ist bald unerschwinglich! Und wer hat die Aktien gekauft?»

«Ein Syndikat. Sitz in New York. Unsere New Yorker Leute hören sich bereits um.»

«Wie stehen die Aktien?»

«Heute morgen zehn Punkte gestiegen. Und sie werden seit gestern nicht mehr gehandelt.»

«Hervorragend. Wir haben also geschlafen.»

«George und ich sind anderer Meinung. Nichts gegen Tealing Mills, aber Sie haben Anteile an wesentlich einträglicheren Firmen der Holzindustrie.»

«Ja, aber an keiner, die ich übernehmen kann. Bleib an der Sache dran, Mark. Ich will wissen, wer hinter diesem Syndikat steckt. Und versuch noch ein paar von diesen Aktien aufzutreiben. Irgend jemand muß sie doch anbieten.»

«In Ordnung. Ach ja, Exmoor hat angerufen und gefragt, ob Sie am Samstag kommen.»

«Natürlich werde ich kommen.»

Die Exmoor Foundation war eine Einrichtung für geistig Behinderte, die Theo am Rand von Exmoor gebaut hatte und finanzierte. Es war eines seiner Lieblingsprojekte.

«Mark, ich rufe später wieder an.»

Mit finsterer Miene legte er auf. Auch die Zigarre war ausgegangen. Als er versuchte, sie wieder anzuzünden, kam Sasha herein. Sie sah entzückend aus. Ihre unschuldigen blauen Augen sahen ihn ein wenig unsicher an. Theo musterte sie von oben bis unten.

«Wo zum Teufel bist du gewesen? Und wieso bist du barfuß?»

«Meine Schuhe waren schmutzig. Sie stehen draußen. Ich habe einen Spaziergang gemacht.»

«Sasha, seit wann machst du Spaziergänge?»

«Seit heute morgen», sagte sie. «Ich denke, ich werde in Zukunft regelmäßig spazierengehen.»

«Dann sag mir das nächste Mal wenigstens Bescheid. Ich bin fast verrückt geworden vor Sorge. Komm her zu mir.»

Er streckte die Arme nach ihr aus, und Sasha ging zu ihm, legte die Arme um seinen Nacken und küßte ihn zärtlich auf Wangen und Mund. Er schob die Hand unter ihren Regenmantel und stieß auf eine nackte Brust. Er öffnete den Gürtel und zog den Mantel auseinander. Sie trug nichts darunter. Theo hielt den Atem an. Sie war einfach wunderbar.

«Zieh das Ding aus.»

Sasha streifte lächelnd den Mantel ab. Sie wollte sich zu ihm herunterbeugen, doch Theo hielt sie mit ausgestreckten Armen zurück.

«Einen Moment, Darling. Ich bin noch nicht senil. Würdest du mir freundlicherweise sagen, warum du plötzlich das dringende Bedürfnis verspürst, in aller Herrgottsfrühe in diesem Aufzug spazierenzugehen?»

Sasha fröstelte leicht und griff nach ihrem Mantel.

«O nein. Bleib hier. Sag es mir, Sasha. Ich werde dich nicht verprügeln.»

«Theo, ich möchte mich anziehen.»

«Warum bist du ausgegangen?»

«Theo, ich habe dir doch gesagt –»

In diesem Augenblick klopfte es an der Tür und Theo rief: «Herein!»

«Ich bin's», sagte James und kam ins Zimmer. «Oh, tut mir leid.»

«Kein Problem», meinte Theo freundlich. «Wir freuen uns, dich zu sehen, nicht wahr, Sasha?»

«Ja, natürlich», sagte sie und lächelte verlegen. Sie schlüpfte in ihren Regenmantel. «Wie geht es dir, James? Ihr entschuldigt mich bitte. Ich möchte ein Bad nehmen.»

Sie ging ins Bad und schlug die Tür hinter sich zu. Gleich darauf rauschte das Wasser in die Badewanne.

«Du solltest dich schämen», sagte James mit erzwungenem Lächeln.

«Kaffee?» fragte Theo gelassen.

«Ja, bitte.» James setzte sich und nahm die Tasse, die ihm Theo reichte. Seine Hände zitterten.

«Na gut. Also, wo brennt's? Ist etwas mit meinem Wagen passiert? Du hast nicht zufällig etwas von den Jungs gehört?»

«Nein, leider nicht.» James sah ihn an und versuchte zu lächeln. Dann vergrub er plötzlich sein Gesicht in beiden Händen.

«James, nun komm schon. So schlimm kann es doch nicht sein.»

«Es ist ziemlich schlimm», sagte James. «Susie hat mir gestern abend gesagt, daß Rufus heiraten will.»

«Und was stört dich daran?»

«Er hat sich in Ottoline Mills verliebt», erwiderte James.

«O weh», sagte Theo mitfühlend.

KAPITEL 4

Tilly – sechs Uhr morgens

Tilly versuchte die Augen zu öffnen, aber sie schmerzten schon beim kleinsten Lichtstrahl, und in ihrem Kopf lärmte ein Hammerwerk. «O verdammt», sagte sie. Sie hätte nicht soviel Rotwein trinken dürfen. Sie hätte überhaupt nicht in diese verdammte Diskothek gehen sollen. Es war jedesmal das gleiche Elend. Eigentlich hätte sie es inzwischen wissen müssen. Man würde es ihrem Gesicht ansehen, ihrer Haut, und sie hatte nur noch eine Dreiviertelstunde Zeit. Vielleicht half die Hotelsauna. Sie setzte sich vorsichtig auf und fuhr sich mit den Fingern durch das kurze schwarze Haar.

«Komm schon», sagte sie, «reiß dich zusammen.» Sie stand auf, hüllte sich in den dicken weißen Frotteemantel des Interconti Hotels und schlurfte über den Gang zum Lift.

Nach der Sauna und einem Sprung ins eiskalte Tauchbekken fühlte sie sich besser. Vor dem Spiegel in ihrem Badezimmer cremte sie sich mit Bodylotion ein und betrachtete ihren Körper. Tilly sah eine ein Meter vierundachtzig große schlanke Gestalt mit vollen Brüsten, schmalen Hüften, einem flachen Bauch und hohen strammen Gesäßbacken, die etwas dunkler waren als der übrige Körper – eine dieser Intellektuellen bei *Vogue* hatte ihre Hautfarbe als «kakaobutterbraun» beschrieben –, und dann die Beine, einhundertzwölf Zentimeter von der Hüfte bis zum Boden. Es waren Beine, die sie dahintrugen, als würden sie den Boden nicht berühren. Sie bürstete ihr Haar. Der Kurzhaarschnitt war gar nicht so schlecht – eine perfekt geformte schwarze Kappe aus gleich kurzen, nur zum Nacken hin etwas längeren Haaren.

Sie schlüpfte in Leggings und T-Shirt. Ihr Magen knurrte. Auf dem Weg zum Studio mußte sie sich ein Baguette besorgen, sonst würde das Geknurre den ganzen Tag anhalten.

Mißmutig saß sie im Taxi, blind für das in der Morgensonne leuchtende Paris, stopfte das Weißbrot in sich hinein und betrachtete die Menschen, an denen sie vorüberfuhr. Es waren normale Menschen im Gegensatz zu dem verstiegenen Völkchen, dem sie angehörte oder die Moderedakteurin Susie Verge von *Sept Jours*, mit der sie heute arbeiten würde, der Make-up-Künstler Laurent oder der Fotograf McGrath. Plötzlich schämte sie sich, daß sie den Tag so unlustig begann. Ihre Mutter hatte einmal gesagt: «Ottoline, du weißt gar nicht, was das Wort Arbeit bedeutet.»

Ihre Mutter wußte, was Arbeit hieß. Sie hatte jahrelang in einem Betrieb in Brixton acht bis zehn Stunden am Tag für einen Hungerlohn Pailletten und Perlen an die Korsagen von Abendkleidern genäht. Sie nähte Tag für Tag und Jahr für Jahr, immer in Sorge um ihr Kind, das in einen überfüllten Kindergarten ging, dann in eine Schule mit vielen Schülern und wenig Lehrern, das schließlich nur noch schwänzte und mit Freunden bei McDonald's und Burger King herumhing. Ihre Mutter hatte versucht, ihr zu erklären, daß sie einen Schulabschluß brauchte. «Du wirst es sonst nie zu was bringen, Tilly. Ich habe mein Abschlußzeugnis, und es hat mir sehr geholfen.» Tilly hatte in das müde, blasse Gesicht ihrer Mutter geblickt und es nicht übers Herz gebracht, ihr zu sagen, daß es ihr keinen Pfifferling geholfen hatte. Später hatte sie selbst ohne Schulabschluß alles erreicht. Sie hatte die ganze Welt bereist mit den berühmtesten Fotografen und Moderedakteurinnen, ihr Bild erschien auf der Titelseite sämtlicher Modezeitschriften, sie hatte lukrative Werbeverträge und war der Star der Modenschauen in London, Paris,

Mailand und New York. Ihr Jahreseinkommen belief sich auf eine sechsstellige Summe. Sie besaß einen Ferrari, eine große Wohnung im vornehmen Londoner Stadtteil Kensington und ein ganzes Zimmer voll Designerklamotten. Sie wurde bewundert und war eines der gefragtesten Models – und das alles trotz schlechter Noten in der Schule und einer abgebrochenen Schullaufbahn.

Felicity Livesey von Models Plus hatte sie eines Tages in Ken Market entdeckt, als sie sich auf dem Boden sitzend mit ihrem Freund Mo einen Milchshake teilte und zuschaute, wie die große Welt an ihr vorüberzog.

«Entschuldige, wenn ich dich einfach so anspreche. Dürfte ich dich etwas fragen?»

«Wie bitte?» fragte Tilly.

Sie war vierzehn und erwartete ständig, daß es irgendwie Ärger gab. Die Frau, die zu ihr hinunterblickte, war jung und sehr elegant.

«Du siehst ziemlich interessant aus», sagte die Frau.

«O je», sagte Tilly. «Soll das 'ne Anmache sein? Kein Interesse, Lady.»

«Es ist keine Anmache», sagte die Frau ruhig. «Ich bin von Models Plus. Ich dachte, du hast vielleicht Lust und besuchst uns mal.»

«Ich will ja nicht unhöflich sein», sagte Tilly, «aber ich geh nicht einfach irgendwelche Leute besuchen.»

«Okay», sagte die Frau achselzuckend. «Ist völlig in Ordnung. Nimm meine Karte trotzdem. Wenn du doch Lust bekommen solltest, komm vorbei und bring deine Mutter mit. Ich werde ihr nicht verraten, daß du die Schule schwänzt», fügte sie mit einem kleinen Lächeln hinzu und ging in Richtung Kensington High Street davon.

«Spinnt die?» fragte Mo.

«Total.»

«Zeig mal die Karte.»

«Felicity Livesey, Models Plus, 748 Old Brompton Road», lasen sie beide laut.

«Wau!» sagte Mo. «He, Tilly, was meinst du?»

«Quatsch. Die ist doch nicht echt.»

«Schon möglich. Aber anrufen könntest du trotzdem.»

«Mo, hör auf. Der Trick ist doch uralt.»

«Hallo», sagte sie, während sie besorgt feststellte, daß sie nur noch zwei Einheiten auf ihrer Telefonkarte hatte. «Ist Felicity Livesey zu sprechen?»

«Wer ist dran?»

«Sie wird meinen Namen nicht kennen. Sie hat mich gestern in Ken Market angesprochen. Ein schwarzes Mädchen, vor dem Juwelierladen.»

«Einen Moment, bitte.»

Tilly sah, wie sich ihre zwei Einheiten in eine verwandelten, und hörte die Stimmen am anderen Ende der Leitung.

«Hallo? Felicity läßt dir ausrichten, du sollst mit deiner Mutter morgen früh bei uns vorbeikommen.»

Tilly ging die Straße einige Male hinauf und hinunter, bevor sie sich ein Herz faßte und die Tür öffnete, auf der Models Plus stand. Ein Schild schickte sie in den zweiten Stock. Sie ging nach oben und betrat einen großen Raum, in dem sich unwahrscheinlich viele Menschen befanden. Ein Mädchen saß gleich neben der Tür an der Telefonvermittlung.

«Hallo», sagte Tilly unsicher, «ich bin hier, weil ich –»

«Tut mir leid», sagte das Mädchen. «Wir nehmen zur Zeit keine Bewerbungen an. Wir sind ausgebucht. Hast du Fotos? Die kannst du hierlassen.»

«Nein, ich habe keine Fotos», sagte Tilly und versuchte höflich zu bleiben. «Und ich bin hier, weil Sie mir gesagt haben, daß ich kommen soll.»

«Wie ist dein Name?» fragte das Mädchen angeödet.

«Tilly. Tilly Mills.»

Das Mädchen blickte auf den Terminkalender. «Tut mir leid. Da muß ein Irrtum vorliegen.»

«Es ist kein Irrtum», sagte Tilly. «Felicity Livesey hat gesagt, ich soll bei ihr vorbeikommen.»

«Ich werd sie fragen. Sie ist nur nicht da. Du kannst dich inzwischen da drüben hinsetzen.»

«Ich bleib lieber stehen», sagte Tilly. «Wenn Miss Livesey nicht da ist und Sie sowieso ausgebucht sind, dann geh ich eben wieder.»

«Gut», sagte das Mädchen und lächelte herablassend.

Enttäuscht und in ihrem Stolz verletzt, wandte sich Tilly zur Tür, und als sie sie öffnete, kam Felicity herein.

«Hallo», sagte sie. «Wie geht es dir? Wo ist deine Mutter?»

«Sie arbeitet», sagte Tilly.

«Ist heute keine Schule?»

«Nein. Heute ist Lehrerkonferenz.»

«Aha», sagte Felicity. «Hör zu. Könntest du hier warten? Ich muß noch ein paar Anrufe erledigen, und dann habe ich Zeit für dich.»

Tilly setzte sich und sah sich um. Das Mädchen neben ihr, eine zierliche Blondine, bot ihr einen Kaugummi an. Tilly nahm ihn dankbar an.

«Bist du neu?» fragte die Blondine.

«Ja. Vielleicht.»

«Du siehst prima aus», sagte der junge Mann, der auf der Sofalehne saß.

«Danke.»

Von dem runden Tisch in der Mitte kam eine junge Frau auf sie zu.

«Ich heiße Jackie. Könnte ich ein paar Polaroids von dir machen?»

«Was?» fragte Tilly.

«Polaroids. Fotos.»

«Okay», sagte Tilly.

Jackie führte sie auf den Vorplatz und machte mehrere

Aufnahmen. Dann ließ sie Tilly einfach stehen und ging wortlos ins Büro zurück. Tilly folgte ihr unsicher.

Felicity winkte ihr von ihrem Schreibtisch aus zu. Sie hatte die Fotos in der Hand, und während Tilly ihr gegenüber Platz nahm, begann sie, ein Formular auszufüllen mit Tillys vollem Namen, Adresse, Alter und Körpergröße.

«Hast du schon einmal daran gedacht, Model zu werden?» fragte Felicity.

«Nein. Nicht wirklich», sagte Tilly.

«Ich denke, du solltest es tun. Aber ich muß erst einmal mit deinen Eltern sprechen. Könnten sie herkommen?»

«Ich habe keinen Vater», sagte Tilly. «Und meine Mutter arbeitet den ganzen Tag.»

«Könnte sie am Samstag kommen? Denn ich kann ohne ihre Erlaubnis nichts machen. Wir nehmen die Mädchen nicht gern aus der Schule. Bis du sechzehn bist, würdest du nur nach der Schule oder in den Ferien arbeiten. Es ist ein langer und schwerer Weg, Tilly. Der Job ist weder romantisch noch leicht. Das alles will ich auch deiner Mutter sagen. Sieh zu, daß sie nächsten Samstag zu einem Gespräch vorbeikommt. Ich würde mich sehr freuen, sie kennenzulernen.»

«Ja. In Ordnung», sagte Tilly und versuchte, ganz gelassen zu wirken. «Ich werd's versuchen. Danke», fügte sie noch hinzu, als sie aufstand. Auf der Straße mußte sie sich beherrschen, keine Purzelbäume zu schlagen.

Ihre Mutter war gar nicht erfreut. Sie wollte nicht einmal zu Felicity Livesey gehen. «Dabei kommt doch nichts heraus, Tilly. Und diese Modewelt ist furchtbar. Ich wünsche mir für dich etwas anderes. Dir all den Unsinn in den Kopf zu setzen! Es ist unmoralisch.»

«Das ist es nicht. Du wirst Felicity Livesey mögen. Wenn es klappt, verdiene ich viel Geld, und wir können uns irgendwo im Westen ein schickes Haus mieten, und du kannst diesen miesen Job an den Nagel hängen.»

«O Tilly», seufzte Rosemary. «Hör auf zu träumen. Um so weniger enttäuscht bist du hinterher. Wann – wann sollen wir zu dieser Frau gehen?»

Das alles war Vergangenheit, die kurze rührende Geschichte von einem zu groß geratenen, aufmüpfigen Schulmädchen, das ein Superstar wurde, ein Topmodel, um das sich die Modehäuser rissen. Die Fotografen, Modejournalisten, Werbeagenturen aus London, Paris und New York standen bei Felicity Schlange, um einen Termin mit Tilly Mills zu bekommen. Sie war im Fernsehen zu sehen, in Zeitschriften, auf Reklamewänden und Bussen. Sie war praktisch mit einem Schlag berühmt geworden und tauchte schon bald in den Gesellschaftskolumnen auf. Sie war die Modelqueen, ein Symbol ihrer Zeit, ungeschliffen, herb und unverschämt sexy. Sie hatte Affären mit berühmten Stars und liebte dieses Leben.

Tilly hatte nicht das schicke Haus im Westen gekauft, das ihre Mutter ohnehin nicht gewollt hätte, sondern ein hübsches kleines Landhaus in Peckham Rye, in dem sich Rosemary Mills ein eigenes Geschäft als Aromatherapeutin einrichtete. Tilly zog an ihrem achtzehnten Geburtstag in eine eigene Wohnung in Kensington.

Um sieben Uhr traf sie im Studio ein. Mick McGrath, der Fotograf, sah noch schäbiger aus als sonst. Kaffee trinkend saß er auf einem Stuhl, roch nach Knoblauch und las die *Times*.

«Hallo, *Baby*.»

«Hallo, Mick», sagte Tilly kühl.

«Gutes Licht heute. Ich habe unseren Leuten da draußen gesagt, daß ich um acht Uhr vor Ort sein will. Mit dir im Hochzeitsfummel auf der Place des Vosges. Und du sollst Felicity anrufen. Aber mach schnell.»

«Tilly, Meg Rosenthal hat mich angerufen», sagte Felicity.

«Wer?»

Rosenthal war das Neueste und Feinste auf dem Kosmetiksektor. Sie starteten gleichzeitig in England, Amerika, Frankreich und Italien. Die Verkaufszahlen übertrafen bereits nach neun Monaten alle Erwartungen.

«Sie wollen dich, Tilly.»

«Du meinst, sie wollen wirklich mich?»

«Ein Vertrag über eine Million Dollar, und das nur für den Anfang.»

Mickys kleines Büro schien ein wenig zu schwanken. Es war nicht nur das viele Geld, das sie schwindlig machte, auch nicht die Berühmtheit, die sie erlangen würde. Es war die Tatsache, daß eine Firma der absoluten Spitzenklasse auf sie, ein schwarzes Mädchen, setzen wollte. Sie wußte, was das bedeutete, daß man sie doppelt so schön, inspirierend und begehrenswert fand wie die anderen. Nur so war sie kein Risiko, keine politische Aussage. Statements interessierten diese Leute nicht, für sie zählten nur Bilanzen.

«O Gott», sagte Tilly. «Und was heißt das für mich?»

«Mal abgesehen vom Geld, daß du mehr oder weniger sofort nach New York übersiedeln mußt.»

«Warum?» fragte Tilly.

«Sie haben es eilig. Sie wollen sofort mit der neuen Werbung beginnen. Sie brauchen dich wirklich, Tilly. Es ist eine riesige Sache.»

Tilly versuchte das Ganze zu begreifen, was es für sie heute, morgen, nächste Woche und nächstes Jahr bedeutete. Sie würde ein Stück Firmenvermögen sein. Andererseits gab es dafür eine Menge Geld. «O Felicity, ich weiß nicht. Was meinst du –»

«Verdammt, Tilly, ich hab gesagt, du sollst schnell machen!» Die schwarzen Augen von Mick McGrath blitzten gefährlich.

«Felicity, ich muß los. Ich muß darüber nachdenken. Ich ruf dich heut abend an und sag Bescheid.»

«Gut. Ich denke, das müssen sie akzeptieren. Bye, Tilly.»

Tilly legte auf und zögerte einen Moment, dann ging sie in das Ankleidezimmer, wo der Visagist bereits auf sie wartete.

«Du sollst heute eine Braut sein, *n'est-ce pas*?»

«Ja», sagte Tilly. Und plötzlich fiel ihr ein, daß heute Cressidas Hochzeitstag war. Und was tat sie? Sie ließ die Forrests in aller Ruhe ihr Fest feiern. Cressida durfte am Arm ihres Vaters zum Altar schreiten, und er würde selbstgefällig auf die Braut und die versammelte Gemeinde herablächeln.

«Ich bin so blöd», sagte sie laut.

«Comment?» fragte Laurent zerstreut.

«Ach nichts», sagte Tilly. «Wo ist das Kleid?»

«Hier», sagte Micks Assistentin Emma. «Es wird dir zu kurz sein, selbst wenn du keine Schuhe trägst. Bei den Aufnahmen müssen wir ein bißchen darauf achten. Aber sie wollten den Saum nicht auslassen.»

«Kann ich mir vorstellen», sagte Tilly. «Was hat es wohl gekostet? Eine Million Francs?»

«Vermutlich mehr», sagte Emma. «Aber es ist hübsch.»

Tilly blickte auf die Wolken cremefarbener perlenbestickter Seide und seufzte. Es erschien ihr wie eine Ironie des Schicksals, daß sie ausgerechnet heute in einem Hochzeitskleid posieren sollte.

«Du wirst es dort anziehen müssen», sagte Emma. «Wir kriegen dich damit nicht ins Auto. Du kannst dich in einem Eingang umziehen.»

«Gut», sagte Tilly gelassen.

Bis zur Place des Vosges waren es nur fünf Minuten. Sie fuhren durch die noch stillen Straßen. Die gewölbten Arkaden an der Place des Vosges wirkten im Licht der Morgensonne wie eine Kathedrale. Tilly blickte auf ihre Uhr. Noch nicht ganz acht; noch nicht einmal sieben in England. Sie standen vor einem Geschäft, das teure Antiquitäten verkaufte – Tilly nur im Slip, während Emma und Laurent das Brautkleid hochhielten, damit sie hineinschlüpfen konnte –, als Micks drahtloses Telefon summte.

«Ja», hörte sie ihn sagen, «sie ist hier. Nein, sie kann nicht ans Telefon kommen. Sie arbeitet, Kamerad. Was? Es ist dringend? Na gut. Aber in Kurzfassung, wenn ich bitten darf.» Er reichte Tilly das Telefon. «Für dich.»

«Wer ist es?» Tilly zupfte die seidenen Röschen am Ausschnitt zurecht.

«Irgendein Rufus, Tilly-Darling.»

«Gib her!» sagte Tilly scharf. «Rufus? Ja, ich bin's. Was ist los?»

Rufus' helle Stimme klang besorgt.

«Tilly, es tut mir leid, daß ich störe. Aber ich muß mit dir sprechen. Es ist etwas Schreckliches passiert. Das Ganze ist ein Alptraum. Michael und ich waren die ganze Nacht bei Oliver. Er sagt, er kann die Sache nicht durchziehen. Tilly, wir sind einfach ratlos.»

KAPITEL 5

Susie – acht Uhr morgens

Susie liebte es, morgens aufzuwachen und langsam in den Tag hineinzugleiten. Nach einigen Dehn- und Streckübungen, die sie im Bett liegend absolvierte, griff sie nach der Thermoskanne, goß heißes Wasser in die Tasse auf ihrem Nachttisch und trank langsam ihren Morgentee. Dann stand sie auf, schlüpfte in Badeanzug, Jogginganzug und Turnschuhe, lief die Treppe hinunter und stieg in ihr silbergraues Mercedescabrio. Sie lebte mit ihrem Mann und ihren zwei jüngeren Kindern – Annabel war siebzehn, Tom fünfzehn – in einem ungewöhnlich schönen Haus an der Chiswick Mall. Von hier aus war es nur eine kurze Fahrt zum Riverside Health Club, wo sie dreißig Bahnen schwamm. Um halb acht war sie wieder zu Hause, geduscht und angezogen. Sobald die Kinder das Haus verlassen hatten, brachte sie eine große Tasse starken Tee zu ihrem Mann nach oben, weckte ihn mit einem zärtlichen Kuß und ließ das Badewasser für ihn einlaufen. Susie sorgte gut für ihren Mann. Sie hatte ihn glücklich gemacht, und er hatte ihr ein angenehmes Leben geboten. Daß sie während der meisten Zeit ihrer neunundzwanzigjährigen Ehe ein Verhältnis mit einem anderen Mann hatte, faßte sie weder heute noch irgendwann als Ehebruch auf. Susie war kein Mensch, der viel über sich nachdachte. Ihr kam es darauf an, daß alles im Leben glatt und angenehm verlief.

Aber heute war diese Ruhe in mehr als einer Hinsicht gestört, das Erwachen weniger angenehm, und die Gedanken und Erinnerungen, die ihr durch den Kopf gingen, machten ihr angst. Der Tag, der vor ihr lag, stellte keine besonderen Anforderungen an sie, aber sie mußte einen Telefonanruf machen, vor dem sie sich fürchtete, und es gab kein Schwimmbad in der Nähe und nicht die übliche Routine, in die sie sich hätte flüchten können, um ihre Angst zumindest vorübergehend loszuwerden. Sie hätte darauf bestehen sollen, erst heute vormittag nach Wedbourne zu fahren statt bei den Beaumonts, den Nachbarn der Forrests, zu übernachten. Es wäre viel einfacher gewesen. Aber Alistair wollte nicht riskieren, im Verkehr steckenzubleiben.

Sie stand auf und blickte aus dem Fenster. Was sie sah, verbesserte ihre Laune ein wenig. Der Himmel war klar; nur über dem Tal unterhalb des Hauses hing noch ein leichter Dunstschleier. Auf der Koppel neben dem Haus grasten zwei Pferde. Janet Beaumont war mit einem großen Strohhut auf dem Kopf im Garten und schnitt weiße Rosen. Auf dem Tennisplatz hinter dem Rosengarten spielte Tom mit Mike Beaumont Tennis. Sie schaute ihm zu, und ihr Herz floß über vor Liebe und Stolz. Tom war ihr Jüngster, und natürlich war der Jüngste immer das Nesthäkchen. Ihr Verhältnis zu Rufus war schon immer anders und etwas ganz Besonderes gewesen. Was sie für ihn empfand, hatte fast nichts mehr mit Mutterliebe zu tun. Aber Tom war ihr Kleiner, er brauchte sie, und das noch lange. O Gott, dachte sie, was würde aus ihm werden, wenn ... Die Angst schnürte ihr plötzlich die Kehle zu. «In einer Stunde weißt du Bescheid», sagte sie sich, «also Kopf hoch.»

Susie lag in der fleckigen Wanne des einstigen Kinderbadezimmers und seifte sich ein. Als im Flur unten das Telefon klingelte, hörte sie, wie sich Janet Beaumont mit ihrer tiefen Stimme meldete.

«Hallo Maggie!» sagte sie. «Ihr habt euch einen schönen Tag ausgesucht. Nun kann nichts mehr schiefgehen. Was?

Nein, wie merkwürdig. Ich kann mir nicht vorstellen – ach Maggie, sie kann nicht weit sein. Sie wird einen Spaziergang machen, um ihre Nerven zu beruhigen. Nun mach dir mal keine Sorgen. Sicher ist alles völlig in Ordnung.»

Susie stieg aus der Wanne, zog den Bademantel über und ging nach unten. Janet stand am Küchenfenster und starrte nach draußen.

«Janet? Was wollte Maggie? Ist etwas nicht in Ordnung?»

«Ach, vermutlich ist alles in Ordnung», sagte Janet und wandte sich ihr zu. «Cressida ist spazierengegangen. Aber ich kann verstehen, daß sich Maggie Sorgen macht, denn anscheinend ist sie seit über einer Stunde fort. Hoffentlich ist ihr nichts zugestoßen.»

«Das kann ich mir nicht vorstellen», sagte Susie. «Ich denke wirklich, daß sie einfach nur ein wenig allein sein wollte. Die eigene Hochzeit stellt die Nerven auf eine harte Probe.»

Sie erinnerte sich deutlich an ihren eigenen Hochzeitstag vor neunundzwanzig Jahren, als sie mit ihrem Vater darauf wartete, in die Kirche zu fahren. Er hatte ihr ein Glas Champagner in die Hand gedrückt, und sie sah sich im selben Moment im Spiegel – leichenblaß, die dunklen Augen riesig, und das Glas in ihrer Hand zitterte.

Neil Carrington kam auf sie zu und umarmte sie.

«Du hast doch keine Zweifel, oder? Es ist immer noch Zeit, um –»

«O Daddy», sagte Susie und umarmte ihn, ergriffen von Liebe und Zärtlichkeit für diesen Mann, der tatsächlich erwog, eine Hochzeit abzusagen, für die er eine Menge Geld ausgegeben hatte. «Daddy, du bist ein Schatz. Natürlich will ich Alistair heiraten. Er ist der perfekte Ehemann, und ich bin ein glückliches Mädchen.»

«Ich habe noch kein einziges Mal gehört, daß du ihn liebst.»

«Tatsächlich?» Susie trank rasch ihren Champagner aus.

«Das muß dir jedesmal, wenn ich es gesagt habe, entgangen sein. Natürlich liebe ich ihn. Er ist nett und –»

Plötzlich schrillte das Telefon: «Ich gehe ran. Es wird Bunty sein aus Los Angeles. Sie wollte anrufen.»

«Ungünstiger Zeitpunkt», sagte ihr Vater. «Der Wagen fährt gerade vor. Beeil dich, Susie.»

«Ohne mich können sie nicht anfangen», sagte Susie, während sie ans Telefon in der Diele ging. «Susie?»

«Bunty! Hallo.»

«Wer zum Teufel ist Bunty? Hier ist James.»

«Wie nett von dir, daß du anrufst, Bunty. Wirklich. Perfektes Timing. Der Wagen steht vor der Tür.»

«Susie, bitte, tu es nicht. Ich ertrag es nicht. Du weißt, daß ich dich liebe.»

«Das weiß ich eigentlich nicht», sagte sie kühl und beherrscht. «Und nachdem du nicht hiersein konntest, muß ich es ohne dich tun. Leider. Ich weiß, du wirst trotzdem an mich denken. Ich muß los. War lieb von dir, daß du angerufen hast. Bye, Bunty.»

Sie legte den Hörer auf. Dann zog sie den kurzen Schleier über ihr Gesicht, kehrte in den Salon zurück und nahm den Arm ihres Vaters. «Komm, Daddy», sagte sie. «Es ist Zeit.»

Susie warf einen Blick auf ihre Uhr; gleichzeitig begann ihr Herz wild zu klopfen. «Janet, könnte ich kurz in London anrufen? Das Gespräch wird nicht lange dauern.»

«Ja, natürlich», sagte Janet Beaumont. «In meinem Schlafzimmer steht ein Apparat. Dort kannst du in Ruhe telefonieren. Ich mache inzwischen Kaffee.»

Susie ging nach oben und setzte sich auf Janets Bett. Eine ganze Weile starrte sie nur auf das Telefon, dann wählte sie beinahe fieberhaft eine Nummer.

«Hier ist Mrs. Drayton. Ist Dr. Hobson schon da? Ich sollte heute um diese Zeit anrufen.»

Kurz danach meldete sich die unbeschwerte Stimme von

Dr. Hobson. «Mrs. Drayton. Guten Morgen. Was für ein schöner Tag für eine Hochzeit. Sind alle wohlauf bei Ihnen?»

«Ja, alles bestens», sagte Susie. «Dr. Hobson, haben Sie die Auswertung des Mammogramms?»

«Ja», sagte er. «Sie liegt vor mir. Mrs. Drayton, nun – es hat wohl keinen Sinn, lange herumzureden. Ich habe mir Ihre Ultraschallbilder und das Mammogramm angesehen und bin leider nicht zufrieden. Es ist nicht nur der Knoten. Wir haben auch eine Verhärtung – ganz in der Nähe des Knotens.»

«Oh.» Es war merkwürdig. Sie war nicht einmal sonderlich erschrocken, fühlte sich kaum berührt, als ginge sie das Ganze nichts an. Sie hatte das Gefühl, sehr klein in der Mitte eines riesigen leeren Raums zu sitzen. Dr. Hobson redete weiter, aber sie hörte nicht genau, was er sagte. Sie saß da und versuchte zu begreifen, daß es Wirklichkeit war.

«– möchte ich Sie so bald wie möglich hier haben», verstand sie schließlich. «Lieber heute als morgen, wenn es geht.»

«Heute geht es nicht», sagte Susie. «Aber – nun, wahrscheinlich morgen, wenn –» Zu ihrem Entsetzen hörte sie, wie ihre Stimme zitterte. Mit aller Kraft nahm sie sich zusammen und lächelte ins Telefon.

«Also gut. Morgen paßt es sicher. Ich muß nur noch mit meinem Mann sprechen –»

«Selbstverständlich. Es tut mir sehr leid, Mrs. Drayton, und besonders, daß ich Ihnen diese Nachricht am Telefon mitteilen muß, aber Sie –»

«Ich weiß, es war meine Idee.» Sie lächelte wieder, als könnte er sie durchs Telefon sehen.

«Und denken Sie immer daran, daß selbst der schlechteste Befund heute längst nicht mehr das ist, was er früher einmal war. Es gibt viele Behandlungsmöglichkeiten, die Prognose ist gut –»

«Ja, natürlich», sagte Susie.

«Dann also bis morgen. Möchten Sie, daß ich vorher noch mit Ihrem Mann spreche?»

«O nein», sagte Susie. «Ich werde selbst mit ihm sprechen. Auf Wiedersehen, Dr. Hobson.»

Sie legte den Hörer auf und starrte aus dem Fenster, die Hand unter der linken Brust, in der sich so schnell und unmerklich ein alles zerstörendes Monster eingenistet hatte.

Sie hatte Krebs. Nachdem, was Dr. Hobson gesagt hatte, gab es daran keinen Zweifel. Sie hatte es schon eine Weile gewußt, seit sie den Knoten entdeckte, als sie ihre Brust mit Bodylotion einrieb. Es war an einem Tag gewesen, an dem sie sich mit James traf. Natürlich hatte sie ihm nichts davon gesagt, sondern zwei Wochen gewartet und gehofft, daß es nur eine vorübergehende Erscheinung sein würde, die nach ihrer nächsten Periode wieder verschwand. Aber der Knoten war nicht verschwunden. Sie nahm auch seit einiger Zeit ab, nicht viel, aber genug, daß es ihr aufgefallen war.

Sie versuchte, ihre neue Situation zu erfassen und der Tatsache ins Auge zu blicken, daß sie möglicherweise in einem halben oder vielleicht auch erst in einem Jahr auf qualvolle Weise sterben würde, obwohl sie heute noch schön und begehrenswert war. Sie würde dafür sorgen, daß sie James für sich haben konnte, für sich ganz allein. Das war er ihr schuldig. Das waren ihr alle schuldig. Sie hatte es sich verdient.

KAPITEL 6

James – zehn Uhr vormittags

Als er in die Einfahrt einbog, sah er sofort, daß etwas nicht stimmte. Maggie stand am Hintereingang. Ihr rundes Gesicht war bleich und angespannt, und Janine, die neben ihr stand, hielt ihren Arm. Dann kam Harriet auf ihn zugelaufen. «Was ist los?» fragte er durch das offene Wagenfenster.

«Cressida», sagte Harriet einigermaßen ruhig, aber mit einem leichten Unterton von Panik. «Sie ist weg.»

«Weg?» sagte James, während er ausstieg und zu Maggie und Janine hinüberblickte. «Was heißt weg?»

«Daddy, sie ist nicht da», sagte Harriet. «Und ihr Wagen auch nicht. Und das seit vermutlich drei Stunden.»

James fühlte sich für einen Moment wie damals, als er mit dem Wagen ins Schleudern geraten war und sich zweimal überschlagen hatte. Er lehnte sich haltsuchend gegen den Wagen. «Drei Stunden», wiederholte er wie benommen. «Aber das ist absurd. Sie war hier, als ich wegfuhr – so gegen sieben.»

«Woher weißt du, daß sie um die Zeit noch hier war?» fragte Harriet ungeduldig. «Hast du sie gesehen?»

«Nein. Aber ihre Tür war zu, alles schien ruhig –»

«Wo bist du denn überhaupt gewesen?» fragte Maggie, die zum Wagen herüberkam. Ihre Stimme klang hoch und unsicher. «Was hast du die ganze Zeit gemacht?»

«Einen Waldlauf, wie immer», sagte James leichthin. Um eine Ausrede war er nie verlegen. «Aber wo warst du um sieben Uhr, Harriet? Du hättest doch einen Ton sagen können, statt drei Stunden zu warten.»

«Daddy, ich habe sie gesucht», sagte Harriet ruhig, sah ihn aber vorwurfsvoll an. «Ich wollte keine Panik auslösen. Außerdem war ich überzeugt, sie würde wiederauftauchen. Jedenfalls suchen wir sie jetzt schon sehr lange, rufen wer weiß wo an –»

«Wen habt ihr angerufen?»

«Mutter hat die Beaumonts angerufen. Ich habe versucht, Michael zu erreichen, aber er ist nicht im Hotel, und bei Theo ist dauernd besetzt.»

«Was ist mit den Bergins? Weiß Oliver etwas?»

«Wir haben sie noch nicht angerufen», sagte Harriet.

«Warum nicht, um Himmels willen?» James merkte, daß er hysterisch klang. Er atmete tief ein und zwang sich, normal weiterzusprechen. «Wenn sie wirklich vermißt ist, dann ist Oliver doch wohl der erste, der es erfahren sollte. Sie könnte auch bei ihm sein.»

«Sie ist nie und nimmer bei ihm», sagte Maggie.

«Warum denn nicht? Es wäre zumindest eine mögliche Erklärung.»

«James, sie ist auf keinen Fall bei Oliver», sagte Maggie. «Sie hat so darauf bestanden, ihn nicht mehr nach Mitternacht zu sehen. Erinnerst du dich nicht an gestern abend? Es ist überflüssig, diese Möglichkeit auch nur –»

«Mein Gott», sagte Harriet, «jetzt streitet euch doch nicht wegen so etwas. Du rufst die Bergins an, Daddy, wenn du es für richtig hältst. Wir waren einfach noch nicht soweit.»

«Ich werde sie anrufen», sagte Janine ruhig. «Das ist vielleicht diskreter. Kann ich den Apparat in deinem Arbeitszimmer benutzen, James?»

«Ja, natürlich. Danke, Janine.»

Sie verschwand im Haus und die anderen sahen ihr nach, als würde sie die Lösung des Rätsels auf ihrem schmalen Rücken tragen.

«Nun, wir könnten auch hineingehen», sagte James schließlich. Er hatte sich etwas gefangen und war wieder in der Lage, klar zu denken. «Was ist mit ihrer Wohnung in der Stadt? Habt ihr dort angerufen?»

«Ja, wir rufen laufend dort an. Aber es nimmt niemand ab.»

«Und habt ihr die Polizei verständigt?»

Maggie blieb auf der Schwelle zur Küche stehen und sah ihn verdutzt an. «Warum sollten wir die Polizei verständigen?» fragte sie.

«Weil Cressida vielleicht einen Unfall hatte.»

«Ach, Unsinn, sie hatte keinen Unfall. Wir sollten nicht auch noch die Polizei belästigen. Harriet, machst du bitte Tee? Ich glaube, ich sollte –»

Sie sah plötzlich ganz grau aus. Ihre Augen waren riesig, die Pupillen erweitert. Sie machte ein paar Schritte und taumelte. James nahm ihren Arm und führte sie zu einem Stuhl. Sie schwitzte, dabei hatte sie eiskalte Hände, und ihre Lippen waren ganz weiß. Sie stand kurz vor einem Zusammenbruch. Er wandte sich an Harriet. «Darling, beeil dich mit dem Tee. Mit viel Zucker.» Er drückte Maggie den Kopf zwischen die Knie. Das Haar klebte an ihrem feuchten Nacken, und auf dem Rücken ihres Hausanzugs war ein dunkler Fleck.

Als Harriet den Tee brachte, richtete sich Maggie auf und nahm die Tasse mit zitternden Händen.

«Besser?» fragte James. Er beobachtete sie, während sie trank, und sah, daß ein wenig Farbe in ihr Gesicht zurückkehrte.

«Ein wenig.»

«Gut. Mach dir keine Sorgen, Darling. Sie wird –»

«Hör auf, James», sagte Maggie, und er war über die altbekannte Schärfe in ihrer Stimme geradezu erleichtert, «ich versuche ruhig zu bleiben, und ich werde tun, was nötig ist. Aber erzähl mir nicht, ich soll mir keine Sorgen machen und daß sie bestimmt zurückkommen wird. Ich ertrage das nicht.»

Janine kam in die Küche und lächelte vorsichtig.

«Was hat Oliver gesagt?» fragte James.

«Ich habe nicht mit ihm gesprochen», antwortete Janine. «Ich wurde mit Julia verbunden, leider. Aber Oliver hätte sowieso noch geschlafen.»

«Jetzt noch? Wie merkwürdig.»

«Julia sagte, er habe mit den Jungs bis drei Uhr gepokert. Sie wollte ihn nicht wecken, und ich mochte sie auch nicht dazu bewegen. In diesem Stadium.»

«Sehr vernünftig. Aber ich muß sagen, es hört sich gar nicht nach Oliver an. Er spielt so gut wie nie Poker. Eher Bridge. Aber vielleicht konnte er nicht schlafen, und die beiden anderen haben ihn überredet. Sonst klang Julia ganz normal?»

«O ja. Sie sagte, was für ein wundervoller Tag es sei und daß sie hoffe, wir würden uns alle genauso freuen wie sie und Josh.»

«Du lieber Gott!» sagte Harriet. «Jedenfalls klingt es nicht, als gäbe es dort irgendwelche Hinweise. Du hast recht gehabt, Mutter.» Und an ihren Vater gewandt, fuhr sie fort: «Daddy, was meinst du? Sollten wir nicht doch die Polizei anrufen? Und die Krankenhäuser?»

James stand am Fenster und wartete darauf, daß Cressidas kleiner Wagen jeden Moment in die Einfahrt einbog, daß sie aussteigen, ins Haus laufen und sie mit tausend Entschuldigungen überschütten würde. Er hatte Angst davor, die Polizei anzurufen. Damit würde er Cressidas Verschwinden offiziell machen.

Auf dem Kies der Einfahrt knirschten Autoreifen. Alle starrten wie gebannt. Es war der Blumenhändler. Er klopfte an die offene Hintertür und wartete pfeifend, daß jemand kam. Harriet ging hinaus.

«Oh, Mr. Spragg, guten Morgen.»

«Morgen, Miss Forrest. Ich hab ein paar hübsche Sachen für Sie. Ein Brautbukett, acht Brautjungfernsträuße und die Krönchen. Was ist? Soll ich sie vielleicht wieder mitnehmen?»

Inzwischen standen alle um ihn herum und starrten ihn an. Seine Worte klangen schrecklich prophetisch. Mr. Spraggs joviales Lächeln erstarb.

«Stimmt etwas nicht?»

«Nein, nein», sagte Harriet und lächelte flüchtig. «Die Blumen sind wunderschön. Vielleicht bringen wir sie in den Vorratsraum. Dort ist es kühler.»

Mr. Spragg fand zu seiner fröhlichen Stimmung zurück und brachte die Schachteln mit den Sträußen ins Haus.

«So. Bitte hier unterschreiben, Miss Forrest. Wünsche einen angenehmen Tag, und geben Sie Ihrer Schwester 'nen Kuß von mir. Also, Sie werden noch viel zu tun haben, und ich muß los. Alles Gute.»

«Oh, ja. Danke, Mr. Spragg.» James brachte kaum diese wenigen Worte heraus.

Der Lieferwagen wendete und fuhr die Einfahrt hinunter. Maggie warf James einen Blick zu, als suche sie Trost, und dann begann sie plötzlich zu weinen. Die Tränen rannen ihr über das Gesicht. Harriet ging auf sie zu. «Mutter, nicht doch, bitte.»

«Laß mich!» sagte Maggie barsch. «Rühr mich nicht an, sondern geh und finde sie!»

«Maggie, nimm dich zusammen», sagte James. Er hörte selbst, wie verzweifelt seine Stimme klang.

«Ich kann nicht», rief Maggie schluchzend. «Sie ist fortgegangen. Wir werden sie nicht finden, und der ganze Tag wird eine einzige Katastrophe. Was sollen wir nur tun?»

Mit vor Furcht geweiteten Augen starrte sie ihn an.

«Ich denke, wir sollten die Polizei anrufen», sagte er bedrückt.

James rief zuerst den Pfarrer an, dann die Polizei und sämtliche Krankenhäuser in der Umgebung. Es waren keine Unfälle gemeldet, nicht einmal kleinere.

Er sah auf seine Armbanduhr. Halb elf. Sie würden bald

anfangen müssen, den Leuten Bescheid zu sagen. So konnten sie nicht weitermachen. Es wäre unverantwortlich gewesen, Oliver nicht als ersten zu informieren. Sie hätten es schon vor Stunden tun sollen.

Er rief das Hotel der Bergins an und verlangte, Dr. Oliver Bergin zu sprechen. Er wurde verbunden, und es meldete sich Julia.

«Oh, Julia. Hier ist James Forrest. Ich wollte eigentlich deinen Sohn sprechen.»

«Warum?» fragte Julia, und sie klang etwas gereizt. «Erst Janine, jetzt du. Warum wollt ihr alle Oliver sprechen?»

«Ich hätte gerne noch etwas mit ihm abgestimmt.»

«Und worum geht es? Vielleicht kann ich helfen.»

«Ich glaube nicht, Julia. Es geht um Michaels Rede. Ich wollte wissen, wie lang sie dauern wird.»

«Da hätte ich an deiner Stelle Michael gefragt. Er müßte das doch besser wissen.» Ihre Stimme klang jetzt etwas weicher.

«Völlig richtig. Aber er ist auf dem Tennisplatz.»

«Verstehe. Aber Oliver ist nicht hier. Er sitzt in der Wanne und denkt zweifellos über seine Zukunft nach. Soll er dich nachher zurückrufen?»

«Ja, bitte, Julia.»

«Also dann bis nachher. Es ist ja schon bald soweit, nicht wahr?»

«Ja», sagte James mit einem Blick auf die Uhr, die auf seinem Schreibtisch stand. Schon wieder waren zehn Minuten vergangen.

«Ist sonst noch etwas, James?»

«Nein, nein. Danke.»

Er setzte sich an seinen Schreibtisch. Den Kopf auf die Hände gestützt, schloß er die Augen und hielt sich die Ohren zu, um die Welt für ein paar Sekunden auszuschließen. Es war seine Reaktion auf Krisenmomente, heute wie damals vor fast genau zwanzig Jahren, als er nach einer schwierigen

Zwillingsgeburt endlich um fünf Uhr morgens aus dem Kreißsaal des St.-Edmund's-Krankenhauses in sein Zimmer wankte und sich fragte, wie in Gottes Namen er jemals verkraften sollte, was er gerade getan hatte.

«Dr. Forrest? Hier Schwester Jackson am Apparat. Wir haben einen Zugang, den Sie sich ansehen sollten.»

«Aha», sagte James. «Wenn Sie meinen.»

«Sie ist sehr schmal, das Kind ungewöhnlich groß, und es scheint nicht voranzugehen. Außerdem ist die Frau nicht zu den Vorsorgeuntersuchungen gekommen.»

«Aha», sagte James wieder. Es war halb zwei in der Nacht, und er war nicht in der Verfassung, sich etwas anzusehen, außer vielleicht ein weiteres Glas Whisky. Er hatte schon während des Essens ziemlich viel Wein getrunken, obwohl er wußte, daß er Rufbereitschaft hatte; aber die Abende mit den Draytons waren eine Strapaze. Er wünschte, Maggie würde sie nicht ständig einladen. Er hatte sich nur ein Glas als Aperitif gönnen wollen, aber irgendwie waren ein zweites und ein drittes hinzugekommen, während er sich Alistairs Geschwätz anhören mußte. Wenn er wüßte... hatte James gedacht, als er in das schöne, geliebte Antlitz von Susie blickte. Er hatte ihrer leicht rauchigen Stimme zugehört und sich, krank vor Eifersucht, immer wieder gefragt, warum sie Alistair geheiratet hatte.

«In Ordnung, Schwester», hörte er sich antworten. Wenigstens entkam er so diesem entsetzlichen Abend. «In einer Viertelstunde bin ich da.»

Bevor er ging, trank er noch eine ganze Flasche Mineralwasser und zwei Tassen starken Kaffee. Dann setzte er sich in sein Auto und fuhr die paar Kilometer ins Krankenhaus, wo Rosemary Mills in den Wehen lag.

Sie erschien ihm unglaublich jung, neunzehn, sagte sie, und sah ihn aus großen blauen Augen vertrauensvoll an. Sie war sehr zierlich und schmal gebaut. James seufzte im stillen, als er sie untersuchte. Dann setzte er sein väterliches Lächeln auf und tätschelte ihr die Hand.

«Sieht alles gut aus», sagte er. «Kein Grund zur Sorge.»

«Aber ich fühle mich nicht gut», sagte sie mit verzerrtem Gesicht, als gleichzeitig eine Wehe einsetzte. Sie atmete schwer, ohne den Blick von ihm zu wenden. Er sah, daß sie verzweifelt versuchte, ihren Körper zu entspannen.

«Haben Sie Schwangerschaftsgymnastik gemacht?» fragte er.

«Nicht hier. Ich habe Yoga gemacht. Ich weiß, was ich während der Geburt tun muß.»

«Mhm. Ich empfehle etwas Pethidin. Es hilft sehr gut.»

«O nein», sagte sie rasch. «Ich will keine Drogen. Ich möchte mein Kind auf natürliche Weise bekommen.»

«Nun, wir werden sehen. Die Schwester sagte mir, daß Sie nicht regelmäßig zu den Voruntersuchungen gekommen sind. Das letzte Mal waren Sie hier vor drei Monaten. Das war nicht sehr vernünftig.»

«Ich weiß», sagte sie leise. «Tut mir leid, aber ich hasse Krankenhäuser.»

«Aber nun sind Sie doch hier. Mit Ihrem Ehemann?»

«Nein, mit meiner Yogalehrerin und meiner Mutter. O Gott, es geht wieder los», sagte sie und begann kräftig zu atmen.

Die Hebamme tätschelte ihr aufmunternd die Hand. «Braves Mädchen. So ist's gut. Und Sie wollen wirklich kein Pethidin?»

Rosemary Mills schüttelte den Kopf und biß die Zähne zusammen.

«Der Leib ist sehr hoch», sagte Schwester Jackson, die ihn zu einer Besprechung ins Schwesternzimmer gebeten hatte, «vor allem für eine Erstgebärende. Meinen Sie nicht auch?»

«Nicht unbedingt», sagte James knapp und bewußt zur

Seite, damit sie seinen Atem nicht roch. Aber sie wußte bereits, daß er getrunken hatte; er sah es ihr an.

«Dr. Forrest, Sie sehen sehr müde aus. Soll ich nicht versuchen, jemand anderen zu rufen?»

«Nein, nicht nötig», sagte James.

«Dr. Forrest.» Sie musterte ihn streng. «Ich denke, hier ist ein Kaiserschnitt fällig. Sollen wir im OP Bescheid sagen?»

«Ich treffe meine Entscheidungen selbst, Schwester Jackson.»

«Wie Sie meinen, Dr. Forrest.»

Er trank noch zwei Tassen Kaffee und ging in den Kreißsaal. Rosemary Mills Gesicht war weiß und schmerzverzerrt; ihre Augen waren vor Angst geweitet.

James untersuchte sie. Der Leib war sehr groß, da hatte die Hebamme recht. Der Kopf mußte gedreht werden. Das war es, was die Sache aufhielt. Die Herztöne waren in Ordnung. Dem Mädchen stand allerdings eine schwere Stunde bevor.

«Also», sagte er, «es ist alles in Ordnung, nur das Köpfchen liegt nicht ganz richtig.»

«Was bedeutet das? Ist es gefährlich?» fragte sie in panischer Angst.

«Nein, überhaupt nicht. Es blickt sozusagen nur ein wenig in die falsche Richtung. Aber es kann sich drehen, wenn es in den Geburtskanal kommt.»

Dann kam wieder eine Wehe. Sie preßte. Und es kam die nächste, und sie preßte wieder. Nach zwanzig Minuten hatte sich das Baby immer noch nicht bewegt. Rosemary Mills schrie inzwischen; ihr ganzer Mut hatte sie verlassen, und ihr Gesicht war ebenso von Schmerz wie von Angst verzerrt. «Holen Sie's raus!» schrie sie. «Um Gottes willen, helfen Sie mir. Helfen Sie mir!»

«Also gut», sagte James sanft. «Ich werde die Zange benützen und Ihnen eine örtliche Betäubung spritzen. Und Sie werden einen Dammschnitt brauchen. Dann können wir den

Kopf des Babys drehen und das Kind holen. Haben Sie mich verstanden?»

Rosemary Mills stöhnte hilflos, als ihre Beine in die Halterungen gelegt wurden. James hatte nicht viele Geburten erlebt, die so schwer waren wie diese. Ihm war übel, und er hatte schreckliche Kopfschmerzen.

Er setzte die Zange an den Kopf des Kindes, drehte ihn und begann vorsichtig zu ziehen. Das Baby glitt in den Geburtskanal. Zwischen den Wehen brachte er den Kopf in die richtige Lage. Rosemary war dank des Betäubungsmittels ruhiger. Und er fühlte sich besser. Er hatte alles im Griff. Das Kind lag jetzt mit dem Gesicht nach unten. Er machte den Dammschnitt, zog ein letztes Mal, und das Köpfchen kam zum Vorschein, ein sehr dunkles Köpfchen mit pechschwarzen Haaren. Es folgten kleine braune Schultern und der Rest des kleinen Körpers. Es war ein dunkelbraunes Mädchen. Er hob es hoch, gab ihm einen Klaps, hörte den Schrei und legte es in die zitternden hellen Arme der Mutter.

«Ein hübsches Mädchen», sagte er. «Nun, da hatten wir wirklich Glück. Wie soll denn das kleine Mädchen heißen?» fragte er, während er die Plazenta untersuchte und Vorbereitungen traf, um den Dammschnitt zu nähen.

«Ottoline», sagte Rosemary Mills.

«Ein hübscher Name.»

James lächelte. Schwester Jackson lächelte ebenfalls. Und dann wurde Rosemary Mills schlecht. Nach dem Medikament, das er ihr gespritzt hatte, war das normal. Schwester Jackson lief eine Schüssel holen, James nahm das Baby, und als sich Rosemary Mills übergab, sah er einen Wulst in ihrer Vagina und einen zweiten Membransack, der sich aus dem Geburtskanal schob. James hatte das Gefühl, sich in einem Alptraum zu befinden.

«Schwester», sagte er mit mühsam unterdrückter Panik. «Hier, nehmen Sie das Kind. Es ist noch eines da.»

Ein Schwall Fruchtwasser ergoß sich über das Bett und ein

kleiner Fuß kam zum Vorschein. Rosemary Mills stöhnte. Es waren Zwillinge, und das zweite Kind befand sich in Steißlage.

«Es tut mir leid», sagte er zu Rosemary. «Es lag sehr weit oben. Unter solchen Umständen ist ein zweites Kind oft schwer zu erkennen. Aber keine Sorge. Auch das wird bald geschafft sein.» Wenn er nur klarer im Kopf und nicht so schrecklich müde gewesen wäre! «Nun pressen Sie wieder schön, und ich hole das Baby.»

Sie versuchte es, aber ihre Kräfte waren erschöpft. Es ging alles schrecklich langsam.

«Herztöne?»

«Hundert.»

«Gut. Nun kommen Sie, Rosemary. Pressen! Und noch einmal. Pressen!»

Er half mit den Händen nach, aber seine sonst so geschickten Finger waren unbeholfen. Er tat ihr weh. Sie schrie auf. Er manövrierte das Gesäß des Babys heraus. Und dann kam plötzlich frisches Blut. Die zweite Plazenta löste sich.

«Herztöne?»

«Siebzig», zischte die Schwester.

«Gut. Noch einmal pressen. Gut gemacht. Ah, Sie haben noch eine Tochter. Kommen Sie, helfen Sie uns! Pressen!»

Das Baby kam, obwohl der Kopf sehr groß zu sein schien. Doch dann setzte die Wirkung des Syntometrins ein, das er ihr gespritzt hatte, und der Gebärmutterhals begann sich zu schließen.

«Dr. Forrest, es ist schon fast eine halbe Stunde um. Wir müssen Sie in den OP bringen.»

«Nein, nein – dafür ist es zu spät.»

«Die Herztöne sind bei fünfzig.»

«Halten Sie den Mund und helfen Sie mir.» Er schwitzte. Alles war heiß und irgendwie ungewohnt. Er hatte die Zange angesetzt und zog. Er zog mit seinem ganzen Körpergewicht. Das Kind mußte schleunigst heraus.

«Ah. Da ist es. Gut gemacht, Rosemary.»

Aber das Kind hatte eine eigenartige Farbe. Es war heller als das erste, fast kreideweiß und fleckig. Und die Herztöne waren weg.

Er intubierte das Baby, beatmete es mit dem Sauerstoffgerät. Doch das Herz begann nicht mehr zu schlagen.

«Es tut mir sehr leid», sagte er zu Rosemary Mills, als er das zweite Kind der Schwester übergab, damit es in die Leichenkammer gebracht wurde. «Aber das Kind war so groß, es lag verkehrt, und Sie waren erschöpft. Wir haben getan, was wir konnten.»

«Aber warum konnten Sie nicht –»

«Sehen Sie, Rosemary», sagte James freundlich, aber bestimmt. «Ich sage das nicht gern, aber wenn Sie regelmäßig zu den Voruntersuchungen gekommen wären, hätten wir –»

«O nein! Nein!» schrie sie schriller und durchdringender als während der qualvollen Geburt. Es war ein schrecklicher, verzweifelter Schmerzensschrei. «Ist das wahr, Doktor? Wollen Sie mir sagen, daß ich schuld bin? Daß ich das Kind hätte retten können?»

James atmete tief ein. Wenn die Frau Ärger machte, wenn herauskam, daß er diese Geburt nachlässig, in betrunkenem Zustand durchgeführt hatte, war er erledigt. Er mußte ihr klarmachen, daß sie verantwortlich war, und – verdammt noch mal! – das war sie auch.

«Tut mir leid», sagte er leise, «aber genau das meine ich.»

Sie begann zu weinen, verzweifelt und zunehmend hysterisch. Schwester Jackson eilte herbei, um Rosemary zu beruhigen. «Nicht weinen, Mrs. Mills. Ottoline geht es prächtig. Sie können Sie jetzt dann gleich haben.»

Rosemary sah die Schwester an. «Tut mir leid», sagte sie schluchzend. «Aber Dr. Forrest hat mir erklärt, daß es mein Fehler war, weil ich nicht zu den Voruntersuchungen gekommen bin. Ich habe nicht gewußt –»

«Natürlich nicht», sagte Schwester Jackson besänftigend, während sie James einen verachtungsvollen Blick zuwarf.

James zwang sich, die Schwester anzusehen, und sah, was er befürchtet hatte. Sie wußte, warum der Zwilling gestorben war und warum er Rosemary Mills weismachte, die Schuld läge bei ihr.

Wenn er Visite machte, war er stets freundlich zu Rosemary, zeigte sich mitfühlend, aber auch nicht zu sehr, um keinen falschen Eindruck zu erwecken.

«Ich weiß, ich sollte nicht weinen», sagte sie zu ihm am vierten Tag nach der Geburt und trocknete sich die Augen mit einem Papiertaschentuch. «Ich bin froh, daß Ottoline lebt und gesund ist, aber ich kann nicht aufhören, an das andere Kind zu denken. Ich habe ein so schlechtes Gewissen.»

«Ich weiß, ich weiß. Aber das ist ganz natürlich. Sie müssen um das zweite Kind trauern. Es wäre falsch, wenn Sie es nicht tun würden. Aber Sie sollten auch froh und stolz sein, daß sie ein so feines kleines Mädchen haben», sagte James und lächelte sie an.

Er ging davon aus, daß sie arm sein würde, praktisch mittellos, und höchstwahrscheinlich nie daran denken konnte, etwas gegen ihn und das Krankenhaus zu unternehmen.

«Ach, Doktor», sagte sie noch, als er sich bereits zum Gehen gewandt hatte. «Tamsin, meine Yogatrainerin, würde gern mit Ihnen sprechen. Ist das wohl möglich?»

«Ja, natürlich», sagte James liebenswürdig. «Jederzeit.»

Tamsin war eine der schrecklichsten Frauen, denen James je begegnet war. Ihr teils ergrautes Haar war in der Mitte gescheitelt und zu zwei langen Zöpfen geflochten. Unter der hohen gefurchten Stirn ihres blassen Gesichts blickten ihn zwei kleine Augen durchdringend an.

«Dr. Forrest. Ich bin Tamsin Smith. Wie geht es Rosemary?»

«Gut, Mrs. Smith. Sie erholt sich blendend.»

«Ich habe den Eindruck, daß sie emotional sehr labil ist.»

«Wie fast alle Frauen nach einer Geburt, Mrs. Smith.»

«Die Frauen, mit denen ich arbeite, sind es nicht.»

«Auf welche Weise arbeiten Sie denn mit den Frauen?» fragte James.

«Ich begleite sie während der Schwangerschaft und führe sie zur Mutterschaft hin mit Hilfe der Yogamethoden – Entspannung, Vergegenwärtigung, Schmerzakzeptanz, Öffnung für die Erfahrung der Geburt. Mir scheint, daß Rosemary bei der Geburt ihres Kindes um einiges betrogen wurde, Dr. Forrest. Zudem ist eines ihrer Kinder gestorben.»

Es gelang ihm, ihren Blick zu erwidern. «Es bestand keine Möglichkeit, das Kind zu retten.»

«Das bezweifle ich. Meines Wissens wurde hier etwas versäumt.»

«Das ist ein sehr schwerer Vorwurf, Mrs. Smith. Ich würde Ihnen raten, ihn nicht zu wiederholen.»

«Das glaube ich. Aber zufällig weiß ich, daß man sich erzählt, Sie hätten das Baby retten können, wenn Sie dazu imstande gewesen wären.»

«Ach wirklich?» Er holte tief Luft. «Mrs. Smith, ich möchte, daß Sie jetzt gehen. Es wird eine Untersuchung der Todesursache geben und eine Prüfung der von mir geleisteten Geburtshilfe. Mehr gibt es dazu im Augenblick nicht zu sagen.» Er stand auf und erwartete, sie würde dasselbe tun. Doch sie blieb sitzen und blickte gebieterisch zu ihm auf.

«Ich werde gehen, Dr. Forrest. Aber Sie werden von mir hören. Ich habe vor, im Interesse von Rosemary und aus Gründen der Gerechtigkeit gerichtlich gegen Sie vorzugehen.»

«Ich werde Sie nicht daran hindern. Guten Tag, Mrs. Smith.»

Er öffnete die Tür, und sie ging grußlos an ihm vorbei. James kehrte entnervt an seinen Schreibtisch zurück. Jetzt ein Glas Whisky... er hätte viel dafür gegeben.

Die Sache wurde später auf die übliche Weise geregelt – mit höflichem Bedauern, einem sorgfältig abgefaßten Bericht für das Krankenhaus und einem Gespräch zwischen James und dem Krankenhausdirektor Nicholson, der sich genauestens nach dem Hergang erkundigte und nickte, als er hörte, daß die Patientin die Schwangerschaftsvorsorge vernachlässigt hatte. Er sagte nur, seiner Meinung nach grenze Miss Mills' Verhalten an grobe Fahrlässigkeit und er garantiere James die Unterstützung des Ärzteverbands. Es gab selbstverständlich auch eine offizielle Untersuchung. Die Kommission kam zu dem Urteil, daß seitens des Krankenhauspersonals alles getan wurde, um das Kind in einer *per se* aussichtslosen Situation doch noch zu retten.

Schwester Jackson war ein letzter Unsicherheitsfaktor, doch James erklärte ihr, daß auch sie das Vorhandensein eines zweiten Fötus nicht festgestellt habe. Und nachdem ihre Beförderung zur Oberschwester anstand, sagte sie vor dem Untersuchungsausschuß, sowohl sie als auch Dr. Forrest hätten alles Menschenmögliche getan in einer Situation, die aufgrund der nicht kooperativen Patientin, eines großen zweiten Kindes in Steißlage und der sich ablösenden Plazenta sehr schwierig gewesen sei. Rosemary Mills, die nach ihrer Entlassung aus dem Krankenhaus noch längere Zeit unter einem schweren Trauma zu leiden hatte, wurde in einem förmlichen Schreiben mitgeteilt, daß das Krankenhaus natürlich sehr bedaure, was geschehen war, daß aber ihr Zwillingskind eine bessere Chance gehabt hätte, wenn sie regelmäßig zu den Voruntersuchungen gekommen wäre.

James faßte einen Entschluß, der vielleicht in einer anderen kritischen Situation hilfreich sein würde: Er trank keinen Alkohol mehr.

«Darf ich hereinkommen?»

Als er aufblickte und Janine sah, vergaß er für einen Moment die Ängste und Sorgen dieses Morgens.

«Janine! Komm herein.»

«Du siehst besser aus, *chérie.* Hast du gute Nachrichten von den Bergins?»

«Nur die, daß Oliver in der Badewanne sitzt. Ich konnte nur mit der Mama sprechen.»

«Tiens! Ich kann diese Frau nicht leiden. Und außerdem traue ich ihr nicht. Sie hat zwei Gesichter. Ich habe gestern abend etwas erlebt, das mir nicht gefallen hat.»

«Und was war das?» fragte James interessiert.

«Cressida kam mit ein paar Wicken aus dem Garten in die Küche und schenkte sie Julia. Es war eine hübsche Geste. Julia nahm die Blumen und sagte, wie reizend das von ihr sei. Dann gingen Cressida und ich nach oben, um uns umzuziehen, aber weil ich meine Brille vergessen hatte, ging ich noch einmal zurück. Julia stand mit dem Rücken zu mir und schien mich nicht zu hören. Sie riß den hübschen Wicken nacheinander die Köpfe ab und warf sie in den Mülleimer. Als sie mich dann sah, hat sie getan, als würde sie die Blumen aussortieren. Sie sagte, einige wären schon halb verwelkt.»

«Nun, so schlimm ist das doch nicht», sagte James. «Vielleicht mag sie einfach keine Wicken.»

Sie zuckte mit den Achseln. «Kann schon sein. Aber weshalb ich eigentlich zu dir gekommen bin, James: Ich denke, du solltest Maggie etwas geben, denn sie wird langsam hysterisch.»

«Sie ist in letzter Zeit sehr nervös», sagte James. «Ich mache mir wirklich Sorgen um sie. Ist gut, Janine. Ich werde ihr etwas geben.»

Das Telefon klingelte.

«James, hier ist Oliver. Mutter sagte, du wolltest mich wegen Michaels Rede sprechen.»

«Oh – Oliver. Ja, hör zu. Es war nicht wegen Michaels Rede. Ich fürchte, ich habe deiner Mutter etwas vorgeflunkert. Weißt du – o Gott, Oliver, mir fällt keine beschönigende Umschreibung ein. Es ist wegen Cressida. Sie –»

Es entstand eine ziemlich lange Pause. James hatte das Gefühl, zu ersticken. Seine Schläfen pochten, die Uhr auf seinem Schreibtisch tickte ungewöhnlich laut.

«Sie ist weggelaufen, oder?» fragte Oliver sehr ruhig und völlig emotionslos. «Sie ist tatsächlich weg.»

KAPITEL 7

Harriet – elf Uhr vormittags

«Harriet, hast du einen Moment Zeit?»

Merlin stand im Flur vor ihrem Zimmer, in das sie sich für eine kurze Pause zurückgezogen hatte.

«Aber ja», sagte Harriet.

«Könnte ich deinen Computer benützen? Ich würde gern ein bißchen arbeiten statt nur unnütz herumzusitzen. Außerdem habe ich dem Verlag meinen Artikel so gut wie zugesagt. Janine meint, ich sollte dich fragen. Sehr hübsche Frau, könnte mir gefallen.»

«Merlin», sagte Harriet lachend, «du willst doch nicht etwa seßhaft werden auf deine alten Tage?»

«Ich will nicht als einsamer Junggeselle enden», sagte Merlin. «Ich denke schon seit einiger Zeit darüber nach. Nur das richtige Mädchen ist mir noch nicht über den Weg gelaufen.»

«Nun, vielleicht hast du es nur nicht bemerkt», sagte Harriet. «Den Computer kannst du natürlich benützen. Leider wirst du nicht viel Ruhe haben. Mutter kommt dauernd hier herein.»

«Das wäre zuviel des Guten», sagte Merlin. «Nun, dann eben nicht –»

«Nein, warte», sagte Harriet. «Ich weiß, was wir machen. Wir bringen den Apparat in den Speicher. Mutter kommt nur zum Nähen dort hinauf, und das wird sie heute bestimmt nicht tun.»

Sie zog den Stecker aus der Dose, und dann gingen sie auf

Zehenspitzen über den Flur und die Treppe hinauf. Im Dachgeschoß war es sehr warm. Harriet öffnete das große Gaubenfenster, sofort strömte frische Luft herein und man hörte die Vögel singen.

«So ein schöner Tag», sagte sie, während sie in den blauen Himmel blickte. «Es ist so schrecklich –»

«Ach, ich weiß nicht», sagte Merlin munter. «Bei Regen wäre alles noch schrecklicher. Kann ich die Nähmaschine zur Seite rücken, damit ich mehr Platz auf dem Tisch habe?»

«Ja, natürlich. Und hier ist die Verlängerungsschnur.»

Merlin setzte sich an den Tisch und begann, das Textverarbeitungsprogramm des Computers zu starten. «Großartige Erfindung», sagte er glücklich. «Ich hätte meinen eigenen mitbringen sollen. Aber ich habe gedacht, ich würde hier doch nicht zum Arbeiten kommen. Harriet, ich danke dir. Jetzt kann ich in aller Ruhe hier sitzen und mache niemandem Scherereien. Nicht wie deine Schwester», fügte er brummig hinzu. «Sehr rücksichtslos von ihr, wenn du mich fragst.»

«O Merlin», sagte Harriet. «Irgend etwas muß für sie sehr schlimm gewesen sein. Arme Cress. Sieh mal, hier ist ihr Kleid. Ich hatte ganz vergessen, daß sie es hier oben aufgehängt haben. Es ist ein wunderschönes Kleid.»

Sie ging zu dem Ständer, an dem Cressidas Brautkleid seit zwei Wochen hing, sorgfältig in Musselin gehüllt, damit es nicht einstaubte. Harriet strich zärtlich über die Hülle. Und dann erschien ihr das Speicherzimmer plötzlich wieder erstickend heiß. Harriet hatte das Gefühl, als stecke ihr Kopf in einem Schraubstock. Sie stand da und versuchte zu begreifen, was sie sah. Als sie das Kleid berührte, war die schützende und nur lose drapierte Hülle ins Rutschen geraten, und was jetzt vor ihr hing, war nicht Cressidas Brautkleid, sondern ein altes Ballkleid ihrer Mutter.

Das Brautkleid war mit der Braut verschwunden.

KAPITEL 8

James – zwölf Uhr mittags

Er ging über den Flur im ersten Stock, als er jemanden in Cressidas Zimmer schluchzen hörte. Sie war zurück! Sie war wieder da und brauchte Hilfe. Was war ihr geschehen? Er fürchtete sich beinahe, zu ihr hineinzugehen. Bevor er die Tür öffnete, klopfte er leise.

«Cress?» fragte er. «Cress, mein Mädchen?»

Doch die Gestalt, die auf dem Bett lag und ihm langsam ein völlig verweintes Gesicht zuwandte, war nicht Cressida, sondern Harriet.

«Daddy», sagte sie und streckte die Hand nach ihm aus.

Er nahm sie in die Arme und wiegte sie zärtlich, küßte ihr Haar und versuchte, sie zu beruhigen. Nach einer Weile hörte sie auf zu weinen und sagte: «Daddy, ihr Hochzeitskleid ist weg. Aber nicht einfach so. Unter der Schutzhülle hängt ein anderes Kleid. Sie hat ganz offensichtlich geplant, es mitzunehmen. Und wir sollten nichts davon wissen.»

«O Gott», sagte James. Er fühlte sich plötzlich sehr müde. Noch mehr würde er heute nicht verkraften können.

«Wenigstens wissen wir jetzt, daß sie nicht entführt wurde», sagte Harriet.

James blickte eine Weile still zum Fenster hinaus. «Harriet, hat sie jemals etwas zu dir gesagt, woraus man hätte schließen können, daß sie Oliver nicht heiraten wollte?»

«Nein», sagte Harriet. «Nichts. Aber wir haben uns in letzter Zeit wenig gesehen. Ich hatte soviel zu tun –»

«Wenn sie mit jemandem darüber gesprochen hätte, dann mit dir.»

«Nein, ganz sicher nicht», sagte Harriet entschieden.

«Was meinst du damit? Ihr habt doch immer unter einer Decke gesteckt.»

«Daddy, es war nie so. Alle denken das, aber es stimmt nicht. Ich weiß nicht, was in Cressidas Kopf vorgeht. Ich hab es nie gewußt. Sie war mir gegenüber immer zurückhaltend.»

James starrte sie an.

«Mit wem hätte sie denn sonst über so etwas gesprochen?»

«Ich habe keine Ahnung», sagte Harriet. «Ich weiß nicht, wer ihre Freunde sind oder wem sie vertraut. Für mich war sie immer ein Rätsel. Wie sehr, merke ich erst jetzt», fügte sie mit einem matten Lächeln hinzu.

«Aber Liebling, ihr hattet euch doch gern.» Er hörte den bittenden Ton in seiner Stimme.

«Ja, Daddy», sagte Harriet beschwichtigend. «Wir hatten uns gern. Natürlich.»

«Meinst du, wir sollten in ihren Sachen nachsehen?» fragte er und blickte sich etwas hilflos im Zimmer um.

«Das habe ich schon getan, Daddy», sagte Harriet kleinlaut. «Es ist alles sehr ordentlich. Ich habe nichts gefunden, was uns irgendwie weiterhelfen könnte. Nicht einmal ein Adreßbuch –»

«Was ist mit Bankauszügen? Sie könnten uns einen Hinweis geben.»

«Es sind keine da. Überhaupt nichts. Es sieht so aus, als wollte sie alle Spuren verwischen.»

«Also, ich weiß nicht. Wahrscheinlich bewahrt sie diese Dinge in ihrer Stadtwohnung auf.»

Harriet seufzte. «Ja, wahrscheinlich. Weißt du, daß ich so gut wie nie in dieser Wohnung war?»

«Wir auch nicht», sagte James. «Wenn ich sie unter der Woche gelegentlich besuchen wollte, sagte sie immer, ihre Wohnung sehe unordentlich aus und sie würde lieber zu mir kommen. Vermutlich haben wir auch keinen Schlüssel für diese Wohnung, oder?»

«Nein. Alle ihre Schlüssel sind weg.»

«Ich überlege, ob wir trotzdem hinfahren sollten, um uns umzusehen.»

«Daddy, das geht heute nicht.»

«Nein», sagte er mit einem Seufzer. «Ach, Harriet, was ist das nur für eine Geschichte?»

Er sah sich in Cressidas adrettem Zimmer um, und das Herz tat ihm weh bei dem Gedanken, daß er sie verloren hatte. Er wollte seine schöne, sanfte und liebenswerte Tochter wiederhaben. Er wollte wissen, was sie bedrückte, er wollte ihr helfen und sie trösten. Wo war sie? Warum war sie weggelaufen? Wie konnte sie so etwas tun?

«Wir könnten bei der Bank anrufen», sagte Harriet. «Sie hat ihr Konto immer noch hier in Woodstock. Vielleicht bekommen wir dort einen Hinweis. Was meinst du?»

«Möglicherweise. O Gott, ich hasse es, hier in ihrem Zimmer zu sitzen und in ihrem Privatleben herumzustöbern.»

«Dann komm mit in mein Zimmer. Dort ist auch mein Funktelefon.» Sie lächelte ihn an.

James brannten Tränen in den Augen. «Wie gut, Harriet, daß wir dich noch haben.»

James rief die Bank an, erfuhr jedoch nur, daß man ihm selbst unter diesen ungewöhnlichen Umständen eine so vertrauliche Auskunft nicht geben konnte. Tony Bacon, der Leiter der Bank, mit dem er gelegentlich Golf spielte, war nicht zu sprechen. James bat, er möge ihn zurückrufen.

«Fällt dir noch etwas ein, Harriet?»

«Ein Arzt?»

«Sie ging zu einem Arzt in London, aber ich habe keine Ahnung, wie er heißt», sagte James.

«Wir können noch einmal mit dem Vikar sprechen», meinte Harriet. «Vielleicht hat Cressida etwas zu ihm gesagt.

Sie hat oft für den Blumenschmuck in der Kirche gesorgt und sich mit ihm unterhalten.»

«Versuchen können wir es ja», sagte James, «aber ich bin überzeugt, daß er uns nichts sagen wird. Priester nehmen ihre Geheimnisse sogar mit ins Grab.»

«Aber sie könnte ihm ja ganz offen das eine oder andere erzählt haben.»

«Alan Hodges. Hallo, Dr. Forrest. Haben Sie etwas Neues erfahren?»

«Nein, leider nicht», sagte James. «Aber wir sind dabei, jeden Stein umzudrehen, um eine Spur oder einen Hinweis zu finden. Mr. Hodges, ich möchte natürlich nicht, daß Sie das Vertrauen, das man Ihnen entgegenbringt, enttäuschen. Aber hat Cressida irgendwann etwas zu Ihnen gesagt, daß sie – nun, vielleicht Zweifel hegte hinsichtlich ihrer bevorstehenden Heirat?»

«Ich verstehe, was Sie meinen. Lassen Sie mich nachdenken. Also, zunächst einmal kann ich Ihnen guten Gewissens sagen, daß sie mir nie etwas erzählt hat, was man als vertraulich bezeichnen könnte.»

«Hat sie denn nie mit Ihnen über ihre Pläne gesprochen?» fragte James.

Als der Vikar nicht sofort antwortete, kroch ihm eine Gänsehaut über den Rücken. Was wußte der Priester von Cressida, was er nicht wußte?

«Nein, Dr. Forrest», ließ sich der Vikar wieder vernehmen. «kein einziges Mal. Sie schien sehr ruhig und ausgeglichen zu sein. Bis auf –»

«Ja? Bis auf was?»

«Neulich nachmittags. Es muß erst vorgestern gewesen sein. Sie war ganz aufgeregt wegen der Sache mit dem Paß, wissen Sie?»

«Nein, weiß ich nicht», sagte James scharf. «Mit welchem Paß?»

«Ihrem neuen Paß. Hat sie Ihnen nichts davon erzählt? Oh, vielleicht wollte sie Sie nur nicht beunruhigen. Auf keinen Fall wollte sie Mr. Bergin etwas wissen lassen. Sie hat ihren Paß nicht rechtzeitig genug erneuern lassen und befürchtete, ihre Hochzeitsreise würde ins Wasser fallen.»

«Das habe ich nicht gewußt. Nein», sagte James.

«Es war purer Zufall, daß ich sie in der Post in Oxford getroffen habe. Sie ließ sich einen dieser nur vorübergehend gültigen Pässe geben. Ich glaube, sie gelten nur für ein Jahr.»

«Aber sie wollten doch nach New York», sagte James bestürzt. «Mit einem solchen Paß hätte sie nie in die Staaten einreisen können.»

«Stimmt. Daran habe ich gar nicht gedacht. Nun, sie wirkte ziemlich durcheinander. Eigentlich gar nicht ihre Art. Andererseits kommt es öfter vor, daß Bräute ein bißchen aufgeregt sind. Jedenfalls, Dr. Forrest, wenn mir noch etwas einfällt, rufe ich Sie an. Lassen Sie den Mut nicht sinken. Wir beten für Sie alle.»

«Danke, Mr. Hodges», sagte James. «Vielen Dank.»

Er legte auf und sah Harriet an. «Wußtest du, daß Cressida vergessen hat, ihren Paß zu erneuern?» fragte er.

«Nein. Aber er muß in Ordnung gewesen sein. Sie hat sich doch erst im vorigen Monat das Visum für die Staaten besorgt. Und außerdem hatte Oliver ihren Paß. Er brauchte ihn, weil die Hochzeitsreise eine Überraschung sein sollte. Warum fragst du?»

«Weil sie aus irgendeinem Grund vorgestern einen neuen Paß beantragt hat. Alan Hodges hat sie in der Post in Oxford getroffen. O Harriet. Diese Geschichte nimmt immer schlimmere Formen an.»

KAPITEL 9

Michael – ein Uhr mittags

James Forrest hatte gesagt, es sollte jemand vor der Kirche stehen und diejenigen Besucher abfangen, die über die neue Situation noch nicht informiert werden konnten. Rufus hatte sich bereit erklärt, diese Aufgabe zu übernehmen, damit Michael bei Oliver bleiben konnte. Doch nach kurzer Überlegung hatte Michael auf dem Job vor der Kirche bestanden, weil sich Rufus als moralische Stütze für Oliver besser eignete als er. Rufus war in Ordnung, nur manchmal für Michaels Geschmack etwas zu brav. Er war ein korrekter, netter junger Mann mit bemerkenswerter Selbstdisziplin. Michael hatte ihn nur einmal richtig betrunken erlebt, und das war zur Feier von Rufus' *summa cum laude*-Examen in Cambridge. Was Tilly an Rufus fand, konnte Michael beim besten Willen nicht begreifen – diese Tilly mit ihrer wundervoll direkten Art und ihrer unverhüllten Sinnlichkeit. Aber sie hatte eindeutig einen Narren an ihm gefressen.

Es war die ungewöhnlichste Beziehung, die er je zwischen zwei Menschen beobachtet hatte. Ohne sich zu berühren, schienen sie manchmal in einer nur sie beide umschließenden Stille gefangen. So mußte wahre Liebe aussehen, dachte Michael. Möglicherweise hatten ihn die beiden zu seiner eigenen leidenschaftlichen und alles andere in den Hintergrund drängenden Liebe inspiriert, wegen der er mit seinem Vater sprechen wollte und die ihm noch als etwas völlig Unwirkliches erschien, so unversehens hatte sie von ihm Besitz ergriffen. Es war eine Liebe, wie er sie noch nie für einen Menschen empfunden hatte.

Merkwürdig, dachte er, während er sich in den Schatten des überdachten Friedhoftors zurückzog, daß Oliver sich für Cressida entschieden hatte, die süße, sanfte Cressida, obwohl er Harriet hätte haben können, die viel besser zu ihm gepaßt hätte. Harriet war ein selbständig denkendes und intelligentes Mädchen. Immer schien sie zu wissen, was Oliver dachte, manchmal noch bevor er selbst es wußte. Harriet, die wie Oliver gerne segelte, stundenlang reiten konnte und Abenteuerreisen liebte... Als sie und Oliver fünfzehn waren, durften sie Merlin auf einer seiner Reisen begleiten und kamen mit den phantastischsten Geschichten nach Hause. Cressida hatte ihnen zugehört und gesagt, sie könne sich nichts Gräßlicheres vorstellen, und Oliver hatte sie geringschätzig angesehen und gesagt, er und Harriet würden wieder auf Expeditionen gehen. Aber sie hatten es nie getan. Die geplanten Reisen waren vergessen, und die Vertrautheit ihrer frühen Jugend bestand nur noch in der Erinnerung. Oliver war sehr ehrgeizig – vielleicht hatte er sich deshalb für Cressida entschieden, die den Vorstellungen einer Ehefrau, wie er sie brauchte, eher entsprach.

Allerdings sah es jetzt nicht mehr so aus. Mein Gott, dachte Michael, was für eine schreckliche Geschichte – und sie hatte für ihn nicht erst mit Cressidas Verschwinden begonnen, sondern schon Stunden zuvor, als er und Rufus um zwei Uhr morgens in Olivers Hotelsuite kamen und ihn sturzbetrunken und in Tränen aufgelöst vorfanden. Er sagte ihnen, er könne Cressida nicht heiraten, er würde es einfach nicht über sich bringen; sie müßten ihn auf der Stelle aus Woodstock wegbringen oder ihm bliebe nichts anderes übrig, als sich das Leben zu nehmen.

«Aber warum, Oliver? Warum?» fragte Rufus ein ums andere Mal, doch Oliver sah sie nur stumm an. Immer wieder fuhr er sich verzweifelt durch das wirre blonde Haar. Er könne es ihnen nicht sagen, meinte er, es sei zu schrecklich. Obwohl er mit schwerer Zunge sprach, wirkte er merkwürdig nüchtern.

Während sie versuchten, Oliver zu beruhigen und den Grund für seine Verzweiflung herauszufinden, stand er plötzlich auf, ging ins Badezimmer und schloß sich ein. Rufus und Michael sahen sich an. Nach einer Weile kam er wieder ins Zimmer, lächelte freundlich und meinte: «Damit wäre der Fall erledigt.»

Rufus sah ihn nachdenklich an und ging dann selbst ins Bad. Mit einer leeren Aspirinflasche in der Hand kam er ins Zimmer zurück. «Hast du die hier geschluckt?» fragte er sanft, und Oliver nickte und sagte: «Ja. Anders ging's nicht.»

Rufus lief in den Speisesaal des Hotels, leerte sämtliche Salzstreuer, die er finden konnte, in einen Krug mit Wasser und zwang Oliver, die Salzlösung zu trinken. Dann schleppte er ihn ins Badezimmer. Michael blieb draußen, versuchte, nichts zu hören, und überlegte, ob er Julia und Josh Bergin verständigen sollte. Eine halbe Stunde später kam Rufus mit Oliver aus dem Bad und legte ihn vorsichtig aufs Bett.

«Bestell beim Zimmerservice Kaffee und etliche Flaschen kohlensäurearmes Mineralwasser», sagte er. «Sie sollen es vor die Tür stellen.»

«Soll ich den Bergins Bescheid sagen?»

«Um Gottes willen, nein. Es wird ihm gleich bessergehen. Das Zeug hatte ja kaum Zeit zu wirken.»

Sie blickten beide auf Oliver, der wachsbleich mit geschlossenen Augen auf dem Bett lag.

«Wenn man schnell etwas unternehmen kann, entstehen keine dauerhaften Schäden», sagte Rufus. «Aber wir müssen ihn mit Flüssigkeit vollpumpen.»

«Und warum, meinst du, hat er das getan?»

«Vermutlich die Nerven.» Rufus schien entschlossen, die Sache auf die leichte Schulter zu nehmen. «Beim Abendessen sahen sie beide doch vollkommen glücklich aus.»

«Ja. Ich frage mich, ob Cressida anschließend hier gewesen ist, ob etwas passiert ist –»

«Es ist nichts passiert», sagte Oliver etwas heiser, aber sehr ruhig. «Ich hab sie nicht mehr gesehen, seit ich das Haus der Forrests verlassen habe. Macht euch keine Sorgen. Ich bin okay.» Er schloß die Augen. Rufus fühlte seinen Puls.

Als der Kaffee und das Wasser heraufgebracht wurden, gaben sie ihm beides abwechselnd zu trinken. Es wurde eine lange Nacht. Sie mußten Oliver immer wieder ins Badezimmer bringen; zwischendurch schlief er unruhig. Doch allmählich atmete er gleichmäßig, und als er gegen fünf Uhr morgens aufwachte, schien er fast wieder der alte zu sein.

Er stand auf, um ins Bad zu gehen. «Keine Angst, Rufus», sagte er. «Ich werde es nicht wieder tun.»

Als er wieder herauskam, ging er, als würde ihn jede Bewegung schmerzen. Er trank ein Glas Wasser und ließ sich stöhnend auf das Bett fallen. «Es tut mir leid», sagte er nach einer Weile. «So etwas zu tun, ist furchtbar. Es tut mir sehr leid.» Er schloß wieder die Augen.

«Oliver», fragte Rufus leise. «Ist wirklich alles in Ordnung? Auch die Hochzeit? Denn wenn nicht –»

Oliver war tief und fest eingeschlafen. Michael und Rufus saßen neben ihm und sahen ihn an.

«Wir sollten bei ihm bleiben», sagte Michael.

«Ja, natürlich. Der arme Kerl. Müßten wir irgend etwas unternehmen? Vielleicht sollten wir versuchen herauszufinden, ob es da nicht doch ein Problem gibt.»

«Ich denke, wir sollten mit Tilly sprechen», sagte Michael plötzlich. «Sie ist mit Oliver gut befreundet und unbeteiligt genug, um vielleicht das eine oder andere von ihm erfahren zu haben. Warum ist sie eigentlich nicht gekommen? Mir hat sie noch erzählt, wie sehr sie sich darauf freut.»

«Sie muß arbeiten», sagte Rufus. «Du weißt ja, wie gefragt sie ist.» Er blickte auf seine Uhr. «Jetzt ist es in Frankreich halb sieben. In einer Stunde kann ich sie anrufen. Vielleicht tut uns ein bißchen Schlaf nach dieser Nacht auch ganz gut. Was meinst du? Sollen wir um das andere Bett würfeln?»

«Ich ziehe den Fußboden im Wohnzimmer vor», sagte Michael rasch und ging nach nebenan.

Julia Bergin weckte sie und wäre beinahe über Michael gestolpert. Erschrocken starrte sie auf ihn hinunter.

«Was zum Teufel tust du hier?» fragte sie barsch.

Michael setzte sich auf. Ihm war immer noch übel. «Wir dachten, wir sollten bei Oliver bleiben», sagte er. «Es ging ihm nicht gut gestern nacht.»

«Was meinst du damit?» fragte Julia Bergin, während Rufus aus Olivers Schlafzimmer kam, sich das Haar zurückstrich und leise die Tür hinter sich zumachte.

«Er war ziemlich betrunken», sagte er, «und wir haben uns ein bißchen um ihn gekümmert. Das ist alles.»

«Und warum war er so betrunken? Habt ihr ihn dazu verleitet? Ich dachte, ihr wolltet gestern abend nach dem Essen bei Forrests in euer Hotel zurückfahren?»

«Ja, das haben wir auch gemacht», sagte Rufus freundlich. «Aber Oliver rief an und bat uns zu kommen. Er sagte, er sei nervös und wolle nicht allein sein.»

«Ich war doch hier», sagte sie und sah die zwei jungen Männer feindselig an. «Er hätte mit mir sprechen können.»

«Ja, natürlich», sagte Rufus. «Es war aber schon ziemlich spät. Wahrscheinlich haben Sie schon geschlafen.»

«Nun, ihr könnt ihn jetzt mir überlassen», sagte Julia. «Ich möchte, daß ihr geht. Sofort. Außerdem verstehe ich immer noch nicht, was hier vorgegangen ist. Gibt es etwas, das ich wissen müßte?»

«Ich denke nicht», sagte Rufus unbeirrbar ruhig und freundlich. «Aber ihm war sehr übel. Vielleicht sollten Sie ihn ein wenig im Auge behalten.»

«Rufus», sagte Julia Bergin, und ihre Stimme zitterte leicht. «Ich kümmere mich seit zweiunddreißig Jahren um ihn.» Sie ging ins Schlafzimmer und blickte auf ihren schlafenden Sohn. «Ich finde, er sieht vollkommen in Ordnung aus. Ich muß sagen, ich finde eure Geschichte recht unglaubwürdig. Ihr beide brauchtet einfach einen Saufkumpan. Nur deshalb seid ihr hergekommen.»

«Nun, Mrs. Bergin, Sie können glauben, was Sie wollen», sagte Rufus gleichmütig. «Ich mache mir nur Sorgen um Oliver.»

«Das tue ich auch», sagte Julia. «Bitte geht jetzt.»

Sie gingen. Sie waren zu müde, um zu streiten.

Vor einer Kirche auf Gäste zu warten, die offensichtlich nicht kamen, war entschieden angenehmer, als wieder in Olivers bedrückendem Hotelzimmer zu sitzen. Michael fragte sich, wie Oliver die Nachricht von Cressidas Verschwinden aufnehmen würde. Wie auch immer – die Dinge würden schwierig werden.

Was Michael betraf, so wußte er mit Schwierigkeiten nicht viel anzufangen. Gewöhnlich ging er ihnen aus dem Weg. Die eine oder andere hatte er wohl oder übel in Kauf nehmen müssen, so etwa den Tod seiner Mutter und die Heirat seines Vaters mit Frau drei und Frau vier, die er beide gehaßt hatte.

Auch ein paar Schulen, auf die man ihn geschickt hatte, waren schlimm gewesen, besonders eine dieser Vorbereitungsschulen für das College, auf der Frau drei bestanden hatte. Aber als sie ging, wurde er von dieser Folter erlöst, und danach gestaltete sich sein Leben sehr angenehm. Er war gern auf der Schule in Genf, genoß die Studentenzeit an der Sorbonne und fand es auch ganz in Ordnung, als sich sein Vater alle Mühe gab, ihn in die Firma einzuführen. Es war langweilig und frustrierend gewesen, vor allem für seinen Vater, der schließlich begriff, daß dies alles nichts für ihn war. Sein Vater hatte getobt und gebrüllt, aber das war Michael gewöhnt. Wutanfälle und die Drohung, enterbt zu werden, kannte er, seit er ein kleiner Junge war, aber sein Vater hatte sich immer schnell wieder beruhigt.

Rückblickend verstand er, warum die Ehefrauen drei und vier ihn so gehaßt hatten. Sein Vater liebte ihn mehr als sie und die bösartigen Stiefschwestern, die sie ihm eingebracht hatten. Von all den neuen Ehefrauen seines Vaters konnte er nur Sasha leiden. Sie war hübsch, lustig und hielt seinen Vater bei Laune.

Wenn Sasha ein Baby bekommen würde, das wäre nett. Er selbst wünschte sich auch viele Kinder, und das war das einzige, was ihn manchmal in bezug auf Alice nachdenklich stimmte...

Er liebte Alice heiß und innig. Sie war schön, anspruchsvoll und begehrenswert, lustig, intelligent und klug. Sie war die vollkommene Frau. Und er wollte sie heiraten.

Er hatte sie Anfang des Jahres beim Skiurlaub in Val d'Isère kennengelernt, wo sie mit ihren Kindern in einem Apartment von Freunden wohnte. Sie stand in der Schlange am Skilift, und das erste, was ihm an ihr auffiel, war ihr Parfüm. Es war ein Duft, den er kannte und liebte.

Sie kamen ins Gespräch, und sie gefiel ihm. Auf dem Gipfel lud er sie zu einer heißen Schokolade ein. Sie machten die lange, schwierige Abfahrt gemeinsam. Bei Einbruch der Dämmerung lud er sie zu einem Glühwein ein und verabredete sich mit ihr für den nächsten Tag zum Mittagessen. Sie hatte eine phantastische Figur und eine ungemein aufregende samtige Stimme. Am Ende der Woche wußte er, daß er sie liebte.

Sie war geschieden und lebte mit ihren drei Kindern in London. Obwohl sie es nicht nötig hatte, Geld zu verdienen, arbeitete sie als Sekretärin in einer wohltätigen Einrichtung für Kinder.

Sie war seit drei Jahren geschieden. Die Kinder, zwei Mädchen und ein Junge, im Alter von fünfzehn, zwölf und neun, waren bemerkenswert nett und gut erzogen. Sie wohnten in einem kleinen, entzückend eingerichteten Haus in Chelsea. Michael kam sonntags oft zum Mittagessen zu ihnen, stets mit Geschenken für die ganze Familie. Danach gingen sie spazieren. Michael, der nie ein normales Familienleben kennengelernt hatte, fand dies alles wundervoll.

Er sah Alice natürlich auch unter der Woche. Sie gingen zum Essen aus oder ins Theater und anschließend in seine Wohnung in der Sloane Street, um sich zu lieben. Sie hatte sich ziemlich lange geweigert, mit ihm ins Bett zu gehen. «Du bist ein junger Mann, dem noch das ganze Leben offensteht», sagte sie. «Du solltest keine Frau lieben, die alt genug ist, deine Mutter zu sein.»

«Das bist du nicht. Und außerdem kann ich lieben, wen ich will», sagte er gekränkt. «Ich will dich und sonst keine.»

Alice war entsetzt gewesen, daß es ihn überhaupt nicht störte, vom Geld seines Vaters zu leben. Ihrem Einfluß war es zu verdanken, daß er sich in Carlos Place als Grundstücksmakler niederließ. Er verstand nicht viel von dem Geschäft, aber ein ausgezeichnetes Mitarbeiterteam half ihm, sich durchzuschummeln. Sein Vater war so begeistert von Michaels unverhofftem Unternehmungsgeist, daß die Frage, ob die Firma auch etwas einbrachte, zunächst keine Rolle spielte. Alice zuliebe hörte Michael auf zu spielen, trank weniger und nahm keine Drogen mehr.

Ende Mai hatte er ihr den ersten Heiratsantrag gemacht, den sie für einen Scherz hielt. Als sie merkte, daß er es ernst meinte, lehnte sie ab. Doch Michael ließ nicht locker. Er fragte sie bei jeder sich bietenden Gelegenheit, einmal auf höchst romantische Weise in der Loge seines Vaters in Covent Garden. Sie sahen *La Bohème.* Michael bestellte für die Pause eine Flasche Champagner und ein Dutzend rote Rosen.

«O mein Gott, Michael», sagte sie lachend und küßte ihn.

«Was soll ich sagen? Ich bin diesem Ansturm nicht mehr gewachsen.»

«Sag ja», sagte er. «Das ist nicht schwer.» Aber sie brachte es nicht über sich. Sie bestand weiterhin darauf, daß sie ihn nicht heiraten könne, bis er eines Abends die Geduld verlor und zornig das Haus verließ. Als er in der Sloane Street ankam, hatte sie auf den Anrufbeantworter gesprochen.

«Ich liebe dich. Und ja, vielleicht werde ich dich heiraten.»

Nun brauchte er es nur noch seinem Vater zu sagen.

Sogar im Schatten des Friedhoftors war es heiß. Michael blickte die Straße hinauf und hinunter. Kein Mensch weit und breit. Ein kaum spürbarer Lufthauch fächelte das hohe Gras. Ein Vogel zwitscherte irgendwo im Laub, und in dem Blumengarten vor dem kleinen Fachwerkhaus auf der anderen Straßenseite summten die Bienen. Dann sah er einen Wagen die Straße herunterkommen. Am Steuer saß Sasha. «Hallo, Michael. Ich dachte, du würdest auch gern erfahren, was sich inzwischen getan hat. Ich hab dir ein Bier mitgebracht.»

«Wie nett, daß sich jemand an mich erinnert», meinte er und griff dankbar nach der Bierdose. «Du bist ein Schatz, Sasha. Hat man Cressida gefunden?»

«Sie nicht, aber ihren Wagen.»

«Oje.» Michael setzte sich auf die Steinstufen. Er fühlte sich elend. «Ist sie verunglückt?»

«Nein, nein. Der Wagen stand ordentlich geparkt irgendwo in Essex.»

«In Essex? Was hatte sie in Essex zu suchen?»

«Sie ist dort in ihr Flugzeug gestiegen.»

«Sasha, willst du mich auf den Arm nehmen? Cressida kann nicht einmal einen Rasenmäher anlassen.»

«Das vielleicht nicht, aber sie kann fliegen. Sie hat einen Flugschein, und Theo hat ihr die Flugstunden bezahlt. Sie ließ ihn schwören, niemandem etwas zu verraten. Daß sie die Pilotenprüfung geschafft hat, wußte Theo allerdings nicht.»

KAPITEL 10

Theo – zwei Uhr nachmittags

Theo hatte ein furchtbar schlechtes Gewissen. Bei dem Gedanken, was James zu der Geschichte von Cressidas Flugunterricht sagen würde, zuckte er innerlich zusammen. James würde darin einen Verrat an ihrer Freundschaft sehen, einen echten Vertrauensbruch. Dazu kam die Erinnerung an einen früheren, wesentlich schwerwiegenderen Vertrauensbruch – so jedenfalls hätte James die Sache genannt, wenn er davon gewußt hätte. Verglichen damit war es geradezu lächerlich, daß er sich jetzt so miserabel fühlte. Er hatte nur die Flugstunden bezahlt und Cressida versprochen, nichts darüber verlauten zu lassen. «Bitte, sag ihnen nichts, Theo», hatte sie gesagt und ihn mit ihren blauen Augen angefleht. «Du weißt, wie unpraktisch ich bin. Wahrscheinlich werde ich die Prüfung nicht bestehen, und dann würden sie mich alle auslachen. Ich werde es ihnen sagen, wenn ich den Flugschein gemacht habe.»

Er hatte ihr noch nie etwas abschlagen können. Also hatte er gesagt, die Schule solle die Rechnungen an ihn schicken. «Unter einer Bedingung: Du nimmst mich auf deinen Jungfernflug mit.»

Das war vor mehr als eineinhalb Jahren gewesen, und sie hatte ihn nie auf einen Flug mitgenommen. Jedesmal, wenn sie allein waren, sagte sie, daß es genauso lief, wie sie befürchtet hatte. Sie sei ein hoffnungsloser Fall. Sie habe immer noch nicht den Dreh heraus, wie man das Flugzeug stabil hält. Aber sie liebe die Flugstunden. Theo sagte, von ihm aus könne sie so lange weitermachen, wie sie wolle. Er äußerte nur Zweifel an der Qualität der Flugschule. Aber sie versicherte ihm, die Fluglehrer seien ganz wunderbar und ausgesprochen geduldig. Und sie hatte gesagt, die Schule liege in Wiltshire. Wieso sie jetzt in Essex losgeflogen war, konnte er sich beim besten Willen nicht vorstellen. Es war ihm nie in den Sinn gekommen, zu überprüfen, was Cressida ihm erzählte. Nun hatte ihm seine Sekretärin bestätigt, alle Rechnungen seien aus Essex gekommen. Es mußte ein sehr intensiver Kurs gewesen sein mit mehreren Flugstunden pro Woche. Seit April dieses Jahres seien keine weiteren Rechnungen eingegangen. «Anscheinend hat sie ihren Pilotenschein seit letzten September», sagte die Sekretärin. «Danach ist sie alle vierzehn Tage von Essex aus geflogen, um in Übung zu bleiben. Man sagte mir, sie sei eine sehr gute Fliegerin.»

«Und jetzt ist sie mit einem Flugzeug dieser Schule auf und davon?»

«Ja. Die Leute dort sind ziemlich empört. Sie wollen mit Ihnen sprechen.»

Er rief in der Flugschule an und sprach mit dem Inhaber, der selbst unterrichtet hatte. Anscheinend war sie heute morgen gegen halb neun dort aufgetaucht, hatte gefragt, ob sie eines der Flugzeuge nehmen könne, und war nicht zurückgekommen. Sie sei keineswegs aufgeregt gewesen, sondern ruhig und freundlich wie immer. Nach einer Stunde wollte sie zurück sein. Der Treibstoff, den sie an Bord hatte, reichte für achthundert Kilometer.

Theo sagte, das Flugzeug würde selbstverständlich zurückgebracht werden. Und er erkundigte sich noch, ob Cressida wirklich eine gute Pilotin sei.

«Sie ist exzellent», sagte der Flugschulinhaber. «Gute Nerven, keine Probleme mit der Technik. Alles, was die meisten Leute anfangs nicht so mögen, in Schräglage fliegen und landen, das hat sie spielend geschafft. Bei ihrem ersten Alleinflug hat sie schnurstracks die offene See angesteuert.» Er zögerte. «Sie hat Ihnen gegenüber nicht erwähnt, daß ich mich wegen einer Maschine für sie umsehen sollte?»

«Nein», sagte Theo.

«Sie ist ein nettes Mädchen, Mr. Buchan. Ich hoffe sehr, daß ihr nichts passiert ist.»

«Ja, das hoffe ich auch», sagte Theo und legte auf.

Mißmutig starrte er in sein Whiskyglas. Er hätte an der Stelle von Merlin nach Heathrow fahren sollen, um Tilly abzuholen, die noch einen Platz in der Mittagsmaschine bekommen hatte. Das hätte ihn von seinen Schuldgefühlen abgelenkt. Andererseits sah er ein, daß er seinen Posten hier nicht verlassen durfte, denn Tillys bevorstehende Ankunft würde dem armen James fast genauso zusetzen wie das Verschwinden von Cressida.

Die Zufälle, durch die diese Situation entstehen konnte, waren beinahe unglaublich. Wer hätte gedacht, daß dieses Mädchen eines Tages Harriet begegnen, daß sie sich mit ihr anfreunden und bald zum Kreis ihrer engsten Freunde gehören würde? Und daß sich ausgerechnet Rufus in sie verlieben würde?

Theo hatte sie sich trotz der schönen Bilder, die er natürlich von ihr gesehen hatte, als selbstsüchtige und dumme Person vorgestellt. Doch als er ihr dann zum ersten Mal begegnet war, als sie wie eine geschmeidige dunkle Löwin den Raum betrat und ihm mit einem hinreißenden Lächeln kräftig die Hand schüttelte, hatte sie schon seine Zuneigung gewonnen. Er mochte sie, weil sie schön, sexy, humorvoll und durchaus nicht dumm war.

Daß sich Rufus in sie verliebt hatte, konnte er verstehen. Warum sie seine Liebe erwiderte, und das tat sie, war ihm ein Rätsel. Es sprach durchaus für sie. Aber Rufus mit seinem sanften Wesen, seinen Grundsätzen und dem altmodischen Charme war nicht der Typ Mann, den man sich neben Ottoline Mills vorstellte. Rufus war weder reich noch besonders witzig, weder elegant noch schick. Aber immerhin. Rufus war intelligent, kultiviert, wortgewandt und ein Original. Und letzteres war es vermutlich, womit er ihr Herz erobert hatte.

Josh Bergin hatte angerufen und einen Spaziergang vorgeschlagen. Theo haßte Spaziergänge. Aber als Josh, vor Anspannung grau im Gesicht, bei ihm eintrat, war auch Theo nichts Besseres eingefallen.

Schweigend schlug Josh einen Weg ein, der durch die Parkanlage des Hotels und in den Wald führte. Theo ging unbehaglich neben ihm her und sagte dann: «In zwanzig Jahren werden wir alle darüber lachen, Josh.»

«Vielleicht», sagte Josh. «Ich hoffe es jedenfalls.» Er sah Theo an. «Es ist so ziemlich das Unangenehmste, was einem passieren kann.»

«Ach, ich kann mir Schlimmeres vorstellen», erwiderte Theo und dachte, daß Josh, der dem alten New Yorker Geldadel angehörte, englischer aussah als ein Engländer. Er war groß, blond, unauffällig gekleidet und sprach sogar wie ein Engländer der Oberschicht.

«Mir tut vor allem der Junge leid», sagte Josh. «Oliver hat Cressida wirklich sehr gern gehabt.»

«Wir alle haben sie gern», sagte Theo.

«Nun, so ganz trifft das nicht zu. Nicht alle haben Cressida gemocht», sagte Josh. Er wirkte noch angespannter als vorhin im Hotel. Theo sah ihn neugierig an.

«Tatsächlich? Hast du sie nicht gemocht?» fragte er.

«Doch, ich schon. Aber Julia nicht.»

«Nun ja, Mütter von Söhnen sind oft eifersüchtig auf ihre Schwiegertöchter.»

«Das weiß ich. Und ich bin der erste, der zugibt, daß Julia reizbar ist. Sie wohnt schon fast bei ihrem Psychiater. Nach außen wirkt sie kühl und beherrscht, aber darunter brodelt ein Vulkan. Ähnlich wie bei ihrem verrückten alten Herrn.»

Vernon Coleridge, der Vater von Julia, lebte wie ein Einsiedler in Palm Beach. Julia, auf die sich alles in seinem Leben konzentrierte, war praktisch die einzige, die er noch empfing.

«Jedenfalls scheint es bei Julia nicht nur Eifersucht zu sein. Sie sagt immer wieder, sie würde Cressida nicht trauen. Sie habe sie belogen», sagte Josh.

«Bei welcher Gelegenheit?»

«Ach, dies und das. Kleinigkeiten vermutlich. Sie hat ihr zum Beispiel erzählt, sie habe als Kind einen schweren Reitunfall gehabt. Als Julia mit Maggie darüber sprechen wollte, konnte sich Maggie an nichts dergleichen erinnern. Ein anderes Mal behauptete Cressida, sie wäre so gern auf ein Internat gegangen, aber weil es Harriet dort nicht gefiel, durfte sie nicht. Und wieder stellte sich heraus, daß sie nie auf ein Internat gewollt und schon bei dem Vorschlag hysterisch reagiert hatte. Sie habe sich auch immer einen Hund gewünscht, aber weil der Hund von Harriet überfahren wurde, sei das Thema Hund fortan in der Familie tabu gewesen.»

«Nichts davon hört sich besonders schwerwiegend an», sagte Theo. «Sie modelt ihre Kindheitsgeschichte um und versucht, Mitleid zu erregen. Das ist nichts Schlimmes. Wahrscheinlich hat sie Julias Vorbehalte gespürt.»

«Mag sein. Und ganz gewiß war eine Menge Eifersucht im Spiel. Oliver ist unser einziges Kind. Julia bemuttert ihn heute noch. Aber es gab doch einen ernsteren Vorfall.» Er sah Theo an. «Möchtest du das alles auch wirklich hören?»

«Die Geschichte interessiert mich», antwortete Theo.

«Anfang des Jahres war Cressida bei uns in New York zu Besuch für ungefähr eine Woche. Julia war nicht da. Cressida verbrachte den ganzen Tag in der Stadt und kam gegen halb sieben nach Hause. Sie war völlig durcheinander. Sie habe kein Taxi bekommen und sei die wenigen Blocks bis zu uns zu Fuß gegangen. Und dabei sei ihr jemand gefolgt. Als sie in unsere Straße einbog, habe sie ein Mann in den Eingang eines Geschäfts gedrängt. Er habe angefangen sie zu küssen und die

Hand in ihre Bluse geschoben. Sie sei nur entkommen, weil sie ihn mit dem Knie an einer empfindlichen Stelle getroffen habe. Sie sah reichlich zerzaust aus, hatte eine Prellung im Gesicht und war den Tränen nahe. Ich wollte die Polizei rufen, aber sie bat mich, keine große Sache daraus zu machen. Sie wolle es einfach vergessen. Vor allem sollte ich Oliver nichts davon sagen. Sie würde es nicht ertragen, die Sache immer wieder zu erzählen.»

«Wo war Oliver denn?»

«Bei einer Patientin, die ein Baby bekam. Als er am nächsten Tag den blauen Fleck bemerkte, sagte sie, sie habe sich an einer Tür gestoßen. Zwei Tage später rief der Portier an. Ein Chauffeur sei unten mit einem Paar Handschuhe, das Cressida in seinem Wagen liegengelassen habe. Und dabei stellte sich heraus, daß sie am Abend des angeblichen Überfalls in seinem Taxi gefahren war. Cressida hatte ihn sogar für den ganzen Tag gemietet, und er hatte sie bis vor unser Haus gefahren.»

«Sehr seltsam, muß ich sagen», meinte Theo. «Und du hast Cressida nie zur Rede gestellt?»

«Nein, denn inzwischen war sie nach England zurückgekehrt.»

«Und zu Oliver hast du auch nichts gesagt?»

«Nein. Die Hochzeit wurde ja bereits geplant. Ich brachte es nicht über mich, sie als Lügnerin hinzustellen.»

«Verstehe», sagte Theo. Er war schockiert, trotzdem hatte er das Gefühl, Cressida verteidigen zu müssen. «Josh, ich kenne Cressida, seit sie auf der Welt ist. Sie tischt keine solchen Lügen auf. Eine harmlose Lüge vielleicht –» Theo verstummte. War es wirklich harmlos, ihn zu überreden, für ihre Flugstunden zu bezahlen, und ihn schwören zu lassen, nichts davon zu verraten? Harmlos war es vielleicht, aber dennoch ein starkes Stück, jemand an einer Täuschung zu beteiligen und gleichzeitig zu täuschen. Plötzlich war er von Cressida Forrest nicht mehr so überzeugt.

KAPITEL 11

Tilly – zwei Uhr nachmittags

Sie hatte den Taxifahrer überredet, schneller zu fahren. Sie hatte sich bei der Abfertigung vorgedrängt, war über die Rolltreppen im Charles de Gaulle zum Abflugschalter gerannt und buchstäblich in letzter Minute ins Flugzeug gesprungen. Völlig außer Atem betrat sie die Kabine erster Klasse, gekleidet in ein ärmelloses T-Shirt und abgeschnittene Jeans und obendrein in voller Kriegsbemalung, weil ihr keine Zeit zum Abschminken geblieben war. Grinsend nahm sie die mißbilligenden oder anerkennenden Blicke der Männer zur Kenntnis, die ihre Laptops und Aktenordner vor sich aufbauten, und ließ sich auf ihren Platz fallen.

Sie fragte sich, wer sie in London abholen würde. Rufus hatte gesagt, er würde wahrscheinlich nicht kommen können. Vielleicht holte sie Michael ab. Michael war ein toller Bursche, ganz ihr Geschmack – dunkel, aufregend, sexy und vollkommen zu Hause in ihrer Welt. Er hatte sich den größten Teil seines Lebens in den Kreisen herumgetrieben, in denen sie arbeitete und lebte. Rufus' Welt dagegen war ihr sehr fremd. In diese Welt hineinzufinden fiel ihr schwer. Aber sie liebte nun einmal Rufus. Sie liebte ihn wahnsinnig.

Tilly hatte schon Beziehungen mit anderen Männern gehabt, aber Liebe hatte sie bis jetzt noch nie erlebt. Sie war heimlich gekommen, ganz und gar unverhofft. Ein junger Mann mit einem freundlichen Lächeln, sanften braunen Augen, dichten blonden Locken und einer Stimme, die sie zum

Lachen brachte, hatte höflich mit ihr gesprochen, Türen für sie aufgehalten, Stühle für sie zurechtgeschoben und stundenlang geduldig vor den Studios der Fotografen gewartet. Er las ihr Gedichte vor und besuchte mit ihr romantische Filme, Konzerte, Museen und Schlösser. Er schlief mit ihr und bereitete ihr die angenehmsten Gefühle; und schließlich, vor einer Woche, als er neben ihr lag, hatte er sie gefragt, ob sie ihn heiraten würde.

«Warum sollen wir heiraten?» fragte Tilly.

«Ich will, daß du zu mir gehörst», sagte er. «Ich will mit dir leben und an deiner Seite alt werden. Und ich will Kinder mit dir –»

«O nein», sagte sie wie aus der Pistole geschossen. Sie setzte sich auf und griff nach ihren Zigaretten. «Keine Kinder. Tut mir leid, Rufus. Aber das auf gar keinen Fall.»

«Doch nicht sofort», sagte er ahnungslos. «Nicht, solange du arbeitest. Aber eines Tages, wenn du aufhörst, wenn deine Figur nicht mehr so wichtig ist –»

«Vergiß es», sagte sie. «Meine Figur hat nichts damit zu tun. Ich will einfach nie, nie ein Kind bekommen. Okay?»

«Aber warum nicht, Tilly?»

«Weil mir die Vorstellung eine Heidenangst einjagt. Diese Schmerzen! Und was dabei alles schiefgehen kann –»

«Tilly, Liebling, es ist heutzutage nicht mehr gefährlich –»

«Ach wirklich?» Die Zigarette in ihrer Hand zitterte, und ihr stiegen die Tränen in die Augen. «Ich will – ach Rufus, müssen wir darüber reden? Ich will keine Kinder. Basta.»

Er hatte sie in den Arm genommen und sie beruhigt. «Du mußt keine Kinder bekommen, wenn du so Angst davor hast», sagte er. «Aber irgendwann erzählst du mir, warum du dich so davor fürchtest.» Sie wiegelte ab und meinte, mehr könne sie dazu nicht sagen.

«Aber ich wäre auch nicht die richtige Ehefrau für dich», sagte sie schließlich. «Überleg doch mal. Wie viele Rechtsanwälte haben Frauen wie mich?»

«Nicht viele», sagte Rufus und küßte sie zärtlich. «An jedem Gericht der Welt wird man mich um dich beneiden.»

«Stell dich nicht dumm», sagte Tilly ärgerlich. «Du kennst die Sorte Frau, die du brauchst. Sie ist weder schwarz, noch kommt sie aus Brixton. Sie ist glücklich und zufrieden mit einem Haus, einem Garten und einem Wohltätigkeitskomitee, und sie gibt perfekte Dinnerpartys für wichtige Leute. Ich wäre bei so etwas eine Katastrophe. Nein, ich hab eine viel bessere Idee. Du suchst dir eine passende Ehefrau, und wir beide treffen uns einmal die Woche.»

«Tut mir leid», sagte er und sah sie mit seinen ehrlichen Augen an, «aber das könnte ich nicht. Ich bin hoffnungslos monogam.»

«Rufus, ich liebe dich, aber ich werde dich nicht heiraten. Ich werde überhaupt nicht heiraten, weil ich niemandem auf diese Weise gehören will. Meine Mutter mußte fast ihr Leben lang dankbar sein für irgendwelche lausigen Jobs, für ein bißchen Geld, das sie meinem Dad abgebettelt hat, für Almosen von der Sozialhilfe. Ich hab es gehaßt, dies mitansehen zu müssen. Ich will nie mehr abhängig sein, nie mehr nehmen müssen, und ich will mich auch nicht der Gefahr aussetzen, es nur in einer anderen Form doch wieder tun zu müssen.»

«Damit schließt du mich vollkommen aus», sagte Rufus niedergeschlagen. «Du würdest bei mir nichts riskieren, Tilly. Ich werde dich nie im Stich lassen. Ist es denn wirklich so schwer, etwas anzunehmen von jemandem, den man liebt?»

Er sah so unglücklich aus, daß Tilly erschrak. Sie beugte sich zu ihm und küßte ihn zärtlich.

«Rufus, ich gehöre dir. Und alle wissen es. Ich werde dich nicht verlassen. Dazu liebe ich dich viel zu sehr. Ich will nur nicht heiraten. Aber es war lieb von dir, daß du mich gefragt hast. Ich danke dir dafür. Und jetzt sollten wir ein bißchen schlafen.»

«Ich kann bestimmt nicht schlafen», sagte Rufus. Aber dann schlief er doch ein, dicht an sie geschmiegt, den Kopf an ihrem Nacken, und es war Tilly, die noch lange wach lag und an ihre Mutter dachte und an das kleine Grab auf dem Friedhof von Brixton, wo auf dem Grabstein zu lesen stand: Beatrice Mills. Schwester von Ottoline. Geboren und gestorben am 20. Oktober 1974.

«Miss Mills?» fragte eine höfliche Stimme. Tilly wandte sich um und sah einen sehr großen und trotz seines beträchtlichen Alters sehr aufrecht stehenden, ungewöhnlich gekleideten Herrn vor sich. Er trug ein weißes Hemd, ausgebeulte Khakishorts und ein langes schwarzes Sakko im Schnitt eines Cutaways. Die Beine unterhalb der Shorts waren kräftig und sonnengebräunt wie die große Hand, die er ihr entgegenstreckte.

«Ja, ich bin Tilly Mills. Hallo», sagte sie und schüttelte ihm die Hand.

«Ich bin Merlin Reid. Rufus hat mich gebeten, Sie abzuholen. Haben Sie Gepäck?»

«Nur das hier», sagte Tilly und wies auf den Lederrucksack auf ihrem Rücken. «Und bitte, nennen Sie mich Tilly.»

«Sehr schön. Die meisten Leute reisen mit viel zuviel Gepäck. Mir hat auch immer ein Rucksack genügt. Nun denn, folgen Sie mir, Tilly.»

Er führte sie aus dem Flughafengebäude zu seinem Wagen, einem dunkelgrünen Gefährt mit Trittbrett und braunem zurückgeklapptem Verdeck.

«Toll!» sagte Tilly und ging bewundernd um den Wagen herum. «Das ist ein Auto! Welche Marke ist das?»

«Ein Lagonda. Wir sind schon seit über dreißig Jahren zusammen. Ist mit mir durch ganz Europa gefahren.»

Er öffnete den Wagenschlag für Tilly und ließ sie einsteigen, kurbelte den Motor an, und dann fuhren sie, eine schwarze Qualmwolke hinter sich lassend, los.

«Es ist sehr freundlich von Ihnen, daß Sie mich abholen», sagte Tilly.

«Oh, keineswegs. Ich war froh, dem Tohuwabohu zu entkommen. Viel Lärm um nichts, wenn Sie mich fragen.»

«Ach, Sir Merlin, das können Sie nicht sagen.»

«Ich kann es und tu es. Sehen Sie, wenn man so lange gelebt hat wie ich, weiß man, daß nichts besonders wichtig ist. Zwanzig Jahre nach einem Ereignis, das man für eine Katastrophe hielt, fragt man sich, worüber man sich eigentlich so aufgeregt hat.» Er warf Tilly einen kurzen Blick zu. «Woher kommen Sie, Tilly? Aus Somalia?»

«Brixton», sagte Tilly. «Aber mein Dad stammt aus Somalia.»

«Hab ich mir doch gedacht. Schöne Menschen. Aber denken Sie daran, was ich gesagt habe. In ein paar Jahren wird kein Mensch mehr verstehen, warum man sich wegen einer dummen Göre, die mit ihrem Brautkleid das Weite gesucht hat, so aufgeregt hat. Erzählen Sie mir mal, wie Sie Rufus kennengelernt haben.»

«Durch Harriet», sagte Tilly, «und durch Michael und Oliver. In Paris. Sir Merlin, haben Sie eben gesagt, Cressida ist in ihrem Brautkleid davongelaufen?»

«Nun, sie hat es jedenfalls mitgenommen.»

«Warum hat sie das bloß getan?»

«Weiß der Himmel. So benimmt man sich einfach nicht. Sie war schon immer ein verwöhntes Ding.»

Tilly sah ihn nachdenklich an. «Ich bin Cressida nur zweimal begegnet. Ich kenne sie nicht sehr gut.»

«Lohnt sich auch nicht für ein Mädchen wie Sie. Das einzige, was mir an ihr gefällt, ist, daß sie pokern kann.»

«Pokern?» fragte Tilly ungläubig. Die puppenhafte Cressida spielte Poker! «Das ist der Hammer. Wann haben Sie das entdeckt?»

«Oh – schon vor ein paar Jahren. Wir saßen auf dem Flughafen Charles de Gaulle fest. Ich war auf der Durchreise und habe Harriet in Paris besucht. Cressida war ebenfalls dort und wollte mit mir zurückfliegen. Und wie die Franzosen so sind: Sie streikten mal wieder. Wir saßen die ganze Nacht am Flughafen, haben uns mit ein paar jungen Leuten angefreundet, und einer meinte, wir könnten ja ein bißchen pokern. Ich dachte, Cressida würde passen, aber sie hat mitgespielt und nicht mal schlecht.»

Tilly versuchte immer noch, sich Cressida als Pokerspielerin vorzustellen, als Sir Merlin fragte: «Und wie sind Sie an die Forrests geraten?»

«Ich sagte doch, ich kenne Harriet.»

Vorsicht, Ottoline, denk jetzt nicht an die andere Verbindung, die zwischen dir und ihnen besteht. Nicht jetzt.

«Rufus scheint Sie sehr zu schätzen.»

«Und ich schätze ihn», erwiderte sie. Ob Sir Merlin die leichte Zurechtweisung bemerkt hatte, wagte sie zu bezweifeln.

«Gut», sagte er. «Es täte mir leid, wenn er verletzt würde. Ich mag ihn sehr gern.»

Die Fahrt in dem offenen Oldtimer, der nicht schneller als fünfundvierzig Meilen die Stunde fuhr, verlor im Verkehrslärm und Abgasgestank der neunziger Jahre sehr bald ihren Reiz. Tilly nickte ein. Sie erwachte erst, als Sir Merlin mit lauter Stimme zu singen begann und von der Schnellstraße abbog.

«Nun sind wir gleich da», sagte er zu Tillys großer Erleichterung. «Man hat mir gesagt, ich soll Sie zu den Beaumonts bringen. Das sind alte Freunde von den Forrests und den Draytons. Rufus und seine Mutter erwarten Sie hier. So, da wären wir.»

Rufus empfing sie vor dem Haus der Beaumonts. Er sah sehr blaß aus, aber er freute sich riesig.

«Tilly! Wie schön, daß du so schnell kommen konntest!»

«Wir sind sehr gut vorangekommen, Sir Merlin und ich», sagte Tilly grinsend, während sie ausstieg und Rufus küßte. Bei seinem Anblick machte ihr Herz wie immer einen kleinen Sprung. Sie wunderte sich, daß sie soviel Zärtlichkeit und eine so leidenschaftliche Liebe für einen Mann empfand, der ein wandelndes Beispiel war für alles, was ihr bei anderen gegen den Strich ging. Wenn sie für Rosenthal nach New York ginge, dachte sie, würden sie die meiste Zeit getrennt sein. Es war eine unerträgliche Vorstellung. Und doch bot sich hier ein sauberer Ausweg aus ihrem Dilemma.

Sir Merlin verabschiedete sich, denn er wollte zu Theo hinüber ins Royal Hotel. Rufus und Tilly gingen ins Haus, um Susie zu begrüßen und Harriet, die zu den Beaumonts gekommen war, um über den neuesten Stand der Dinge zu berichten. Anschließend fuhren Rufus und Tilly ebenfalls zum Hotel in Woodstock.

Michael und Oliver saßen in Michaels Hotelzimmer. Oliver, noch immer in gestreifter Hose und weißem Hemd, war völlig betrunken. Sein helles Haar war zerzaust, und unter den glasigen blauen Augen lagen dunkle Ringe. Eine halbleere Flasche Bourbon stand neben ihm auf dem Tisch.

«Hallo», sagte er und stand auf, um Tilly zu umarmen. «Willkommen zu meinem Hochzeitsfest.» Er roch nach Bourbon und teurem Aftershave. «Ist Harriet nicht mit euch gekommen?»

«Nein, sie wollte nachkommen. Sie ist noch bei den Beaumonts.»

«Und meine wunderschöne Braut ist irgendwo über den Wolken», sagte er mit schwerer Zunge.

«Du hast wirklich keine Ahnung gehabt, daß sie fliegen kann?» fragte Rufus.

«Nicht die geringste.»

«Dieses Verheimlichen sieht ihr so gar nicht ähnlich», sagte Rufus.

«O nein. Es sieht ihr nicht ähnlich.» Oliver klang schrecklich verbittert und zornig. Verständlicherweise, dachte Tilly, denn abgesehen von der Enttäuschung war die geplatzte Hochzeit sicher auch ein schwerer Schlag für sein Ego.

«Andererseits konnte sie einen hin und wieder auch überraschen», meinte Rufus.

Alle sahen ihn an.

«Tatsächlich?» fragte Michael. «Für mich war Cress immer wie ein offenes Buch.»

«Ein Buch voller Rätsel vielleicht», sagte Oliver und lachte kurz auf.

«Rufus, ich hätte aber doch gern gewußt, womit Cressida dich überrascht hat», sagte Michael.

«Ach, es war nichts Besonderes. Aber ich wußte zum Beispiel nicht, daß sie Französisch spricht.»

Michael sah ihn verblüfft an. «Sie spricht nicht Französisch.»

«Doch, Michael, und zwar fließend.»

«Aber sie war doch erst vor kurzem bei Dad und mir in Paris, und es war geradezu peinlich, als sie im Restaurant auf französisch bestellte.»

«Tut mir leid, aber ich habe sie selbst gehört», sagte Rufus, den kleinen Aufruhr, den er verursacht hatte, sichtlich genießend. «Sie war in Paris bei Harriet zu Besuch, und als ich in die Wohnung kam, war sie am Telefon. Ich weiß nicht, mit wem sie gesprochen hat. Es ging irgendwie um Geld, das sie auf eine französische Bank überwiesen haben wollte. Jedenfalls sprach sie absolut fließend und wesentlich besser als ich.»

«Hast du sie daraufhin angesprochen?»

«Ja. Sie hat mich nicht gleich bemerkt und schien etwas verlegen. Dann hat sie mir erklärt, sie habe eben erst einen Intensivkurs gemacht.»

«Und was hat Harriet dazu gesagt?» fragte Michael.

«Cress hat mich ausdrücklich gebeten, ihr gegenüber nichts davon zu erwähnen – angeblich, weil Harriet mit Französisch nie zurechtgekommen sei. Ihr dagegen sei es geradezu in den Schoß gefallen.»

«Oliver, hast du gewußt, daß sie perfekt Französisch spricht?»

«Nein», sagte Oliver. «Aber es ist ja auch unwichtig. Offensichtlich hat ihr die Heimlichtuerei Spaß gemacht.»

«So unwichtig finde ich das aber nicht», meinte Michael. «Tilly, was hältst du davon?»

«Ich weiß nicht, ich kenne sie nicht gut genug. Ich bin ihr nur einmal in London und einmal in New York begegnet. Aber etwas wirklich Erstaunliches habe ich heute von Sir Merlin erfahren. Habt ihr gewußt, daß Cressida richtig gut pokern kann?»

«Lächerlich», sagte Michael. «Ich habe versucht, es ihr beizubringen, aber sie konnte sich nicht konzentrieren, und gemerkt hat sie sich auch nichts.»

«Sir Merlin sagt, sie sei darin sehr gut gewesen und habe euch damit überraschen wollen.»

«Nun, da bin ich gespannt», sagte Michael. «Aber glauben werde ich das erst –»

Oliver stand plötzlich auf und stürzte ins Bad. Als er eine ganze Weile nicht herauskam, ging Tilly zu ihm. Er saß, den Kopf in die Hände gestützt, auf dem Rand der Wanne. Tilly setzte sich neben ihn und strich ihm übers Haar.

«O Tilly», stöhnte er, «sag mir, daß das alles nicht wahr ist.»

Er sah sie mit geröteten Augen an, und eine Träne rollte über seine Wange.

«Oliver», sagte Tilly und wischte die Träne fort, «du darfst jetzt nicht schlappmachen. Cressida kann selbst auf sich aufpassen.»

Er schüttelte den Kopf und nahm ihre Hände, als wollte er sich daran festhalten.

«Nein. Nein, das glaube ich nicht», sagte er gequält. «Es ist alles viel schlimmer. Tilly, ich –»

Er mußte sich erneut übergeben. Sie hielt ihm den Kopf und reichte ihm ein Glas Wasser. Dann setzte er sich wieder auf die Wanne und legte den Arm um sie. «Ich hätte dich heiraten sollen, Tilly. Wir hätten viel Spaß zusammen gehabt.» Für einen Augenblick vergaß er sein Elend und lächelte sie an.

«Kann schon sein. Hör zu, Oliver», sagte Tilly, nicht ganz sicher, ob jetzt der geeignete Moment war für das, was sie ihn fragen wollte. «Als mich Rufus heute früh in Paris angerufen hat, sagte er, du seist schrecklich durcheinander – du hättest das Gefühl, du könntest die Hochzeit nicht durchstehen. Was ist los? Was hast du damit gemeint?»

«Oh», sagte er. «Eigentlich gar nichts. Ich war einfach nervös. Vermutlich bin ich nicht der einzige, der vor seiner Hochzeit in Panik gerät.»

«Ja, da hast du wahrscheinlich recht», sagte Tilly. Er wollte ihr offensichtlich nicht sagen, was ihn bedrückte. «Es ist schrecklich warm hier drin», sagte sie. «Was hältst du von einem Spaziergang? Nur wir beide?»

«Ich glaube, ich sollte in der Nähe des Telefons bleiben.»

Es klopfte und Michael streckte den Kopf herein. «Alles okay?»

«Ich versuche gerade, ihn zu einem Spaziergang zu überreden», sagte Tilly. «Aber er möchte am Telefon bleiben.»

«Dann nimm mein Funktelefon mit», sagte Michael. «Ihr zwei geht spazieren, und wenn es etwas Neues gibt, rufen wir an.»

Tilly nahm Oliver bei der Hand und stand auf. «Nun komm schon.»

Oliver lächelte Michael und Rufus zu, während er sich von Tilly abführen ließ.

Als sie durch den Vordereingang des Hotels ins Freie traten, fuhr ein Jaguar vor.

«Das ist James Forrest», sagte Oliver. «Vielleicht hat er etwas Neues erfahren.»

O Gott, dachte Tilly und blieb abrupt stehen. Ihr Herz klopfte wie wild. Ihr wurde heiß und kalt zugleich. Jetzt war es soweit. Sie würde dem Mann gegenüberstehen, der ihre

Schwester auf dem Gewissen hatte, der schuld war an der angeschlagenen körperlichen und seelischen Verfassung ihrer Mutter und sich um jede Art von Wiedergutmachung gedrückt hatte. Wie sollte sie sich verhalten? Was sollte sie sagen?

James Forrest stieg aus und ging langsam auf sie zu. Sie sah, daß er sie erkannt hatte und genauso um Fassung rang wie sie. Aber als sie in sein Gesicht blickte, war die Frage, was sie tun oder sagen sollte, mit einem Schlag unwichtig geworden. Sie blickte in ein Gesicht, das ihr sehr vertraut war. Sie kannte das dichte wellige Haar, obwohl es mehr grau als blond war, die eigentümlich langsame, beinahe vorsichtige Gangart, die sie so liebte, die hohe Gestalt mit den breiten Schultern und schmalen Hüften. Nur die Augen waren blau statt braun. Aber sonst? Wie konnte jemand diese verblüffende Ähnlichkeit übersehen? Und während sie James Forrest anstarrte und allmählich begriff, wer ihr Feind war, wurde ihr klar, daß sie Rufus niemals heiraten könnte.

KAPITEL 12

Susie – halb drei Uhr nachmittags

Susie beschloß, erst später mit Alistair über ihre Krankheit zu sprechen. Jetzt herrschte bereits genug Aufregung, und sie wußte auch noch nicht, was sie ihm sagen sollte, solange sie nicht mit James geredet hatte. Mehr als je zuvor sehnte sie sich danach, ihn zu sehen, ihm ihre Ängste und Sorgen anzuvertrauen und ihn um Rat zu fragen. Solange sie das nicht getan hatte, wollte sie warten.

Alistair machte sich um halb drei auf den Weg. «Natürlich fährst du zurück, Liebling», sagte Susie. «Du kannst hier nichts tun, und dein Schreibtisch wartet auf dich.»

«So ist es. Und ich muß sagen, der heutige Tag hat bewiesen, daß es Schlimmeres gibt als eine Hochzeit.»

«Keine Hochzeit. Weiß Gott», sagte Susie. «Ich hoffe nur, dem armen Mädchen ist nichts passiert. Man hört so schreckliche Dinge, und Cressida ist sehr vertrauensselig.»

«Ich denke, sie kann sehr gut allein auf sich aufpassen.»

«Was meinst du damit?»

«Na ja, ich habe dir das nie erzählt, weil es nicht wichtig war. Erinnerst du dich an den schrecklichen Silvesterball in Hurlingham? Ich habe mit ihr getanzt. Sie ging ganz schön ran und versuchte, mich aus dem Saal zu bugsieren.»

«Alistair! Du mußt betrunken gewesen sein!»

«Du weißt, daß ich mich nie betrinke. Aber sie hatte einen sitzen, und zwar ganz kräftig.»

«Und?»

«Ich habe mich vorsichtig von ihr befreit und sie an ihren Tisch gebracht.»

«Sie war sicher sehr verwirrt.»

«Nein», sagte Alistair. «Sie war wütend.»

Susie begleitete ihn zu seinem Wagen. «Ich komme wahrscheinlich erst morgen. Ist dir das recht?»

«Ja, natürlich.»

«Also, Liebling. Ich muß los», sagte Alistair und warf seine Reisetasche in den Kofferraum. «Wie kommst du nach London zurück?»

«Mit Rufus' Wagen.»

«Ah, ja. Wie ist die Superstarfreundin? Schade, daß ich sie nicht getroffen habe.»

«Sie ist phantastisch. Sie ist intelligent und witzig. Sie hat mir gefallen.»

«Werden sie heiraten?»

«O nein», sagte Susie, während sie ihm die Wagentür öffnete. «Bestimmt nicht.»

«Warum nicht?»

«Es würde nicht gutgehen.»

«Schade. Ein bißchen Exotik in der Familie wäre ganz nett gewesen. Also bis dann, Liebling.»

«Auf Wiedersehen, Alistair.»

Er küßte sie liebevoll und stieg in den Wagen. Susie winkte ihm nach, lächelte und ging niedergeschlagen ins Haus. Seit der Nachricht von Dr. Hobson schien sie alles mit anderen Augen zu sehen, auch Alistair und ihre Ehe. Bis heute schien alles seine Ordnung zu haben. Alistair war ein lieber Mensch, mit dem sie sich wundervoll verstand. Ihre Ehe war nahezu vollkommen. Sie hatte sich oft gefragt, warum die Leute so viel Wert darauf legten, aus Liebe zu heiraten. Alistair hatte hin und wieder eine Affäre. Wahrscheinlich war er jetzt unterwegs zu seiner neusten Freundin. So hatte alles sein Gutes.

Und sie hatte James. Sie war sich ziemlich sicher, daß Alistair nichts davon wußte, auch nichts von Rufus. Es hatte alles tadellos geklappt, weil sie daran festhielt, daß ein praktisches Arrangement besser war als endloser Kummer, Tränen und Scheidung. Sie und Alistair hätten nie daran gedacht, sich voneinander zu trennen. Sie hätten beide eine Scheidung abgelehnt – wenn das Thema je aktuell geworden wäre.

Aber nun sah sie das alles plötzlich ganz anders. Sie brauchte James, weil sie ihn liebte. Sie mußten ein Paar werden, denn sie brauchte seine Unterstützung. Sie wollte morgens mit ihm aufwachen, ein gemeinsames Zuhause mit ihm haben und als seine Frau, als die Frau, die er liebte, anerkannt sein. Es war ihre einzige Chance, Schmerzen und Angst zu ertragen. Mochten die Kinder entsetzt sein, Maggie zutiefst verletzt – sie würden leben. Sie waren stark und gesund und mußten nicht in der Blüte ihrer Jahre sterben. Und wenn es ihnen nicht gefiel, daß sie jetzt Ansprüche anmeldete, so war das ihr Problem. Sie konnte darauf keine Rücksicht mehr nehmen. Sie wollte mit dem Menschen zusammenleben, den sie liebte.

«Susie», sagte Janet Beaumont zu ihr, als sie die Küche betrat. «Janine läßt fragen, ob du vielleicht zu den Forrests hinüberkommen könntest. Sie ist völlig erschöpft, und James ist einfach verschwunden. Ich muß schon sagen, ich finde das nicht –»

«Wahrscheinlich ist er wegen Cressida unterwegs», sagte Susie. «Ich an James' Stelle hätte mich inzwischen auch aus dem Staub gemacht. Aber ich werde Janine ein bißchen ablösen.» Sie seufzte. Sie war alles andere als in der Stimmung, Maggie zu trösten oder gar aufzuheitern. «Ist Janine noch am Telefon?»

«Ja», sagte Janet Beaumont und reichte ihr den Hörer.

«Janine? Hallo. Wie sieht es bei euch aus?»

«James wollte, daß Maggie ein Beruhigungsmittel nimmt,

aber sie weigert sich. Sie ist bald hysterisch, bald völlig apathisch. Und mir geht allmählich die Luft aus.»

«Ich komme hinüber, Janine. Du hast eine Pause verdient. Ich muß mir nur einen Wagen borgen.»

«Du kannst mit mir fahren», sagte Harriet, die bei Janet Beaumont am Küchentisch saß. «Ich bin mit dem Wagen da.»

«Oh, danke, Liebes. Janine, wir sind unterwegs!»

Harriet sah schlecht aus. Kein Wunder, dachte Susie. Harriet hing so sehr an Cressida. Sie war immer die große Schwester gewesen, die sich um sie gekümmert und sie beschützt hatte.

«Dir geht es nicht gut, Schätzchen, nicht wahr?» erkundigte sich Susie, als Harriet ihren Peugeot auf die Straße lenkte.

«Nicht besonders», sagte Harriet. «Genaugenommen sogar miserabel.»

Sie fuhr plötzlich an den Straßenrand und brach in Tränen aus. Daß Harriet weinte, hatte Susie noch nie erlebt.

«O Harriet.» Susie legte den Arm um sie. «Wein dich aus. Es ist ja auch schrecklich für dich. So plötzlich. Und ausgerechnet Cressida, die jeder liebt und glücklich sehen wollte.»

«Ja. Und immer nur Cressida», sagte Harriet verbittert. Susie sah sie überrascht an.

«Tut mir leid», sagte Harriet und bemühte sich um einen freundlicheren Ton. «Ich bin ein bißchen durcheinander, Susie.»

«Das versteh ich schon.»

«Ich weiß einfach nicht, was ich tun soll.»

«Natürlich nicht, Liebes. Wir sind ja alle völlig ratlos.»

Harriet lehnte sich im Sitz zurück und sah Susie an. Sie hatte tiefe Schatten unter den Augen.

«Sag mir, was dich bedrückt. Vielleicht kann ich dir helfen», sagte Susie.

«Dazu brauchst du mindestens eine Million Pfund», sagte Harriet unglücklich.

«Dann ist es also das Geschäft?»

«Ja.»

Und dann saß Susie da und hörte sich Harriets traurige Geschichte an. Sie hatte sich übernommen, vor allem in Frankreich. «Aber weißt du, Susie», sagte Harriet, während sie sich die Nase putzte, «das Schlimmste ist, daß es mir weniger um mein Geschäft ging als vielmehr um mein verdammtes Ego. Der kleine Laden in Passy lief phantastisch, er war nur nicht absolute Spitzenklasse. Ich wollte meinen Namen auf den Titelseiten der Modezeitschriften sehen. Ich wollte zur Elite gehören. Oh, ich schäme mich so. Um in Paris einen Laden zu mieten, mußt du horrende Vorauszahlungen leisten. Ich habe zwei Millionen Francs für den Laden hingelegt – nur war es nicht mein Geld, sondern das von Janine. Und es ist weg!»

«Janine hätte es dir bestimmt nicht gegeben, wenn sie es sich nicht hätte leisten können.»

«Sie hat es mir geliehen, und ich zahle ihr Zinsen, aber wesentlich niedrigere als die Bank verlangen würde. Mein phantastischer Laden hat sich nicht einen Monat selbst getragen. Ich habe den gutgehenden Laden in Covent Garden beliehen, um den in Paris zu stützen. Ich hätte auf Rufus hören sollen. Er hat von Anfang an gesagt –»

«Rufus?» fragte Susie alarmiert. «Was hat Rufus damit zu tun?»

«Er hat mir geraten, einen erfahrenen Betriebswirt einzustellen, er hat mir sogar jemanden empfohlen.»

«Harriet, Liebes, jeder macht mal einen Fehler», sagte Susie. «Und ich kann mir nicht vorstellen, daß dein ganzes Unternehmen zusammenbricht, nur weil du dich bei diesem einen Laden übernommen hast. Ich meine, du hast doch noch viele andere Geschäfte, die Geld bringen.»

«Sicher, es gibt noch andere Harry's. Aber sie werfen alle nicht mehr viel ab. Sie decken die Kosten, aber meine Zinsen kann ich davon nicht bezahlen. Alles wird zusammenbrechen. Ich werde meine Mädchen entlassen müssen. Aber das mit Janine tut mir am meisten leid – oh, Susie, was soll ich nur tun?»

«Also genau weiß ich das im Augenblick auch nicht», sagte Susie. «Aber Janine ist eine kluge, erfahrene Frau. Ich kann nicht glauben, daß sie dir einen solchen Betrag geliehen hätte, wenn sie nicht bereit gewesen wäre zu riskieren, daß sie ihr Geld möglicherweise verliert. Und ich bin ebenso überzeugt, daß sie ein ganz normales geschäftliches Interesse hatte.»

«Ja, sie wollte ihr Geld anlegen. Aber sie ist ein Amateur und eben viel zu optimistisch. Und ich – ich habe sogar meine Eigentumswohnung als Sicherheit gegeben, aber sie ist wertlos. Ich habe sie auf der Höhe des Booms gekauft mit einer fünfundneunzigprozentigen Hypothek. Ihr heutiger Wert liegt vielleicht bei sechzig Prozent vom Kaufpreis.»

«Ich verstehe», sagte Susie leise.

«Harry's geht morgen in Konkurs. Ich wollte es eigentlich verdrängen und erst nach der Hochzeit darüber nachdenken. Und nun gibt es keine Hochzeit.»

«Kannst du nicht einen Käufer für dein Unternehmen finden?»

«Ich habe es versucht. Zweimal hätte es fast geklappt, dann haben beide Interessenten in letzter Minute einen Rückzieher gemacht. Der Pariser Laden müsse erst kostendeckend laufen, zu viele Langzeitinvestitionen seien nötig.»

«Wieviel würdest du denn einem potentiellen Käufer überlassen?» fragte Susie so taktvoll wie möglich.

«Eine ganze Menge», sagte Harriet. «Anfangs wollte ich ja noch die Kontrolle über die Läden behalten, aber das habe ich längst aufgegeben. Meine einzige Bedingung war schließlich, daß ich beim Design das entscheidende Wort behalte, denn dabei geht es um meinen Namen. Aber es hat nichts geklappt. Dann tauchte ein letzter Hoffnungsschimmer auf. Ein gewisser Cotton rief mich an. Du hast vielleicht schon von Cotton Fields gehört? Es sind hübsche Sachen, billig und pfiffig, aber sehr gut.»

«Ja, natürlich», sagte Susie.

«Ich bin gut mit ihm ins Gespräch gekommen. Er ist Amerikaner. Ich habe damit gerechnet, daß er mir ein Angebot macht – kein sehr großes, aber immerhin. Er wollte kaufen, wir waren schon beim Kleingedruckten, und dann ist er plötzlich ausgestiegen. Als ich mehrmals versucht habe, ihn anzurufen, um den Grund zu erfahren, war er jedesmal in einer Besprechung.»

«Das ist wirklich merkwürdig», sagte Susie.

«Ja», sagte Harriet. «Aber ich kann nichts machen. Und damit hat es sich.» Sie lächelte Susie unsicher an. «Es tut mir leid, dich mit meinen Sorgen zu belasten, Susie.»

«Das macht nichts, Liebes. Ich bin froh, daß du es getan hast. Ich wünschte nur, ich könnte dir helfen. Der einzige Mensch, von dem ich weiß, daß er dazu in der Lage wäre, ist Theo. Du könntest –»

«Nein», sagte Harriet schnell.

«Er mag dich. Ich bin sicher, er würde dir sogar gern helfen.»

«Ich kann es einfach nicht. Vielleicht bitte ich ihn um Janines Geld, wenn alle Stricke reißen, aber nicht um mehr.»

«Nun, das mußt du wissen. Ich werde über alles nachdenken, Liebes, und wenn du willst, könnte ich Alistair fragen. Er kennt so gut wie jeden Investor in der Stadt. Aber jetzt müssen wir wirklich zu deiner Mutter, um die arme Janine abzulösen.»

Susie lehnte sich erschöpft in ihrem Sitz zurück. Dieser Tag war eine Strapaze für alle. Seit sie den Grund für ihre ständige Müdigkeit kannte, fühlte sie sich noch matter. Sie litt unter ihren Kopfschmerzen, ihrem schmerzenden Rücken, und sie wünschte sich nichts sehnlicher, als die Augen zu schließen, das Licht auszusperren und nur für einen Moment nachzugeben und auszuruhen.

«Susie, mach ein Schläfchen», sagte Harriet. «Du hast es dir verdient.»

Susie lächelte Harriet an. «Ich weiß, du meinst es gut mit mir, aber ich würde lieber ein bißchen plaudern.»

«Wie hat dir Tilly gefallen?» fragte Harriet.

«Sehr gut.»

«Weißt du, daß er sie heiraten will?»

«Ja.»

«Und?»

«Ich finde es in Ordnung – wenn es dazu kommt. Aber das Leben der beiden ist unvereinbar. Ich will nicht, daß Rufus verletzt wird.»

«Ich wünsche ihm auch, daß er glücklich wird. Er ist einer der nettesten Menschen, die ich kenne.»

«Das finde ich auch», sagte Susie lächelnd. «Aber schließlich bin ich seine Mutter.»

Und dann schloß sie doch die Augen und mußte daran denken, daß es Rufus beinahe nicht gegeben hätte.

Sie konnte sich damals nicht vorstellen, daß sie James nach allem, was er ihr angetan hatte, noch lieben würde. Aber es war so. Als sie sich auf einer Party zum ersten Mal zufällig wiedersahen, nachdem sie beide geheiratet hatten, bekam sie bei seinem Anblick weiche Knie. Gleichzeitig haßte sie ihn. Lächelnd kam er auf sie zu, während sie nur dastand und ihn anstarrte.

«Du siehst reizend aus», sagte er.

Sie schwieg und trank einen Schluck Champagner.

«Wie geht es Alistair?»

«Gut.»

«Kommt ihr gut miteinander aus?»

«Natürlich.»

«Möchtest du nicht wissen, wie es mir geht?»

«Nein.» Ihre Stimme klang so zornig, daß er sich nervös umsah, ob ihnen jemand zuhörte. «Es geht dir sicher gut. Oder etwa nicht? Wozu hättest du sonst geheiratet, nicht wahr?»

«Susie –»

Sie ließ ihn stehen und ging zu Alistair, hakte sich bei ihm ein, und während sie zu ihm auflächelte, sah sie über die Schulter, wie James allein stand. Und sie liebte und begehrte ihn so verzweifelt, daß sie sich fragte, wie sie imstande war, ihn gleichzeitig so abgrundtief zu hassen.

Am Tag darauf rief er sie an. «Ich wollte mich nur entschuldigen.»

«Wofür, James? Weil du nicht mich, sondern Maggie geheiratet hast? Weil du ein Schuft bist?»

«Nein. Eigentlich nur wegen gestern. Ich wollte dich nicht verärgern. Bestimmt nicht.»

«Dann tu es nie wieder. Goodbye, James.»

Ein Vierteljahr später begegneten sie sich bei einem Wohltätigkeitsfest.

«Ich bekomme ein Kind», sagte sie zu James.

«Herzlichen Glückwunsch.»

«Ich habe gehört, ihr habt eine Tochter.»

«Ja. Ein niedliches kleines Mädchen. Möchtest du tanzen?»

«Nein. Vielen Dank.»

Etwas später, als Alistair mit jemand anderem tanzte und sie ganz allein am Tisch saß, kam er wieder zu ihr. «Komm schon, Susie. Ein Tänzchen wird dir nicht schaden.»

Aber es schadete ihr doch. Er hielt sie in den Armen, sie fühlte ihn und begehrte ihn.

«Du siehst nicht sehr schwanger aus», sagte er.

«Ich bin im fünften Monat.»

«Das sieht kein Mensch.»

«Man tut, was man kann.»

Maggie sei begeistert von ihr, sagte James, und bestehe darauf, sie und Alistair einzuladen.

«Sieh zu, daß sie es nicht tut.»

«Wie soll ich sie daran hindern?»

«Wir werden nicht kommen.»

«Liebling, wir sind an Silvester bei den Forrests eingeladen. Es könnte recht nett werden. Ich mag James.»

«Tatsächlich?»

«Ja. Du etwa nicht?»

«Es geht.»

«Ich würde gern zusagen. Die Beaumonts werden auch dort sein, und James sagte, er bräuchte dringend juristischen Beistand in einer Grundstücksangelegenheit.»

Wenn es um berufliche Interessen ging, war Alistair ebenso unbarmherzig wie James.

Als sie bei den Forrests ankamen, fühlte sie sich schon nicht gut. Sie war im achten Monat schwanger. Es fiel ihr schwer, fröhlich und gutgelaunt zu erscheinen.

Einige Stunden später bekam sie Rückenschmerzen. Sie suchte sich ein leeres Zimmer, legte sich auf den Boden und machte ihre Entspannungsübungen. Aber die Schmerzen wurden schlimmer.

Zufällig war sie in James' Arbeitszimmer geraten, wo er sie bald darauf fand.

«Um Gottes willen, was machst du hier?»

«Ich bekomme ein Baby», sagte Susie zwischen zusammengebissenen Zähnen.

Er legte die Hände tastend auf ihren Leib, horchte die Herztöne des Kindes ab, maß die Zeit zwischen den Wehen und rief das örtliche Krankenhaus an. Er fuhr sie selbst hin. Sie zitterte und sagte, sie habe den Drang zu pressen. James redete ihr gut zu: «Schön atmen, Susie, ein bißchen hecheln. Du schaffst es» – während Alistair im Fond des Wagens in Panik geriet.

Beim Krankenhaus angekommen, holte James einen Rollstuhl, setzte sie hinein und schob sie eigenhändig zur Entbindungsstation. «Machen Sie einen Entbindungsraum fertig», sagte er zur diensthabenden Hebamme. «Das Baby hat es sehr eilig.»

Alistair war verschwunden.

James half den Schwestern, sie auf das Bett zu heben, beugte sich über sie und sah ihr lächelnd in die Augen. «Schrei, wenn du willst», sagte er. «Es ist normal.»

«Nein», sagte Susie mit zusammengeballten Fäusten. «Aber bleib bei mir.»

«Ich geh nicht weg», sagte er lächelnd.

James war bei ihr, als sie ihr erstes Kind zur Welt brachte.

Zwei Monate später trafen sie sich regelmäßig zum Lunch; nach einem weiteren Monat schliefen sie wieder miteinander. Es war wundervoll. Susie hatte das Gefühl, noch nie so glücklich gewesen zu sein.

«Ein hübsches Baby, einen netten Ehemann und dich», sagte sie nach einem besonders erfreulichen Schäferstündchen. «Was will der Mensch noch mehr?»

Und dann wurde sie von James schwanger.

«Wie konnte das passieren?» fragte er verärgert. «Du nimmst doch die Pille.»

«Ich hatte in derselben Woche eine üble Magenverstimmung. Vielleicht hat das die Wirkung der Pille aufgehoben. Ich weiß es nicht.»

«Du hättest ein Wort sagen können.»

«Sei nicht albern.»

«Und was machen wir jetzt?»

«Ich weiß es nicht, James.»

Sie einigten sich auf eine Abtreibung. Es war die einzige vernünftige Lösung. Alistair konnte sich ausrechnen, daß dieses Kind nicht von ihm war. Und wenn Maggie davon Wind bekommen hätte, wäre James mit Vorwürfen und Szenen überhäuft worden, und vielleicht hätte sie sich sogar von ihm scheiden lassen. Sie hatten beide bereits Kinder. Dies alles konnten sie unmöglich aufs Spiel setzen.

James vereinbarte einen Termin in einer Klinik außerhalb

Londons. Sie fuhr unter dem Vorwand, ihre Mutter zu besuchen, allein dorthin. Und dann lag sie im Untersuchungszimmer und dachte an ihr Baby, das sie in einem Augenblick leidenschaftlichster Liebe empfangen hatte. Es war die Verkörperung ihres Glücks, ihres Entzückens und ihrer Liebe. Sie trug es in sich, und es gehörte ihr.

Sie stand auf, zog sich an und fuhr wieder nach Hause.

«Susie! Susie, wir sind da!» Harriet tätschelte ihr die Hand. Susie schlug die Augen auf.

«Tut mir leid. Ich wollte nicht einschlafen.»

Sie fühlte sich etwas besser. Und als James auf sie zukam, wurde ihr leicht ums Herz – wie immer, wenn sie ihn sah.

«Hallo, ihr beiden», sagte er. «Ich war inzwischen bei den Bergins. Josh nimmt die ganze Geschichte sehr mit.»

«Und Julia?»

«Nun, sie ist nicht gerade glücklich darüber, aber sie scheint damit umgehen zu können.»

«Hat sich der Leiter der Bank gemeldet, Daddy?» fragte Harriet.

«Noch nicht.»

«Und wie geht's Mutter?»

«Sie schläft endlich. Und Janine ebenfalls.»

«Ich werde uns Tee machen», sagte Harriet und ging vor Susie und James ins Haus.

«Können wir uns ein paar Minuten unterhalten?» fragte Susie.

«Ja, natürlich. Komm mit zur Brücke.»

Sie gingen langsam über den Rasen. Nach einer Weile begann Susie zu sprechen, ohne ihn anzusehen und ohne ihn zu berühren. Als sie geendet hatte, setzte sich Susie schwerfällig auf die Bank neben der Brücke.

Nach einer längeren Pause fragte er: «Hast du es Alistair gesagt?»

«Nein. Ich wollte erst mit dir sprechen.»

Er nahm ihre Hand und führte sie an seine Lippen. «Es tut mir so leid, Susie», sagte er.

«Ich liebe dich», sagte sie.

«Ich liebe dich auch.»

«James, was habe ich zu erwarten? Und, bitte, mach mir nichts vor.»

«Es kommt darauf an, was sie finden. Eine kleine Sache läßt sich ganz schnell erledigen.»

«Du meinst eine Brustamputation?»

Er zögerte. «Nachdem, was du mir erzählt hast, möglicherweise. Und Chemotherapie. Aber es muß nicht unbedingt nötig sein –»

«Könnte es auch schlimmer sein?»

«Susie, du kannst mich so etwas nicht fragen. Ich habe weder die Röntgenaufnahmen gesehen noch mit deinem Arzt gesprochen. Bitte.»

«Tut mir leid.»

Sie setzte sich neben ihn und dachte an die vielen glücklichen Jahre, die sie in engster Vertrautheit, mit allen Annehmlichkeiten des Lebens und in Liebe verbracht hatten. Manchmal waren Schatten über ihr Glück gehuscht; sie hatten sich gestritten, sich oft nacheinander gesehnt, und sie mußten sich heimlich an ihrem gemeinsamen Kind freuen. Aber es hatte so viele schöne Stunden gegeben. Sie hatten ihr Glück für selbstverständlich gehalten, ja sogar für ihr gutes Recht. Und jetzt sollten sie alles verlieren, und sie sollte allein ihrem neuen, düsteren Schicksal entgegengehen.

«Ich werde dich jetzt brauchen», sagte sie plötzlich, obwohl sie nicht so unmittelbar damit herausplatzen wollte. Aber die Angst war größer als ihre Rücksichtnahme. «Für die Zeit, die uns noch bleibt. Du wirst mich doch nicht im Stich lassen, James? Nicht noch einmal. Du wirst bei mir sein, nicht wahr? Ich meine, richtig mit mir zusammenleben. Ich weiß nicht, wie ich es sonst ertragen soll.»

Während sie auf seine Antwort wartete, wurde ihr klar, daß

sie bis jetzt nicht gewußt hatte, was wirkliche Angst ist. Tränen stiegen ihr in die Augen, ihr wurde schwindlig. Sie hatte das Gefühl, gelähmt zu sein.

Dann endlich lächelte er ihr zu, und sie fand ihre Selbstbeherrschung und ihren Mut wieder. Sie griff nach seiner Hand und hielt sie fest. «Geh nicht weg», sagte sie. «Sollen sie von uns denken, was sie wollen.» Und er sagte: «Ich bleibe bei dir, Susie, solange du mich brauchst.»

Sie lehnte den Kopf an James' Schulter, blickte auf das Wasser, in dem sich der Himmel spiegelte, und versuchte, nicht daran zu denken, wie wenig Zeit ihnen vielleicht noch blieb.

KAPITEL 13

Harriet – halb fünf Uhr nachmittags

Der Tee war fertig, aber Harriet konnte weder ihren Vater noch Susie finden. Wahrscheinlich waren sie spazierengegangen. Die beiden waren alte und gute Freunde. In Cressidas Augen waren sie sogar mehr; aber das war typisch für sie. Sie witterte überall Skandale. Genauso absurd war ihre Idee, ihre Mutter sei in Theo verliebt. «Lach ruhig», hatte sie zu Harriet gesagt, als sie fünfzehn war und das erste Mal damit herausrückte, «aber ich weiß, daß ich recht habe.»

«Du liest zu viele Liebesromane», sagte Harriet. Aber Cressida zuckte nur mit den Achseln und riet ihr, die Augen aufzumachen, wenn Theo das nächste Mal zu Besuch kommen würde.

Und Harriet sah, was Cressida meinte. «Er flirtet aber auch ständig mit ihr. Mami reagiert nur, denn sie hat doch nur Augen für Daddy.»

Doch je älter Harriet wurde, um so mehr wurde ihr bewußt, daß das Verhältnis zwischen ihren Eltern irgendwie seltsam war. Es war weniger die Tatsache, daß ihr Vater noch immer ungewöhnlich gut aussah, daß er umgänglich und amüsant war, während ihre Mutter, die ein sehr hübsches Gesicht hatte, immer dicker und schwerfälliger wurde und ihr Äußeres vernachlässigte. So etwas kam bei vielen älteren Ehepaaren vor. Was Harriet störte, war, daß sich ihr Vater viel mehr Mühe gab als ihre Mutter. Er machte ihr Komplimente, erkundigte sich nach ihrer Meinung, bat sie, auf einen Spaziergang mitzukommen oder ihn auf einer Autofahrt zu begleiten. Und ihre Mutter war immer nur kühl, beinahe gleichgültig; sie versuchte nie, auf ihn einzugehen oder ihm entgegenzukommen. Er bemühte sich unbeirrt weiter um sie. Er kritisierte sie nie, weder offen noch hinter ihrem Rücken und ließ nie den Eindruck entstehen, er hätte vielleicht etwas Besseres verdient. Seine Geduld mit ihr und sein Entgegenkommen schienen grenzenlos zu sein.

Harriet liebte ihren Vater sehr; daß alle davon ausgingen, Cressida sei sein Lieblingskind, war ihr, seit es Cressida gab, nicht nur ein Dorn im Auge, sondern auch im Herzen. Manchmal, wenn Cressida bei ihrem Vater auf dem Schoß saß und zufrieden vor sich hin döste, hätte Harriet sie am liebsten weggezerrt. Wenn ihr Vater bemerkte, was in ihr vorging, setzte er Cressida sanft auf den Boden, sagte ihr, sie solle zu Mami gehen, und streckte Harriet die Arme entgegen. Aber er tat damit nur seine Pflicht, wenn er sie nicht vergaß und sich bemühte, gerecht zu sein. Cressida stand bei ihm immer an erster Stelle.

Als Harriet älter wurde, hatte sie das Gefühl, der Sohn zu sein, den er nie hatte. Sie ging mit ihm spazieren, diskutierte mit ihm, spielte Tennis und segelte mit ihm, und es war wunderbar. Aber es war Cressida, die ihn bezauberte. Und es war Cressida, die ihn zu offiziellen Einladungen begleitete oder zu Hause die Rolle der Gastgeberin übernahm, wenn Maggie ihre Migräne hatte.

Ihre unterschiedlichen Rollen zeichneten sich noch deutlicher ab, als sie erwachsen wurden und aus dem Haus gingen. «Harriet macht Karriere», pflegte Cressida mit entzückendem Augenaufschlag zu sagen. Cressida war nicht weniger intelligent als Harriet und hätte nach ihrem Schulabschluß ohne weiteres studieren können. Aber sie ließ sich als Sekretärin ausbilden und war in einer großen Kinderarztpraxis in der vornehmen Harley Street gelandet, wo sie dank ihrer reizenden Umgangsformen, ihrer Kinderliebe und ihrer

Tüchtigkeit ebensoviel zum Erfolg der Praxis beitrug wie die dort arbeitenden Ärzte. Die Kenntnisse, die sie dort erworben hatte, machten sie natürlich zur idealen Partnerin für einen aufstrebenden jungen Arzt.

Cressida war eifersüchtig auf Harriets Erfolg, aber es war nicht so, daß sie darunter gelitten hätte. «Harriet hat das Zeug dazu», sagte sie, «und die nötige Energie. Sie ist eine moderne Frau. Ich bin eher ein bißchen altmodisch.» Und dabei lächelte sie süß, und alle beeilten sich, ihr zu versichern, daß sie keineswegs altmodisch sei, wobei ältere Herrschaften – besonders die männlichen Geschlechts – häufig durchblicken ließen, daß sie im Grunde die richtige Einstellung habe und nicht Harriet.

Harriet konnte sich nicht erinnern, wann sie beschlossen hatte, ins Modegeschäft einzusteigen; aber eine gewisse Vorliebe dafür zeigte sie schon in ganz jungen Jahren. Ihre Mutter hatte *Vogue* und *Harper's* abonniert, und Harriet stürzte sich jedesmal auf die neueste Ausgabe. Als sie zwölf Jahre alt war, nähte sie sich bereits vieles selbst und entwickelte ihre eigenen Modelle.

Janine war ihr stärkster Verbündeter in jenen frühen Tagen. Sie war mit ihr durch die Modegeschäfte und Boutiquen gezogen, hatte stundenlang mit ihr über Karl Lagerfeld und Vivienne Westwood diskutiert. Es war Janine, nicht Maggie oder James, die sie ermutigt hatte, im Fach Kunst Abitur zu machen, die ihre Eltern überredet hatte, sie bei Jean Muir als Näherin anfangen zu lassen statt eine konventionelle Ausbildung anzustreben.

Hier lernte sie bei mühsamer und schlecht bezahlter Arbeit in einer Woche mehr als an einer Hochschule in einem Monat oder einem ganzen Jahr. Eines Tages wurde sie zu Caroline Baker geschickt, einer der größten Modemacherinnen ihrer Zeit, die damals für *Cosmopolitan* arbeitete und für eine Fotosession ein Kleid bestellt hatte. Nachdem Harriet das

Kleid abgeliefert hatte, zog sie sich in eine Ecke des Studios zurück und schaute unbemerkt zu, wie Caroline aus unzähligen verschiedenen Artikeln Outfits zusammenstellte; wie sie Erscheinungen schuf, die einerseits typisch für sie und ihre Zeitschrift waren und doch der aktuellen Mode entsprachen. Und sie sah auch, wie die Ausstrahlung eines guten Models, eine raffinierte Kosmetik und ein kreativer Fotograf eine gute Idee noch stärker zur Geltung bringen konnten. Sie war so fasziniert, daß sie sich am Ende der Fotosession aus ihrer Ecke hervorwagte und Caroline fragte, ob sie vielleicht ein paar Minuten Zeit für sie habe.

Caroline hörte sich Harriets stockende Erklärung an: daß sie Designerin werden wolle, zunehmend frustriert war von den strengen Regeln der Haute Couture und schlichtweg begeistert von dem, was sie eben gesehen hatte. Caroline lachte und sagte, es sei nicht alle Tage so, gab ihr aber die Adresse einer Stylistin, die eine Arbeitskraft brauchte. «Aber ich warne dich. Durch London zu laufen und nach Schals, Armbändern und Mützen Ausschau zu halten, ist kein reines Vergnügen. Aber versuch es ruhig. Und lerne, Schreibmaschine zu schreiben. Dann könntest du auch für jemanden wie mich arbeiten.»

Die Stylistin nahm Harriet, aber die Arbeit war mörderisch und undankbar, denn das meiste, was Harriet anschleppte, fand keine Verwendung. Aber sie bekam Kontakt zu jedem Hersteller und jedem Einzelhandelsgeschäft in London sowie zu vielen Zeitschriften und Werbeagenturen. Sie lernte Schreibmaschine schreiben, und an ihrem einundzwanzigsten Geburtstag präsentierte ihr das Schicksal eine Stelle als Sekretärin bei der Firma John Jonathan, die die Sorte Abendkleider entwarf, die man auf Wohltätigkeitsbällen und im Gesellschaftsteil der Hochglanzmagazine sah.

Die eineinhalb Jahre, die Harriet dort verbrachte, waren eine herrliche Zeit. Sie lernte die Branche kennen, und einige der von ihr entworfenen Kleider wurden in eine neue Kollektion aufgenommen. Ein Jahr später bekam sie einen Job als Designerin bei Freetime, die hochwertige junge Freizeitmode herstellten. Hier entwickelte sie ein eigenes Konzept – klassische Schnitte, wie sie Jean Muirs Kreationen auszeichneten, doch modisch ansprechend und gut verkäuflich wie die Sachen von John Jonathan –, von dem sie glaubte, daß sie es sich zu eigen machen konnte. Sie brachte aufeinander abgestimmte Hemden, Sweater, Leggings und Hosen heraus mit dazu passenden Hüten, Schals und Socken. Sie kombinierte grelle und neutrale Farben und freche Details mit Klassischem. Schließlich wußte sie, wo ihre Talente lagen und was sie wollte. Die Freetimestudios befanden sich in einem Londoner Vorort, und als in der zunehmend schicken Highstreet ein kleiner Laden zumachte, verkaufte Harriet ihren Wagen und ihre Wohnung und eröffnete an ihrem vierundzwanzigsten Geburtstag ihr eigenes Geschäft unter dem Namen Harry's – so hatte sie Michael Buchan als Kind genannt.

Ein Jahr lang wohnte und arbeitete sie dort. Sie war überarbeitet, ständig in Geldnot und doch von dem, was sie tat, begeistert. Sie nützte ihre Kontakte aus. Kunden, die sie von früher kannten, kauften bei ihr, Journalisten schrieben über sie. Als sie in einer vorübergehenden Krise steckte, half ihr John Jonathan aus für einen zehnprozentigen Anteil am Geschäft. Mehr jedoch wollte sie auf keinen Fall hergeben. Sie weigerte sich auch, Geld von Theo anzunehmen, als sie ein zweites Geschäft eröffnen wollte. Er habe schon immer ins Modegeschäft einsteigen wollen, sie würde ihm einen Gefallen tun, wenn sie sein Geld annehmen würde. «Tut mir leid», sagte sie, als er ihr bei einem Glas Champagner eine Investition von einer Million Pfund anbot für einen Anteil von neunundvierzig Prozent. «Ich will es allein schaffen.»

«Harriet, Harriet», sagte er kopfschüttelnd, «ohne Investitionen schaffst du es nicht.»

«Danke für das Angebot», sagte sie. «Aber es führt mich nicht in Versuchung.»

Dabei war es in höchstem Maß verlockend. Statt dessen ging sie zur Bank und nahm für ihren zweiten Laden einen Kredit auf. Es folgten Boutiquen in Bath, Birmingham, Edinburgh und Exeter. Ein Jahr später hatte sie ein eigenes Designstudio in Covent Garden mit zwei Assistenten und streckte ihre Fühler nach Paris aus. Mit Janines Hilfe fand sie einen winzigen Laden in Passy mit einer darüberliegenden Wohnung und verbrachte anschließend die Hälfte ihrer Zeit dort.

Ihr Glück hielt an, die Wirtschaft boomte, und was sie auf den Markt brachte, entsprach dem fröhlichen Optimismus und der Fitneßbegeisterung der Ära.

Und dann verliebte sie sich.

Es war beinahe lächerlich, weil sie ihn schon so lange kannte. Eines Abends rief er in ihrer Boutique in Passy an; er sei allein in Paris und ob sie ihm beim Essen Gesellschaft leisten wolle. Sie hatte freudig zugesagt, denn ein gewisses Faible hatte sie schon immer für ihn gehabt.

Vierzig Minuten später fuhr sein Mercedes vor. Er stand vor der Ladentür, und während sie auf ihn zuging, um ihm zu öffnen, dachte sie wie so oft, daß Theo der bestaussehende Mann war, den sie kannte – trotz seines Alters. Er hatte die Figur eines Schwergewichtlers, üppiges schwarzes Haar, und aus seinen dunklen Augen sprachen Intelligenz und Leidenschaftlichkeit.

«Du siehst müde aus», sagte er, «und dünner bist du auch geworden. Ich werde dich heute abend ein bißchen verwöhnen.»

Sie aßen in einem von Harriets Lieblingsrestaurants gleich um die Ecke.

«Und, wie geht es dir?» fragte er. «Wie läuft das Modeimperium, zu dem ich keinen Zutritt habe?» Und sie sagte, es gehe ganz gut, aber im Grunde schlittere sie von einer Krise in die andere. «Aber du weißt ja, wie das ist», sagte sie. «Man kämpft weiter, und irgendwie macht es auch Spaß.»

«Vollkommen richtig», sagte er. «Harriet, ich bin richtig stolz auf dich. Weißt du das? Du bist mutig, tapfer und klug. Du könntest glatt meine Tochter sein.»

Harriet errötete vor Freude. «Eigenlob stinkt», sagte sie grinsend. «Gib mir noch etwas Lamm.»

«Hier», sagte er und reichte ihr ein saftiges Stück Lammfleisch. Und während sie den Bissen von seiner Gabel nahm, glitten seine Augen über ihr Gesicht, und sie hatte das Gefühl, als würde er sie mit seinem Blick streicheln. Es war einer der erotischsten Augenblicke, die sie je erlebt hatte. Doch dann nahm sie sich zusammen. Theo war nun einmal so, dachte sie. Er war der beste Freund ihres Vaters und letzten Endes ein alter Mann. Doch als sich ihre Augen trafen, wußte sie, daß er keineswegs alt war, sondern vital, kraftvoll und aufregend. Er war ein Mann, bei dem das Alter keine Rolle spielte. Sie blickte auf ihren Teller und schob das restliche Essen mit dem Messer zur Seite. Als sie wieder aufblickte, sah er sie noch immer an.

Selbstsicher lächelnd winkte er dem Kellner. «Eine Flasche Champagner.»

«Theo!» sagte Harriet tadelnd. «Doch nicht jetzt nach dem Essen.»

«Warum nicht? Champagner nach dem Essen ist wundervoll. Und außerdem haben wir etwas zu feiern.»

«Und was?» fragte sie, obwohl sie es genau wußte.

«Daß wir uns nach vielen Jahren erkannt haben», sagte er. «Dein Vater und ich haben oft davon geträumt, daß du dich in Michael verlieben würdest. Heute weiß ich, daß es Unsinn war. Du machst dir gar nichts aus jungen Männern. Was du brauchst, ist ein Mann, der so zu arbeiten und zu kämpfen versteht wie du.»

Sie schwieg eine Weile. Dann sagte sie: «Du scheinst mich recht gut zu verstehen. Das habe ich gar nicht gewußt.»

«Ich glaube, ich verstehe dich sogar sehr gut. Harriet, ich finde dich wundervoll.»

«Theo, nicht», sagte Harriet und fühlte doch, wie sich in ihrem Inneren etwas regte.

«Warum nicht? Sag mir, warum nicht.» Und als sie keine Antwort wußte, sagte er: «Komm, wir gehen.»

Ihr Verhältnis war von Anfang an zum Scheitern verurteilt. James wäre empört gewesen, Maggie entsetzt, alle Verwandten und Freunde hätten den Kopf geschüttelt, wenn sie davon erfahren hätten.

«Sie würden uns lynchen», sagte Harriet eines Nachts, als sie in seinen Armen lag.

«Und wenn schon», brummte Theo.

Mit ihm zu schlafen war wundervoll. Aber er war nicht nur ein guter und leidenschaftlicher Liebhaber; sie liebte auch sein komplexes, manchmal völlig in sich gekehrtes, dann wieder stürmisch forderndes Wesen. Er führte sie in die Oper und ins Ballett. Er nahm sie zu Pferderennen mit, wo er aufsprang und vor Begeisterung schrie, wenn er auf das richtige Pferd gesetzt hatte, und verbiestert vom Platz ging, wenn er verloren hatte. In London konnten sie sich nur selten sehen; deshalb trafen sie sich an tausend verschiedenen Orten überall auf der Welt. Sie mußte nach Australien, Mexiko oder Barbados fliegen, nur um ein paar Tage mit ihm verbringen zu können. Es verblüffte sie immer wieder, wie zart besaitet er war trotz seiner unglaublichen Ichbezogenheit, wie dringend er Menschen um sich brauchte. Sein Bedürfnis nach Zuneigung und Zärtlichkeit war immens, aber auch seine Fähigkeit, zu geben. Er kümmerte sich um sie, wie sie dies noch nie erlebt hatte. Es machte ihm Freude, sie zu verwöhnen. Sie fand diese Fürsorglichkeit ebenso hinreißend wie seine intensive Sinnlichkeit. Sie vertraute ihm mit jeder Faser ihres Herzens. Sie erzählte ihm alles, von ihrer Eifersucht auf Cressida, ihrer nicht genügend erwiderten Liebe zu ihrem Vater und ihrem verzweifelten Bedürfnis nach Erfolg.

Über ihrer Liebe zu Theo vernachlässigte sie sogar ihre

Arbeit und vergaß ihre Freunde. Jeder bemerkte es, und man zog sie mit ihrem heimlichen Liebhaber auf. Aber sie lächelte nur verlegen und bangte, jemand könnte ihr Geheimnis erraten. Theo gestand ihr, sie habe das Unmögliche vollbracht: Auch für ihn stand Arbeit nicht mehr an erster Stelle.

«Ich liebe dich», sagte er eines Abends, als sie an der mexikanischen Pazifikküste in den Sonnenuntergang blickten. «Ich habe mein Herz an dich verloren, Harriet, und ich kann es kaum glauben.»

«Ich liebe dich auch», sagte sie und schob ihre Hand in die seine.

Aber es ging alles schief. Wenn sie sich sahen, was viel zu selten geschah, waren sie wie ausgehungert. Sie reagierten hektisch, gereizt, ärgerten sich über sich und den anderen und begannen zu streiten.

Er fühlte sich ihr gegenüber im Nachteil, fand ihre Jugend beunruhigend, während sie sich mit seiner Vergangenheit quälte. «Wieso verstehst du nicht, daß ich eifersüchtig bin, nachdem du unzählige Geliebte und Ehefrauen gehabt hast?» rief sie weinend. Oder er schrie sie an: «Weißt du, wie schwer es ist, nicht zu glauben, daß du mit irgendeinem Jungen ins Bett gehst?» Sie kamen zu dem Schluß, daß sie aufhören mußten, sich zu verstecken. Aber sie schoben es immer wieder hinaus, weil sie Angst hatten, sich lächerlich zu machen, und niemanden vor den Kopf stoßen wollten.

«Also gut», sagte er eines Abends, nachdem sie mit Michael und Cressida, Maggie und James zum Essen aus waren und eigentlich beabsichtigt hatten, es ihnen zu sagen, es dann aber doch nicht getan hatten und sich später in Theos Haus trafen. «Also gut, wir sind feige, wie du gesagt hast. Aber wir sind es beide.»

«Ich weiß», sagte sie und wischte sich zornig die Tränen aus dem Gesicht. «Ich verstehe nur nicht, warum es uns so schwerfällt.»

«Ich schon», sagte er plötzlich sanft, während er sich neben sie setzte. «Weil es irgendwie inzestuös aussieht. Aber was wir tun, ist kein Unrecht. Sieh mich an, Harriet. Ich liebe dich. Ich liebe dich mehr, als ich sagen kann. Vielleicht sollten wir heiraten.»

Sie sah ihn erschrocken an. «Das wäre wirklich das letzte.»

Er reagierte, als hätte sie gescherzt. «So hat mich noch keine abblitzen lassen», sagte er. Doch als er sah, daß es ihr ernst war, fragte er betroffen: «Was ist daran so furchtbar?»

«Theo, ich werde nicht die fünfte Mrs. Buchan», sagte Harriet, und es klang beinahe angewidert.

«Warum nicht? Ich habe gedacht, du liebst mich.»

«Ich liebe dich, aber ich will nicht deine Ehefrau werden.»

«Warum nicht, zum Teufel?»

«Weil ich nicht mit einem Etikett herumlaufen will.»

«Du kannst wirklich reizend sein», sagte er, stand auf und verließ das Haus. Tagelang hörte sie nichts mehr von ihm.

Sie verstand, daß er verletzt war. Als er endlich einen Anruf von ihr entgegennahm, versuchte sie ihm zu erklären, warum sie lieber seine Geliebte war als seine Frau. «Theo, ich liebe dich und möchte mit dir leben. Aber – auch wenn du es nicht wahrhaben willst – du hast zu oft bewiesen, daß dir Heirat und Ehe nichts bedeuten. Ich würde gern deinesgleichen sein, aber nicht deine Frau.»

«Besten Dank», sagte er und legte auf.

Langsam fanden sie wieder zusammen, aber sie stritten jetzt noch häufiger als früher. Ihre Reaktion auf seinen Heiratsantrag hatte ihn verletzt, und nun wurde das Thema Heirat zur Obsession. Er bat sie immer und immer wieder um ihre Hand, und sie lehnte jedesmal ab. «Wenn dir die Vorstellung von einer Ehe mit mir so zuwider ist, dann muß ich dir ja wohl ebenfalls zuwider sein», sagte er, und sie konnte sich einfallen lassen, was sie wollte, er war nicht zu überzeugen.

Am Ende hielt ihre notdürftig gekittete Beziehung dieser Belastung nicht mehr stand.

Es dauerte lange, bis sich Harriet von der Trennung erholte. Als sie ihn nach seiner Hochzeit mit Sasha zum ersten Mal wiedersah, brachte sie es nicht über sich, ihn anzusehen. Seine Nähe machte sie krank. «Ich hätte sie beide umbringen können», sagte sie zu Tilly, der einzigen Person, der sie ihre unglückliche Geschichte anvertraute.

Der Tee, den Harriet für ihren Vater und Susie gemacht hatte, war längst fertig. Sie stellte zwei Tassen auf ein Tablett und ging durch die Küchentür hinaus in den Garten. Aber sie fand die beiden weder im Rosengarten noch am Tennisplatz. Sie stieß das kleine Gatter auf, das auf die Wiese hinausführte, und als sie die Brücke erreichte, sah sie Susie und ihren Vater auf der Bank sitzen wie zwei Menschen, die eine lange und innige Vertrautheit verband. Susies Kopf lag an seiner Schulter, und er hatte den Arm um sie gelegt.

Ihre Haltung war unmißverständlich. Freunde saßen nicht so nebeneinander. Auch die Ereignisse des heutigen Tages konnten nicht der Grund dafür sein. Sie sahen aus, als wären sie seit Jahren verheiratet, und dieser Eindruck war um so stärker, als ihre Eltern nie so beisammensaßen. Während sie wie erstarrt an der Brücke stand, schienen Susie und James ihre Anwesenheit zu spüren, sie drehten sich gleichzeitig um und sahen sie. «James ist ein viel größerer Pragmatiker als du denkst», hatte Theo einmal auf ihre bange Frage geantwortet, was wohl ihr Vater zu ihrer Beziehung sagen würde. Und auch Susies Stimme klang ihr noch im Ohr: «Ich kann Geheimnisse gut für mich behalten.» Wie im Zeitraffer zogen die Jahre an ihr vorbei, und sie verstand plötzlich das merkwürdige Verhältnis, das zwischen ihren Eltern bestand – die Geduld ihres Vaters und die distanzierte Kühle ihrer Mutter. Während sie noch überlegte, was sie davon zu halten hatte, sagte ihr Vater: «Harriet, ich denke, wir sollten dir etwas erklären.»

«Nein, nein», sagte sie. «Ich habe jetzt keine Zeit. Ich habe euch nur den Tee gebracht. Er ist etwas stark geworden. Tut mir leid.» Sie stellte das Tablett ins Gras und ging rasch zum Haus zurück. Was war so verwirrend an der Tatsache, daß ihr Vater eine Geliebte hatte? Schließlich war sie erwachsen. Aber die Antwort kam wie von selbst: das Gefühl der Sicherheit, das ihre Kindheit bestimmt hatte und das darauf beruhte, daß sich ihre Eltern liebten und sich treu waren, war in einem einzigen Augenblick wie eine Seifenblase zerplatzt. Und Theo, den sie so liebte, dem sie so vertraute, hatte es die ganze Zeit gewußt und nichts gesagt.

Harriet blickte auf ihre Uhr, aber die Zahlen verschwammen vor ihren Augen. Erst jetzt bemerkte sie, daß sie weinte. Wütend wischte sie ihre Tränen beiseite, goß sich eine Tasse Tee ein und setzte sich an den Küchentisch, um zu überlegen, was sie tun sollte. Und dann sah sie den Brief auf dem Tisch. Er lehnte am Toaster, ein weißes Kuvert mit Cressidas sauberer Handschrift. «Familie Forrest» stand darauf.

Harriet griff nach dem Umschlag und nahm ihn so vorsichtig in die Hand, als könnte sie sich daran verbrennen. Sie drehte ihn um, und dann stand sie auf und rief von der Tür aus leise in den Flur hinaus: «Cress? Bist du da?»

Niemand antwortete. Sie hatte nichts anderes erwartet. Sie setzte sich wieder an den Tisch, öffnete das Kuvert und nahm den Briefbogen heraus.

«Mutter, Daddy und Harriet», las sie. «Was ich Euch heute antue, bedaure ich sehr. Bitte, glaubt mir. Ich sehe im Augenblick keine andere Möglichkeit. Es geht mir gut, und ich bin nicht in Gefahr. Ich rufe an, sobald ich kann. Alles Liebe, Cressida.»

KAPITEL 14

James – fünf Uhr nachmittags

«Daddy, ich habe dir gesagt, der verdammte Brief war vorher nicht da», sagte Harriet beherrscht.

Er wußte, warum sie so aufgebracht war – nicht wegen des Briefs, sondern wegen ihm und Susie –, trotzdem mißfiel ihm ihr Ton.

«Harriet, so nicht, bitte.»

«Tut mir leid», sagte sie, «aber es war gräßlich – als wäre ein Geist hiergewesen.»

«Ich weiß.» James seufzte. Er fühlte sich so erschöpft, daß er für nichts und niemanden mehr Mitgefühl, Geduld oder Verständnis aufbringen konnte. Nicht einmal mehr für Susie. Er wollte nur weg von hier.

«Wir sollten die Polizei wegen Cressidas neuem Paß informieren», sagte Harriet.

«Warum?»

«Weil sie damit auch außer Landes gehen kann.»

«Ja, natürlich», sagte James. Er klang, als wäre er nicht ganz bei der Sache. «Laß uns erst die Geschichte mit dem Brief klären.»

«Nun», sagte Susie betont munter, «offensichtlich hat ihn jemand dort hingelegt. Und es kann kein Geist gewesen sein, und mit der Post ist er auch nicht gekommen.»

«Es ist wirklich unglaublich», sagte James. «Sie kann das doch nicht alles geplant haben – so bewußt grausam!»

«Warum nicht?» sagte Harriet noch schärfer als vorhin.

«Sie hat ihr Kleid mitgenommen, sie scheint sich einen zweiten Paß besorgt zu haben –»

«Mir scheint», sagte Susie, während sie den Brief sinken ließ, «daß sie unter einem entsetzlichen Druck stand. Es muß etwas gewesen sein, dem sie nicht entkommen konnte.»

«Nun, sie ist entkommen», sagte Harriet. «Mit heiler Haut wie immer.»

«Liebes, warum bist du so böse auf Cressida? Du hast früher nie so von ihr gesprochen», fragte James.

«Weil es immer besser war, den Mund zu halten», sagte Harriet. «Es ist mir nie gut bekommen, wenn ich etwas gesagt habe. Ich wurde nur ins Internat geschickt oder auf mein Zimmer.»

«Harriet, was sagst du da?»

«Ach, es spielt keine Rolle», sagte Harriet resigniert. «Das alles bringt uns nicht weiter.» Sie seufzte und rieb sich die Augen. «Ich brauche jetzt etwas zu trinken. Susie, möchtest du auch ein Glas Wein?»

«Ja, sehr gern.»

Harriet schenkte ein und reichte ihr ein Glas. Dann standen sie etwas verlegen nebeneinander. «Hör zu, Harriet», sagte Susie plötzlich. «Vielleicht sollten wir – weißt du, dein Vater und ich –»

«Susie, bitte. Ich bin nicht blöd», sagte Harriet. «Ich finde, wir sollten zu einem Entschluß kommen, was wir mit dem Brief hier tun. Sagen wir der Polizei etwas davon? Oder versuchen wir, selbst herauszufinden, ob ihn jemand gebracht hat? Wir können nicht nur hier herumstehen.»

In diesem Moment ging die Tür auf und Maggie kam in die Küche. Sie war sehr blaß, aber sie lächelte in die Runde.

«Ich bin eben aufgewacht. Ich fühle mich jetzt wesentlich ruhiger. Gibt es etwas Neues?»

Harriet und Susie schwiegen und sahen James an.

«Was ist es?» fragte Maggie. «Was ist passiert?»

«Eigentlich nichts», sagte James. Er hätte den Brief am

liebsten vor Maggie versteckt, so sehr fürchtete er, sie könnte wieder hysterisch werden.

«Doch, Mutter, es gibt etwas Neues», sagte Harriet. «Hier ist ein Brief. Er ist von Cressida.»

Maggie setzte sich schwerfällig und nahm den Brief. Sie las ihn langsam mehrere Male, und dann fragte sie, wo sie ihn gefunden hatten.

«Auf dem Küchentisch. Er war plötzlich da.»

«Das ist doch lächerlich. Cressida muß hiergewesen sein. Habt ihr nachgesehen, ob sie da ist? Oder gerufen?»

«Natürlich, Maggie», sagte James, obwohl ihm jetzt erst bewußt wurde, daß sie nichts dergleichen getan hatten. «Sie ist nicht hier. Niemand ist hier.»

«Das stimmt nicht. Janine zum Beispiel ist da. Wo ist sie? Vielleicht hat sie Cressida gesehen –»

«Sie hat sich eben hingelegt», sagte Harriet. «Sie ist erledigt.»

«Sie ist erledigt!» wiederholte Maggie empört. «Ich kann mir beim besten Willen nicht vorstellen, weshalb Janine erledigt sein sollte. Sie hatte doch nichts zu tun. Absolut gar nichts!»

«Maggie, sie war uns den ganzen Tag eine große Hilfe. Sie ist erst gestern aus Paris angekommen, außerdem ist sie nicht mehr die Jüngste.»

«Ja, ich weiß», sagte Maggie. «Aber wir müssen sie holen. Vielleicht hat sie etwas gehört oder gesehen.»

«Maggie, ich denke wirklich –»

«James, es ist mir egal, was du denkst. Harriet, geh bitte nach oben und hole Janine. Wer ist sonst noch im Haus?»

«Niemand. Sie sind alle gegangen. Keine Autos, nichts.»

«Die Ratten verlassen das sinkende Schiff», sagte Maggie. «Susie, gib mir ein Glas Wein, sei so gut. Ist Alistair hier?»

«Nein», sagte Susie. «Er ist nach London zurückgefahren.»

«Aha», sagte Maggie. «Natürlich.»

James sah sie scharf an, aber ihr Gesicht war ausdruckslos.

Harriet kam wieder zurück und setzte sich neben ihre Mutter. Es war eine symbolhafte Geste. «Janine macht sich nur ein wenig frisch», sagte sie. «Sie kommt gleich. Aber wie es scheint, hat sie nichts gehört.»

«Wir hätten ihr wirklich ein bißchen Ruhe gönnen sollen», sagte James, dem die alte Dame leid tat.

«Nach deinem bewährten Rezept, nicht wahr?» sagte Maggie. «Immer alles schön ruhen lassen. Nur nicht an den Dingen rühren, damit es keine Probleme gibt. Zumindest nicht für dich.»

Der Hieb saß. James schauderte bei dem Gedanken, sie könnte ihn und Susie jetzt zur Rede stellen. Im Grunde wartete er seit Jahren darauf, aber es war nie so weit gekommen. Er konnte sich nicht vorstellen, daß sie nichts von seinem Verhältnis mit Susie wußte. Oft hatte er sich gewünscht, sie würde ihn damit konfrontieren, damit endlich Schluß gewesen wäre mit der Heuchelei. Er hatte sogar versucht, sie aus der Reserve zu locken, aber es war ihm nie gelungen. Er machte bei Maggies Spiel mit, um sich ihr Schweigen zu erkaufen und damit sie sich mit dem, was er ihr angetan hatte, abfinden konnte. Der Gedanke an einen Skandal oder eine Scheidung war unerträglich. Es war natürlich keine ideale Situation. Lieber wäre er mit Susie verheiratet und glücklich gewesen, aber die Chance dazu hatte er vor dreißig Jahren vertan. Aber letzten Endes war auch so alles zufriedenstellend verlaufen. Er sah Susie oft genug, er hatte genügend Freiheit und ein gutes Einkommen, das sich empfindlich verringern würde, wenn er sich scheiden ließe.

Jetzt allerdings hatte er Susie ein Versprechen gegeben und wußte noch nicht, wie er aus dieser Geschichte wieder herauskommen würde. Er hatte nicht vor, mit Susie zusammenzuleben. Es war eine unüberlegte, romantische Idee von ihr. Damit würden sie sich und ihren Familien nur unnötig Kummer bereiten. Er nahm sich vor, mit ihr darüber zu sprechen, sobald sie den ersten Schock überwunden hatte und Genaueres über ihren Zustand wußte. Die Nachricht von ihrer Krankheit hatte ihn tief erschüttert. Daß Susie bald sterben könnte, daß sie nicht mehr für ihn dasein würde, war eine entsetzliche Vorstellung. Er sah sie an. Sie war eine so hübsche Frau. Er durfte sie nicht völlig im Stich lassen; was in seiner Macht stand und sinnvoll war, würde er für sie tun.

Als er wieder zu Maggie sah, fragte er sich, was sie wohl als nächstes tun würde. Ihre Feindseligkeit hing beinahe greifbar im Raum. Aber sie lächelte plötzlich und sagte: «Ah, Janine, komm herein, Liebste. Möchtest du auch ein Glas Wein?»

Sie lasen wiederholt Cressidas Brief und überlegten hin und her, wie der Brief hierhergekommen sein könnte und ob sie zuerst die Polizei, das Krankenhaus oder die Bergins anrufen sollten.

«Wir müssen die Polizei informieren», sagte James schließlich. «Sie suchen nach Cressida, und hier handelt es sich um einen Hinweis. Ich gehe jetzt und rufe an – großer Gott, Merlin, wo hast du denn gesteckt?»

Merlin kam mit seinem raschen leichten Schritt in die Küche und lächelte freundlich. Seinen Cut hatte er inzwischen abgelegt. Er trug jetzt ein khakifarbenes Safarihemd und einen langen weißen Kricketpullover über seinen Shorts.

«Ich war spazieren. Brauchte ein bißchen Bewegung. Hast du etwas zu trinken für mich, Harriet? Ein Bier vielleicht? Den Brief habt ihr gefunden, ja? Ich dachte, ich lege ihn auf den Tisch, da sieht ihn jeder.»

«Du hast den Brief dort hingelegt?» fragte Harriet. James dachte, sie würde im nächsten Augenblick explodieren.

«Ja, von euch war keiner da. Irgendwann mußtet ihr ja wiederkommen.»

«Merlin, er ist von Cressida!» rief Harriet.

«Ist mir auch schon aufgefallen», entgegnete Merlin ungehalten. «Ich kenne ihre Schrift.»

«Und du hast ihn einfach so auf den Tisch gelegt?»

«Harriet, beruhige dich», sagte James. «Merlin, woher hast du den Brief? Wer hat ihn dir gegeben?»

«Niemand hat ihn mir gegeben», sagte Merlin. «Ich habe ihn gefunden.»

«Und wo?»

«In der Toilette», sagte Merlin, als wäre es das Natürlichste auf der Welt, «hinter dem Spülkasten. Ich habe ihn nur bemerkt, weil mir mein Kompaß aus der Tasche gefallen ist.»

«In welcher Toilette?»

«In der hier unten. Spielt das eine Rolle? Das Bier ist gut, James. Und was gibt es sonst Neues?»

«Nichts», sagte James. «Wir überlegen, ob wir den Brief der Polizei vorlegen sollen. Wir dachten, er wäre eben erst gekommen.»

«Er muß schon den ganzen Tag hiergewesen sein», sagte Harriet. «Sie muß ihn liegengelassen haben, bevor sie gegangen ist. Aber es ist doch seltsam –»

«Aber ich habe euch doch gesagt, daß ihr nicht gut war», sagte Janine. «Ich habe gehört, wie sie sich übergeben hat. *Pauvre petite.*»

«Da habt ihr es», sagte Merlin. «So überstürzte Dinge rächen sich.»

Das arme Kind, dachte James. Ihr war übel, sie war erschöpft, und als sie oben im Haus jemanden hörte, fürchtete sie, man könnte sie aufhalten, und rannte einfach los. Er seufzte. «Armes Kind», sagte er. «Mein armes kleines Mädchen.»

«Ich bin immer noch der Meinung», sagte Susie, «daß sie unter einer unerträglichen Belastung stand. Sie muß vor etwas davongelaufen sein. Habt ihr noch einmal in ihrer Wohnung angerufen?»

«Wir rufen jede volle Stunde an», sagte Maggie. «Aber es antwortet niemand. Vielleicht sollte jemand hinfahren – Rufus oder Michael. Wir haben zwar keinen Schlüssel, aber daß sie nicht ans Telefon geht, beweist nicht, daß sie nicht da ist.

Wenn sie doch nur eine Mitbewohnerin hätte! Ich habe ihr immer gesagt, sie sollte sich die Wohnung mit jemandem teilen.»

«James», sagte Susie, «Maggie hat recht. Wir sollten in der Wohnung nachsehen. Ich werde Rufus bitten.»

«Danke, Susie. Aber daß Cressida unter einer Belastung stand, glaube ich nicht. Sie war doch gestern abend so fröhlich und ausgeglichen. Es gab keinerlei Anzeichen –»

«Sie war eine verdammt gute Schauspielerin», sagte Merlin. «Mir ist noch nie jemand über den Weg gelaufen, der so gekonnt Tränen vergießen konnte wie Cressida.»

«Merlin!» sagte Maggie aufgebracht. «Bitte!»

«Was stört dich daran? Es ist eine ziemlich nützliche Eigenschaft, die ihr bestimmt des öfteren aus der Klemme geholfen hat. Und einträglich war sie auch. Weißt du noch, Harriet? Die Geschichte mit dem Schrumpfkopf?»

«Merlin, doch nicht jetzt», sagte James bedrückt.

«Ich weiß es noch», sagte Harriet leise.

«Was war das für eine Geschichte?» fragte Susie interessiert.

«Ich habe Harriet einmal einen Schrumpfkopf mitgebracht. Ich wußte, sie würde sich darüber freuen. Sie wollte sofort eine ganze Sammlung anlegen. Nur für Cressida hatte ich nichts. Ich habe nichts gefunden, was ihrem Geschmack entsprochen hätte. Sie fand es auch nicht weiter tragisch, bis ihre Mutter dazukam. Dann ging das große Geheul los. Ich würde nie an sie denken, würde ihr nie etwas mitbringen, und jetzt wolle sie den Schrumpfkopf haben. Erinnerst du dich, Maggie?»

«Merlin, müssen wir wirklich –»

«Nun, es hat einen ziemlichen Auftritt gegeben, und du hast gesagt, ich müsse Cressida den Kopf geben, weil ich das arme Kind vernachlässigt hätte. Na, jedenfalls, eine Woche später hat sie den Schrumpfkopf dem Hund gegeben. Wir haben es gesehen, nicht wahr, Harriet? Und als sie gemerkt hat, daß wir sie beobachtet haben, ging das Theater wieder los. Ich hab so was noch nicht erlebt! Dicke Tränen kullerten über ihre Wangen. Der Schrumpfkopf verursache ihr Alpträume, sie habe nicht gewußt, was sie damit machen sollte. Schade war nur, daß es ein wirklich schöner Schrumpfkopf war.»

«Ich glaube nicht, daß uns das irgendwie weiterbringt», sagte Maggie kühl.

«Nein. Ich habe euch nur sagen wollen, daß sie eine gute Schauspielerin ist. Mehr nicht.»

«Ich denke», sagte Maggie mit einem wütenden Blick auf Merlin, «daß Susie recht hat. Sie muß unter einem so großen Druck gestanden haben, daß sie nur den einen Ausweg sah. Armer Liebling», fügte sie leise hinzu. Ihr Gesicht war kreidebleich.

«Wir sind trotzdem keinen Schritt weitergekommen», sagte James. «Informieren wir jetzt die Polizei über den Brief oder nicht?» Er hatte Kopfschmerzen bekommen und fühlte sich hundeelend.

«Ich denke, wir sollten es tun», sagte Maggie, «und vielleicht sollten wir auch noch einmal die Krankenhäuser anrufen.»

«Wir sollten zuerst mit Oliver sprechen», sagte Harriet. «Vermutlich hatte er keine Ahnung, daß mit Cress irgend etwas nicht stimmte. Sollen wir ihn herbitten oder selbst ins Hotel hinüberfahren?»

«Er war mit Tilly unterwegs zu einem Spaziergang», sagte James. Er versuchte, entspannt und natürlich zu klingen, aber allein diesen Namen auszusprechen war ihm zuwider.

«Wahrscheinlich sind sie inzwischen zurück. Ruf im Hotel an, Daddy.»

«Ich will euch etwas sagen», meldete sich Merlin plötzlich wieder zu Wort. «Ich traue der Mutter von Oliver nicht. Ich habe das Gefühl, sie weiß etwas.»

Alle starrten ihn an.

«Julia? Wie kommst du darauf, Merlin?» fragte Harriet verblüfft.

«Ich mag sie nicht und ihr Geplapper ebensowenig.»

«Aber wieso sollte Julia deshalb wissen, wo Cressida ist?»

«Das habe ich nicht gesagt. Ich habe gesagt, sie könnte etwas wissen. Jemand sollte mal Tacheles mit ihr reden.»

James sah Janine an und dachte daran, daß auch sie gesagt hatte, sie traue Julia nicht. Das war interessant, aber kein ausreichender Grund, um Julia zu verhören.

«Ich bin derselben Meinung wie Harriet. Wir sollten mit Oliver über den Brief sprechen», sagte er. «Und vielleicht sollten wir alle Bergins zu uns bitten.»

James fühlte sich verschwitzt und ging nach oben, um sich umzuziehen. Als er sein Zimmer betrat, klingelte das Telefon.

«James? Tony Bacon. Tut mir leid, daß ich erst jetzt anrufe. Es war ein anstrengender Tag. Was kann ich für dich tun?» Seine Stimme klang vorsichtig. Anscheinend wußte er Bescheid.

«Ich brauche eine Auskunft von dir», sagte James. «Du hast sicher schon gehört, daß Cressida seit heute morgen verschwunden ist.»

«Ja, James. Tut mir sehr leid. Habt ihr etwas von ihr gehört?»

«Nein, noch nicht. Die Polizei tut, was sie kann, aber –»

«Das Ganze muß schlimm für euch sein.»

«Ja, ziemlich. Hör zu, Tony. Ich weiß, daß du mir das, was ich wissen möchte, eigentlich nicht sagen darfst. Aber unter den gegebenen Umständen wäre uns damit sehr geholfen. Hat es in der letzten Zeit auf Cressidas Konto nennenswerte Bewegungen gegeben?»

«Ich will dir gern sagen, was ich weiß. Ihr Konto war in letzter Zeit ein bißchen, wie soll ich sagen, moribund – jedenfalls seit sie ihren Überziehungskredit zurückgezahlt hat.»

«Sie hat ihr Konto überzogen?» fragte James. «Davon hatte ich keine Ahnung.»

«Das habe ich mir schon gedacht. Es war im vorigen Jahr,

und es war eine ziemlich hohe Summe. Ich hätte es ihr eigentlich nicht erlauben dürfen, aber sie war eine Lieblingskundin von mir, seit sie jede Woche zu uns kam und von ihrem Taschengeld fünf Shilling auf ihr Sparkonto einzahlte.»

«Wie hoch war der Betrag?» fragte James. «Ein paar hundert?»

«Schon ein wenig mehr, James. Ich mußte schließlich ihre Wohnung als Sicherheit nehmen und ein ziemlich ernstes Wort mit ihr reden, denn nebst dem Überziehungskredit hatte sie auch sehr hohe Scheckkartenschulden. Und sie hat ihre Aktien verkauft –»

«Wann war das genau?» fragte James.

«Im letzten Sommer. Kurz vor Weihnachten hat sie dann alles bezahlt und ihr Konto vorübergehend geschlossen. Sie war ganz plötzlich zu Geld gekommen.»

«Davon weiß ich ja gar nichts.»

«Nein? Wie merkwürdig. Sie hat ihre Großtante beerbt.»

«Sie hat keine Großtante», sagte James.

«Ich verstehe», sagte Tony Bacon peinlich berührt. «Aber uns wurden von einer Anwaltsfirma einhunderttausend Pfund für sie überwiesen. Allerdings hatte sie zu der Zeit kein Konto mehr bei uns. Deshalb haben wir das Geld zurückgehen lassen. Einige Wochen später hat sie wieder ein Konto bei uns eröffnet. Sie hat eine kleine Summe einbezahlt, aber das Konto seitdem nicht mehr benützt.»

«Und du hast keine Ahnung, woher das Geld stammte?»

«Nun, sie hat gesagt, es sei eine Erbschaft. Nebenbei hat sie mich gebeten, euch gegenüber nichts davon zu erwähnen. Es sei ihr peinlich, daß sie allein das Geld geerbt habe.»

«Mir ist das alles ein Rätsel, Tony.»

«Ich hoffe, ich habe das Ganze nicht noch schlimmer gemacht. Vielleicht hört ihr ja bald etwas von ihr.»

«Ja», sagte James, «das hoffen wir auch. Und vielen Dank.»

Völlig benommen legte er den Hörer auf und setzte sich auf das Bett. Wie in Gottes Namen war Cressida an einhunderttausend Pfund gekommen? Hatte das Geld etwas mit ihrem Verschwinden zu tun? Er hatte plötzlich das schreckliche Gefühl, daß es die Cressida, die er zwanzig Jahre lang gekannt und geliebt hatte, nicht mehr gab und daß an ihre Stelle eine völlig Fremde getreten war.

Eine halbe Stunde später fuhr der Wagen der Bergins vor. Oliver saß am Steuer. Tilly begleitete ihn. James sah sie an und fühlte sich schrecklich nervös.

«Hallo, Tilly», sagte Harriet und umarmte sie. «Ich weiß nicht, ob du meinen Vater kennst –»

«O doch, wir sind uns schon einige Male begegnet», sagte Tilly und lächelte kühl. Oliver überbrückte das gespannte Schweigen, das plötzlich entstanden war, indem er an alle gewandt sagte:

«Ich bitte euch, meine Eltern zu entschuldigen. Mein Vater ist noch mit Theo spazieren, und Mutter hat sich hingelegt. Sie kommen vielleicht später herüber.»

Er sah schrecklich mitgenommen aus. James führte alle ins Wohnzimmer. Er berichtete Oliver von Cressidas Brief und wo ihn Merlin gefunden hatte. Oliver reagierte kaum darauf. Er war offensichtlich zu erschöpft, um sich mit weiteren Einzelheiten auseinanderzusetzen. «Das bringt uns auch nicht weiter», war alles, was er dazu sagen konnte.

«Wenigstens bedeutet es, daß sie nicht entführt wurde oder einen Unfall hatte», sagte Harriet. «In gewisser Weise hat uns der Brief beruhigt. Die Frage ist nur, ob wir ihn der Polizei gegenüber erwähnen sollen oder nicht.»

«Das überlasse ich euch.» Er stützte den Kopf in die Hände und fuhr sich durch das Haar. Harriet setzte sich neben ihn und legte den Arm um seine Schultern.

«Oliver, du darfst nicht verzweifeln. Ich weiß, sie wird wiederkommen. Es wird alles gut werden.»

Oliver schüttelte den Kopf. Er sah sie an, und seine Augen wirkten so düster, daß sie alle erschraken.

«Das glaube ich nicht», sagte er.

Harriet blickte ziemlich hilflos zu Tilly, die, ihre langen Beine übereinandergeschlagen, auf dem großen Sofa saß. Tillys Mandelaugen glitten ruhig und beinahe träge von einem zum anderen. Sie war ein erstaunliches Wesen, dachte James. Sie hatte eine Ruhe an sich, eine Ungezwungenheit, die außerordentlich gewinnend war. Er lächelte Tilly verlegen zu, was sie nur mit einem leichten Anheben ihrer Brauen zur Kenntnis nahm. Was hatte sie mit ihm vor? Wie sollte er mit ihr umgehen? Allmächtiger! Dieser Tag war eine Strafe.

Als hätte Tilly seine Gedanken gelesen, stand sie plötzlich auf und ging auf ihn zu. «Ich interessiere mich sehr für Gärten, Mr. Forrest», sagte sie. «Würden Sie mir vielleicht Ihren Garten zeigen?»

Alle blickten überrascht auf. Maggie schien sogar erschrokken, und Susie sah Tilly argwöhnisch an. James setzte sein Arztlächeln auf und bemühte sich krampfhaft, dieses hinreißende Geschöpf mit dem winzigen Neugeborenen in Verbindung zu bringen, das er vor zwanzig Jahren, als er mit seinen Kräften und Nerven völlig am Ende war, in die Arme einer nicht minder erschöpften Mutter gelegt hatte. Wie zum Teufel sollte er sich diesem Mädchen gegenüber verhalten, das – wenn auch nicht offiziell – vielleicht sogar seine Schwiegertochter werden würde?

«Mit Vergnügen», sagte er zu Tilly. «Nichts tue ich lieber als mit meinen Rosen anzugeben. Kommen Sie.»

Er ließ sie durch die Terrassentür vorausgehen. In ihren Stiefeln mit den dicken Sohlen war sie mindestens fünf Zentimeter größer als er.

«Wir sind gleich wieder zurück», sagte er zu den anderen und sah, daß Harriet ihm und Tilly völlig verblüfft nachschaute.

Sie schritt langsam und graziös über den Rasen, fast so, als würde sie schweben. Er folgte ihr und versuchte Schritt zu halten. Als sie außer Hörweite waren, blieb sie stehen und deutete auf die Wiese.

«Können wir dorthin gehen?»

«Ja», sagte er, «und in den Wald. Es ist ein hübscher Weg.»

«Gut», sagte sie. «Das gefällt mir.»

Sie gingen schweigend einige Minuten nebeneinander her. Am Waldrand blieb sie stehen und sagte: «Mr. Forrest, es sind einige Jahre vergangen, seit wir uns das erste Mal gesehen haben.»

«Ja, vermutlich. Sie sind jetzt – wie alt?»

«Zwanzig», sagte sie, «Wie Sie sehr genau wissen. Zwanzig harte Jahre für meine Mutter.»

«Ja, ich fürchte, das waren sie wohl.»

«Sie waren aber nicht hart für Sie», sagte sie, «wenn ich das hier so sehe.»

«Miss Mills –»

«Tilly, Mr. Forrest. Wir werden uns in Zukunft öfter sehen, und da können Sie mich nicht ewig Miss Mills nennen. Ich meine damit, daß Rufus mich heiraten möchte. Und er gehört doch zur Familie, nicht wahr?»

«Nicht ganz –» sagte James vorsichtig. «Aber ich verstehe, was Sie meinen.»

«Einen Dreck verstehen Sie, Mr. Forrest. Wollen Sie mir weismachen, niemand in diesem goldenen Käfig, in dem Sie hier leben, ist aufgefallen, wem Rufus gleicht?»

«Ich verstehe nicht ganz.» Woher wußte sie es? Wer konnte etwas gesagt haben?

«Ich denke doch.»

«Miss Mills – Tilly, ich versichere Ihnen –»

«Okay», sagte Tilly einlenkend, «lassen wir das. Ich wollte Sie ja auch nur fragen, wie Sie es fertigbringen konnten, meiner Mutter so viel Leid anzutun. Es hört sich für Sie vielleicht so an, als wollte ich alte Geschichten aufwärmen. Aber was damals passiert ist, hat mein Leben geprägt.»

James starrte sie an. Er schluckte krampfhaft. «Wenn Sie die Geburt oder den Tod Ihrer Schwester meinen –»

«Ja, das meine ich. Ich habe mit Oliver gesprochen. Als Arzt kennt er solche Dinge –»

«Sie haben mit Oliver über die Entbindung Ihrer Mutter gesprochen?» James war plötzlich so wütend, daß er stehenbleiben und einige Male tief Luft holen mußte.

«Nein. Beruhigen Sie sich», sagte Tilly. Sie lächelte kühl. «Wir sprachen über die Geburt von Zwillingen. Er meinte, auch heutzutage sei dies immer noch eine heikle Sache.»

James dankte Gott für jede schwierige Geburt, die er Oliver geschickt hatte, und setzte seinen Spaziergang mit Tilly fort.

«Dann können Sie also akzeptieren, daß es damals ein Problem gab.»

«Ja, das kann ich. Und ich kann mir auch vorstellen, daß meine Mutter schwierig war. Ich weiß, daß sie nicht zu den Vorsorgeuntersuchungen gegangen ist, was man ihr ebenfalls vorwerfen kann –»

Langsam wich der schreckliche Druck von James. Vielleicht konnte er sie überzeugen, daß er korrekt und in gutem Glauben gehandelt hatte.

«Also gut –»

«Nein, Mr. Forrest. Nichts ist gut, weil Sie nämlich betrunken waren.»

«Wie bitte?»

«Sie waren betrunken.»

«Was fällt Ihnen ein?» fragte James empört. «Wie kommen Sie dazu, mich zu beschuldigen, ich sei während meiner Arbeit betrunken gewesen? Das ist doch unglaublich!»

«Nicht ich beschuldige Sie», sagte Tilly, «aber die kleine Lernschwester. Sie ging zu Tamsin und hat es ihr gesagt.»

«Ich kann mich aber nicht erinnern, daß sie das bei der Untersuchung gesagt hat», sagte James aalglatt. Er hatte sich wieder gefangen. «Und ich muß Ihnen –»

«Ich bin noch nicht fertig, Mr. Forrest. Die Lernschwester sagte bei der Untersuchung nur, daß Sie sehr müde waren, und ich frage mich, wie es dazu kommen konnte. Doch nicht etwa, weil das Wort der Lernschwester gegen das Ihre und das der Ärzteschaft stand?»

«Miss Mills, Sie erheben hier schwerwiegende Anschuldigungen. Ich muß Sie darauf hinweisen –»

«Ich beschuldige niemanden», sagte Tilly eisig. «Noch nicht. Ich bin mir noch nicht im klaren, mit wem ich zuerst darüber sprechen werde. Vielleicht mit Rufus, aber vielleicht auch nicht. Kennt die entzückende Susie unsere Story?»

«Ja, natürlich. Jeder kennt den Fall. Es wurde ausführlich darüber berichtet. Und jeder weiß –»

«– daß Sie völlig entlastet wurden. Toll. Und dann machten Sie weiter wie gehabt: Fünfsternepraxis, Maßanzüge, jede Menge Kohle und große Karriere.»

«Es war nicht ganz so einfach», sagte James, der seine Empörung nur mit Mühe unterdrückte. «Ich mußte einen beträchtlichen Rückschlag hinnehmen. Außerdem war das Ganze ein sehr traumatisches Erlebnis. Sie werden das vielleicht nicht glauben, aber ich war tief erschüttert. Sehr tief. Es war das erste und einzige Kind, das ich verloren habe.»

«Ach, *Sie* haben es verloren», sagte Tilly höhnisch. «Ich habe immer gedacht, es wäre meine Mutter gewesen, die es verloren hat und die all die Qualen erleiden mußte, bis man es schließlich wie eine tote Ratte aus ihr herausgeholt hat. Ich hätte nicht gedacht, daß *Sie* jahrelang unter Alpträumen und Schuldgefühlen leiden mußten, weil Sie während der Schwangerschaft nicht die vorgeschriebenen Dinge getan haben. Hat das Krankenhaus Sie oder meine Mutter als unverantwortlich und dumm hingestellt?»

«Nun, ich –»

«Sie sind ein mieser Feigling», sagte Tilly. Sie war stehengeblieben und versperrte ihm den Weg. Stolz und kühn stand sie vor ihm. «Ich habe bis heute nicht gewußt, was ich tun werde.

Ich wollte erst einmal hören, was Sie sagen. Aber nun weiß ich es. Ich werde jedem einzelnen in dieser Familie erzählen, was Sie getan haben und was wirklich passiert ist.»

«Das können Sie nicht tun», sagte James mit gepreßter Stimme.

«Und warum nicht?»

«Es wäre Verleumdung.»

«Ach du liebe Zeit!» sagte Tilly. «Wollen Sie mich deswegen belangen? Ich werde dafür sorgen, daß Ihr ganzer Verein hier die Wahrheit erfährt. Ich wette, Ihre Familie hält Sie für den lieben Gott. Sie werden alle ganz schön geschockt sein.»

«Miss Mills, ich warne Sie –»

«Ach wirklich? Und Rufus? Was wird Rufus denken?»

«Was ich tue, ist für Rufus kaum von Belang.» James bemühte sich verzweifelt um etwas Würde.

«Das sehe ich aber ganz anders.»

«Was wollen Sie?» fragte James. Er wußte, daß es gefährlich war, wenn er sich zu einem Handel bereit erklärte. Aber er war verzweifelt.

«Ich will Gerechtigkeit. Ich will, daß meine Mutter begreift, daß es Ihr Fehler war, Mr. Forrest. Ich will, daß Sie zu ihr hingehen und ihr die Wahrheit sagen. Daß Sie ihr sagen, daß meine Schwester heute leben würde, wenn Sie nüchtern und kompetent gewesen wären. Und ich will, daß Ihre Familie erfährt, wie Sie gelogen und betrogen haben, daß Sie eine kleine Lernschwester eingeschüchtert –»

«Schluß jetzt!» schrie James rot vor Zorn. «Wie können Sie es wagen, solche Dinge zu behaupten?»

«Ich kann», sagte sie. «Und ich sage Ihnen noch etwas, Mr. Forrest. Wenn Sie nicht tun, was ich von Ihnen verlange, werden Sie dies alles demnächst in der Boulevardpresse lesen.»

«Glauben Sie wirklich, das interessiert noch jemand? Nach all den Jahren?»

«O ja», sagte sie, «denn es handelt sich um mich. Ich bin immer für eine Schlagzeile gut. Die Tatsache, daß ich eine Zwillingsschwester haben müßte, ist für die Zeitungen ein gefundenes Fressen. Meinen Sie nicht auch?»

James war noch nie im Leben so wütend gewesen, und jetzt ließ ihn sogar seine Beherrschung im Stich. Er ging einen Schritt auf sie zu und hob die Hand, um sie zu schlagen. Doch sie blieb ruhig stehen und lächelte auf ihn herab.

Er riß sich zusammen und ließ die Hand sinken.

«Sie sind unmöglich», sagte sie angewidert, ließ ihn stehen und ging, ohne sich noch einmal umzudrehen, allein in den Wald.

Als er mit weichen Knien zum Haus zurückging, sah er Julia Bergin auf dem Rasen hinter dem Haus. Sie trug ein weißes Polohemd und karierte Bermudas. Ihr Gesicht war glatt wie Porzellan, ihr braunes Haar frisch frisiert.

«James! Wie reizend von euch, uns einzuladen. Ich wollte eben sehen, wo du bleibst.»

Sie wirkte so gelassen, als wäre sie zu einer Grillparty gekommen. James empfand ihre Gleichmütigkeit wie einen Affront angesichts der Sorgen, die sie sich alle machten.

Er brachte kein Wort heraus. Zwischen seiner Zunge und seinem Gehirn schien keine Verbindung zu bestehen. Er hatte das Gefühl, nicht ganz bei Bewußtsein zu sein. Nimm dich zusammen, James, dachte er. Du mußt überlegen, was du als nächstes tun wirst. «Gibt es einen besonderen Grund?» fragte er schließlich.

«Maggie hat einen kleinen Imbiß zurechtgemacht. Sie meinte, wir sollten alle etwas essen.»

James brachte ein Lächeln zustande. «Sie hat vermutlich recht. Sind die anderen noch da?»

«Ja, natürlich.»

Julia hängte sich bei ihm ein und führte ihn zum Haus. «Du mußt versuchen, dir nicht so viele Sorgen zu machen», sagte sie. «Cressida wird gesund und heil wiederkommen. Davon bin ich felsenfest überzeugt.»

«Ich wünschte, ich könnte deinen Optimismus teilen.»

«Weißt du, meine weibliche Intuition sagt mir, daß es nichts Ernsthaftes ist», fuhr sie fort. «Cressida ist ein sehr starkes, vernünftiges Mädchen. Sie macht keine Dummheiten. Ich weiß es. Du kannst dich darauf verlassen.»

Als sie das Wohnzimmer betraten, schien es James, als wäre die Zeit stillgestanden. Niemand schien sich bewegt zu haben. Dabei hatte er das Gefühl, vor einer halben Ewigkeit zu dem Spaziergang mit Tilly aufgebrochen zu sein.

«James, fehlt dir etwas? Du siehst schrecklich aus», sagte Susie.

«Nein. Es ist schon in Ordnung.»

«Wo ist Tilly?» fragte Harriet.

«Sie wollte sich etwas Bewegung verschaffen», antwortete James knapp.

«Sie ist wirklich erstaunlich», meinte Harriet lächelnd. «Weißt du, sie läuft jeden Tag mindestens fünf Kilometer.»

«Wie sportlich», sagte James.

Harriet sah ihn fragend an. Er erwiderte ihren Blick sehr kühl.

Dann kam Maggie mit den Sandwiches ins Wohnzimmer, und Susie sprang sofort auf, um ihr zu helfen.

«Sehr gute Sandwiches», sagte Merlin, der sich neben Janine niedergelassen hatte. «Vermutlich vom Hochzeitsessen. Ihr werdet mehrere Monate davon leben können. Hält sich alles im Gefrierschrank. Eine wundervolle Erfindung, diese Tiefkühler. Ich habe zwei und brauche nur noch zweimal im Jahr einzukaufen.»

«Aber um Himmels willen!» rief Julia sichtlich erfreut über diese Ablenkung. «Man braucht doch auch frisches Obst und Gemüse.»

«Ich mag das Zeug nicht», sagte Merlin.

«Erstaunlich, daß Sie trotzdem so gesund sind.»

«Daß ich nicht lache!» sagte Merlin. «Ich bin vierundachtzig Jahre alt, gute Frau, und zehnmal gesünder als die meisten Ihrer Landsleute. Sehen Sie sich die mal an. Sie sind fett, käsig, haben Allergien und –»

«Weil wir gerade über Gesundheit sprechen», sagte Harriet leicht verzweifelt. «Oliver, wir haben dir noch gar nicht gesagt, daß wir den Eindruck haben, Cressida könnte krank sein. Janine hat gehört, daß sie sich heute am frühen Morgen übergeben hat. Hast du eine Ahnung, ob sie krank war, oder waren es vielleicht nur die Nerven?»

Oliver stand unvermittelt auf. Er trat ans Fenster und starrte ein paar Sekunden hinaus. Dann drehte er sich um und sah sie alle an.

«Sie war nicht krank», sagte er schließlich mit bebender Stimme. «Sie war schwanger – das ist alles. Ich hätte gern noch einen Drink, James. Sei so gut.»

Während James einschenkte, fragte er sich, ob er imstande war, noch weitere Enthüllungen über seine Tochter zu ertragen. Er reichte Oliver das Glas und sah den merkwürdigen Ausdruck in seinen Augen. Oliver kochte vor Zorn. James dachte plötzlich an seine Tochter, als Arzt kannte er die Symptome. Er begann unwillkürlich zu rechnen und kam zu einem Ergebnis, das er nicht fassen konnte. Er blickte zu Harriet, die weiß wie die Wand geworden war und Oliver anstarrte. Sie hatte ebensoschnell und mit der gleichen Gewißheit begriffen wie er.

KAPITEL 15

Michael – sechs Uhr dreißig abends

Nach dem Alptraum, der für Michael inzwischen fast vierundzwanzig Stunden dauerte, wünschte er sich nichts sehnlicher, als bei Alice zu sein. Vielleicht konnte er sich heute abend hier loseisen und nach London fahren. Es war unwahrscheinlich, daß Cressida jetzt noch auftauchen würde, und um Oliver konnten sich Tilly und Rufus kümmern. Diese beiden, dachte Michael, waren wirklich ein merkwürdiges Paar. Aber die Liebe stellte merkwürdige Dinge mit den Menschen an. Er selbst hatte sich Hals über Kopf in eine Frau von beinahe vierzig verliebt, die außerdem noch drei Kinder hatte. Bis zu dem Tag, an dem Michael Alice begegnet war, hatte er diese Art von Liebe für einen Mythos gehalten. Nun war er eines Besseren belehrt worden.

Er nahm den Hörer ab und wählte Alices Nummer. Er hörte ihre tiefe, leicht heisere Stimme.

«Hallo, Michael. Ist die Hochzeit schon vorbei? Wie war deine Rede?»

«Es war ein völlig verrückter Tag. Ich muß dich sehen.»

«Heute abend? Aber Michael, ich dachte –»

«Die Hochzeit ist ausgefallen.»

«Wieso denn das?»

«Weil sich die Braut davongemacht hat.»

«Was?»

«Ja. Kein sehr erbauliches Erlebnis. Ich denke, ich werde hier nicht mehr gebraucht. Hättest du heute abend Zeit?»

«Nun – schon möglich. Aber –»

«Ich rufe dich an, sobald ich unterwegs bin. Es könnte spät werden. Wäre das schlimm?»

Sie zögerte kurz. «Nein. Natürlich nicht», sagte sie dann. «Aber ruf an, wenn du losfährst.»

«Bis dann, Alice. Ich liebe dich.»

Es ging ihm sofort besser, als hätte er endlich wieder festen Boden unter den Füßen. Er rief im Hotel der Bergins an und erfuhr, daß sie alle ausgegangen waren. Damit war sein Problem schon halb gelöst. Es erschien ihm einfach, zu verschwinden, wenn alle anderen auch verschwunden waren. Außerdem konnte er von Alice aus anrufen und jederzeit zurückkommen, wenn man ihn brauchte.

Michael duschte, zog ein weißes Hemd an und seine geliebten Jeans mit dem Riß am Knie und warf alles übrige in die große Ledertasche, die ihm Sasha zum Geburtstag geschenkt hatte. Er beschloß, wenigstens seinem Vater zu sagen, daß er abreiste. Vermutlich saß er mit Sasha um diese Zeit in der Bar. Aber sie waren nicht dort.

«Mr. Buchan ist im Pool, Sir», sagte der Barmann, «und Mrs. Buchan macht einen Spaziergang im Park.»

Michael seufzte. Theo im Schwimmbad aufzusuchen war komplizierter als Sasha Bescheid zu sagen, daß er abreiste. Also ging er hinaus, um Sasha zu suchen.

Es dauerte eine ganze Weile, bis er sie fand. Sie saß, vom Hotel aus nicht zu sehen, hinter den Tennisplätzen auf einer Bank und telefonierte über ihr Funktelefon. Sie war so vertieft in ihr Gespräch, daß sie Michael nicht kommen sah. Doch als er nah genug war, um zu hören, was sie sagte, beendete sie das Gespräch und schaltete das Telefon ab.

«Hallo, Michael. Wie geht es dir?»

«Ach, ganz gut. Es war schon ein komischer Tag heute.»

«Das kann man sagen. Warum mag Cressida das wohl getan haben?»

«Ich weiß es nicht. Die allgemeine Meinung ist, daß sie unter einer großen Belastung stand und verschwunden ist, als ihr das Ganze zuviel wurde.»

«Ich denke, sie stand tatsächlich unter großem Druck. Es ist mir schon aufgefallen, als ich gestern kurz im Garten mit ihr gesprochen habe.»

«Was hat sie gesagt?» fragte Michael interessiert.

«Es lag nicht daran, was sie gesagt hat, sondern wie. Sie kam mir angespannt und irgendwie seltsam vor, und am Schluß fragte sie, ob Theo in der Nähe sei. Sie wolle ihn um etwas bitten. Aber er war nach Oxford gefahren. Ich sagte, ich könnte ihm etwas ausrichten, aber das wollte sie nicht. Als Theo später bei ihr anrief, sagte sie, die Sache habe sich erledigt.»

«Und du hast keine Ahnung, was sie von meinem Vater wollte?»

«Nein. Aber es ist ein ziemlich starkes Stück, an seinem Hochzeitstag wegzulaufen. So etwas tut man nur unter Zwang. Ich glaube, sie hatte keine andere Wahl. In meinen Augen war sie kein Mensch, der einfach alles stehen- und liegenläßt und verschwindet.»

«Ach, ich weiß nicht», sagte Michael, während er sich neben sie auf die Bank setzte. «Sie war sehr weich, weißt du – völlig anders als Harriet.»

«Ich kenne beide nicht sehr gut», sagte Sasha. «Aber Harriet imponiert mir – jedenfalls das, was ich von ihr gesehen habe. Sie ist intelligent und hat Mumm in den Knochen.»

«Und du magst Frauen mit Mumm in den Knochen?»

«Ja, das tu ich», sagte Sasha und lächelte ihn an.

«Das überrascht mich wirklich.»

«Ich wünschte mir», sagte Sasha freundlich, «du würdest mich nicht für ein hübsches Püppchen halten, das nur auf das Geld deines Vaters scharf ist.»

«Aber Sasha! Das würde ich nie von dir denken.»

«Ich glaube, du tust es», sagte sie mit einem Seufzer, «aber es ist nicht weiter schlimm. Du hast es mir leicht gemacht, nett zu dir zu sein», sagte sie, «im Gegensatz zu den meisten anderen.»

«Wen meinst du damit?»

«Ach, die meisten Freunde von Theo, seine Geschäftspartner und seine Angestellten. Aber ich habe mich inzwischen daran gewöhnt. Alle denken, ich sei nur hinter dem Geld her. Aber als ich deinen Vater traf, habe ich mich aufrichtig in ihn verliebt. Ich fand ihn unwiderstehlich, wie vermutlich die meisten Frauen. Aber später, als dann alles anfing –»

«Als was anfing?»

«Du kennst ihn doch, Michael. Die Gönnerhaftigkeit und diese Herablassung, mit der er einen behandelt. Und dabei zu wissen, daß er mich nicht liebt –»

«Sasha, ich bin überzeugt davon, daß er dich liebt.» Michael wurde leicht unbehaglich zumute.

«Nein, das tut er nicht. In Wirklichkeit gibt es in seinem Leben nur zwei Frauen, deine Mutter und – nun, es tut nichts zur Sache, wer die andere ist.»

«Sag es mir.»

«Nein. Es ist nicht mein Geheimnis.»

«Hat er dir gesagt, wer die andere ist?»

«Nein. Aber ich habe es herausgefunden.»

«O Gott, Sasha. Sag es mir. Ich werde es auch nicht verraten.»

«Nein, ich werde es dir nicht sagen. Aber nun sag du mir, was du auf dem Herzen hast. Du siehst aus, als wolltest du weg.»

«Ich – ja, ich wollte nach London fahren. Meinst du, das kann ich machen?»

«Und was treibt dich nach London? Etwa die Liebe?»

«Ja. Aber sag Dad nichts davon.»

«Kein Wort. Solange sie nett zu dir ist.»

«Sie ist wundervoll», sagte Michael. «Ich werde sie heiraten.»

Plötzlich summte das Telefon. Sie sah ihn rasch an, sagte: «Entschuldige» und wandte sich leicht ab. «Hallo? Ja, ja natürlich. Ausgezeichnet. Am späten Abend. Danke für den Anruf. O Michael, da kommt dein Vater. Nun kannst du es ihm gleich selbst sagen.»

«Was kann er mir sagen?» Theo klang gutgelaunt. «Sasha, was tust du hier draußen? Ich dachte, wir hätten eine Verabredung an der Bar.»

«Das hatten wir. Aber ich hatte keine Lust mehr, noch länger auf dich zu warten.» Sasha wirkte erstaunlich selbstsicher. «Außerdem ist es ein herrlicher Abend.»

Theo schwieg. Dann sagte er betont freundlich: «Wollen wir unsere Drinks hier draußen einnehmen? Michael, möchtest du uns Gesellschaft leisten?»

«Michael möchte nach London zurückfahren», sagte Sasha.

«Nach London?» fragte Theo erstaunt. «Ausgerechnet jetzt – in dieser fatalen Situation? Deine Freunde brauchen dich – ich brauche dich. Ich finde, du solltest bleiben.»

«Ich sehe nicht ein, warum. Was kann ich denn tun?» sagte Michael. «Sie sind alle ausgegangen und –»

«Michael, ich sagte, du sollst bleiben. Okay?»

«Ich werde nicht hierbleiben», sagte Michael gereizt und spürte, wie seine Haut zu kribbeln begann. «Ich habe meinen Teil getan.»

«Das ist eine sehr egoistische Einstellung», sagte Theo. «Ich muß sagen, Michael, das gefällt mir gar nicht.»

«Nun, es tut mir leid, daß ich deinen Ansprüchen nicht genüge», sagte Michael. «Aber ich habe etwas Wichtiges vor.»

«Ja», sagte Theo. «Das kann ich mir vorstellen.»

«Theo», mischte sich Sasha plötzlich ein. «Theo, ich finde wirklich –»

«Sasha, das geht dich nichts an.»

Sie stand wortlos auf und ging ein Stück weiter bis zu dem Zaun, der die Parkanlage umschloß. Hier blieb sie stehen und blickte auf die Landschaft hinaus. Theo schaute ihr nach; im ersten Moment schien er ihr folgen zu wollen, doch dann wandte er sich wieder Michael zu.

«Also, was ist? Trinkst du jetzt ein Glas mit uns oder nicht?»

«Nein», sagte Michael, «ich fahre nach London.»

«Könnte ich dann vielleicht den so überaus wichtigen Grund erfahren? Ich hoffe, es ist nicht nur ein Pokerspiel.»

«Nein. Ich will jemand besuchen. Sie heißt Alice.»

«Hübscher Name. Was macht sie?»

«Sie arbeitet bei einer wohltätigen Stiftung.»

«Aha. Sehr passend für eine junge Dame.»

«Sie ist keine junge Dame. Sie arbeitet dort als Angestellte, um ihre Familie zu ernähren.»

«Ihre Familie? Michael, willst du mir erzählen, daß du dich mit einer alleinerziehenden Mutter eingelassen hast?»

Michael schluckte. «Ja», sagte er. «Alice ist geschieden.»

Theo wirkte tatsächlich für einen Augenblick ratlos. Sasha war inzwischen zu ihnen zurückgekommen und lächelte Michael aufmunternd zu.

«Wie alt ist sie, deine Alice?» fragte Theo. «Wie lang ist sie schon geschieden?»

«Schon ziemlich lange. Sie – ist neununddreißig.»

«Neununddreißig», sagte Theo nachdenklich und schwieg, als müsse er diese Neuigkeit erst verdauen.

«Dad», sagte Michael mühsam beherrscht, «ich weiß genau, was ich tue. Und es ist mir sehr ernst. Ich werde Alice nämlich heiraten.»

«Ich denke, das wirst du nicht tun.»

«Das ist allein meine Angelegenheit.» Michael versuchte, seine Unsicherheit mit Trotz zu überspielen. «Ich bin siebenundzwanzig Jahre alt und kann tun, was ich will.»

«Siebenundzwanzig bist du schon! Weiß Gott, es ist kaum zu glauben. Ich will damit sagen, daß die meisten in deinem Alter auf eigenen Füßen stehen und sich selbst ernähren.»

«Nun fang nicht wieder damit an. Meine Agentur –»

«Michael, hast du auch nur annähernd eine Ahnung, was allein deine Büroräume kosten? Und weißt du vielleicht auch, wer sie bezahlt?»

«Theo, so hör doch auf», sagte Sasha ungeduldig.

«Du hältst dich da raus», sagte er, ohne Sasha anzusehen. «Davon verstehst du nichts.»

Sasha sah ihn an, dann drehte sie sich um und ging zum Hotel zurück. Michael versuchte, ruhig und besonnen zu bleiben.

«Dad», sagte er mit bebender Stimme. «Ich weiß, daß du sehr großzügig bist und daß ich mich glücklich schätzen kann, dich zum Vater zu haben. Aber mein Unternehmen macht Fortschritte. Ich wäre froh, wenn du wenigstens das anerkennen würdest.»

«Okay», sagte Theo plötzlich entspannter. «Das erkenne ich an. Sag mir, Michael, wie alt sind die Kinder von Alice?»

«Jemima ist fünfzehn und –»

«Fünfzehn! Dann ist sie ja bald so alt wie du! Das ist doch nicht dein Ernst!»

«Doch, Dad. Ich liebe Alice.»

«Und sie liebt dich.»

«So ist es. Sie wird mich heiraten.»

«Dich heiraten! Verdammt, Michael, was redest du da? Seit wann kennst du sie überhaupt?»

«Seit Anfang des Jahres.»

«Ein halbes Jahr! Eine sehr lange Zeit, in der Tat. Sieh mal, Junge», sagte Theo sehr beherrscht, «ich bin überzeugt, daß sie eine sehr nette Person ist. Könnt ihr euch nicht einfach für eine Weile aneinander freuen? Wozu denn gleich heiraten?»

«Das tust du doch auch», sagte Michael. «Du mußt sie immer gleich heiraten, auch wenn alle Welt den Kopf schüttelt.»

Michael wußte, wohin dieses Gespräch führen würde. Es gab vieles, was Theo ärgerte, aber am meisten haßte er es, wenn ihm jemand die Wahrheit sagte. Aber aus irgendeinem Grund schien Theo ihn diesmal nicht anbrüllen zu wollen. Er sah ihn nur traurig an und sagte: «Ja, manchmal trifft man die falsche Entscheidung.»

Michael schwieg betreten. Wie gut, daß Sasha zum Hotel zurückgegangen war.

«Ich meine nicht Sasha», sagte Theo, «wenn du das gedacht haben solltest. Also, Michael. Laß dir Zeit. Aber abgesehen davon – hast du auch einmal daran gedacht, daß du eines Tages eigene Kinder haben willst? Deine Alice –»

«Alice kann noch Kinder bekommen», sagte Michael ärgerlich. «Ich wünschte, du hättest mehr Achtung vor dem, was ich will und was ich tue. Alice ist etwas ganz Besonderes. Und ich werde sie heiraten. Sobald wie möglich.»

Sie schwiegen beide, und es schien, als gäbe es nichts mehr zu sagen. Doch Theo gab noch nicht auf. «Du bist ein sehr wohlhabender junger Mann, ein guter Fang für jemanden wie deine –»

«Dad», sagte Michael, «tu mir den Gefallen und beleidige Alice nicht. Ich liebe sie, und sie liebt mich. Ich kann nicht erwarten, daß du das verstehst, weil du viel zu selbstsüchtig und egozentrisch bist, um etwas Ähnliches zu kennen. Du mußt dir deine Frauen kaufen – ich nicht.»

«Michael», sagte Theo sehr leise, «paß auf, was du sagst.»

«Ich sage, was ich denke. Ich muß Alice nicht kaufen. Sie wird mich heiraten, weil sie mich liebt. Und nur um es dir zu beweisen, werde ich keinen Penny mehr von dir nehmen, solange ich lebe. Ich werde meinen Weg machen. Mit Alice. Und ich sag dir noch etwas. Ich bin froh darüber. Ich habe mein Leben lang immer nur von dir genommen, ich habe mir anhören müssen, wie verwöhnt ich bin, wie gut ich es habe im Vergleich zu anderen. Damit ist jetzt Schluß, weil ich auf eigenen Füßen stehen und mein eigenes Geld verdienen werde. Ich kann dir sagen, es ist wie eine Erlösung. Und du solltest dieses Gespräch nicht vergessen, denn es ist unser letztes. Ich fahre jetzt nach London, und ich werde nicht zurückkommen.»

Als er mit seiner Reisetasche in der Hand vor der Rezeption stand, fiel ihm ein, daß er keinen Wagen hatte. Er wollte Brian schon ausrufen lassen, als ihm einfiel, daß er damit bereits wieder auf die Ressourcen seines Vaters zurückgriff. Also kein Chauffeur. Und seine Hotelrechnung würde er auch selbst bezahlen.

Er bat das Mädchen am Empfang um seine Rechnung. Sie trug ein streng geschnittenes rotes Kostüm und eine gestreifte Bluse. Sie widmete sich ihrem Computer, es piepte und summte, und die Maschine spuckte seitenweise Papier aus. Während Michael am Tresen stand, wartete und versuchte, gelassen auszusehen, obwohl er innerlich vor Aufregung zitterte, läutete das Telefon.

«Royal Hotel, Woodstock», sagte das Mädchen, während sie Michael mit einem Lächeln die Rechnung reichte. Dreihundertachtzig Pfund! Das konnte nicht stimmen! Nicht für nur vierundzwanzig Stunden!

«Ich glaube, er ist im Park. Ich werde ihn ausrufen lassen. Wen soll ich melden?»

Sie sah Michael fragend an. «Ihr Vater ist noch draußen, nicht wahr, Mr. Buchan?»

«Bei den Tennisplätzen», sagte Michael kurzangebunden.

«Miss Forrest, wenn Sie einen Moment dranbleiben –»

«Hören Sie, ich nehme den Anruf», sagte Michael, und sein Herz wurde leichter bei dem Gedanken an Harriet. «Sagen Sie ihr, daß ich den Anruf entgegennehme. Ich muß ohnehin mit ihr sprechen.»

«Na gut – Miss Forrest. Mr. Buchan junior ist hier. Wollen Sie vielleicht mit ihm sprechen? Ah, ja. Ich verstehe. Bleiben Sie am Apparat. Ich lasse ihn ausrufen.» Sie sah Michael an und sagte sehr höflich: «Tut mir leid, Mr. Buchan. Sie sagte, sie möchte mit Ihrem Vater sprechen.»

«Oh», sagte Michael. Er fühlte sich zurückgesetzt. «Entschuldigen Sie, warum ist diese Rechnung so hoch?»

«Ich gehe Sie gern noch einmal mit Ihnen durch», sagte sie. «Da haben wir das Zimmer, macht einhundertachtzig Pfund, das Mittagessen gestern für Sie und Ihre Freunde, siebzig Pfund, dann die Bar gestern abend vor dem Essen, dreißig Pfund, zwei Flaschen Champagner beim Zimmerservice, sechzig Pfund, und dann –»

«Schon gut, vielen Dank», sagte Michael und reichte ihr seine Kreditkarte. «Also, ich muß los.»

«Möchten Sie, daß ich Ihnen ein Taxi rufe, Mr. Buchan? Es könnte in drei Minuten hier sein.»

«Ja, das wäre sehr freundlich.»

Er setzte sich in einen Sessel und blätterte in einer Zeitschrift. Das Mädchen am Empfang nahm Gespräche entgegen, stellte durch, kritzelte Notizen, und dann hörte er sie sagen: «Tut mir leid, Miss Forrest, wir können ihn im Augenblick nicht finden. Kann er Sie zurückrufen? Ich verstehe. Vielleicht versuchen Sie es in einer halben Stunde noch einmal.»

Wieso weigerte sich Harriet, mit ihm zu sprechen und wieso sollte Theo sie nicht zurückrufen? Michael überlief es plötzlich kalt. Er stand auf und trat an das Empfangspult. «Entschuldigen Sie», sagte er, «hat die Miss Forrest, die eben mit meinem Vater sprechen wollte, zufällig auch ihren Vornamen genannt?»

«Leider nicht», sagte das Mädchen.

«Und Sie haben keine Ahnung, woher der Anruf kam?»

«Nein. Tut mir leid, Mr. Buchan.»

«Na gut. Könnte ich kurz telefonieren?»

«Dort drüben in der Kabine. Ich gebe Ihnen eine freie Linie.»

Er wählte die Nummer der Forrests und wartete mit klopfendem Herzen. Es war eine Chance, eine sehr kleine Chance, aber er mußte sie nachprüfen.

«Wedbourne 356. James Forrest am Apparat.»

«O James. Hier ist Michael. Könnte ich bitte mit Harriet sprechen?»

«Ja, natürlich. Ich hole sie.»

Nach einer Weile meldete sich Harriet.

«Du bist also doch bereit, mit mir zu sprechen.» Michael versuchte, scherzhaft zu klingen, um keine unnötige Aufregung zu verursachen.

«Was redest du da, Michael?»

«Du hast nicht eben im Hotel angerufen, um Dad zu sprechen?»

«Nein.»

«Dann war es Cressida.»

«Ich verstehe nicht.»

«Hier hat eben eine Miss Forrest angerufen.»

«Und sie wollte nicht mit dir sprechen?»

«Nein. Und als sie Dad im Hotel nicht ausfindig machen konnten, hat sie zu der Empfangsdame gesagt, sie würde später zurückrufen.»

«O Gott, Michael. Dann war sie also ganz nah und trotzdem unerreichbar. Was machen wir jetzt? Kannst du deinen Vater nicht suchen und mit ihm sprechen? Er muß doch etwas wissen.»

«Na ja, das könnte schwierig werden», sagte Michael. «Wir haben uns eben ziemlich gestritten.»

«Weswegen denn?»

«Das erzähle ich dir ein andermal.»

«Hier gibt es auch eine ziemlich schockierende Neuigkeit. Weißt du was, Michael? Ich komme rasch zu euch hinüber.»

«Ich bin eigentlich schon unterwegs nach London.»

«O Michael, das kannst du nicht machen. Nicht jetzt. Kannst du nicht später fahren?»

«Ja», sagte er. «Ja, natürlich.»

Alice war sehr verständnisvoll. Er sagte ihr, er könne vorerst doch nicht weg, weil man wegen Cressida eine Art Familienkonferenz abhalten wolle. «Und ich habe es meinem Vater gesagt.»

«Was hast du ihm gesagt?»

«Daß ich dich heiraten will.»

Es entstand eine kleine Pause. «Und?» fragte sie dann.

«Ich fürchte, es hat ihm nicht gefallen.»

«Das überrascht mich nicht. Du hättest ihn vielleicht langsam mit dem Gedanken vertraut machen sollen.»

«Das konnte ich nicht. Ich wollte es ihm sagen, so, wie ich es jedem sagen will. Und ich möchte, daß wir sehr bald heiraten. Das willst du doch auch, nicht wahr?»

«Ja, natürlich. Was hat er denn gesagt?»

«Ach, er macht aus allem ein Riesendrama. Ich habe ihm jedenfalls erklärt, daß ich nichts mehr mit ihm zu tun haben will. Ich habe es schon lange satt, ihm auf der Tasche zu liegen. Und das ist meine große Chance, Alice. Ich werde ihm beweisen, daß ich es auch allein schaffen kann. Es ist ein herrliches Gefühl, weißt du, als würde ich ganz von vorn anfangen.»

«Ja, das verstehe ich», sagte Alice besänftigend. «Aber nichts wird so heiß gegessen, wie es gekocht wird. Ihr werdet bestimmt bald wieder Freunde sein.»

«Alice, ich meine es ernst. Und wie gesagt, ich bin froh, daß es so weit gekommen ist.»

«Nun, wir werden sehen», sagte Alice freundlich. «Ich finde es nur sehr schade.»

«Mein Vater ist ein Monster, Alice. Ich komme auch so zurecht. Wir können nächstes Wochenende heiraten, wenn du willst. Und ich finde, genau das sollten wir tun. Hör zu, ich seh dich morgen. Ich fürchte, ich komme heute nicht mehr hier weg. Aber ich werde dich noch mal anrufen.»

«Aber nicht später als zehn Uhr. Ich bin sehr müde. Es war ein anstrengender Arbeitstag.»

«Armer Liebling. Aber du wirst den Job bald aufgeben können.»

«Ja», sagte Alice. «Ja, natürlich. Auf Wiedersehen.»

Er wußte nicht recht, was er tun sollte, bis Harriet hier sein würde. Ganz sicher wollte er nicht mehr mit seinem Vater zusammentreffen. Er ging in die Bar und sah Sasha allein dort sitzen in einem leuchtendblauen Seidenkostüm mit einem sehr kurzen Rock über ihren braunen Beinen. Sie trank Champagner und sah hinreißend aus.

«Hallo, Sasha», sagte er lächelnd. «Tut mir leid wegen der Szene mit Dad.»

«Du hast mir leid getan, Michael. Aber –»

«Reden wir nicht mehr davon. Wie sehen deine Pläne aus?»

«Ich denke, wir werden früh zu Abend essen und dann zu den Forrests fahren. Theo meint, wir sollten den Abend bei ihnen verbringen.»

«Harriet ist gerade auf dem Weg hierher.» Er bemerkte, daß Sashas Lächeln für einen Moment erstarrte, und sah sie neugierig an. «Du magst sie nicht besonders.»

«Doch», sagte Sasha. «Sie ist amüsant.»

«Aber du magst Cressida lieber.»

Sasha sah ihn an und schien offensichtlich mit sich zu ringen. «Unter uns gesagt, Michael», meinte sie schließlich, «ich kann Cressida nicht ausstehen.»

«Du kannst sie nicht ausstehen? Warum denn nicht?»

«Ich finde, sie ist unaufrichtig und durchtrieben. Und sie hat sich mir gegenüber etwas geleistet, das ich ihr nicht verzeihen kann.»

Michael war so perplex, daß er nicht bemerkte, wie verändert Sasha plötzlich wirkte.

«Was?» stieß er hervor.

«Ich kann es dir jetzt nicht sagen. Aber es war bösartig und hat vieles kaputt gemacht. Ich kann es eigentlich immer noch nicht fassen.»

«Sasha, das kannst du nicht mit mir machen», sagte Michael. «Erst machst du mir den Mund wäßrig, und dann schweigst du dich aus.»

«Entschuldige, aber ich kann dir wirklich nicht mehr sagen. Später vielleicht. Ich hätte von Anfang an den Mund halten sollen. Es ist mir leider herausgerutscht.»

Michael überlegte. Vielleicht konnte er ihr doch noch das eine oder andere entlocken, wenn er ihr von dem Telefonanruf erzählte.

«Ich glaube, sie hat eben angerufen», sagte er.

«Du meinst, Cressida hat angerufen? Hier?»

«Ja. Aber sie wollte nur mit Dad sprechen, nicht mit mir. Weißt du, wo er steckt?»

«Er sagte, er wolle einen längeren Spaziergang machen.»

«Zweifellos um über seinen unzulänglichen und undankbaren Sohn nachzudenken.»

«Michael, er liebt dich abgöttisch. Und er meint nicht immer, was er sagt.»

«Sasha, es ist mir egal. Ich will meinen eigenen Weg gehen, und ich brauche dazu weder ihn noch sein Geld.»

«Aber Michael –»

«Nun sei ein braves Mädchen und versuche nicht, mir etwas anderes einzureden.»

«Michael», sagte sie freundlich, «ich hasse es, wenn man so mit mir spricht.»

«Wie habe ich denn mit dir gesprochen?»

«Gönnerhaft.»

«Oh. Tut mir leid, Sasha», sagte er und wunderte sich, wie unberechenbar sie plötzlich sein konnte.

Theo und Harriet trafen beinahe gleichzeitig ein. Sie nickten sich zu und lächelten höflich.

«Ich dachte, du wolltest weg», sagte Theo zu Michael.

«Es ist etwas dazwischengekommen. Cressida hat angerufen. Sie wollte dich sprechen.»

«Was heißt, sie hat mich angerufen? Warum weiß ich nichts davon?»

«Man hat dich ausrufen lassen, aber nicht gefunden.»

«Allmächtiger! Besonders angestrengt haben sie sich aber nicht. Und warum hast du nicht versucht, mich zu finden? Oder Sasha?»

«Wir haben zuerst ja gar nicht gewußt, daß es Cressida war», erwiderte Michael. «Aber sie wollte noch einmal anrufen.»

«Und da ist noch etwas, das ihr wissen solltet», sagte Harriet. «Anscheinend ist –»

«O Theo», sagte Sasha, «bevor wir weiterreden – Harriet, entschuldige, daß ich dich unterbrochen habe. Bei all der Aufregung hätte ich es beinahe vergessen. Du möchtest Mark anrufen. Er hat gesagt, es sei sehr dringend. Ich habe versucht, dich zu finden, aber –» Hilflos hob sie die Schultern und lächelte reumütig.

Michael sah sie verwundert an. Die elegante Dame, die vor einer halben Stunde in aller Gemütsruhe an der Bar Champagner trank und in einer Zeitschrift blätterte, hatte nicht den Eindruck gemacht, als wollte sie ihrem Mann eine dringende Nachricht mitteilen.

«Wann hat er angerufen?» fragte Theo. «Sasha, ein einziger Telefonanruf dürfte dein Gedächtnis eigentlich nicht überfordern. Ich gehe nach oben. Wenn Cressida anruft, sollen sie durchstellen, auch wenn ich gerade mit Mark spreche.»

«In Ordnung», sagte Michael. Nachdem Theo gegangen war, saßen sie verlegen herum, stopften Erdnüsse in sich hinein und vermieden es, sich anzusehen.

«Wie es aussieht», sagte Harriet plötzlich mit vollem Mund, und Michael glaubte, er würde in seinem ganzen Leben nicht mehr vergessen, mit welcher Beiläufigkeit sie ihre Bombe platzen ließ, «ist Cressida schwanger.» Sie lächelte Sasha und Michael an und schnippte etwas Salz von ihren Shorts. Die beiden waren für einige Augenblicke sprachlos.

«Na ja», sagte Sasha schließlich, «sie ist vermutlich nicht die erste Braut, die ein Kind erwartet.»

Harriet lächelte unsicher.

«Aber es sieht Cressida überhaupt nicht ähnlich», sagte Michael. Er war komischerweise schockiert. Natürlich hatte Sasha recht. Nichts war daran ungewöhnlich, und selbstverständlich würde nicht einmal die süße Cressida als Jungfrau vor den Altar treten. Aber schwanger? Er dachte an das Drama mit Oliver in der vergangenen Nacht und versuchte, dieses neue Teilchen in dem immer verrückter werdenden Puzzle unterzubringen. Aber es paßte einfach nicht. Nichts paßte zusammen.

«Harriet, wie habt ihr denn davon erfahren?» erkundigte sich Sasha.

«Oliver hat es uns gesagt. Vor ungefähr einer Stunde.»

Sasha hob ihre sorgfältig gezupften Augenbrauen. «Armer Oliver.»

«Ja», sagte Michael.

Sie saßen da und sahen sich betroffen an, ohne recht zu wissen, warum. Dann stand Harriet entschlossen auf. «Entschuldigt mich einen Moment», sagte sie und ging hinaus in die Halle. Michael ging ihr nach. Sie trat an das Empfangspult und sagte zu dem Mädchen: «Wenn meine Schwester für Mr. Buchan anruft, könnten Sie mich zuerst mit ihr sprechen lassen? Es ist wichtig.»

Das Mädchen sah sie unsicher an. «Sie wollte aber ausdrücklich mit Mr. Buchan senior sprechen, Miss Forrest.»

«Verstehen Sie doch», sagte Harriet. «Sie ist meine Schwester. Ich muß unbedingt mit ihr sprechen. Sie können sie ja anschließend mit Mr. Buchan verbinden.»

«Harriet», sagte Michael. «Warum läßt du sie nicht mit Dad sprechen? Wenn sie mit dir sprechen wollte, hätte sie bei euch zu Hause anrufen können. Meinst du nicht auch?»

«Bitte, halt dich da raus», sagte Harriet schroff.

Michael zuckte mit den Achseln und ging in die Bar zurück. Es war sinnlos, Harriet etwas ausreden zu wollen. Ihre Sturheit war legendär.

Sasha sah ihn fragend an. «Noch ein Problem?»

«Vermutlich», sagte Michael. «Möchtest du noch etwas trinken?»

«Nein, danke. Ich brauche einen klaren Kopf für die nächsten Stunden.»

Michael wollte sie eben fragen, wozu – denn abgesehen von dem Problem, welches Kleid sie zum Abendessen tragen sollte, brauchte sie sich doch ihren Kopf über nichts zu zerbrechen –, als Harriet zurückkam. Sie setzte sich wortlos auf ihren Platz und spielte nervös mit ihrem goldenen Armband. Michael sah sie an und wußte, was passiert war. Er legte die Hand beruhigend auf ihren Arm und schob ihr sein Glas hin. Sie schüttelte nur den Kopf.

Und dann kam Theo in die Bar und fragte: «Noch nichts von Cressida? Mark ist zum Essen gegangen und erst in einer Stunde wieder zu erreichen. Was ist? Wollen wir noch etwas trinken, während wir auf Cressidas Anruf warten? Wir könnten auch alle nach oben gehen. Da ist es gemütlicher.»

Michael sah Harriet nicht an, aber er spürte, daß sie etwas sagen wollte und dann doch davor zurückscheute. Sasha warf Harriet einen fast mitleidigen Blick aus ihren großen blauen Augen zu. Dann stand Harriet auf und trat Theo entgegen. «Es tut mir leid, Theo», sagte sie, «aber ich habe es vermasselt.»

«O tatsächlich?» sagte er leichthin, aber doch mit einer gewissen Schärfe in der Stimme. «Wie ungewöhnlich von dir. Was ist es diesmal?»

«Cressida hat angerufen», sagte Harriet ruhig, «und ich habe den Anruf entgegengenommen.»

«Wie bitte?» sagte Theo. «Du hast ihn entgegengenommen? Aber der Anruf galt mir. Ich habe doch gesagt, daß man sie durchstellen soll, auch wenn ich gerade selbst telefonieren würde.»

«Ja, ich weiß, Theo, aber ich dachte, Cressida würde mit mir sprechen wollen. Deine Leitung war sowieso besetzt», fügte sie trotzig hinzu, «und sie hätte nicht gewartet.»

«Das verstehe ich nicht ganz», sagte Theo. «Aber bitte, sprich weiter. Du hast meinen Anruf entgegengenommen, und was geschah dann?»

«Also, sie – sie sagte –»

«Harriet, ein paar schlichte Worte dürften genügen», sagte Theo dumpf und maß sie mit einem eisigen Blick.

«Sie hat aufgelegt», sagte Harriet. «Als sie hörte, daß ich am Apparat war, hat sie aufgelegt.»

«Und weiter?»

«Nichts weiter.»

«Kein Wort, wo sie zur Zeit ist, wie es ihr geht, was wir vielleicht für sie tun könnten?»

«Nein.»

«Du verdammte, arrogante Närrin», sagte Theo mit mühsam verhaltenem Zorn.

«Ich dachte», sagte Harriet tonlos, «sie würde mit mir sprechen wollen.»

«Du nimmst einen Anruf an, der für mich bestimmt war, setzt dich über meine Anordnungen hinweg, mischst dich in meine Angelegenheiten, nur weil du dachtest? Harriet, ich bin der Meinung, du hast überhaupt nicht gedacht.»

Michael krümmte sich innerlich. Es war widerlich, wie sein Vater mit anderen Menschen umging – als wären sie seine Leibeigenen. Wenn er seine Kinder, seine Angestellten und seine Ehefrauen so behandelte, so konnte Michael dies innerhalb gewisser Grenzen irgendwie entschuldigen, aber sich Harriet gegenüber so zu benehmen, war schlichtweg unverschämt. Er wartete gespannt, was als nächstes geschehen würde. Aber sie stand nur da und ließ den Zorn und die Verachtung seines Vaters über sich ergehen. Michael wunderte sich, daß sie diese öffentliche Erniedrigung ohne Gegenwehr hinnahm.

«Es tut mir leid», sagte sie.

«Das will ich hoffen. Leider hilft uns das nicht viel. Großer Gott, Harriet, sie könnte irgendwo festsitzen. Sie ruft auf ihre Weise um Hilfe, und da kommst du mit deiner verdammten hirnlosen Arroganz daher und zerstörst, was vielleicht lebenswichtig gewesen wäre. Ich habe dafür kein Verständnis, Harriet. Aber auch nicht das geringste.»

«Das weiß ich», sagte Harriet leise. Michael wunderte sich, wie sie so klein beigeben konnte. Und plötzlich entdeckte er, daß zwischen seinem Vater und Harriet eine merkwürdige Intimität bestand.

«Das war's dann also», sagte Theo. «Sie wird kaum noch einmal anrufen. Du fährst jetzt am besten nach Hause, Harriet, und erzählst deinen Eltern, was vorgefallen ist. Ich gehe nach oben. Sasha, du kommst mit mir. Und du, Michael, kannst tun, was du willst. Es ist mir egal.»

«Zu gütig», sagte Michael eisig.

Sasha sah bedrückt und traurig aus. Sie stand auf und legte flüchtig die Hand auf Harriets Arm; dann folgte sie Theo aus der Bar. Michael legte Harriet den Arm um die Schultern und drückte sie an sich.

«Es tut mir leid», sagte er. «Er hätte nicht so mit dir sprechen dürfen.»

«O doch», seufzte Harriet, während sich ihre Augen mit Tränen füllten. «Er darf. Du weißt es nur nicht, Michael, aber er darf mit mir reden, wie er will.»

KAPITEL 16

Theo – sieben Uhr abends

«Du hast dich unmöglich benommen», sagte Sasha.

Sie schloß die Tür hinter sich und lehnte sich mit dem Rücken dagegen. «Harriet hat mir wirklich leid getan.»

«So, wie ich das sehe, war es Harriet, die sich unmöglich benommen hat», sagte er. «Anmaßend und rücksichtslos.»

«Ja, Theo. Wir haben es alle gehört. Das ganze Hotel konnte dich hören. Verdammt, hirnlos und arrogant hast du sie genannt.»

«Mir wäre lieber, du würdest mich nicht kritisieren», sagte er. «Was Harriet getan hat, war unerhört und, wie sich herausgestellt hat, verheerend. Das mußt du doch zugeben.» Er goß Whisky in ein Glas und zündete sich eine Zigarre an.

«Ich finde, ‹verheerend› ist etwas übertrieben. Es ist vielleicht bedauerlich, aber auch nicht viel mehr.»

Theo fühlte sich zunehmend verärgert. Er zog an seiner Zigarre und sah sie durch den Rauch an.

«Sasha, ich glaube nicht, daß dir das volle Ausmaß dessen, was heute passiert ist, ganz bewußt ist. Ich –»

«Theo, es ist mir durchaus bewußt. Cressida ist weggelaufen. Sie wollte Oliver nicht heiraten, also hat sie sich aus dem Staub gemacht. Und sie hat ihre Flucht offensichtlich seit einiger Zeit geplant.»

«Wie kommst du darauf?»

«Es gibt den Flugschein, den Brief an die Eltern –»

«Sasha, du weißt nicht, wovon du redest. Sie hat nichts

dergleichen geplant. Irgend etwas hat sie in letzter Minute dazu getrieben –»

«Oder irgend jemand –»

«Was meinst du damit?»

«Ich denke, sie liebt einen anderen. Hast du gewußt, daß sie schwanger ist?»

Ihre Worte trafen ihn wie ein Hieb. Er stellte sein Glas ab und starrte sie an.

«Schwanger? Unsinn, sie war nicht schwanger.»

«Doch», sagte Sasha kühl. «Harriet hat es uns gesagt, kurz bevor du anfingst durchzudrehen.»

«Sasha, bitte, sprich nicht so mit mir.»

«Theo, ich werde mit dir sprechen, wie es mir gefällt.»

Er sah sie an. Befand er sich mit einer fremden Frau in diesem Zimmer? Mit einer Frau, von der er nicht behaupten würde, daß sie ihm sympathisch war?

«Na gut, dann war sie also schwanger. Viele Bräute sind schwanger.»

«Und nimm einmal an, das Kind ist nicht von Oliver.»

«Ach, sei doch nicht albern. Warum sollte es nicht von ihm sein?»

«Warum zum Teufel sollte es von ihm sein, nachdem sie vor ihm weggerannt ist?»

«Sasha, weißt du irgend etwas darüber? Du scheinst bemerkenswert gut informiert zu sein.»

«Ich weiß nicht mehr als du, Theo. Es ist sozusagen weibliche Intuition.»

«Ach, komm mir doch nicht damit.»

«Ich kann mich ziemlich gut darauf verlassen. Außerdem verfüge ich über einen gesunden Menschenverstand. Wenn du über alles ein wenig nachgedacht hättest, würdest du zugeben müssen, daß das Baby höchstwahrscheinlich von einem anderen ist.»

Die Vorstellung, daß Cressida mit einem anderen geschlafen hatte, obwohl sie mit Oliver verlobt war, schockierte

Theo. Cressida, die er gekannt hatte, seit sie klein war, dieses unglaublich hübsche Baby, das damals im Kinderzimmer der Forrests in einem mit Rüschen besetzten Körbchen lag. Er sah sich plötzlich lächelnd davorstehen, den Arm um Maggies Schulter gelegt, und erinnerte sich, wie Maggie ihn fragte, ob er Cressidas Taufpate sein wollte, und er sagte...

«Ich bin nicht die richtige Person für einen Taufpaten, Maggie. Ich bin unmoralisch, unsittlich –»

«Ich fände es trotzdem schön», sagte Maggie. «Außerdem wirst du alles, was sonst noch so dazu gehört, hervorragend machen. Du wirst sie verwöhnen, ihr schöne Geschenke machen, Partys für sie veranstalten –»

Er lachte laut. «Du bist recht pragmatisch, Maggie. Wahrhaftig.»

«Ja», sagte sie. «Das bin ich.» Dann brach sie in Tränen aus.

«He», sagte er, «was soll das? Was ist los?»

Sie sah ihn an und sagte: «Du weißt es, Theo, nicht wahr? Du weißt, warum er mich geheiratet hat.»

«Ja, natürlich», sagte er. «Weil er dich liebt. Deshalb.»

«Nein», sagte sie. «Er hat mich geheiratet wegen meines Vaters. Um eine Praxis und eine Stellung im Krankenhaus zu bekommen.»

«Maggie, das ist doch Unsinn», sagte Theo mit einem schrecklich flauen Gefühl im Magen. «James liebt dich, und er ist sehr glücklich mit dir. Sieh mal, ihr seid ein so wundervolles Paar, ihr habt zwei süße kleine Mädchen, ein hübsches Haus, James hat beruflich Erfolg –»

«Ja, aber er liebt mich nicht», sagte Maggie. «Ich liebe ihn, aber er liebt mich nicht. Es ist bitter, Theo, zu wissen, daß man nur wegen der Mitgift geheiratet wurde. Und das alles war der Grund. Meine Mitgift und der Job im St.-Edmund's-Krankenhaus. Oh, ich weiß, er hat mich ganz gern. Aber er hat mich nicht aus Liebe geheiratet.» Ihre Stimme zitterte, und sie versuchte, ihn anzulächeln.

Vorsichtig, um nicht unaufrichtig zu klingen und sie dadurch noch mehr zu kränken, sagte er: «Maggie, vielleicht ist etwas Wahres daran. Aber ich weiß nur eins: Für ihn dreht sich alles um dich. Er liebt dich. Vielleicht war es am Anfang anders. Aber ich kenne ihn schon ziemlich lange, und ich sehe es ihm an, wann er glücklich ist und wann nicht. Er ist glücklich und beruflich ausgefüllt, und, verdammt, Maggie, das ist es doch, was eine gute Ehe ausmacht.»

«Ja», sagte sie mit einem schweren Seufzer. «Aber eigentlich sollten in einer Ehe beide glücklich und ausgefüllt sein. Und ich bin es nicht.»

Sie schwiegen eine Weile, und dann sagte sie: «Ich werde jedenfalls nicht aufgeben. Weder ihn noch unsere Ehe. In gewisser Weise habe ich bekommen, was ich mir gewünscht habe. Und Cressida ist ein Symbol dafür.»

«Inwiefern?» fragte er interessiert.

«Ich habe ihm gesagt, daß ich es weiß. Vor ungefähr neuneinhalb Monaten. Daß ich weiß, warum er mich geheiratet hat. Und daß ich trotzdem versuchen würde, etwas Gutes daraus zu machen. Er hat geweint und gesagt, er würde es irgendwie wiedergutmachen. Und in derselben Nacht wurde Cressida gezeugt. Deshalb ist sie so etwas Besonderes, verstehst du?»

«Ja», sagte er, «das verstehe ich.»

Ein Vierteljahrhundert später schien sie wirklich ein Symbol zu sein, aber für Unehrlichkeit, Verrat und Treulosigkeit, für all die Fehler, die ihr Vater jeden Tag begangen hatte. Für Theo zerbrach ein Stück heile Welt, und es schmerzte ihn besonders, weil Maggie sich so lange und so aufopferungsvoll bemüht hatte, diese zu erhalten. Er sah Sasha an. Sie kam zu ihm und küßte ihn sanft auf den Mund.

«Armer Theo», sagte sie. «Du siehst so unglücklich aus. Es tut mir leid. Glaubst du wirklich nicht, daß sie noch einmal anruft?»

«Heute abend bestimmt nicht mehr. Sie wird befürchten,

mit jemandem sprechen zu müssen, mit dem sie nicht sprechen will. Oder daß man ihren Anruf zurückverfolgt.»

Er trank seinen Whisky aus und schenkte sich erneut ein. Dann setzte er sich und schaltete mit der Fernbedienung ein Fernsehprogramm nach dem anderen ein. Sasha nahm ihm das Ding sanft aus der Hand.

«Ich würde gern mit dir reden. Was hat Mark gewollt?»

«Ach – Geschäfte. Nichts, worüber du dir den Kopf zerbrechen mußt.»

«Theo, weißt du, daß ich diese Art von Antworten allmählich satt habe?»

Theo lächelte zu ihr empor und nahm ihre Hand. «Sag mir, meine Schöne, was stört dich daran?»

«Ich will nicht wie ein Liebchen behandelt werden, das nur für eines gut ist.»

«Aber, mein Schatz, du bist so gut dafür geeignet», sagte Theo. Er begehrte sie plötzlich. Er wollte diesen gräßlichen Tag wenigstens für eine Weile vergessen. «Komm und setz dich zu mir. Lenk mich ein bißchen ab.»

Sie sah ihn an, als wollte sie sich weigern. Doch dann ließ sie sich lächelnd neben ihm nieder.

«Das Dumme ist», sagte sie nachdenklich, «daß ich dich gern habe.»

Theo streichelte ihr Haar. «Ich verstehe nicht, was daran dumm ist», sagte er.

«Ich fürchte, du wirst es verstehen», sagte Sasha.

«Wovon redest du, Sasha?» Er fühlte sich müde und leicht betrunken und fand Sashas Gerede lästig. «Komm mit ins Bett. Ich brauch eine Frau.»

«Aber ich will nicht.»

Theo hatte das Gefühl, als hätte sie ihn geschlagen. «Was soll der Unsinn?» fragte er. In den neun Monaten ihrer Ehe hatte ihn Sasha kein einziges Mal abgewiesen. «Was stimmt nicht mit mir? Rieche ich aus dem Mund? Oder sollte ich duschen?»

«Nein», sagte Sasha. «Aber ich wollte duschen.»

Sie stand auf, ging ins Badezimmer und schloß die Tür. Theo goß sich noch einen Whisky ein und versuchte, so zu tun, als wäre alles in Ordnung. Es war ein anstrengender Tag gewesen, dachte er. Er sollte es hinnehmen wie ein Mann. Aber je mehr er sich dies alles vorsagte, um so stärker wurde das Gefühl, daß etwas nicht stimmte. Die meisten Frauen waren in sexueller Hinsicht unberechenbar; Harriet ganz besonders. Sie hatte unglaubliche Stimmungsschwankungen, aber eine atemberaubende Sinnlichkeit. Warum dachte er in einem Atemzug an Sex und Harriet, obwohl er sie geohrfeigt hätte, wenn sie jetzt zur Tür hereingekommen wäre? Sasha war ganz anders. Sie war immer für ihn bereit, und dafür liebte er sie. Sie hatte die Enttäuschung mit Harriet gelindert und geheilt. Und nun, nach diesem deprimierenden Tag, ließ sie ihn im Stich. Es war unerträglich. Das konnte sie ihm nicht antun.

Theo warf die Zigarre in den Aschenbecher, trank noch einen Schluck Whisky und ging ins Bad.

Sasha stand unter der Dusche. Durch die Glastür konnte er die Umrisse ihres schlanken Körpers sehen. Sie war hinreißend. Er starrte durch das Glas, dachte, wie sich ihr von der Sonne gebräunter Körper anfühlte, die festen hohen Brüste, ihre etwas knochigen Hüften und der flache Bauch. Theos Herz begann unangenehm zu pochen. Er öffnete seinen Gürtel, stieg aus der Hose, riß sich das Hemd vom Leib und öffnete die Tür der Duschkabine. Sasha stand da und sah ihn beinahe belustigt von oben bis unten an. Aber sie streckte nicht die Arme nach ihm aus, wie sie es sonst tat, preßte sich nicht mit ihrem kleinen Körper an ihn. Sie kehrte ihm wortlos den Rücken zu und hielt das Gesicht in das rieselnde Wasser.

Theo verlor plötzlich nicht nur die Geduld, sondern auch den Verstand. Er stieg zu ihr in die Dusche, packte sie und drehte sie zu sich herum. Als sie erschrocken zurückwich, machte er dennoch weiter. Er mußte sie haben, sich in ihrer süßen Hitze verlieren. Er wollte diesen entsetzlichen Tag vergessen.

«Theo!» sagte Sasha ruhig, aber sehr laut vor dem Hintergrund des dumpf trommelnden Wassers. «Theo, hör auf. Bitte. Ich will nicht. Hör auf damit!»

Aber er konnte nicht aufhören. Ein wilder, wütender Hunger hatte ihn erfaßt, der ihm jede Beherrschung nahm. Sie wehrte sich, und als er in sie eindrang, fehlte das übliche Wohlgefühl. Sie war eng, hart, feindselig – nicht die Sasha, die er kannte. Ihr Mund blieb leblos unter seinen Lippen, ihre Hände berührten ihn nicht, und trotzdem machte er weiter, hob sie hoch, fiel über sie her wie ein Wahnsinniger, und dann war es ganz schnell vorbei. Er zog sich von ihr zurück, stieg aus der Dusche und schloß die Tür, ohne sie noch einmal anzusehen.

In einen Bademantel gehüllt, legte er sich auf das Bett. Er schämte sich. Ihm war übel, und er fühlte sich wie erschlagen. Etwas später kam Sasha ins Zimmer, ein Handtuch wie einen Sarong um den Körper geschlungen, und begann in ihrem Kleiderschrank zu kramen.

«Es tut mir leid», sagte er und erschrak über seine eigenen Worte. «Bitte, verzeih mir. Ich werde es nicht wieder tun.»

Sie sah ihn an, als wäre nichts geschehen. «Gut», sagte sie. «Schön, das zu hören.»

«Ich war völlig durcheinander», sagte er.

«Das kommt vor. Möchtest du etwas trinken?» fragte sie in demselben distanzierten Tonfall. «Mir jedenfalls ist jetzt danach.»

«Ja», sagte Theo. «Scotch ohne Eis. Danke.»

Sie warf ihm einen verächtlichen Blick zu und reichte ihm das Glas. Dann setzte sie sich in einen Sessel am anderen Ende des Zimmers und trank ihren Wein, als müßte sie jeden Schluck einzeln auskosten.

«Es tut mir leid», sagte er noch einmal. Er hatte sich eine Zigarre angezündet.

«Ist schon in Ordnung», sagte sie. «Ich werde darüber hinwegkommen. Warum warst du so durcheinander?»

«Mark hatte schlechte Neuigkeiten. Nichts Weltbewegendes, aber unerfreulich.»

«Und worum handelt es sich?»

«Sasha, ich will nicht darüber reden.»

«Aber ich, Theo. Okay?»

Ihr kühler Ton und der gleichgültige Blick, mit dem sie ihn ansah, beunruhigten ihn. Vielleicht half es ja tatsächlich, wenn er ihr erzählte, worum es ging.

«Also, es gab da eine Firma, die ich gern übernommen hätte.»

«Wie heißt sie?»

«CalVin.»

«Ah, ja. Die kalifornische Weinfirma in Napa Valley.»

«Woher weißt du das?»

«Ich weiß eine ganze Menge, Theo. Du würdest dich wundern.»

«Das tue ich bereits», sagte er. «Die Weinberge liegen in einer der schönsten Gegenden von Kalifornien. Ich wollte dort eigentlich ein Haus bauen.»

«Tatsächlich? Und für wen?»

«Für dich und mich natürlich.» Er sah sie verwundert an. Aber ihre Augen waren klar und verrieten ihm nichts.

«Und was ist nun passiert?»

«Ein anderer hat die Firma gekauft, das heißt, einen ziemlich großen Teil davon. Gerade heute ging ein beträchtliches Aktienpaket in andere Hände über. Wie es dazu kommen konnte, weiß der Himmel. Es ist auch nicht weiter wichtig, aber –»

«Es tut weh», sagte Sasha, «nicht wahr, Theo? Jemand hat deine Pläne durchkreuzt und etwas genommen, was du haben wolltest.»

«Ja, und es macht mich wütend.»

«Auf wen?»

«Auf einen ganzen Haufen Leute. Auf Mark, weil er sich das Geschäft durch die Lappen gehen ließ, und auf den Bastard, der sich das verdammte Ding unter den Nagel gerissen hat. Und vermutlich auch auf mich selbst.»

«Ich verstehe», sagte Sasha. «Nun, das tut mir leid.»

Sie stand auf und holte ihren großen Lederkoffer aus dem Schrank. Sie öffnete ihn und begann, Sachen aus Schubladen und von Kleiderbügeln zu nehmen und sie auf dem Bett neben dem Koffer zu stapeln.

«Was tust du da?» fragte Theo gereizt. «Ich will nicht abreisen. Wir müssen hier bei James bleiben.»

«Du bleibst hier», sagte Sasha, «ich nicht.» Sie schlüpfte in Leggings und T-Shirt, besprühte sich mit Parfüm, bürstete ihr Haar und sah in ihrer Handtasche nach, ob sie alles hatte, was sie brauchte.

«Wie bitte?» Theo legte die Zigarre aus der Hand und richtete sich auf.

«Ich möchte nicht hierbleiben», sagte sie. «Ich kann nichts tun, so sehr mir James' Familie auch leid tut. Ich fahre zurück nach London.»

«Du tust nichts dergleichen», sagte Theo. «Ich brauche dich hier.»

«Nun, du wirst ohne mich auskommen müssen», sagte Sasha ungerührt.

«Sasha, du wirst nicht nach London fahren. Kommt nicht in Frage.»

Wütend stand er auf und packte sie am Arm. «Sasha, du bleibst.»

«Ich gehe. Und zwar für immer. Laß mich jetzt los.»

Theo hatte das Gefühl, als schwankte der Fußboden. Die Wände schienen sich zu bewegen. Sasha stand da, ruhig und gelassen, und sah ihn voller Verachtung an.

«Theo, ich denke, ich sollte dir noch etwas sagen. Der Bastard, der das große Aktienpaket von CalVin gekauft hat, war ich.»

«Mach dich doch nicht lächerlich.»

«Ich habe die Aktien gekauft, und sie gehören mir.»

«Aber du hast doch gar kein Geld.»

«Doch.»

«Dann ist es mein Geld. Und wenn du die Aktien mit meinem Geld gekauft hast, dann gehört die Firma mir.»

«Nein, Theo.»

Er starrte sie an, dann goß er sich sein Glas voll und setzte sich wieder auf das Bett, ohne sie aus den Augen zu lassen.

«Ich will es dir erklären.»

«Ich denke, das solltest du.»

«Du bist mir gegenüber sehr großzügig gewesen, Theo. Du hast mir viele kostbare Dinge geschenkt, ausgenommen –»

«Ausgenommen?»

«Respekt und echte innere Anteilnahme. Ich bin kein kleines Dummerchen, Theo. Es macht mir keinen Spaß, in Gegenwart anderer herabgesetzt oder wie ein Schoßhündchen behandelt zu werden. Ich mag es nicht, dauernd gesagt zu bekommen, ich würde dies und jenes nicht verstehen, obwohl ich sehr wohl dazu imstande bin, und daß ich mich aus Dingen herauszuhalten habe, bei denen ich gerne mitreden würde. So etwas ist schmerzlich und erniedrigend. Ich habe dich am Anfang unserer Ehe wirklich geliebt. Du magst das vielleicht nicht glauben, aber es ist wahr. Ich hätte dich auch geheiratet, wenn du kein Geld gehabt hättest. Ich fand dich wundervoll, klug, charmant und witzig. Aber von all dem ist nichts mehr übrig. Du hast es systematisch zerstört durch die Art, wie du mich behandelt hast. Und du tust das nicht nur mit mir, sondern auch mit Michael und Mark und eigentlich mit jedem. Es ist so, daß jetzt ich keinen Respekt mehr vor dir habe. Und ich kann dich auch nicht mehr ausstehen.»

Theo hätte gern etwas gesagt, aber er brachte kein Wort heraus. Er saß nur da, trank Whisky und sah sie an.

Sie begann, ihre Kleider zusammenzulegen und in den Koffer zu packen. «Ich habe mir gedacht», fuhr sie fort, «ich beweise dir, daß ich nicht ganz so dumm bin, wie du denkst. Ich habe vieles von dem, was du mir geschenkt hast, verkauft, vor allem den wertvollen Schmuck, von dem ich Nachbildungen anfertigen ließ. Ich habe auch die Saint-Laurent-Abendkleider und die Chanelkostüme verkauft. Natürlich habe ich nicht mehr sehr viel dafür bekommen, aber es reichte. Und dieses Geld habe ich investiert. Sogar sehr gut.»

«Woher hast du gewußt, was du kaufen mußt?» fragte Theo heiser.

«Das fragst du noch? Ich habe mit einem Meister seines Faches zusammengelebt. Ich brauchte nur zuzuhören und meinem Makler Anweisungen zu geben. Es war ganz einfach. Ich habe gestern jenes Aktienpaket von Tealing Mills gekauft, deshalb bin ich so früh aus dem Haus gegangen, um ein Telefon zu finden. Die Tealing-Mills-Aktien sind über Nacht haushoch gestiegen, und ich habe sie heute morgen wieder abgestoßen. Mit diesem Geld habe ich CalVin gekauft. Tut mir leid, Theo, aber ich wollte diese Weinberge wirklich haben, und ich denke, ich werde sie behalten. Ich bin natürlich noch nicht dort gewesen, um mir alles anzusehen, aber das werde ich jetzt tun. Vielleicht bekomme ich morgen einen Flug nach Los Angeles.»

«Ich werde dich verklagen», stieß er mühsam hervor. «Ich werde dich gerichtlich belangen, bis du dir keinen Schluck Wasser mehr leisten kannst.»

«Theo, was willst du? Ich habe nichts Unrechtmäßiges getan. Du kannst sagen, es war unmoralisch, aber es war nicht ungesetzlich. Abgesehen davon, stell dir doch einmal vor, wie du dastehen würdest. Ausgetrickst von deinem Frauchen! Ich denke, du solltest ganz, ganz still sein. Und wenn nicht», sie ging zu ihm und küßte ihn leicht auf die Stirn, «dann macht es mir auch nicht viel aus. Ich bin eine Überlebenskünstlerin. Für mich hat sich das Ganze in jedem Fall gelohnt. Ich fahre jetzt nach London, Theo. Grüße Michael von mir. Er ist ein feiner Junge, und er war wirklich nett zu mir. Und noch eins,

Theo. Ich finde, du solltest dich mit Harriet versöhnen. Sie liebt dich offensichtlich noch immer, und du bist nie über sie hinweggekommen. Stimmt's?»

«Hat sie dir etwas erzählt?» fragte Theo, der das Gefühl hatte, allmählich den Verstand zu verlieren. «Denn wenn sie das getan hat –»

«Nein, Theo. Das hat sie nicht getan. Etwas so Schäbiges würde Harriet nie tun.»

«Wer war es dann?»

«Tja», sagte Sasha, und ihr Gesicht spiegelte den Abscheu wider, den sie empfand. «Es war Cressida. Die süße, liebliche, nie ein Wässerchen trübende Cressida. Sie hat es mir kurz nach unserer Hochzeit erzählt. Und sie hat es genossen, das kann ich dir sagen. So, ich muß los. Ich habe ein Taxi bestellt und muß den Zug erreichen. Adieu, Theo, und danke für alles.»

Ken Lazards Sekretärin sagte, ihr Chef sei in einer Besprechung. Ob er zurückrufen könne?

«Sagen Sie ihm nur, Tilly Mills möchte ihn sprechen», sagte Tilly freundlich. «Ich habe eine Nachricht für ihn von Patsy Torminster.» Die blonde Patsy hatte gleichzeitig mit ihr in Mexiko Aufnahmen für Cotton Fields gemacht.

«Ich fürchte, er wird frühestens morgen zurückrufen können.»

«Ist schon okay», sagte Tilly. «Richten Sie ihm nur aus, daß ich angerufen habe.»

Innert weniger Sekunden war Ken Lazard am Apparat. Tilly mußte schmunzeln.

«Wie geht es dir, Tilly?»

«Danke, gut. Und dir?»

«Kann nicht klagen. Die Mexikobilder sind toll geworden. Was wolltest du mir von Patsy ausrichten?» fragte Ken.

«Nun, eigentlich nichts», sagte Tilly, während sie Ken Lazard und Patsy Torminster engumschlungen am Strand von Acapulco vor sich sah. «Aber sie ist nächste Woche in New York. Ich werde ihr sagen, daß sie sich bei dir melden soll.»

«Und was kann ich für dich tun, Tilly?» fragte Ken Lazard überaus freundlich.

«Ich bräuchte ein paar Informationen», sagte Tilly. «Möglichst schnell. Ich besorge dir dafür den Namen von Patsys Hotel. Ist das ein Angebot unter Freunden?»

«Ken Lazard wird mich noch heute anrufen», sagte sie zu Harriet, als sie wieder in die Küche kam. «Also in wenigen Stunden. Okay?»

«Tilly, ich danke dir.»

Harriet hatte Michael gebeten, in ihrem Wagen nach London zu fahren und zusammen mit Tilly bei Cressidas Wohnung vorbeizuschauen. Michael sprach während der ganzen Fahrt nur von Alice. Tilly fand diese Liebesgeschichte höchst interessant. Wenn sie daran dachte, welches Leben Michael bisher geführt hatte, so mußte Alice wirklich eine ganz besondere Frau sein.

Cressidas Wohnung lag in Chelsea, im ersten Stock eines kleinen modernen Wohnblocks. Die Haustür war verschlossen. Sie klingelten erst bei Cressidas Wohnung, dann beim Hausmeister, aber beide Male ohne Erfolg.

«Kein Mensch zu Hause», sagte Michael und sah Tilly ratlos an. «Was machen wir nun?»

«Verzeihen Sie –» sagte eine junge Dame. Michael trat zur Seite, um sie vorbeizulassen. Sie schloß die Eingangstür auf, und Tilly und Michael betraten nach ihr das Haus.

Sie stiegen in den kleinen Aufzug und fuhren nach oben. Der Vorplatz auf der Etage glich einem Vorzimmer. Aus der Wohnung Cressidas drang laute Orchestermusik, und hinter der kleinen Milchglasscheibe der Wohnungstür brannte Licht.

«Mein Gott», sagte Michael, «sie ist zu Hause.»

Tilly hatte plötzlich feuchte Hände. «Du klingelst», sagte sie.

«Okay. Aber was sollen wir sagen?»

«Ich weiß es nicht», sagte Tilly. Sie standen da und sahen sich an.

«Wovor fürchten wir uns eigentlich?» fragte Michael.

«Ich weiß es nicht. Aber wir können nicht einfach hier herumstehen.»

Tilly seufzte und drückte auf den Klingelknopf. Als nichts geschah, versuchte es Tilly noch einmal.

«Vielleicht ist sie ausgegangen und hat das Radio angelassen», sagte Michael.

Tilly klingelte und pochte mit der Faust an die Tür. «Cressida!» rief sie. «Cressida, mach endlich auf!»

Plötzlich ertönte wütendes Hundegebell. Die Musik verstummte, sie hörten Schritte, und der Schlüssel wurde gedreht. «Ich komme ja schon», sagte jemand. «Wer ist da?»

Als sich die Tür einen Spaltbreit öffnete, blickte ihnen hinter der Sicherheitskette ein bleiches, mürrisches Gesicht entgegen. Auf Kniehöhe schob ein Hund seine Nase durch den Türspalt. «Bitte, entschuldigen Sie», sagte Tilly. «Wir sind Freunde von Cressida Forrest. Ist sie da?»

«Cressida Forrest? Die ist nicht da. Die hab ich schon seit einem halben Jahr nicht mehr gesehen.»

Die Frau erwies sich als sehr freundlich. Sie bat Michael und Tilly in die Wohnung, kochte Tee und erzählte ihnen alles, was sie über Cressida wußte. Sie hieß Sally Hawkins, war seit kurzem geschieden und hatte diese Wohnung nach Weihnachten von Cressida gekauft. Cressida hatte ihre Telefonnummer behalten und eine Adresse in Wedbourne, Oxfordshire, als Nachsendeadresse hinterlassen.

«Sie war ein sehr nettes Mädchen», sagte Sally Hawkins, «und Benjy hat sie auch gemocht», fügte sie mit einem liebevollen Blick auf ihren zotteligen schwarzen Hund hinzu. «Sie hat gesagt, als Kind hätte sie sich auch immer einen Hund gewünscht, aber sie hat nie einen bekommen.»

«Oh, tatsächlich», sagte Michael. «Sagen Sie, war vielleicht jemand bei ihr, als Sie sich die Wohnung angesehen haben?»

«Nein, sie hat allein hier gewohnt. Sie war anscheinend sehr einsam.»

«War die Wohnung teuer?» fragte Tilly. «Ich meine vergleichsweise?»

«Nein, eigentlich nicht. Aber das ist heutzutage schwer zu sagen.»

«Ja, wahrscheinlich. Hat Cressida mit den anderen Hausbewohnern Kontakt gehabt?»

«Also, das weiß ich nicht. Die Leute hier sind nicht sehr freundlich. Der Kerl von nebenan ist nach mir eingezogen, aber wenn er mit mir redet, beschwert er sich nur über den Hund und meine Musik. Die anderen Hausbewohner kenne ich nicht.»

«Vielleicht weiß der Hausmeister etwas», sagte Tilly. «Jedenfalls vielen Dank. Hier ist meine Telefonnummer. Wenn Ihnen noch etwas einfallen sollte, was uns vielleicht weiterhilft, würden Sie mich dann bitte anrufen?»

«Ja, natürlich», sagte Sally Hawkins.

Sie klingelten noch einmal beim Hausmeister, aber er schien immer noch nicht zu Hause zu sein. Tilly sah Michael an. Er war sehr blaß und sichtlich verwirrt.

«Ich könnte jetzt einen Drink vertragen», sagte sie.

«Ich auch.»

Sie machten sich auf den Weg in ein Pub, und dann wollten sie Harriet anrufen.

Tilly war so müde, daß sie kaum noch den Schlüssel ins Schloß stecken konnte. Sie betrat ihre Londoner Wohnung, die im Grunde für sie allein viel zu groß war, aber sie fühlte sich sehr wohl darin. Weil sie so gut wie nie Zeit hatte, Möbel zu kaufen, bestand das Mobiliar nur aus ein paar Sofas, etlichen niederen Glastischen und einem großen Messingbett, das Rufus ihr geschenkt hatte.

Sie zog die Stiefel aus, ging in die Küche und setzte Kaffeewasser auf. Was für ein verrückter Tag, dachte sie, während sie sich eine Zigarette anzündete und aus dem kleinen Küchenfenster blickte.

Es konnte kein Happy-End für ihre eigene Liebesgeschichte geben, dachte sie, während sie das kochende Wasser auf den Pulverkaffee in ihrer Tasse goß. Dann ging sie ins Wohnzimmer und setzte sich auf das große weiße Ledersofa am Fenster. Sie liebte Rufus, wie sie noch nie einen Menschen geliebt hatte, und sie wußte, daß er sie genauso liebte. Aber sie mußte ihn sich aus dem Herzen reißen, schnell und gründlich. Es war sinnlos, sich einzubilden, sie könnte Rufus' Herkunft ignorieren oder James Forrest und Rufus' Familie einfach aus dem Weg gehen. Es würde nicht funktionieren, schon deshalb nicht, weil Rufus ein Familienmensch war. Er liebte seine Mutter und den Mann, den er für seinen Vater hielt. Er liebte sein Zuhause, er gehörte in die Welt, in der er aufgewachsen war. Und sie würde es mit ihrem losen Mundwerk nie schaffen, ihr Wissen über seine Herkunft für sich zu behalten. Selbst wenn James Forrest tun würde, was sie von ihm verlangt hatte – woran sie allerdings sehr zweifelte –, würde sie Rufus gegenüber irgendwann mit der Wahrheit herausplatzen, und daraus würde dann nur wieder neues Leid entstehen, vor allem für Rufus und Harriet. Rufus würde enttäuscht und unglücklich sein, wenn sie mit ihm Schluß machte, aber er würde darüber hinwegkommen und eine andere Frau finden – eine, die zu ihm paßte, ihm hübsche Kinder schenkte und reizende Dinnerpartys gab.

Sie selbst würde wieder frei und ungebunden sein. Wo sie herkam, war man hart im Nehmen. Sie hatte eine eiserne Konstitution. Sie würde einen neuen Liebhaber finden, jemand aus ihrer Welt. Und in einem Jahr oder auch schon eher würde sie vielleicht noch ganz gern an Rufus denken, aber sie würde sich kaum noch erinnern können, wie seine Augen ausgesehen hatten, wenn er sie ansah. Sie würde vergessen haben, daß ihr Herz jedesmal, wenn sie ihn sah, einen kleinen Freudensprung machte und daß sie sich bei ihm geborgen fühlte. Aber zuerst mußte sie es hinter sich bringen, und es würde schrecklich weh tun.

Rufus wollte morgen seine Mutter nach Hause bringen und dann zu ihr kommen. Sie würde hier sein. Und dann würde sie es ihm sagen – nicht die wahren Gründe, aber daß sie keine gemeinsame Zukunft für sich und ihn sah und daß sie ihre Beziehung am besten sofort beendeten. Rufus würde argumentieren, protestieren, und sie würde ihn kränken müssen. Sie würde ihm erzählen, sie habe bereits eine Affäre mit einem anderen Mann, um ihm jede Hoffnung zu nehmen. Anschließend würde sie bei Rosenthal zusagen und nach New York fliegen. Wenn sie zu Rosenthal ging, konnte sie etwas Geld in Harriets Unternehmen stecken. Dann bekäme auch diese Arbeit irgendwie einen Sinn.

Sie schob eine CD in die Stereoanlage und zündete sich eine weitere Zigarette an. Und dann rief Ken Lazard an.

«Harriet? Tilly hier. Gibt's was Neues bei euch? Habt ihr der Polizei gesagt, daß sie ihre Wohnung verkauft hat? Es ist schon merkwürdig. Aber sei nicht so niedergeschlagen. Ich meine, je mehr ihr über sie erfahrt, um so offensichtlicher wird doch, daß sie das Ganze seit Monaten geplant hat. Ich weiß, es ist schrecklich, aber wenigstens könnt ihr davon ausgehen, daß ihr nichts zugestoßen ist. – Aber nun hör zu, Harriet. Ken Lazard rief eben an, und nun setz dich erst mal hin. Dein Mr. Cotton... er heißt übrigens Hayden... O Harriet, es tut mir so leid, dir das sagen zu müssen... Also, Hayden hat sich vor drei Tagen mit Mr. Buchan getroffen.»

«Aber das ist gar nicht möglich. Theo war in London», sagte Harriet.

«Hayden auch. Einen Tag.»

«Aber wieso kennt er Theo?»

«O Harriet, du weißt doch, diese Typen kennen sich alle irgendwie. Theo mischt auch in der Textilindustrie mit. Und er hat Hayden gesagt, er soll die Finger von deinem Geschäft lassen.»

«Was?!»

«Harriet, bitte versuch jetzt ganz ruhig zu bleiben.»

«Aber Tilly – ich kann es einfach nicht glauben. Ich kann mir nicht vorstellen, daß Theo so gemein ist.»

«Das solltest du aber. Es paßt jedenfalls zusammen. Denk mal nach. Du hast gesagt, daß die Amerikaner vorgestern noch bereit waren, zu unterzeichnen, daß alles abgestimmt war.»

«Aber welche Gründe hat Theo angegeben?»

«Das weiß ich nicht. Offensichtlich mehrere, aber Ken konnte nicht mehr herausfinden.»

«Tilly, meinst du, er hat auch bei den zwei anderen Angeboten interveniert?» fragte Harriet.

«Möglicherweise. Aber offensichtlich hat er sehr genau verfolgt, was du in letzter Zeit getan und geplant hast.»

«O mein Gott, Tilly. Trotzdem. Vielen Dank. Ich weiß noch nicht, was ich tun werde, aber eines ist sicher – ich fühle mich plötzlich wesentlich besser.»

«Gut. Pack ihn, wo's weh tut, Harriet!»

Kaffee und Zigaretten ersetzten Tilly so manche Mahlzeit, aber heute genügten sie nicht. Sie beschloß, einen Spaziergang zum nächsten Supermarkt zu machen.

Es war ein warmer Abend. Auf der Kings Road wimmelte es von Menschen, die einkauften oder vor den Lokalen im Freien saßen. Alle wirkten zufrieden und gutgelaunt. Das schöne Wetter lockte sogar die Engländer aus ihrer üblichen Reserve.

Sie kaufte Obst, Eier und frisches Gemüse – ein großes spanisches Omelett war genau das, worauf sie jetzt Lust hatte – und ging gemächlich nach Hause.

Als sie die Treppe zu ihrer Wohnung hinaufstieg, hörte sie ihr Telefon klingeln. Dann schaltete sich der Anrufbeantworter ein. Sie konnte nicht hören, was der Anrufer sagte, aber es war eine Frauenstimme.

Nachdem sie ihren Korb in der Küche abgestellt hatte, drückte sie die Wiedergabetaste des Anrufbeantworters. Drei Lichter leuchteten auf.

«Miss Mills? Hier ist James Forrest. Ich habe über unser Gespräch nachgedacht. Ich würde gern mit Ihrer Mutter sprechen. Würden Sie so freundlich sein, mir bei Gelegenheit ihre Nummer zu geben, damit ich sie anrufen kann? Danke.»

«Sieh an, sieh an», sagte Tilly. «Da hat's jemand mit der Angst gekriegt.» Sie überlegte, ob sie ihre Mutter anrufen sollte, beschloß dann aber, sie lieber übers Wochenende zu besuchen, um sie schonend auf den Besuch von James Forrest vorzubereiten.

Der zweite Anruf kam von Felicity Livesey. «Tilly, ich

bin's, Felicity. Mick hat mir gesagt, daß du wieder in London bist. Tut mir leid, dich zu drängen, aber ich möchte Meg Rosenthal wenigstens einen Hinweis geben können, wie du zu ihrem Angebot stehst. Könntest du mich zu Hause anrufen? Danke.»

Und der dritte Anruf lautete: «Tilly? Hier spricht Cressida Forrest. Wenn du zurück bist, könntest du dann bitte meine Familie anrufen und ihnen sagen, daß es mir gutgeht und daß sie sich meinetwegen keine Sorgen zu machen brauchen? Vielen Dank.»

KAPITEL 18

Harriet – neun Uhr abends

Man sagte ihr, Mr. Buchan sei mit dem Wagen weggefahren, er wohne jedoch noch im Hotel, und er würde ihre Nachricht erhalten, sobald er zurückkomme.

Harriet legte den Hörer auf und fragte sich, wie lange sie ihre Wut noch bändigen konnte. Sie hatte das Gefühl, wenn sie Theo nicht bald zur Rede stellen könnte, müßte sie wahnsinnig werden.

Der Rest der Familie saß im Wohnzimmer vor dem Fernseher. Harriet lächelte ihnen zu und sagte so fröhlich wie möglich: «Ich gehe ein bißchen frische Luft schnappen. Wenn jemand für mich anruft... Ich bin unten an der Brücke.»

Alle nickten. Seit der Nachricht von Cressida hatte eine Art allgemeiner Adrenalinverlust eingesetzt, der nichts als Leere und Erschöpfung zurückließ. Nur Julia lächelte strahlend. Sie sah phantastisch aus, dachte Harriet, als ob ihr Sohn mit seiner Braut nach einem wundervollen Tag auf Hochzeitsreise gegangen und nicht vor aller Augen, praktisch auf den Stufen des Traualtars, gedemütigt und verlassen worden wäre.

Oliver sah Harriet fragend an. «Würde es dir etwas ausmachen, wenn ich mitkomme?»

Harriet wäre lieber allein gegangen, aber das konnte sie Oliver nicht antun. «Natürlich nicht, Oliver», sagte sie. «Ich hole mir nur rasch etwas zum Überziehen. Bis gleich.»

Sie ging in den Abstellraum, wo die Regenmäntel und Anoraks hingen; doch für den lauen Sommerabend waren sie viel zu warm. Das einzige geeignete Kleidungsstück war eine alte Strickjacke ihres Vaters, die jeder in der Familie ab und zu trug. Harriet hatte das Gefühl, als gehörte diese Jacke in eine andere, glücklichere Zeit, als alles einfach und überschaubar gewesen war, als Cressida mit Oliver verlobt war, ihre Eltern eine gute Ehe führten und ihr Unternehmen eine Chance hatte, zu überleben. Jahre schienen vergangen, und doch lag zwischen damals und heute nur ein einziger Tag.

Harriet schauderte bei dem Gedanken, was ihnen allen an diesem Tag widerfahren war und was vielleicht noch geschehen würde. Sie hüllte sich in die Strickjacke und wartete auf Oliver.

Als er schließlich zum Hinterausgang kam, sah er sie unsicher an. «Ist es dir wirklich recht, daß ich mitkomme? Es wäre mir unangenehm, wenn du –»

«Ach, Oliver», sagte Harriet und hakte sich bei ihm ein. «Komm. Nichts wie raus hier.»

Die Sonne war inzwischen untergegangen. Sie saßen auf der Brücke und blickten in den tiefblauen Himmel, an dem ein Stern nach dem anderen erschien. «Erinnerst du dich an die Wüste?» fragte Oliver plötzlich. «Damals, mit Merlin? Ich hätte dich heiraten sollen, Harriet, nicht Cressida. Obwohl ich Cressida nun ja auch nicht geheiratet habe.»

«Nein», sagte Harriet. «Und wenn das ein Heiratsantrag ist, so muß ich ihn leider ablehnen. Ich denke, du wünschst dir jetzt, daß auch Cressida deinen Antrag abgelehnt hätte.»

Er schwieg eine Weile und sagte dann: «So war es nicht, Harriet. Sie hat mir einen Antrag gemacht. Und ich hatte keine Chance, ihn abzulehnen.»

Harriet starrte ihn an. «Ich verstehe nicht», sagte sie. «Was war denn los?»

«O Gott», sagte Oliver. «Ich hätte nicht damit anfangen sollen. Vergiß es, Harriet.»

«Sei nicht albern. Warum konntest du sie nicht abweisen, wenn du sie nicht heiraten wolltest?»

«Aus dem ältesten Grund der Welt. Sie war schwanger.»

Harriet hatte das Gefühl, als schwankte die Brücke unter ihr.

«Oliver, es tut mir leid, aber ich verstehe überhaupt nichts mehr. Erzähl es mir von vorne und der Reihe nach. Ich dachte, wir sprechen davon, was vor einem Jahr war, und nicht von heute –»

«Ach, Harriet. Ich verstehe es auch nicht. Vor knapp einem Jahr hatten Cressida und ich eine kurze Affäre. Ich mochte sie sehr gern, und sie schien mich auch zu mögen. Voriges Jahr im August kam sie für ein paar Wochen zu uns nach Bar Harbor. Wir sind gesegelt, hatten viel Spaß, aber wir wußten beide, daß unser Verhältnis nichts Ernstes war. Ich bin ehrlich der Meinung, daß ich sie in keiner Weise ausgenützt habe. Sie war immerhin sechsundzwanzig Jahre alt, und sie war sicher keine –»

«Jungfrau?» fragte Harriet leise. Sie lächelte ihn an. Es sah ihm ähnlich, daß er, gewissenhaft wie er war, nicht als Verführer gelten wollte, nicht einmal, wenn es sich um ein Mädchen handelte, das ihn derart bloßgestellt hatte.

«Richtig. Im Oktober schrieb sie mir, sie hätte ein paar Tage Ferien und ob sie herüberkommen könnte. Ich sagte selbstverständlich ja, obwohl ich damals schon ein anderes Mädchen traf. Ich habe sie am Kennedy-Flughafen abgeholt und hatte schon dort den Eindruck, daß sie nervös war. Abends sind wir dann mit Mutter und Dad ausgegangen, es war ein sehr netter Abend. Zu Hause gab's den üblichen Schlummertrunk, und als meine Eltern zu Bett gegangen waren, sagte Cressida, sie habe eine Neuigkeit für mich: Sie sei schwanger, das Kind könne nur von mir sein, und wir sollten so schnell wie möglich unsere Verlobung ankündigen. Harriet, ich schwöre dir, sie hat mir nicht die geringste Wahl gelassen. Ich wußte, daß ich sie nicht wirklich liebte und daß ich sie nicht heiraten wollte. Ich habe ihr das auch gesagt, woraufhin sie sich fürchterlich aufregte. Sie fing an zu weinen, rannte aus dem Zimmer, und als sie zurückkam, sagte sie, ihr sei andauernd übel und sie fühle sich schrecklich. Ich habe dann mit ihr geredet und ihr meine Hilfe angeboten, ihr erklärt, warum ich es nicht für richtig hielt, daß wir heirateten. Und sie sagte, ich sei herzlos, ihre einzige Alternative sei eine Abtreibung und ob ich das wollte, es sei schließlich unser Kind. Als ich vorsichtig darauf hinwies, daß eine Abtreibung vielleicht die beste Lösung wäre, begann sie wieder zu weinen. Harriet, ich sag dir, es war furchtbar.»

«O Oliver», sagte Harriet, «es tut mir so leid.»

«Nun, den Rest kannst du dir sicher denken», fuhr Oliver fort. «Ich lag die halbe Nacht wach. Ich habe mich geschämt und mir vorgesagt, daß ich sie eigentlich ganz gern hatte, daß sie eine gute Ehefrau werden könnte und wie glücklich alle in der Familie sein würden, wenn wir heirateten. Am Morgen bin ich dann in ihr Zimmer gegangen und habe eingewilligt. Daraufhin lief sie sofort zu meinen Eltern. Dad freute sich, meine Mutter schien weniger begeistert. Dann rief Cressida eure Eltern an. Alles übrige kennst du ja.»

«Was ist mit dem Baby passiert?» fragte Harriet.

«Sie hat es ein paar Wochen danach verloren.»

«Als sie wieder in London war?»

«Ja.»

«Wie praktisch für sie», sagte Harriet sarkastisch.

«Weißt du, ob sie irgendwann zu der Zeit krank war?»

«Nein», sagte Harriet. «Ich war damals fast ausschließlich in Paris. Und Mutter hat nichts erwähnt. Aber wen wundert das? Sie ist an ihrem Hochzeitstag in einem Flugzeug auf und davon, sie hat ihre Wohnung verkauft und ließ uns glauben, sie würde immer noch dort wohnen. Da wird sie wohl auch imstande gewesen sein, eine Fehlgeburt zu verheimlichen. Aber warum hast du diese Hochzeit danach nicht abgesagt?»

«Das konnte ich nicht, Harriet. Eine Woche, nachdem sie das Kind verloren hatte, kam sie zu mir. Sie war schrecklich dünn und blaß, brach in Tränen aus und sagte, das einzige, was sie jetzt aufrechterhalten würde, sei der Gedanke an unsere Hochzeit. Sie schien mich wirklich zu lieben und zu brauchen. Ich konnte ihr jetzt nicht den Laufpaß geben, das verstehst du doch. Und zudem hatte ich andere Dinge im Kopf, meine Forschungsarbeit und meine erste feste Anstellung. Ich habe mir gesagt, daß ich im Grunde glücklich sein kann.»

«Was für ein Alptraum», sagte Harriet, der es bei Olivers Schilderung kalt über den Rücken gelaufen war. «Und wann hat sie dir gesagt, daß sie wieder schwanger ist?»

«Letzte Woche. Als ich hier ankam.»

Harriet sah ihn an und entdeckte den gleichen Zorn in seinem Gesicht, den sie schon bemerkt hatte, als er vor allen im Wohnzimmer erklärt hatte, Cressida erwarte ein Kind. Und sie sagte: «Oliver, bitte entschuldige, aber –»

«Ja, ich weiß, was du sagen willst. Daß es keinen Sinn ergibt. Ich habe einfach versucht, es zu verdrängen. Entweder müßte sie mit ihrer Schwangerschaft schon weiter sein oder sie ist erst in der dritten Woche, das heißt, so gut wie nicht schwanger. Ich meine, ich mußte ihr glauben, es schien keine Alternative zu geben. Aber ich habe gewußt, daß irgend etwas nicht stimmt, und trotzdem nichts unternommen. Aber es ist gar nicht so einfach, Dinge aufzuhalten, die einmal ins Rollen gekommen sind, und jemand vor aller Augen zu demütigen.»

«Aber sie hat es getan», sagte Harriet und brach plötzlich in Tränen aus. «Ich schäme mich so für sie. Es ist alles so furchtbar.»

«Wein doch nicht, Harriet», sagte er und legte den Arm um sie. «Jetzt wird alles wieder gut. Ich brauche sie nicht mehr zu heiraten. Wir erfinden eine kleine Geschichte, ich fliege morgen nach New York zurück und lebe weiter wie bisher. Das Ganze ist für mich um so einfacher, als ich nicht hier, sondern weit weg in den Staaten lebe.»

«Vermutlich», sagte Harriet schluchzend. «Hast du ein Taschentuch?»

Als sie ins Haus zurückkamen, war James in der Küche und kochte Tee.

«Deine Mutter ist zu Bett gegangen», sagte er müde. «Ich mache ihr noch etwas zu trinken.»

«Und gib ihr ein Schlafmittel», sagte Harriet.

«Das hat sie bereits. Deine Eltern wollen gerade gehen», fügte er an Oliver gewandt hinzu. «Möchtest du sie begleiten? Du kannst aber auch gern hier übernachten.»

«Danke, James. Sehr freundlich. Aber ich denke, ich sollte mit ihnen fahren. Ich rufe morgen an. Dann also gute Nacht.»

Nachdem Oliver gegangen war, sah Harriet ihrem Vater eine Weile zu. «Und was machst du heute abend noch?» fragte sie ziemlich kühl.

«Oh, ich weiß nicht», sagte er. «Ich werde noch ein Weilchen aufbleiben, bis Merlin und Janine von ihrem gemeinsamen Abendessen nach Hause kommen. Ich denke, ich sollte sie in Empfang nehmen», fügte er mit einem kleinen Lächeln hinzu. «Und ich muß Susie noch zu den Beaumonts fahren.»

«Natürlich.»

«Harriet, ich finde, wir sollten miteinander reden.»

«Worüber, Daddy? Ich bin nicht blind. Und ich will nichts mehr hören. Okay? Ich gehe Mutter noch gute Nacht sagen.»

«In Ordnung», sagte er.

Maggie lag im Bett, aber sie war noch wach. Sie streckte Harriet die Hand entgegen und lächelte matt. Harriet ging zu ihr und küßte sie.

«Du bist den ganzen Tag über wundervoll gewesen», sagte Maggie. «Ich danke dir.»

«Ich habe nicht mehr getan als alle anderen auch.»

«O doch. Dir verdanke ich, daß ich nicht den Verstand verloren habe.» Sie seufzte. «Wo wird sie sein, Harriet, und warum hat sie es getan? War es unser Fehler?»

«Bist du denn jetzt auch der Meinung, daß sie gehen wollte?» fragte Harriet vorsichtig.

«Ja. Nach der Nachricht, die uns deine Freundin Tilly übermittelt hat, muß man wohl davon ausgehen. Aber es ist alles so eigenartig. Sie muß verzweifelt und sehr unglücklich gewesen sein. Und dann auch noch schwanger! O Gott, wer wird sich jetzt um sie kümmern?»

«Mutter, versuch dich nicht aufzuregen», sagte Harriet. «Diese andere Cressida, von der wir nichts wußten, kann für sich selbst sorgen. Bestimmt.»

«Ja, aber in ihrem Zustand. Wie soll sie Geld verdienen?»

«Geld hat sie fürs erste genug», sagte Harriet. «Sie hat hunderttausend Pfund für ihre Wohnung kassiert. Das dürfte eine Weile reichen.»

«Liebes, du klingst so nüchtern.»

«Tut mir leid, Mutter.»

«Nun ja, du warst immer viel widerstandsfähiger als sie», sagte Maggie. «Sie war so verletzbar, so sensibel. Was hat sie wegen dem Hund gelitten!»

«Wegen welchem Hund?»

«Siehst du. Ich habe ihr gesagt, du hast die Sache mit Biggy längst vergessen. Sie hatte immer das Gefühl, daß es ihre Schuld war, daß Biggy überfahren wurde, weil sie das Tor offengelassen hatte. Das Kindermädchen hat mir gesagt, sie hat sie gesehen, wie sie das Tor aufgemacht hat. Wir haben natürlich deswegen mit ihr gesprochen, und sie hat sich so aufgeregt, daß wir ihr versprechen mußten, es dir nicht zu sagen. Wir wollten es dabei belassen, daß es ein Unfall war. Jeder von uns hätte das Tor offenlassen können. Und natürlich war es besser, wenn du nicht wußtest, daß –»

«Ich habe es gewußt», sagte Harriet. «Ich habe immer gewußt, daß ich es nicht gewesen bin.»

«Liebling, nun reg dich deshalb nicht auf. Es ist lange her, und es war ein Unfall.» Sie wurde allmählich schläfrig. «Gute Nacht, Harriet. Hoffentlich geht es uns allen morgen besser.»

«Armer kleiner Biggy», sagte Harriet. Von allem, was sie heute über Cressida erfahren hatte, war dies für sie das schokkierendste. Wie konnte ein kleines Mädchen imstande sein, einen süßen kleinen Hund absichtlich und kaltblütig in den Tod zu schicken?

Sie ging in ihr Zimmer und nahm das alte, in Leder gerahmte Foto von Biggy aus der obersten Schublade ihrer Kommode. Sie betrachtete sein faltiges Gesicht, seine Schlappohren und die dicken Pfoten, die über die Sessellehne hingen, und er tat ihr heute beinahe noch mehr leid als damals, weil sie wußte, daß er nicht durch einen Unfall umgekommen war.

Es war sehr warm im Zimmer. Sie öffnete auch noch den zweiten Fensterflügel, und dann merkte sie, daß sie noch immer die dicke Strickjacke ihres Vaters trug. Sie zog sie aus und zupfte gedankenverloren die Grasschnipsel aus der Wolle. Dabei entdeckte sie ein Stück Papier in der oberen Innentasche. Wahrscheinlich eine alte Einkaufsliste, dachte sie, während sie das Blatt auseinanderfaltete. Aber es war weder eine Einkaufsliste noch eine längst bezahlte Rechnung, sondern ein Brief von einer Gynäkologin, datiert im Oktober vergangenen Jahres:

Sehr geehrte Miss Forrest,
wie ich Ihnen bereits heute morgen am Telefon sagte, besteht kein Grund zur Beunruhigung, auch wenn Ihr Schwangerschaftstest negativ ausgefallen ist. Viele Frauen haben Empfängnisschwierigkeiten. Sie sind eine gesunde junge Frau. Ich schlage vor, daß Sie in einem halben Jahr wiederkommen, wenn Sie bis dahin nicht schwanger geworden sind – vielleicht zusammen mit Ihrem Verlobten; dann können wir überlegen, ob weitere Untersuchungen notwendig sind. Aber ich denke, Sie sollten ganz entspannt an die Sache herangehen und Ihre bevorstehende Reise nach New York genießen.
Mit freundlichen Grüßen
Dr. Jennifer Bradman

KAPITEL 19

Susie – zehn Uhr abends

Sie wußte, daß sie sich nicht wie die stets heitere Susie Drayton benahm, die nie daran gedacht hätte, jemandem ihr Herz auszuschütten, geschweige denn Ultimaten zu stellen. Sie fühlte sich wie ein fremdes Wesen, das sich durch einen Alptraum quälte.

Sie hatte James in seinem Arbeitszimmer gefunden, wo er, die Hand auf dem Telefon, aus dem Fenster starrte. Er hatte eben noch einmal bei der Polizei angerufen, aber nichts Neues erfahren. «Und die Leute vom Amt für vermißte Personen haben mir gesagt, daß jedes Jahr etliche hundert Menschen verschwinden. Sie würden sich einfach in Luft auflösen, und niemand weiß, warum.»

«Und kommen diese Leute zurück?» fragte Susie.

«Manche schon.»

«Also, dann könnt ihr doch hoffen», sagte Susie. «Und jetzt werde ich Alistair anrufen und ihm sagen, daß wir, du und ich, zusammenbleiben werden für die Zeit, die mir noch bleibt.»

Er sah sie nachdenklich an und sagte: «Susie, hast du dir das auch gut überlegt?»

Die Angst, die sie plötzlich erfaßte, brannte wie Feuer in ihrer Brust. Ihr wurde schwindlig. «Wie meinst du das, James?» fragte sie mühsam.

«Ob du dir sicher bist, daß dies die richtige Art ist, die Sache zu regeln.»

«James, was redest du da?» Sie hörte die plötzliche Schärfe in ihrer Stimme. «James, sieh mich an.»

Er sah sie an, aber nicht lang genug, so daß sie den Ausdruck in seinen Augen nicht erkennen konnte. Es entstand eine längere Pause.

«Du wirst es nicht tun», sagte sie. «Du wirst sie nicht verlassen und nicht zu mir kommen.»

«Susie, es besteht überhaupt keine Veranlassung, so dramatisch zu werden. Ich habe nichts dergleichen gesagt. Ich frage mich nur, ob das wirklich die beste Lösung ist.»

«Würdest du mir vielleicht sagen, warum du daran zweifelst?»

«Liebling, ich – ach, ich bitte dich. Komm her zu mir und laß dich in den Arm nehmen.»

«Ich denke, ich brauch ein wenig mehr als das», sagte sie kühl und beherrscht. «Du solltest jetzt nicht vom Thema abweichen, James. Du hast mir versprochen, daß du bei mir bleiben würdest, daß du Maggie verläßt, und jetzt –»

«Das habe ich so nicht versprochen, Susie», sagte er. «Ich habe gesagt, ich würde bei dir sein, solange du mich brauchst. Und das werde ich auch. Aber das ist etwas anderes, als zwei Ehen auseinanderzureißen, zwei Familien, zu einem Zeitpunkt, an dem –»

«James, die einzige Zeit, die ich habe, ist jetzt. Es ist möglicherweise nur eine sehr kurze Zeit, und ich brauche dich.» Susie biß sich auf die Lippen und sah ihn an, als wollte sie sein Versprechen erzwingen, obwohl sie bereits ahnte, daß sie es nicht bekommen würde.

«Susie, hör zu», sagte er ruhig und geduldig. «Ich weiß, wie sehr du dich ängstigst, und ich will dir wirklich helfen, so gut ich kann. Aber dir steht möglicherweise eine sehr schwere Zeit bevor, und ich bin nicht sicher, ob zwei zerstörte Familien dafür die beste Unterstützung sind.»

«James, ich –»

«Laß mich ausreden, Susie. Du wolltest doch, daß ich es dir

erkläre. Wenn du tust, was du jetzt tun möchtest, würdest du viel Unglück heraufbeschwören. Willst du wirklich deinen Kindern noch zusätzlichen Kummer bereiten? Sie müßten nicht nur befürchten, dich zu verlieren. Sie würden auch ihre Familie verlieren, und sie würden böse auf dich sein für das, was du ihrem Vater angetan hast. Würde das dazu führen, daß du dich besser fühlst? Ich glaube das nicht. Und obwohl du Alistair nicht liebst... würdest du ihn wirklich so verletzen wollen? Ist das das Erbe, das du ihm hinterlassen willst? Ich kann es nicht glauben, Susie. Nicht von dir.»

Lange Zeit schwiegen sie beide. Ihr schwirrte der Kopf. In ihrer Verwirrung hörte sie undeutlich einen Wagen vorfahren. Merlin und Janine, dachte sie; hoffentlich kamen sie nicht hier herein.

«Also gut», sagte sie mit fester Stimme, «du kannst es nicht verstehen. Ich weiß, daß du im Grunde recht hast. Aber sie sind gesund, sie sind stark, sie werden leben – egal, was ich ihnen antue. Vielleicht kann ich es ihnen ja erklären. Aber jetzt muß ich an mich selbst denken. Ich habe dich immer teilen müssen, James, habe immer diese Scharade spielen müssen, und es war ziemlich schwer für mich, zusehen zu müssen, wie du mit Maggie zusammenlebst, auch wenn ich gelächelt habe und wußte, daß es nur eine Farce ist. Es war nicht schön für mich, nie oder fast nie eine ganze Nacht mit dir verbringen zu können, die Heimlichtuerei und die Lügen, daß ich mich nicht mit dir an Rufus freuen konnte. Aber ich habe mich damit abgefunden, weil ich dich so sehr liebte, daß ich alles getan hätte. Aber jetzt ist es anders. Ich habe Angst, ich fühle mich allein, und ich brauche dich. Ich brauche dich dringend.»

«Aber Susie. Hast du wirklich darüber nachgedacht, was das bedeutet? Besonders für Rufus? Willst du ihm sagen, daß er mein Sohn ist, und daß du ihn und Alistair all die Jahre belogen hast? Findest du, daß er das verdient? Bitte, Liebling, überleg dir das sehr genau.»

Susie fühlte sich hin und her gerissen. «Ich werde noch

einmal darüber nachdenken, James. Aber du mußt mir auch etwas versprechen. Wenn ich zu dem Schluß komme, daß ich bei dir sein will, wirst du dann für mich dasein?»

James sah sie an. Er wirkte wie ein Tier, das in der Falle saß, und während sie auf seine Antwort wartete und innerlich bereits davor zurückschreckte, wußte sie, daß sie bestenfalls nur wieder Ausflüchte hören würde, Worte, die man so oder so auslegen konnte. Nach all den Jahren, in denen sie sich geliebt und irgendwie treu geblieben waren, würde er sie jetzt, wo sie ihn brauchte, im Stich lassen. Und plötzlich hörte sie ein Geräusch hinter sich. Auf der Schwelle stand Rufus wie zur Salzsäule erstarrt, und sie sah ihm an, daß er jedes Wort gehört hatte.

«Entschuldigt, wenn ich störe», sagte er höflich wie immer. «Ich bin nur gekommen, um dich abzuholen, damit James nicht noch einmal zu fahren braucht.»

«Das – war sehr freundlich», sagte Susie. «Danke. Ich –»

«Ja, ich sehe schon, ihr seid noch nicht soweit. Dumm von mir, nicht vorher anzurufen.»

«Rufus, ich denke –» sagte James.

«Es ist in Ordnung, James. Ich gehe einfach wieder. Dann bringst du sie eben später nach Hause.»

Es entstand eine Pause. Dann fragte Susie: «Möchtest du einen Drink, Liebling? Oder ein Sandwich?»

Es klang schrecklich albern. Susie kam sich vor wie in einer schlechten Komödie, aber sie mußte irgend etwas sagen, um von dem schrecklichen Schmerz in Rufus' Gesicht abzulenken.

«Nein», sagte er. «Nein, danke. Ich gehe dann wieder. Wahrscheinlich fahre ich gleich zurück nach London.»

«Rufus», sagte James, «Rufus, ich möchte wirklich nicht, daß du –»

«Was möchtest du nicht?» fragte Rufus aufgebracht. «Daß ich jemandem etwas sage?»

«Herrje! Sieht ganz nach 'ner Party aus.» Merlin und Janine waren gekommen und drängten freudestrahlend ins Zimmer. «Gieß uns etwas zu trinken ein, James, alter Junge», sagte Merlin. «Wir hatten einen wundervollen Abend, nicht wahr, Janine, obwohl sie uns mit der Rechnung übers Ohr hauen wollten. Aber ich habe sie –»

«Merlin, Janine», sagte Susie ganz schnell, um nicht hysterisch loszuschreien, «bitte, entschuldigt uns. Rufus wollte mich eben abholen, und ich bin schrecklich müde.» Sie ging auf die beiden zu, küßte sie zum Abschied, und dann sagte sie, ohne James anzusehen: «Komm, Rufus. Wir können Janet nicht die halbe Nacht auf uns warten lassen.»

Als sie im Wagen saß, hätte sie nicht mehr sagen können, wie sie dorthin gekommen war. Sie erinnerte sich nur verschwommen an James' erschrecktes und beschämtes Gesicht. Und Rufus, der stets so vorsichtig fuhr, trat auf das Gaspedal und bog mit quietschenden Reifen auf die Asphaltstraße ein. Als sie die Straße nach Woodstock erreichten, hielt er an und legte den Kopf auf das Lenkrad.

«Rufus», sagte Susie, «Rufus, Liebling, ich –»

«Bitte, sag jetzt nichts», sagte er. «Ich bringe dich jetzt zu den Beaumonts, und dann fahre ich nach London.»

«Nimm mich mit», sagte Susie, und sie war erstaunt, wie sehr sie sich danach sehnte, nach Hause zu kommen. «Ich werde auch während der ganzen Fahrt kein Wort sagen.»

Ihre einzige Sorge war, daß Alistair nicht zu Hause sein könnte. Doch als sie ausstieg, nachdem sie Rufus gebeten hatte, sie am nächsten Morgen anzurufen, sah sie im ersten Stock in Alistairs Arbeitszimmer Licht brennen. Sie lief die Stufen zum Eingang hinauf, und noch während sie versuchte, den Schlüssel ins Schloß zu schieben, ging die Tür auf und Alistair sah sie überrascht an.

«Liebling!» sagte er. «Warum hast du mir nicht gesagt, daß du doch heute noch kommen würdest?»

«Ich hatte keine Gelegenheit mehr dazu», sagte Susie. Sie ging an ihm vorbei in die Küche. «Ich würde wahnsinnig gern etwas trinken, Alistair. Vielleicht einen Schluck Weißwein oder so.»

«Gern. Gibt es bei den Forrests etwas Neues?»

«Nein. Das heißt, Cressida hat anscheinend auf Tilly Mills' Anrufbeantworter gesprochen und gesagt, daß es ihr gutgeht.»

«In meinen Augen ist dieses Mädchen nicht ganz bei Verstand», sagte Alistair. «Vielleicht hätte man sie gelegentlich übers Knie legen sollen.»

Susie setzte sich an den Tisch und sagte: «Alistair, ich muß mit dir sprechen.»

«Oje», sagte er. «Das klingt ja richtig ernst.»

«Es ist auch ernst.»

«Sind es die Kinder?»

«Nein», sagte sie. «Es geht um uns.»

Er schwieg eine Weile, und dann fragte er behutsam: «Müssen wir das wirklich, Susie? Ich meine, über uns reden?»

Sie sah ihn an und las in seinen aufmerksamen Augen, was sie immer vermutet hatte: daß er vieles schon lange wußte.

«Nun ja, weißt du –» stammelte sie.

«Susie. Nicht. Ich habe dich so gern, und ich bin sehr glücklich mit dir. Wir alle lieben dich. Mach es nicht kaputt.»

Susie leerte ihr Glas in einem Zug und schenkte sich erneut ein. «Ich fürchte, es hat sich heute einiges geändert. Ich bin krank», sagte sie mit ihrer normalen, ruhigen Stimme. «Wahrscheinlich habe ich Brustkrebs. Ich habe es heute morgen erfahren. Es tut mir leid, Alistair.»

Und sie meinte, was sie sagte. Es tat ihr leid für ihn. Sie würde für alle zu einer Belastung werden. Alles, wobei sich Alistair auf sie verließ – der Haushalt, die Kinder, die Gäste, die Ferien –, um all dies würde sie sich nicht mehr kümmern können. Sie konnte sich nicht vorstellen, wie er damit fertig werden sollte.

Er sah sie an. Sein Gesicht war aschgrau, sein Mund schmal wie ein Strich. Er hob die Hand, als wollte er sie berühren, ließ sie aber wieder fallen und setzte sich langsam neben sie an den Küchentisch.

«Wie schlimm ist es?» fragte er.

«Ich weiß es noch nicht. Ich muß morgen zu Dr. Hobson wegen einer Biopsie.»

«Aber es könnte auch falscher Alarm sein, oder?»

«Ich glaube nicht», sagte Susie. «Der Arzt hat ein Mammogramm gemacht. Er ist besorgt, das habe ich gemerkt. Aber Genaues werden wir erst morgen erfahren.»

«Hast du Schmerzen?»

«Eigentlich nicht», sagte sie. «Ich bin nur dauernd müde, was ich früher nicht gekannt habe. Und ich habe etwas Gewicht verloren. Es tut mir so leid, daß ich dich beunruhigen muß. Aber ich denke, es ist besser, wenn du es weißt.»

«O Susie», sagte Alistair. Er nahm vorsichtig ihre Hand. «Ich wünschte, du hättest es mir früher gesagt.»

«Aber warum? Was hätte es genützt? Ich habe den Knoten erst vorige Woche entdeckt, und es hätte genausogut nichts bedeuten können. Dann hättest du dir ganz umsonst Sorgen gemacht.»

«Aber du mußt doch – du hast doch sicher furchtbare Angst gehabt», sagte er. Sie hatte Alistair noch nie so erlebt. Er sah aus, als hätte er selbst große Angst. Und im selben Moment dachte sie, daß er viel einfühlsamer auf sie einging als James.

«Ich hatte Angst», sagte sie. «Irgendwie bin ich jetzt etwas ruhiger. Aber ich bin sicher, die Angst wird wiederkommen.»

«Und hat Dr. Hobson gesagt, wie schlimm der Befund sein könnte, welche Folgen er nach sich ziehen könnte?»

«Das konnte er mir vor der Biopsie noch nicht sagen.»

«O Susie», sagte er, «das gefällt mir ganz und gar nicht.»

Er umarmte sie und legte ihren Kopf an seine Schulter. Susie wurde zum ersten Mal in ihrem gemeinsamen Leben richtig bewußt, daß Alistair sie von ganzem Herzen liebte.

KAPITEL 20

Harriet – elf Uhr abends

Seit Harriet den Brief der Gynäkologin gefunden hatte, war sie in ihrem Zimmer geblieben. Nicht einmal mit Oliver wollte sie heute abend noch über den Brief sprechen. Sie wollte von der ganzen leidigen Geschichte nichts mehr wissen, sondern sich auf ihre eigenen Probleme und ihre eigene Zukunft konzentrieren. Wenn sie gebraucht wurde, wußte man ja, wo sie zu finden war. Die Cash-flow-Berechnung war eine gute Idee gewesen, weil sie eine gewisse Konzentration erforderte, die sie von ihrem Kummer über ihren Vater ablenkte und sie daran hinderte, ständig an Theo zu denken.

Sie hatte schon befürchtet, daß Theo nicht anrufen würde, und als das Telefon klingelte, war sie merkwürdig erleichtert, daß sie nicht auch noch Feigheit auf die Liste seiner Fehler setzen mußte.

Sie rannte die Treppe hinunter zum Telefon. «Harriet Forrest», sagte sie und spürte, wie ihre Stimme zitterte und ihr Herz wie verrückt klopfte. Aber es war nicht Theo, sondern Tilly.

«Harriet, hallo. Du hast hoffentlich noch nicht geschlafen, oder?»

«Geschlafen? Ich warte immer noch darauf, daß Theo anruft.»

«Tut mir leid. Aber hör zu, ich habe etwas herausgefunden. Harriet, kennst du jemand namens Eloise Renaud?»

«Nein, ich glaube nicht. Warum?»

«Nun, wer immer sie ist – sie ist Cressidas Double.»

«Was? Tilly, worauf willst du hinaus?»

«Tut mir leid, aber es ist eine ganz verrückte Geschichte. Mick McGrath hat mich eben angerufen.»

«Aus Paris?»

«Ja, aus Paris.»

«Und was hat das mit Cressida zu tun?»

«Das will ich dir ja gerade erzählen. Hör endlich zu.»

Harriet setzte sich auf den Fußboden in der Diele und nahm das Telefon auf den Schoß.

«Mick ging heute abend in die Redaktion des *Figaro,* um einige Bilder abzuliefern. Er mußte eine Weile auf den Bildredakteur warten. Auf dem Schreibtisch lag ein Haufen Zeug herum, was eben so im Lauf des Tages alles auf den Tisch flattert.»

«Tilly. Nun mach's doch nicht so spannend.»

«Also, dort lag ein Foto von einem Paar auf den Treppen von Sacré-Cœur. Sie im Hochzeitskleid, lachend und strahlend, und überall Tauben und lächelnde Zuschauer. Der Amateurfotograf hat vermutlich gehofft, sein Bild würde veröffentlicht. Mick hat jedenfalls erkannt, daß die Braut auf dem Bild Cressida ist.»

«Cressida? In ihrem Hochzeitskleid in Paris? Aber –» Die Wände begannen sich zu drehen.

«Harry, bist du in Ordnung? Bist du noch da?» hörte sie Tillys Stimme am anderen Ende der Leitung.

«Ja», sagte sie und atmete kräftig aus. «Ja, ich bin noch da. Tilly, war er ganz sicher, daß es Cressida ist?»

«Er war sich absolut sicher, bis er auf der Rückseite des Fotos gelesen hat, daß das Mädchen Eloise Renaud heißt und heute in Sacré-Cœur geheiratet hat. Der Name des Mannes war leider nicht angegeben.»

«Aber Tilly – das ist einfach unmöglich. Ich meine, Mick kennt Cressida nicht sehr gut. Er muß sich geirrt haben.»

«Natürlich kennt er sie, jedenfalls gut genug, um sie wiederzuerkennen. Mick hat erst vor ein paar Wochen mit ihr zu Abend gegessen.»

«Tilly, ich glaube, ich werde verrückt. Sie hat uns alle zum Narren gehalten.» Harriet holte tief Luft, um die Tränen zurückzuhalten.

«Gibt es irgendwo in deiner Nähe ein Faxgerät?» fragte Tilly. «Mick hat nämlich einen Abzug mitgenommen. Er könnte dir das Foto durchfaxen. Was ist mit dem Hotel in Woodstock? Vielleicht kannst du dort ein Fax entgegennehmen.»

«Das ist eine sehr gute Idee, Tilly», sagte Harriet. «Ich mache mich gleich auf den Weg.»

Sie war schon halb aus der Küche, als ihr einfiel, daß sie ihren Wagen Michael geliehen hatte. Das bedeutete, sie würde das Auto ihres Vaters nehmen und es ihm wenigstens sagen müssen. Dann würde er den Grund wissen wollen und – «O Gott», stöhnte sie laut.

«Hat hier jemand ein Problem?»

Es war Merlin, der sie, ein Glas Whisky in der Hand, mit fröhlich glänzenden Augen ansah. «Kann ich irgendwie behilflich sein?»

«Na ja –» sagte Harriet. «Das könntest du. Aber ich weiß nicht, ob du es tun würdest.»

«Fragen kostet ja nichts. Außerdem bin ich blendender Laune.»

«Was macht dich denn so fröhlich?» fragte Harriet.

«Das will ich dir sagen. Ich habe mich Hals über Kopf verliebt. Du glaubst gar nicht, wie schön der Abend mit Janine war. Ich kann mein Glück noch gar nicht fassen», sagte Merlin und nahm einen kräftigen Schluck. «Sie sieht sehr gut aus, sie ist gescheit und eine gute Zuhörerin. Hat ein interessantes Leben gehabt, nur gereist ist sie nicht genug. Ich kann's kaum erwarten, ihr den Busch zu zeigen. Und die Regenwälder. Sie hat meinen Heiratsantrag angenommen. Was hältst du davon, hm?»

«Merlin, ich finde das ganz wundervoll», sagte Harriet und küßte ihn auf die Wange. «Wie offiziell ist es denn? Ich meine – darf man schon darüber sprechen?»

«O ja. Ich will keinen Tag versäumen. Morgen gebe ich die Anzeige im *Telegraph* auf, und dann bitten wir beim Standesamt um eine vorgezogene Heiratserlaubnis.»

«Großer Gott, Merlin», sagte Harriet. «Du scheinst es wirklich sehr eilig zu haben.»

«Natürlich.»

«O Merlin», sagte Harriet und küßte ihn noch einmal. «Ich freue mich so für euch.»

«Danke, Harriet. Aber sag, worum wolltest du mich denn nun bitten?»

Harriet fühlte sich etwas besser, als sie in Merlins Lagonda über die kurvenreiche Landstraße fuhr. Die Liebesgeschichte zwischen Merlin und Janine hatte ihre Lebensgeister wiedererweckt. Am liebsten wäre sie sofort zu Janine gelaufen, um sie zu beglückwünschen, aber ihre Zimmertür war geschlossen. Ob Janine erlauben würde, daß sie ein Hochzeitskleid für sie entwarf?

Hinter ihr tauchte ein Wagen auf, dessen Fahrer offensichtlich keine Ahnung hatte, wie gefährlich diese schmalen Landstraßen waren. «Blink nur», sagte sie und ließ sich nicht beirren.

Sie hatte den Lagonda eben vor dem Royal Hotel abgestellt, als sie sah, daß das Auto, das ihr gefolgt war und sie ständig geblendet hatte, Theo Buchans Bentley war. Theos Gesichtsausdruck, als er sie anstelle von Merlin aussteigen sah, entschädigte sie für eine Menge Unbill, die sie an diesem Tag erlitten hatte.

Sie setzte ihr reizendstes Lächeln auf und ging auf ihn zu.

«Theo», sagte sie. «So eine Überraschung.»

Er sah schrecklich aus. Tiefe Ringe lagen unter seinen dunklen Augen.

«Ich habe gedacht, es ist Merlin. Wieso fährst du seinen Wagen?»

«Merlin hat ihn mir geborgt, deshalb fahre ich damit. Meinen eigenen Wagen habe ich deinem Sohn geliehen.»

«Wie freundlich», sagte Theo, «aber ich wünschte, du hättest es nicht getan.»

«Warum nicht?»

«Vergiß es. Merlin muß dich wirklich sehr gern haben», fügte er hinzu. «Mich hat er nie mit seinem Wagen fahren lassen.»

«Nun ja, manche sind eben vertrauenswürdiger als andere.»

«Richtig», sagte Theo. «Und nun entschuldige mich bitte. Ich bin sehr müde. Ich gehe zu Bett.»

«Nein, das wirst du nicht», sagte Harriet bestimmt. «Ich habe noch mit dir zu reden.»

«Tatsächlich?» Er sah sie überrascht an. «Harriet, ich wüßte nicht, worüber.»

«Doch, du weißt es. Ich sage nur: Cotton Fields.»

«Wie bitte?»

«Du hast genau verstanden, was ich gesagt habe. Aber ich wiederhole es gern noch einmal: Cotton Fields. Freizeitkleidung. Klingelt es jetzt bei dir?»

«Nein.»

«Lügner», sagte Harriet grob. «Ich muß im Hotel noch etwas erledigen, und dann komme ich hinauf in dein Zimmer. Wir können uns auch an der Bar treffen, wenn du denkst, daß es Sasha lieber wäre.»

«Sasha ist nicht hier», sagte Theo. «Sie ist nach London gefahren.»

«Ohne dich? Wie kühn von ihr.»

Theo antwortete nicht. Er ging zum Hoteleingang und hielt Harriet die Tür auf. «Dann bis nachher. Ich freu mich.»

«Freu dich nicht zu sehr», sagte Harriet.

Der junge Mann an der Rezeption trug einen streng geschnittenen hellgrauen Anzug und einen protzigen Siegelring. Harriet konnte ihn schon auf den ersten Blick nicht leiden.

«Guten Abend», sagte sie. «Ich möchte Sie um einen Gefallen bitten.»

Sein frostiges Lächeln deutete an, daß sie nicht viel Entgegenkommen zu erwarten hatte. «Bitte, was wünschen Sie?»

«Ich wollte Sie fragen, ob ich Ihr Faxgerät benützen könnte. Ich erwarte etwas sehr Dringendes aus Frankreich, und Sie sind der einzige, der in meiner näheren Umgebung ein Gerät besitzt. Ich heiße Forrest und wohne in Wedbourne. Ich würde selbstverständlich dafür bezahlen.»

«Sind Sie Gast unseres Hotels?»

«Nein», sagte Harriet geduldig. «Ich wohne wie gesagt in Wedbourne.»

«Dann kann ich Ihnen leider nicht helfen», sagte er. «Ich bin nicht befugt, Ihnen Zugang zu unserem Faxgerät zu gewähren.»

«Aber es ist doch hier», sagte sie und beugte sich über das Empfangspult. «Ich kann es sehen. Ich brauche auch keinen Zugang zu dem Gerät – nur die Nummer.»

«Tut mir leid. Das ist gegen die Vorschriften der Hotelleitung. Das Faxgerät steht nur unseren Gästen zur Verfügung.»

«Aber ich will es ja nicht die ganze Nacht benützen», sagte Harriet. «Das Ganze dauert keine dreißig Sekunden. Bitte, es ist sehr wichtig.»

«Es tut mir leid, aber es ist unmöglich», sagte er. «Ah, guten Abend, Mr. Buchan. Kann ich etwas für Sie tun, Sir?»

Harriet hatte Theo nicht bemerkt. Er mußte die ganze peinliche Szene mitbekommen haben.

«Ich kann mir nicht vorstellen, daß Sie irgend etwas für mich tun könnten», sagte Theo in jenem dumpfen Ton, der für seine Angestellten gleichbedeutend mit ihrer Entlassung war. «Harriet, ich habe ein Faxgerät oben in meinem Zimmer.»

«Ich würde lieber dieses hier benützen.»

«Soviel ich gehört habe, sprechen die Vorschriften des Hauses dagegen. Also entweder mein Gerät oder gar keins.»

Harriet sah ihn an. Seine Augen funkelten belustigt. Er hatte sie wieder einmal am Haken, und er wußte es. Sie war wütend – über den arroganten Hotelangestellten, über sich, aber am meisten über Theo, der ihre unvorteilhafte Situation sofort ausnützte.

«Könntest du ihn nicht bitten, daß er mir erlaubt, das Hotelfax zu benützen?» fragte sie.

«Nun komm schon, Harriet. Stell dich nicht so an. Schikken Sie mir eine Flasche Brandy aufs Zimmer», fügte er an den jungen Mann gewandt hinzu. «Und lassen Sie mich Ihren Namen wissen. Ich würde Sie ungern unter meinem Hotelpersonal wiederfinden.»

«Also, was erwartest du so dringend aus Paris?» fragte Theo, während sie im Aufzug zu seiner Suite hinauffuhren.

«Ein Bild von Cressida», sagte Harriet. «Wir glauben, daß sie darauf zu sehen ist. Ich muß den Fotografen anrufen, und er wird uns das Bild faxen.»

«Von Cressida? Und was tut sie auf dem Bild?»

«Sie heiratet.»

«Gib mir die Nummer.»

Irgendwie hatte sie es nicht geglaubt, bis sie das Bild mit eigenen Augen sah. Sie hatte gedacht, Mick McGrath müsse sich geirrt und sie mit einem anderen Mädchen, das Cressida sehr ähnlich sah, verwechselt haben. Obwohl das Faxbild leicht unscharf war, ließ es keinen Zweifel zu. Es war Cressida in ihrem Hochzeitskleid, das wochenlang im Speicher gehangen hatte. Es war ihr blondes Haar, das ihr lose über die Schultern fiel, ihr Gesicht, das lächelnd zu einem Mann aufblickte, ihr hübsches Profil mit der keck nach oben gebogenen Nase, ihr fein gemeißeltes Kinn, ihre große schlanke

Figur – für immer festgehalten in ihrem fröhlichen Lauf über die vielen Stufen unter dem großen Südportal von Sacré-Cœur. Ihr Bräutigam war ein gutaussehender Mann mit dunklem welligen Haar. Er trug einen schlichten schwarzen Anzug und darunter ein kragenloses weißes Hemd, das am Hals aufgeknöpft war. Anstelle von Hochzeitsgästen sah man nur ein paar Touristen, die dem Paar wohlwollend zulächelten. Auf den Stufen zu ihren Füßen tummelten sich die Tauben.

«Das kann doch nicht wahr sein», sagte Theo. «Sie ist es. Sie ist es wirklich.»

Harriet sah ihn an. Er war offensichtlich erschüttert. «Dem Fotografen gegenüber hat sie sich als Eloise Renaud ausgegeben. Vielleicht sollten wir den Pfarrer von Sacré-Cœur aufsuchen. Wie haben sie diese Hochzeit überhaupt arrangiert? Es ist doch eine riesige Kirche. Vielleicht bekommen wir über den Priester den Namen des Mannes – der übrigens nicht dem Anlaß entsprechend gekleidet ist.»

«Ja, das könnten wir tun. Aber nicht mehr heute nacht. Ich nehme morgen früh mein Flugzeug.» Er schwieg eine Weile und sah sie an. «Ich denke, wir sagen deinen Eltern noch nichts davon. Was meinst du?»

«Um Gottes willen – nein», sagte Harriet schaudernd. «Also gut, Theo. Wir warten bis morgen. Ich will nur noch schnell Mick McGrath anrufen und mich bedanken.»

«Okay. Möchtest du einen Drink?»

«Kaffee wäre ganz gut.»

Sie wählte Micks Nummer. «Vielen Dank für deine Hilfe. Es ist ein hübsches Foto. Wird es die Zeitung bringen?»

«Nein. Hör zu, wenn ich noch etwas tun kann –»

«Ich werde morgen in Paris sein. Dann rufe ich an.»

«Okay. Harriet – das ist eine sehr sonderbare Geschichte.»

«O Mick, wem sagst du das.»

Sie legte den Hörer auf und sah Theo an. Irgendwie hatte er aufgehört, ihr Feind zu sein.

Er goß Kaffee ein, den der Zimmerservice mit einer Flasche Brandy heraufgebracht hatte. «Ich möchte nur wissen, was zum Teufel sie sich dabei gedacht hat», sagte er düster.

«Ich weiß es auch nicht. Aber es ist einfach schrecklich. Und es ist grausam von ihr. Sie sieht so glücklich aus, obwohl sie weiß, was sie uns allen angetan hat.»

«Liebe», sagte er mit einem schweren Seufzer, «geht manchmal seltsame Wege.» Ihre Augen trafen sich, und sie hielt seinem Blick stand, solange sie konnte.

«Ich weiß», sagte Harriet leise und wandte sich ab.

«Und ich habe ihr bei all dem auch noch geholfen.»

«Theo, hör auf. Das hast du nicht.»

«Doch. Ich habe für die Flugstunden bezahlt. Ich habe ihr Geld gegeben.»

«Du hast ihr Geld gegeben? Wann?»

«Ach, ziemlich oft. Sie war mein Patenkind, und ich hatte sie gern. Mit Geld konnte sie einfach nicht umgehen, hatte immer wieder Schulden – Scheckkartenschulden, offene Rechnungen. Sie hat mich gebeten, eurem Vater nichts davon zu sagen, und das habe ich auch nicht. Aber es hat mich schon beunruhigt. Aber na ja, ich dachte, Oliver hat ja genug Geld –»

«Er hat gar nicht soviel», sagte Harriet. «Ich meine, die Familie ist ganz wohlhabend, aber nicht reich.»

«Oliver wird sehr reich sein.»

Harriet starrte Theo an. «Das habe ich nicht gewußt.»

«Das mußt du doch gewußt haben», sagte er und sah sie erstaunt an. «Cressida hat es jedenfalls gewußt und sicherlich auch deine Eltern. Aber vermutlich war es nicht allgemein bekannt. Oliver wird von seinem Großvater, von Julias Vater, eine gewaltige Summe erben.»

«Ich wußte von dem Treuhandvermögen, aber nicht, daß es so groß ist. Warum haben sie mir das nicht gesagt? Dachten sie vielleicht – na ja –» Sie lächelte tapfer. Es tat weh, daß ihre Eltern glaubten, sie würde Cressida wegen dieses Reichtums beneiden. Sie ließ den Gedanken schnell fallen und fragte: «Warum ist Julia nicht die Erbin? Das verstehe ich nicht.»

«Der alte Knabe hat etwas gegen Josh. Er war nie mit dieser Ehe zwischen Julia und Josh einverstanden. Er hält ihn für einen Versager. Josh ist einer meiner besten Freunde, Harriet, aber ich muß zugeben, daß er wirklich keinen Sinn fürs Geschäft hat. Seinen Job in der Bank hat er nur dank seiner Beziehungen.»

«Ich verstehe. Mein Gott, Theo. Was für ein Tag!» Harriet seufzte. «Vielleicht finden wir morgen in Sacré-Cœur wenigstens für Cressidas Verhalten eine Antwort.»

«Das werden wir, verlaß dich drauf.»

«Ja, Theo. Davon bin ich überzeugt», sagte sie. «Laß uns jetzt über Cotton Fields sprechen.»

«Harriet, haben wir nicht schon genug Sorgen? Ich weiß wirklich nicht, wovon du redest. Wohin soll das führen?»

«Ich denke, das weißt du sehr genau. Ich bin mit meinem Geschäft endgültig am Ende. Es sei denn, ich komme zu dir gekrochen und bitte dich um Geld – was du vermutlich beabsichtigt hast. Ich kann dir nur sagen, Theo, daß ich mich eher umbringen würde.»

«Das würdest du nicht», sagte er.

«Doch. Und jetzt sag mir: Hast du zu Hayden gesagt, daß er nicht bei mir einsteigen soll?»

Theo schwieg eine ganze Weile. Dann sagte er: «Nicht direkt –»

«Vielleicht dürfte ich erfahren, was du gesagt hast. Es muß ziemlich direkt gewesen sein, denn er ist sofort vom Verhandlungstisch verschwunden.»

«Harriet, ich – also gut. Ich habe ihm gesagt, er soll sich deine Zahlen sehr genau ansehen.»

«Das hatte er bereits getan. Und er schien damit einverstanden.»

«Na ja, ich habe sie mir auch angesehen.»

«Was?»

«Er hat sie mir gezeigt. Wir sind alte Bekannte. Er wußte, daß ich dich kenne, und wollte meinen Rat.»

«Und dann?»

«Ich hielt die Zahlen für geschönt. Und das habe ich ihm gesagt.»

«Geschönt?!» Harriet stand auf. «Weißt du was, Theo? Ich werde dich wegen Verleumdung vor Gericht bringen.»

«Schwerlich, wenn du bankrott bist.»

«Du Bastard!» sagte sie voller Abscheu. «Was hast du davon, Theo Buchan, wenn ich bankrott bin? Fühlt sich dein Ego geschmeichelt? Bringt es dich deinem Ziel, die ganze Welt zu beherrschen, einen Schritt näher? Du widerst mich an. Ich wünschte, ich hätte nie etwas mit dir zu tun gehabt.»

«Harriet», sagte er, und seine Augen verrieten echten Schmerz. «Harriet, sag so etwas nicht. Bitte.»

Er sah sie an. Sein Gesicht war buchstäblich grau geworden. Als er nach seinem Glas griff, zitterte seine Hand so heftig, daß er das Glas wieder abstellen mußte. «Harriet, bitte ich –»

«Spar dir dein Theater, Theo. Ich gehe jetzt.»

Aber sie ging nicht. Sie stand da und sah ihn an. Geh, Harriet, mach, daß du rauskommst, dachte sie.

«Nein», sagte er und stand auf. «Nein, Harriet, geh nicht. Ich will mit dir reden. Ich tue alles, was du willst, aber bitte, verlaß mich nicht. Geh nicht weg.»

Er ergriff ihre Hand.

«Theo, wir können nicht wieder von vorne anfangen», sagte sie langsam und mit jedem Wort kämpfend, während sich eine gefährliche Wärme in ihrem Körper ausbreitete.

Sie trat rasch einen Schritt zurück, ging zur Tür, riß sie verzweifelt auf und lief so schnell sie konnte die Treppe hinunter, durch die Hotelhalle und zu Merlins Wagen. Wenn er ihr folgte, wenn er sie einholte, wäre sie verloren.

KAPITEL 21

Michael – elf Uhr dreißig abends

Wie die meisten Menschen, die in scheinbar unbegrenztem Wohlstand aufgewachsen sind, hatte Michael wenig Beziehung zur Wirklichkeit. Er hatte praktisch keine Ahnung, was das Leben kostete. Seine Wohnung in der Sloane Street und die damit verbundenen Kosten wurden aus seinem Treuhandvermögen bezahlt. Das Essen, das ihm von Harrods ins Haus geliefert wurde, ging auf Rechnung von Theo Buchan; ebenso die Anzüge, die er sich bei verschiedenen Schneidern anfertigen ließ, die handgearbeiteten Schuhe, die Autos und die Flugtickets. Viele der großen Hotels hießen ihn willkommen, und wenn er ging, brauchte er nur eine Rechnung zu unterschreiben; genauso verfuhr er in vielen Restaurants, bei Taxiunternehmen, Floristen, Weinhändlern und Agenturen für Konzert- und Theaterkarten. Er wußte natürlich, daß er im Lauf eines Jahres oder auch eines Monats eine ganze Menge Geld verbrauchte, aber er verschwendete keinen Gedanken daran, woher es kam und wohin es ging.

Nun begriff er plötzlich, daß sich einiges ändern würde.

Natürlich wären Einschränkungen nicht unbedingt nötig gewesen, denn Michael wußte, wenn es um ihn ging, hatte Theo stets ein sehr kurzes Gedächtnis. Er hätte Alice erklären können, daß es vorteilhafter wäre, mit dem Heiraten noch ein wenig zu warten, bis seine Immobilienfirma auf sicheren Beinen stand, statt Theo gegenüber den Helden zu spielen. Aber jetzt, nachdem er die Konfrontation erzwungen hatte, gab es kein Zurück. Es würde nicht leicht sein, auf eigenen Füßen zu stehen. Aber zum ersten Mal würde er sich wie ein Erwachsener fühlen. Und schließlich war er ja nicht völlig mittellos. Er hatte immer noch ein beträchtliches Einkommen aus dem Kapital seines Treuhandvermögens. Er besaß eine eigene Firma, eine Wohnung, einen Wagen und Kleidung für die nächsten zwanzig Jahre.

Seit einer Stunde saß er in seinem Büro in Carlos Place, überprüfte die Auftragslage und die Geschäftskonten und erstellte eine Vorausberechnung seiner Ausgaben. Die Kosten für Büroräume, Personal und Werbung betrugen jeden Monat nahezu das Doppelte seiner Einnahmen – bislang kein Problem, denn Theo hatte das Defizit ausgeglichen. Michael starrte aus dem Fenster auf die prächtige Fassade des Connaught Hotels. Er würde das Büro aufgeben, die Firma von seiner Privatwohnung aus führen und ohne seine Mitarbeiter auskommen müssen. Er selbst würde mehr Zeit in der Firma verbringen müssen, aber das war in Ordnung. Er könnte sogar in seiner Freizeit Betriebswirtschaft studieren und sein Diplom machen. Es wäre wundervoll, zu studieren... wieder etwas zu lernen. Er träumte noch eine Weile vor sich hin, dann stand er auf, um zu gehen. Er hatte zwar gesagt, er würde heute nicht mehr kommen; aber Alice ging meistens erst nach Mitternacht schlafen, und daß sie ihn nicht erwartete, würde das Wiedersehen besonders reizvoll machen.

Vorher wollte er noch etwas trinken gehen. Es war ein höllischer Tag gewesen.

Es war fast Mitternacht, als er nach zwei Gläsern Champagner das Connaught Hotel verließ und sich in ein Taxi setzte. Vor Alices Haus angekommen, stellte er enttäuscht fest, daß alle Fenster dunkel waren. Da er sie nicht wecken wollte, beschloß er, zu Fuß nach Hause zu gehen. Es waren nur zehn Minuten bis zur Sloane Street. Er würde sich richtig ausschlafen und fit sein für den morgigen Tag. Plötzlich hörte er das Geräusch einer leise ins Schloß fallenden Tür.

Ein wenig neugierig drehte sich Michael um und sah einen Mann aus Alices Haus kommen. Sicher ein Freund von Jemima, sagte er sich und versuchte, die kleine ängstliche Regung irgendwo in seiner Magengegend zu ignorieren. Michael ging gemächlich weiter. Es war sehr warm; ein entspannender Spaziergang war alles, was er im Augenblick wollte. Als er an einem Haus vorüberging, aus dem noch Licht fiel, überholte ihn der Mann, und Michael konnte sein Gesicht sehen. Er sah gut aus und war mindestens dreißig Jahre alt. Das Jackett trug er lässig über der Schulter, die Krawatte hing lose über dem Hemd, und er pfiff leise «Candle in the Wind» – ein Lieblingslied von Alice.

Michael holte tief Luft und ging zur Chatto Street Nummer neun zurück.

Jetzt brannte in Alices Schlafzimmerfenster im ersten Stock Licht. Er läutete kurz. Alice hätte ihm längst einen Schlüssel überlassen können; dann müßte er nicht wie irgendein Besucher hier stehen und warten, bis man ihn einließ. Aber sie war sehr eigen, was ihre Privatsphäre betraf. Wo blieb sie so lange? Vielleicht hatte sie sein Klingeln nicht gehört. Er versuchte es noch einmal. Kurz darauf hörte er Schritte. Die Tür öffnete sich, und im Spalt über der Sicherheitskette erschien Jemimas verwirrtes Gesicht.

«Michael... Was tust du denn hier?»

«Ich besuche deine Mutter.»

«Aber ich dachte –»

«Ja, ich weiß. Aber ich mußte in die Stadt zurück, und nun wollte ich vorbeikommen. Willst du mich nicht hineinbitten?»

«Oh, natürlich – aber Mami ist nicht da.»

«Aber in ihrem Schlafzimmer brennt doch Licht.»

«Ja, aber das war ich. Ich wollte ein paar Sachen von ihr

anprobieren, weißt du.» Sie strich ihr Haar zurück und lächelte verlegen.

«Und wo ist deine Mutter?»

«Sie ist ausgegangen – mit einer Freundin.»

«Wann, glaubst du, wird sie zurück sein? Ich möchte sie wirklich gern sehen.»

«Oh – ich weiß nicht. Wahrscheinlich noch lange nicht. Es ist ihre beste Freundin, und sie reden immer stundenlang.»

«Sie ist mit Anouska ausgegangen?»

«Ja», sagte Jemima.

Doch Alice hatte Michael selbst erzählt, daß Anouska mit ihrem Mann für ein langes Wochenende nach Frankreich gefahren war.

«Jemima», sagte er, «ich würde wirklich gern auf deine Mutter warten. War das ein Freund von dir, der eben gegangen ist?»

Jemima sah ihn erschrocken an. «Ja», sagte sie, «ein alter Freund der Familie – von Mami.»

«Aha. Und du hast dich mit ihm im Dunkeln unterhalten, ja?»

«O Michael, ich –»

Sie wirkte schuldbewußt und nervös. Michael lächelte sie verschwörerisch an. «Hör zu, ich werde es nicht weitersagen. Aber ich möchte gern im Haus auf Alice warten.»

«Na ja, in Ordnung», sagte Jemima und lächelte unsicher. Sie ließ ihn ein, schloß ab und hakte die Sicherheitskette ein. Michael fragte sich, wie Alice bei vorgelegter Kette ins Haus kommen sollte.

Jemima führte ihn in die Küche. «Kaffee oder ein Drink?»

«Kaffee, bitte.»

Zu seiner Überraschung machte sie zwei Tassen Kaffee, stellte sie auf den Tisch und setzte sich ihm gegenüber. Der seidene Morgenrock fiel auseinander, als sie die langen braunen Beine übereinanderschlug. Das dicke blonde Haar fiel ihr in zerzausten Locken über die Schultern. Sie sah hinreißend aus. Michael konzentrierte sich auf seinen Kaffee.

«Du brauchst dir keine Sorgen zu machen», sagte er. «Ich werde dich nicht verraten.»

«Danke. Aber wir haben nicht –»

«Völlig klar. Also, wo ist sie?» fragte Michael unvermittelt, um Jemima zu überrumpeln.

Sie antwortete eine Spur zu laut: «Das habe ich doch gesagt. Sie ist mit Anouska zum Essen gegangen.»

«Zufällig weiß ich, daß Anouska zur Zeit in Frankreich ist. Mit wem ist deine Mutter ausgegangen?»

«Michael, ich weiß es nicht. Ich habe nicht richtig zugehört. Jedenfalls sind es Freunde.»

Michael starrte in seine Kaffeetasse. Dann sagte er: «Geh nach oben und bring das Bett deiner Mutter in Ordnung. Ich möchte nicht schuld sein, daß du erwischt wirst.»

Jemima sah ihn erschrocken an. «Woher weißt du –»

«Nun geh schon.»

«Okay», sagte sie und sah ihn unsicher an. «Es dauert nicht lang.»

Michael fühlte sich zunehmend verwirrt. Er sah auf seine Uhr. Ein Uhr. Ziemlich spät für ein improvisiertes Abendessen mit Freunden, noch dazu unter der Woche. Seufzend stand er auf. Er nahm eine halbleere Flasche Wein aus dem Kühlschrank, holte sich ein Glas und schenkte sich ein. Der Wein war hervorragend. Er leerte die Flasche ziemlich schnell, und als er sie unter die Spüle stellte, stand dort noch einmal die gleiche Flasche sowie eine leere Champagnerflasche einer ebenfalls sehr teuren Marke. Jemima und ihr Freund hatten sich einen fröhlichen Abend geleistet. Und er mußte gut betucht sein, dieser Freund. Michael war plötzlich wütend auf diesen Kerl, der mit einem Schulmädchen ins Bett ging. Er lief die Treppe hinauf und stand in der Tür zu Alices Schlafzimmer. Jemima stand mit dem Rücken zu ihm und strich die Daunendecke glatt. Sie hatte ihn nicht gehört.

«Mit wem ist sie ausgegangen?» fragte Michael drohend. Es war ein gemeiner Trick, aber er mußte es endlich wissen. Erschrocken drehte sie sich um.

«Michael, bitte. Ich kann es dir nicht sagen. Aber es hat keinen Sinn zu warten», sagte Jemima.

«Warum nicht?»

«Weil sie nicht nach Hause kommen wird. Nicht vor morgen früh. O Michael, sieh mich nicht so an. Es tut mir sehr leid.»

«Ist schon in Ordnung, Jemima. Danke, daß du's mir gesagt hast. Ich werde trotzdem warten. Geh zu Bett. Ich leg mich unten aufs Sofa.»

Er saß im Wohnzimmer und starrte in die Dunkelheit, als Jemima zehn Minuten später mit einem Glas Brandy zu ihm kam. «Ein kleiner Schlaftrunk.» Sie beugte sich über ihn und küßte ihn sanft auf die Wange.

«Es tut mir leid, Michael. Sie verdient dich nicht. Und du verdienst sie noch viel weniger.»

KAPITEL 22

Tilly – null Uhr dreißig

«Du weißt, daß du schrecklich Heimweh bekommen wirst», sagte Felicity, als Tilly ihr ihre Entscheidung mitteilte, «und daß du es haßt, gebunden zu sein. Es gibt mehr im Leben als Geld.»

«Willst du mich auf den Arm nehmen?» sagte Tilly und grinste ins Telefon. «Genau aus diesem Grund werde ich gehen. Ich muß raus aus London, Felicity. Und außerdem habe ich mit dem Geld etwas Bestimmtes vor.»

«Erhoffe dir nicht zuviel, Tilly. Du wirst ein teures Leben führen und enorm hohe Steuern zahlen müssen.»

«Ja, nicht zu vergessen die Provision an meine Agentin. Hör schon auf, Felicity. Ich weiß, was ich tue.»

«Bist du dir auch ganz sicher?»

«Ich bin mir sicher.»

«Dann kann ich also Meg Rosenthal anrufen? Endgültig verpflichtet bist du natürlich erst, wenn du unterschrieben hast.»

«Okay», sagte Tilly.

Sie legte den Hörer auf, goß sich ein Glas Wein ein und setzte sich ans Fenster.

Sie wachte auf, als die Sprechanlage summte. Völlig verschlafen stolperte sie zur Tür und nahm den Hörer ab. «Ja?»

«Tilly? Ich bin's. Rufus.»

«Ich hab gedacht, du bleibst noch in Wedbourne.»

«Irrtum. Tilly, laß mich raufkommen. Ich muß mit dir reden.»

«Rufus, ich –» O Gott, dachte sie, nicht mitten in der Nacht! Sie brauchte jetzt so dringend Schlaf. Sie mußte morgen fit sein.

«Tilly, bitte.»

«Okay.»

Sie drückte den Knopf, der die Haustür öffnete. Dann ging sie ins Bad. Aus dem Spiegel blickte ihr ein müdes Gesicht entgegen. Sie fuhr sich mit dem Kamm durch das kurze Haar, putzte sich die Zähne, und als sie das Bad verließ, stand Rufus bereits im Wohnzimmer mit einem Blumenstrauß in der Hand. Die mit einem Spitzenmuster bedruckte Plastikumhüllung verriet, daß er ihn aus einem Automaten gezogen hatte.

«Hallo, Tilly», sagte er vage lächelnd. Er war auffallend blaß. «Die hier sind für dich.»

«Danke.» Tilly versuchte, einen heiteren Ton anzuschlagen. Sie nahm die Blumen und gab ihm einen Kuß. «Möchtest du etwas trinken?»

«Ja, gern. Darf ich bleiben?»

«Ich weiß nicht recht. Ich werde morgen früh um sechs Uhr geweckt, und ich bin schrecklich müde.»

«Ich verstehe.» Seine Augen waren so dunkel, sein Gesicht so merkwürdig verstört, daß sie seinen Anblick kaum ertrug. Sie ging rasch in die Küche und füllte zwei Gläser mit Wein. «Hier, bitte», sagte sie und reichte ihm ein Glas. «Du könntest auf der Couch schlafen.»

«Tilly! Was ist los? Was habe ich getan?»

«Nichts. Ich bin einfach nur müde.»

«Zu müde, um mit mir zu sprechen?»

«Nein. Aber ich müßte auch mit dir sprechen.»

«Also gut. Du zuerst.»

Wie sollte sie es ihm sagen? Er war ein so lieber Mensch und im Augenblick ganz offensichtlich erschöpft. Er wollte mit ihr sprechen und vielleicht getröstet werden, und sie behandelte ihn wie einen Fremden.

«Nein, nein», sagte sie. «Bei mir kommst du immer zuerst.» Sie lächelte und setzte sich ihm gegenüber auf das Sofa.

«Wirklich, Tilly? Darüber will ich nämlich mit dir sprechen. Da ist zwar noch etwas anderes, aber – bevor ich damit anfange, will ich wissen, ob du mich heiratest, Tilly. Ich brauche dich so sehr. Jetzt mehr denn je.»

Sie durfte ihn nicht weiterreden lassen, egal, was kommen würde. Sie zündete sich eine Zigarette an. Er haßte es, wenn sie rauchte. «Rufus, hör zu», sagte sie und versuchte gar nicht erst, taktvoll zu sein. «Ich habe ein Angebot.»

Sie fühlte, wie er erstarrte.

«Was für ein Angebot? Von einem anderen Mann?» fragte er scheinbar leichthin.

«Nein, von einer Kosmetikfirma namens Rosenthal. Du kennst sie wahrscheinlich nicht.»

«Nein, ich glaube nicht.»

«Nun, es ist eine sehr große Firma. Sie wollen mich unter Vertrag nehmen.»

«Und du? Willst du das auch?»

«Ja», sagte Tilly knapp.

«Nun, dann würde ich das an deiner Stelle tun. Wenn du einen guten Anwalt brauchst, um den Vertrag zu überprüfen...» Es gelang ihm, sie anzulächeln. Aber sie lächelte nicht zurück.

«Ja, den brauche ich wohl. Es geht um ziemlich viel Geld.»

«Wieviel?»

«Ungefähr zwei Millionen Dollar.»

Rufus pfiff leise durch die Zähne. «Das ist viel Geld. Aber was hat das mit uns zu tun, Tilly?»

«Es bedeutet, daß ich mindestens für ein Jahr nach New York gehen werde.»

«Wir hätten das miteinander besprechen können. Warum hast du mir nichts davon gesagt?»

Er sah so verzweifelt und so verwirrt aus, daß Tilly ein wenig weicher wurde. «Rufus, es tut mir leid. Aber ich mußte mich heute entscheiden, und ich denke, es ist besser so – auf Dauer gesehen.»

«Warum?» Er setzte sich neben sie und küßte ihre Hand. Tilly sah ihn an. Seine braunen Augen waren voller Liebe. Wenn er so weitermachte, würde er ihr das Herz brechen.

«Es tut mir leid», sagte sie. «Ich dachte eben, es wäre besser so. Für mich.»

«Na gut», sagte er. «Aber es ist nicht besser für mich. Und ich finde, du hättest mit mir darüber sprechen sollen.»

«Aber Rufus, warum?»

«Weil ich dich liebe, Tilly. Weil ich dich heiraten will. Weil ich mit dir leben möchte. Du weißt das.»

«Ja, Rufus, natürlich weiß ich das, aber –»

«Liebst du mich denn nicht? Ist es das, was du mir die ganze Zeit zu erklären versuchst?»

«Nein», sagte sie, weil sie es nicht über sich brachte zu lügen. «Rufus, ich liebe dich. Das weißt du – aber Liebe ist nicht alles im Leben. Oder?»

«Für mich schon.»

«Nun, Rufus, wir können nicht heiraten. Ich habe dir das doch schon so oft erklärt. Unsere Art zu leben paßt nicht zusammen. Du würdest dir wünschen, daß ich etwas bin, was ich nicht sein kann, und mir ginge es genauso mit dir. Wir würden uns nur unglücklich machen. Also ist es besser, jetzt Schluß zu machen als später, wenn alles verdorben ist. Ich habe dieses Angebot, und werde es annehmen. Es ist das Beste für uns beide, Rufus. Begreifst du das denn nicht?»

«Nein», sagte er, «und ich kann nicht glauben, daß du so etwas sagst.»

«Verdammt, warum nicht?» fragte sie ärgerlich. «Ich habe dir immer gesagt, daß ein normales Zusammenleben nicht funktionieren wird. Ich glaube, es ist Zeit, daß wir uns darüber klarwerden.»

«Und damit hat es sich?» fragte er. «Einfach so. Du hast beschlossen, daß es nicht funktionieren wird, und deshalb gehst du. Habe ich dabei nicht auch noch ein Wort mitzureden?»

«Nein, Rufus», sagte sie langsam, «das hast du nicht. Es tut mir sehr leid.»

«Ja», sagte er, während er aufstand und auf sie herunterblickte. «Aber nicht so leid, daß es nicht zwei Millionen Dollar gutmachen könnten. Okay, Tilly. Ich glaube, hinter all dem steckt noch etwas anderes. Ich weiß nicht, was es ist, und ich weiß auch nicht, ob ich es hören möchte. Ist heute irgend etwas geschehen, was deine Gefühle mir gegenüber verändert hat – abgesehen davon, daß du Millionärin werden kannst? Hast du jemand anderen kennengelernt?»

«Ja, deine Mutter. Ich habe gesehen, wie sie ist. Ich werde nie in eure Welt passen. Es ist unmöglich.»

«Und du bist nicht bereit, es zu versuchen?» fragte er. «Ich habe mich sehr bemüht, mich deiner Welt anzupassen», fügte er niedergeschlagen hinzu.

«Das ist nicht dasselbe.»

«Warum nicht?»

«Weil es für dich leichter war. Die Menschen, mit denen ich zu tun habe, tragen keine Uniformen, waren nicht alle auf teuren Schulen und sprechen nicht alle mit demselben beschissenen Akzent.»

«Doch, das tun sie», erwiderte Rufus. «Und ich habe mich in ihrer Gesellschaft oft ziemlich schwer getan. Ich mag keine Leute, die in jedem Satz das Wort ‹beschissen› anbringen müssen. Ich kann auch nichts Schlimmes dabei finden, nicht das richtige Jackett zu tragen oder nicht den richtigen Haarschnitt zu haben oder nicht zu wissen, wer die Bilder in *Vogue* vom vorigen Monat gemacht hat. Aber du hast wahrscheinlich recht, Tilly, und es ist besser, wenn wir uns trennen.»

Trotz der hochsommerlichen Hitze schien es plötzlich eiskalt in der Wohnung zu sein. Er würde gehen, und obwohl sie wußte, daß es das einzig Richtige war, flößte ihr der Gedanke an ein Leben ohne ihn panische Angst ein. Doch es gab keine Alternative. Und so unterdrückte sie ihre Angst und den Wunsch, ihm zu erklären, was sie dachte – was sie wußte –, und saß einfach nur da und schwieg.

«Na gut», sagte Rufus nach einer Weile, «dann kann ich jetzt gehen. Adieu, Tilly.»

Er ging zur Tür, und als er sich noch einmal umdrehte, sah sie, daß ihm Tränen über die Wangen liefen. Ihre langen Fingernägel gruben sich in ihre Handflächen, als sie die Fäuste ballte, und sie preßte die Lippen zusammen, um nicht doch noch ein Wort oder einen verräterischen Laut von sich zu geben.

Als sie wenig später seinen Wagen wegfahren hörte, fiel ihr ein, daß sie ihn nicht einmal gefragt hatte, worüber er mit ihr sprechen wollte.

Der nächste Tag

KAPITEL 23

Theo – fünf Uhr dreißig morgens

Fliegen, pflegte Theo Buchan zu sagen, war das zweitgrößte körperliche Vergnügen – natürlich im eigenen Flugzeug und nicht eingepfercht in eines der schrecklichen Großraumflugzeuge.

Heute morgen flog er mit James Forrest nach Paris, aber es war Harriet, die in seiner Vorstellung neben ihm saß und diese schöne andere Welt hier oben mit ihm teilte. Er sah sie vor sich, wie sie gestern ausgesehen hatte, er hörte ihre Stimme und dachte an ihren Körper.

James hatte ihn angerufen, kurz nachdem Harriet gegangen war. Er brauche jemand, mit dem er reden könnte, und Theo, obwohl hundemüde, hatte gesagt: «Dann komm her.»

James war kreideweiß im Gesicht ins Hotel gekommen und hatte ihm sofort von Susie und Rufus erzählt. «Was zum Teufel soll ich tun, Theo?»

Theo hatte zu Vorsicht und Zurückhaltung geraten. «Laß ihm Zeit, James. Jetzt bloß keine Rechtfertigungen oder Erklärungen. Und schon gar keine väterlichen Gefühle.»

«Glaubst du, er wird es herumerzählen? Vielleicht meint er ja, seine und meine Familie müßten davon erfahren», sagte James, während er bereits die zweite Tasse Kaffee trank.

«Wahrscheinlich nicht», meinte Theo. «Er ist kein Kind mehr, sondern ein ziemlich vernünftiger junger Mann. Ich nehme jedoch an, daß er es Tilly Mills erzählen wird.»

«O Gott», sagte James, und dann sah er Theo hilflos an und fragte: «Nicht wahr, du läßt mich nicht im Stich?»

Theo versicherte ihm, daß er die Sache mit ihm durchstehen würde, und dann redete James wieder über Cressida, was sie getan hatte, wo sie jetzt sein könnte, bis Theo vorschlug, ihn am nächsten Morgen nach Paris mitzunehmen. «Ich hatte zwar gedacht, Harriet würde mit mir fliegen, aber vielleicht ist es besser, wenn du mitkommst.»

James hatte nichts von dem Foto gewußt. Er war erschüttert, nicht nur von dem, was darauf zu sehen war, sondern auch, weil ihm Harriet nichts davon gesagt hatte. «Harriet und ich – wir haben im Augenblick einige Probleme», sagte er, und Theo meinte, ihm ginge es ähnlich.

«Tatsächlich? Und warum?» fragte James, worauf Theo wie nebenbei antwortete: «Ich habe ihr ins Geschäft hineingeredet.» Wie gut, daß James keine Ahnung hatte, daß seine Liebe für Harriet nicht nur väterlicher Art war. Wenn James davon gewußt hätte, wäre ihre Freundschaft in die Brüche gegangen.

Theo hatte James um halb fünf Uhr morgens in seinem Haus abgeholt, und sie waren zu dem kleinen Flughafen in der Nähe von Wedbourne gefahren, wohin er sein Flugzeug hatte bringen lassen.

«Auf nach Paris, wo alles angefangen hat», sagte Theo, als die Maschine abhob. «Weißt du noch – unsere ersten gemeinsamen Ferien in der Wohnung meines Vaters? Und Janine? Du hast schon immer großes Glück gehabt.»

«Ich glaube, mit meinem Glück ist es nun vorbei», sagte James.

«Hast du heute nacht wenigstens noch ein bißchen schlafen können?» fragte Theo.

«Kaum.»

«Gieß mir bitte etwas Kaffee ein. In dem Picknickkorb da hinten müßten ein paar Croissants sein.»

«Ist das Sasha, die so gut für dich sorgt?»

«Nein.»

«Wo ist sie überhaupt?»

«Keine Ahnung. Es ist mir auch egal.» Theo stellte überrascht fest, daß es der Wahrheit entsprach. Seine gestrige Begegnung mit Harriet und das Gefühl, sie immer noch zu lieben, hatten Sasha über Nacht zu einem Schatten werden lassen. «Sie hat mich verlassen», sagte er. «Gestern abend. Mit einem Sack voll Juwelen und einer Firma, die ich selbst haben wollte. Und bevor du irgend etwas sagst: Ich habe es nicht anders verdient. Ich habe sie sehr schlecht behandelt. Ich habe sie gedemütigt – und unterschätzt. So etwas sollte man nie machen.»

Sie schwiegen beide.

«Was meinst du, was Cressida vorhaben könnte?» fragte James nach einer Weile.

«Wie soll ich das wissen», sagte Theo. «Ich glaube, wir haben noch nicht einmal oberflächlich an ihrem Geheimnis gekratzt. Sie hat sich auf irgend etwas eingelassen und muß gründlich durcheinander sein.»

«Ja», sagte James. «Und weißt du, was mir am meisten angst macht, Theo? Was machen wir, wenn wir sie finden? Wir können sie doch nicht nach Hause bringen, als ob nichts geschehen wäre, und die Hochzeit neu arrangieren.»

«Nein. Das wird kaum möglich sein», sagte Theo.

Als sie die Basilika Sacré-Cœur betraten, kam ihnen ein kleiner älterer Priester entgegen. Theo sprach ihn höflich an, während er Cressidas Foto aus der Jackentasche zog. «*Monsieur, hier, l'après-midi, une jeune fille était mariée dans cette cathédrale*... Wir haben ein Bild von ihr. Hier, sehen Sie.»

«*Oui, oui.* Sie war gestern hier mit ihrem Mann. Ein schönes Mädchen und ein charmanter junger Mann.»

«Sie haben sie getraut?» fragte James. Seine Stimme zitterte ein wenig.

«Nein, das war nicht möglich. Man kann hier nicht so

einfach heiraten. Das wußten sie natürlich. Aber sie haben mich gebeten, sie zu segnen. Nun, warum nicht? Ich bat sie in die Seitenkapelle dort drüben. Sie knieten nieder, wir sprachen gemeinsam ein Gebet, und ich gab ihnen Gottes Segen. Die Braut trug einen Ehering. Vielleicht waren sie zuvor im Bureau de l'Etat gewesen. Ich hoffe, es gibt kein Problem.»

«Nein, eigentlich nicht», sagte Theo. «Sie haben also keinen Eintrag im Kirchenbuch – mit ihrem Namen.»

«Nein, *monsieur.* Bedaure. Sie sind auch sofort wieder gegangen.»

«Besten Dank, Hochwürden. Sie haben uns sehr geholfen.» Theo nahm seine Brieftasche aus der Jackentasche. «Wir würden uns gern erkenntlich zeigen.»

«*Merci, monsieur.* Der Opferstock ist dort drüben.»

Theo spendete einen Fünfhundertfrancsschein und blieb noch einen Moment vor den brennenden Kerzen stehen. Dann ging er zu James, der still in einer Bank saß.

«Komm», sagte Theo sanft. «Es hat keinen Sinn, sie zu suchen. Sie ist glücklich und in Sicherheit. Das ist die Hauptsache.»

James nickte. Er stand auf, und sie gingen langsam zum Ausgang.

Die ganze Zeit, während der langen Autofahrt durch die Stadt und auch während des ganzen Rückflugs nach England, dachte Theo weder an Cressida noch an seinen eigensinnigen Sohn, nicht einmal an seinen traurigen Freund James, der neben ihm saß, sondern ausschließlich an Harriet und wie er es anstellen könnte, sie zurückzugewinnen.

KAPITEL 24

Michael – sieben Uhr morgens

Er erwachte mit einem steifen Hals und Kopfschmerzen, als er vor dem Haus den laufenden Motor eines Taxis hörte. Im Haus war alles still. Jemima und die zwei jüngeren Kinder schliefen noch.

«Hallo, Alice», sagte er, als er ihr die Tür öffnete und im Flur ihre Jacke aufhängte.

«Hallo», sagte sie freundlich. «Wie bist du hereingekommen?»

«Jemima hat mir aufgemacht», sagte er. «Du solltest sie nicht die ganze Nacht allein im Haus lassen. Sie ist zu jung dafür.»

«Ich glaube nicht, daß ich in Sachen Kindererziehung deine Ratschläge brauche», sagte Alice. «Entschuldige, ich brauche dringend eine Tasse Kaffee.»

Michael war überrascht, daß er so ruhig blieb. Alice ging ihm voraus in die Küche. Sie war frisch geschminkt, ordentlich frisiert und wirkte völlig ausgeschlafen.

«Warum hast du Jemima gesagt, du würdest mit Anouska ausgehen?» fragte Michael.

«Ich habe ihr gesagt, daß ich ausgehe, aber nicht mit wem. Ich war mit Freunden aus. Du kannst sie anrufen, wenn du willst. Ich gebe dir die Telefonnummern.»

«Die ganze Nacht? Läßt du deine Kinder öfter die ganze Nacht allein?» Michael fühlte sich zunehmend unsicherer.

«Ja, manchmal. Jemima legt die Kette vor und schließt

zweimal ab, und wenn ich zurückkomme, muß ich klingeln. Gestern war es jedoch so spät, daß ich sie nicht mehr aus dem Bett holen wollte. Aber das hast du ja dann getan. Ich hätte mir meine Rücksichtnahme sparen können.» Sie schwieg eine Weile, und dann sagte sie plötzlich teilnahmsvoll: «Du siehst ziemlich erledigt aus. Komm mit ins Wohnzimmer. Ich möchte dir etwas sagen.»

Er setzte sich auf das Sofa, auf dem er die Nacht verbracht hatte, und starrte vor sich hin. Das taube Gefühl ging allmählich zurück, und er war sich nicht sicher, wie lange er noch so ruhig bleiben konnte. Alice setzte sich neben ihn und küßte ihn leicht auf die Wange.

«Sitzt du bequem?» fragte sie gutgelaunt.

«Ja, danke.»

Sie sah ihn an. «Also, dann hör zu. Ich habe gestern abend etwas getan, was dir nicht gefallen wird. Ich habe deinen Vater angerufen.»

Das Sofa schien plötzlich zu schwanken. Michael umklammerte seine Kaffeetasse. «Was hast du getan?» brachte er schließlich hervor.

«Ich habe deinen Vater angerufen, und er war sehr nett zu mir.»

«Das kann ich mir denken», sagte Michael verbittert. «Wenn er will, kann er ausgesprochen charmant sein. Trotzdem ist er ein –»

«Michael, ich weiß – er manipuliert die Menschen, er ist arrogant und besitzergreifend. Aber er liebt dich, Michael – du weißt gar nicht, wie sehr er dich liebt.»

«Vielleicht», sagte Michael bedrückt, «aber nur, solange ich mache, was er will. Ich weiß nicht, Alice, wie du das tun konntest.»

«Nun, ich mußte etwas unternehmen. Du hast dich mit ihm gestritten, warst auf dem besten Weg, dich finanziell zu ruinieren, dein vielversprechendes Geschäft aufs Spiel zu setzen, und das alles nur wegen mir.»

«Alice, so ist das doch nicht. Ich liebe dich und will dich heiraten. Ich wollte es jedenfalls.»

«Und was hat sich daran geändert?»

«Jemima sagte –» Er zögerte.

«Jemima ist eifersüchtig auf mich und hat sich in dich vernarrt. Sie ist ein sehr unartiges Mädchen. Aber lassen wir jetzt Jemima aus dem Spiel. Ich möchte dir sagen, worüber ich mit deinem Vater gesprochen habe.»

«Und worüber hast du mit ihm gesprochen?» fragte Michael düster. Er haßte die Vorstellung, daß sich die beiden über ihn unterhalten hatten. «Vermutlich fandet ihr alles sehr komisch, und dann hast du gesagt, wenn er dagegen wäre, würdest du mich natürlich nicht heiraten, und das Ganze sei nur eine verrückte Idee.»

«Nein. Allerdings waren wir uns einig, daß die Idee verrückt ist. Und dann sagte er, daß er verrückte Ideen liebt und daß viele seiner Ideen ebenfalls verrückt sind.»

«Ihr scheint euch ja sehr gut unterhalten zu haben.» Michael fühlte sich schrecklich. Er kam sich vor wie ein Narr.

«Das finde ich auch. Wir wollen uns demnächst treffen.»

«Einfach großartig.» Michael stand auf. «Ihr beide trefft euch, um über mich, den dummen kleinen Jungen, zu sprechen – was man am besten tut, um mich von meinem Vorhaben abzubringen.» Er fühlte sich tief verletzt. Mit einer heftigen Bewegung stellte er die Tasse auf den Tisch, so daß die Hälfte des Kaffees überschwappte.

«Aber es tut nichts mehr zur Sache, Alice», sagte er, «weil ich dich nicht mehr wiedersehen will. Ich verstehe nicht, wie du mir das antun konntest. Ich habe dir vertraut, Alice.»

An der Tür drehte er sich noch einmal um. Sie sah ihn bestürzt an.

«Michael», sagte sie, «du verstehst nicht ganz. Bitte, bleib hier.»

«Ich fürchte, ich verstehe sehr gut, und ich möchte gehen.»

Er verließ das Haus und schlug die Tür hinter sich zu. Dann

lehnte er sich mit dem Rücken dagegen und dachte an die glückliche Zeit, die er hier verbracht hatte, an die schönen Sonntage, die stillen Abende und die stürmischen Liebesnächte. Dann dachte er an Alice und seinen Vater, wie sie über ihn redeten und nachsichtig lächelten, und er begann zu laufen. Er wollte bloß weg von beiden, so schnell er konnte. Er winkte einem Taxi und ließ sich an den einzigen Ort fahren, wo er jetzt noch sein wollte – in sein Büro in Carlos Place.

KAPITEL 25

Tilly – acht Uhr morgens

«– und nimm ein paar anständige Sachen zum Anziehen mit. Du kannst nicht in abgeschnittenen Jeans dort erscheinen. Dein Flug ist für heute mittag gebucht. Du mußt um zehn Uhr in Heathrow sein. Die Rosenthal-Leute werden dich am Kennedy Airport abholen. Ruf mich an, wenn du dort bist. Viel Glück!»

«Danke, Felicity. Bis dann.»

In knapp zwei Stunden ging's los. Vorher mußte sie noch packen, bei ihrer Mutter vorbeischauen und James Forrest anrufen.

Sie hievte sich aus dem Bett und wählte die Nummer der Forrests. Harriet meldete sich.

«Harriet, ich bin unterwegs nach New York.»

«Jetzt schon?»

«Ja, ich werde einen Vertrag mit Rosenthal abschließen, und sie wollen die Ware begutachten», sagte Tilly.

«Und was sagt Rufus dazu?»

«Wir haben uns getrennt.»

«Tilly, was soll das? Ihr liebt euch doch.»

«Ich kann jetzt nicht darüber sprechen. Aber ich möchte dir etwas anderes sagen. Wenn du Geld brauchst, ich meine für deine Firma – ich kann es dir geben.»

«Tilly, sei nicht albern.»

«Wieviel brauchst du? Eine Million? Du kannst sie haben und mir irgendwann zurückzahlen. Okay?»

«Tilly –»

«Denk darüber nach. Ich muß bald los und will noch meiner Mutter auf Wiedersehen sagen. Und deshalb rufe ich eigentlich an. Könntest du deinem Dad ihre Nummer geben?»

«Meinem Vater? Warum?» fragte Harriet verblüfft.

«Das ist jetzt zu kompliziert», sagte Tilly nervös. «Sie hat ein kleines Problem, und ich mache mir Sorgen um sie. Dein Dad wollte mir die Adresse von einem guten Gynäkologen in ihrer Nähe geben.»

«Fährst du jetzt zu ihr?»

«Richtig. Also, mach's gut, Harriet. Und das mit dem Geld ist mein Ernst.»

«Auf Wiedersehen, Tilly. Und vielen Dank, aber ich könnte es wirklich nicht annehmen. Paß gut auf dich auf.»

Tilly saß in Rosemarys Häuschen, trank Kaffee und sah ihre Mutter forschend an. Sie sah blendend aus, richtig glücklich. Ihre Aromatherapiepraxis war sehr erfolgreich. Sie hatte einen neuen Haarschnitt, kleidete sich modisch und wirkte gut zehn Jahre jünger.

«Und wo geht die Reise heute hin?» fragte Rosemary.

«New York. Heute mittag.»

«New York! Tilly, ich wünschte, du würdest ein bißchen seßhafter werden. Das alles ist so schlecht für deine innere Uhr.»

«Meiner inneren Uhr geht's gut, Mutter.»

«Aber es sieht nicht so aus», sagte Rosemary. «Wie geht es deinem Freund?»

«Wir haben Schluß gemacht», sagte Tilly. «Frag mich nicht, warum, oder ich fange an zu heulen. Mutter, ich muß jetzt über etwas Wichtigeres mit dir sprechen. James Forrest wird dich besuchen kommen.»

«James Forrest? Warum denn das?»

«Er möchte dir einige Dinge erklären», sagte Tilly. «Zum Beispiel –»

Das Telefon klingelte. «Entschuldige, Liebling», sagte Rosemary. Dann meldete sie sich am Telefon.

«Ja, das ist richtig. Sie ist hier. Es ist für dich», sagte sie und reichte Tilly das Telefon. «Eine Frau.»

«Wahrscheinlich Felicity», sagte Tilly.

Aber es war Susie Drayton, und sie klang, als hätte sie geweint.

«Tilly? Es tut mir leid, daß ich dich bei deiner Mutter belästige. Deine Agentin hat mir gesagt, daß du dort bist. Ich dachte, du weißt vielleicht, wo Rufus ist.»

«Nein», sagte Tilly. «Leider nicht.»

«Er hat mich gestern abend nach London gefahren, weil ich heute morgen zu einem kleinen Eingriff ins Krankenhaus mußte. Er war ein bißchen durcheinander, und ich wollte noch einmal mit ihm sprechen, bevor ich in den OP komme.»

«Oh, ich bin sicher, es ist alles in Ordnung mit ihm», sagte Tilly und versuchte, zuversichtlich zu klingen. «Gestern abend war er okay.»

«Dann hast du ihn gestern abend noch gesehen? Wann war das? Bitte, entschuldige, Tilly, daß ich so indiskret frage, aber er war so aufgeregt.»

«Das war vermutlich meine Schuld», sagte Tilly. «Ich – ich habe ihm gesagt, daß wir uns nicht wiedersehen sollten.»

«O Tilly, nein!» Susies Stimme stieg panikartig an.« Nicht gestern abend. Ich weiß nicht, ob er so viel verkraften kann. Denn was vorher in Wedbourne passiert ist –»

«Ja, aber er hat nichts erwähnt», sagte Tilly nachdenklich.

«Wenn du etwas von ihm hören solltest, Tilly – würdest du ihm bitte sagen, er soll mich im Princess Diana Hospital besuchen. Er weiß nicht, daß ich hier bin. Ich habe es keinem gesagt.»

«Ist es denn etwas Ernstes?»

«Ach, ich glaube nicht.» Susies Stimme klang wieder normal, ruhig und ein wenig heiser. «Nur ein kleiner Knoten. Du weißt, wie übervorsichtig die Ärzte heute sind.»

«Ja, natürlich», sagte Tilly. «Dann also alles Gute. Ich werde an Sie denken. Ich würde Sie auch besuchen kommen, aber ich fliege nach New York.»

«Heute?»

«Ja. Ich werde für Rosenthal arbeiten.»

«Oh, wie aufregend, Tilly. Herzlichen Glückwunsch.» Susie klang tatsächlich, als würde sie sich für Tilly freuen.

«Ja, es ist ein tolles Angebot. Mrs. Drayton, würden Sie mir sagen, weshalb Rufus so durcheinander war? Nur für den Fall, daß ich helfen könnte», sagte Tilly.

«Nein, lieber nicht. Sei mir nicht böse, Tilly – aber es handelt sich da um etwas sehr Privates.»

«Natürlich», sagte Tilly. O Gott! Könnte es sein? Bei soviel Aufregung und Gefühlsausbrüchen kam manchmal auch die Wahrheit ans Licht. Haben sie es Rufus gesagt? War es das, worüber er mit ihr sprechen wollte?

«Mrs. Drayton –»

«Tilly, ich muß jetzt aufhören. Der Arzt ist gekommen. Besuche mich, wenn du zurück bist. Und ich hoffe, du hast keine übereilte Entscheidung getroffen. Rufus liebt dich nämlich sehr.»

«Ja», sagte Tilly, und dann fügte sie, ohne es zu wollen, hinzu: «Und ich liebe ihn auch, Mrs. Drayton.»

«Bitte, nenn mich Susie. Und nun muß ich wirklich Schluß machen. Auf Wiedersehen, Tilly.»

«Also, was ist das für eine Geschichte mit James Forrest?» fragte Rosemary Mills. «Ich will ihn nicht sehen, Tilly. Und warum sollte er nach all den Jahren zu mir kommen?»

«Ich habe ihn kennengelernt», sagte Tilly, während sie versuchte, ihre Angst um Rufus zurückzudrängen. «Er ist der Vater von Harriet, deren Schwester gestern heiraten sollte und dann spurlos verschwunden ist.» Sie zündete sich eine Zigarette an. Wo mochte Rufus jetzt sein? Wenn ihm etwas zugestoßen war...

«Tilly, warum will mich James Forrest besuchen?» fragte Rosemary.

«Er will dir sagen, daß es nicht dein Fehler war – das mit Beatrice und –»

«Aber Tilly, es war meine Schuld, wenigstens bis zu einem gewissen Grad. Ich will nicht, daß das alles wieder aufgewärmt wird. Beatrice ist tot, aber du lebst. Warum kannst du diese Sache nicht auf sich beruhen lassen? Du bist wie besessen davon. Bitte, sag ihm, daß ich nicht mit ihm sprechen möchte. Ich weiß seine Freundlichkeit zu schätzen, aber –»

«Seine Freundlichkeit – nach zwanzig Jahren», sagte Tilly verbittert.

«Tilly, sieh mal. Du hast soviel erreicht, und mir geht es sehr gut. Laß die Dinge, wie sie sind.»

Das Taxi war da, das sie zum Flughafen bringen sollte. Sie umarmten sich. «Auf Wiedersehen, Mutter», sagte sie. «Ich werde über James Forrest nachdenken.»

«Es wäre besser, du würdest ganz aufhören, über ihn nachzudenken», sagte Rosemary Mills. «Und ich glaube, es war ein großer Fehler, dich von deinem Freund zu trennen.»

«Es hätte nicht funktioniert», sagte Tilly ungeduldig. «Ich will unabhängig bleiben. Er ist ein vornehmer weißer Anwalt und ich ein schwarzes Mädchen aus der Arbeiterschicht. So etwas hat keine gemeinsame Zukunft.»

«Wir leben nicht im vorigen Jahrhundert. Du liebst ihn, und er liebt dich. Überleg es dir noch mal. Du solltest diese Liebe nicht einfach aufgeben. Auf Wiedersehen, Tilly. Paß gut auf dich auf. Und iß hin und wieder etwas Vernünftiges.»

KAPITEL 26

James – zehn Uhr vormittags

«Kannst du mich am Hotel der Bergins absetzen?» fragte James. «Ich möchte mich erkundigen, wie es ihnen geht. Hoffentlich fahren sie bald in die Staaten zurück. Es hat ja wohl keinen Sinn, auf Cressida zu warten. Oder glaubst du, sie kommt zurück?» Er hörte den hoffnungsvollen Ton in seiner Stimme und kam sich wie ein Narr vor.

Theo sah ihn an. «Ehrlich gesagt, das glaube ich nicht.»

«James! Guten Morgen. Wie geht es dir?» Julia, perfekt zurechtgemacht wie immer, empfing ihn lächelnd in ihrer Suite.

«So einigermaßen», sagte er matt. Er fühlte sich zu elend, um auch nur den Versuch zu machen, normal zu klingen.

«Du siehst sehr müde aus», sagte Julia. «Gibt es Neuigkeiten?»

«Ja.» James informierte sie mit wenigen Worten und ohne sie anzusehen. Als er schließlich den Kopf hob und Julias Blick begegnete, kurz bevor sie eine erschrockene Miene aufsetzen konnte, sah er sie lächeln, selbstgefällig und hochbefriedigt.

«Armer Oliver», sagte sie leise. «Und du, James, und Maggie – was müßt ihr Armen durchmachen.»

«Maggie weiß es noch nicht», sagte James. Hatte Merlin doch recht gehabt? Verheimlichte Julia etwas?

«Wieso weiß es Maggie nicht?» fragte Julia.

«Ich habe ihr gestern abend ein starkes Beruhigungsmittel

gegeben. Als ich heute früh das Haus verlassen habe, hat sie noch geschlafen. Aber ich bin jetzt auf dem Weg zu ihr. Ist Oliver zu sprechen?»

«Er ist mit seinem Vater spazierengegangen.»

«Ich wollte ihm die Geschichte persönlich mitteilen.»

«Das ist sehr nett von dir, James. Aber ich glaube, es ist besser, wenn ich dir das abnehme. Er hat so viel durchgemacht in letzter Zeit und fühlt sich sehr verletzt. Ich denke, ich kann es ihm am schonendsten beibringen.»

«Ja, vermutlich», sagte James erleichtert. Er konnte sich Angenehmeres vorstellen, als Oliver sagen zu müssen, daß er beinahe eine Lügnerin und Betrügerin geheiratet hätte, die dazu noch seine Tochter war.

«Wenn du jetzt nach Hause willst, James – ich habe volles Verständnis dafür. Maggie braucht dich jetzt dringender als Oliver. Die arme Frau. Ich kann ihr so gut nachfühlen, wie ihr zumute ist – als Mutter.»

Sie setzte sich plötzlich und vergrub das Gesicht in den Händen.

«Julia, bitte – es tut mir so leid», stammelte James.

«Es ist nur der Schock», murmelte sie. Sie sah ihn wieder an. Ihre Augen glänzten, aber sie vergoß keine Träne. Sie preßte die zitternden Lippen zusammen und stand auf. «Bitte, entschuldige mich», sagte sie und ging.

James saß bereits im Taxi, als ihm einfiel, daß er seine Jacke vergessen hatte. Er bat den Fahrer umzukehren, obwohl es ihm graute, noch einmal jemand von den Bergins sehen zu müssen. Noch mehr graute ihm jedoch vor der Unterredung mit Maggie, die er auf diese Weise zumindest ein wenig hinausschieben konnte. Und die Jacke würde er ohnehin abholen müssen.

Im Hotel erfuhr er, daß inzwischen alle Bergins das Haus verlassen hatten. James brachte sein Anliegen vor und fragte, ob ein Hotelangestellter sein Jackett aus dem Zimmer der

Bergins holen könnte. «Woran erkenne ich, welches Ihnen gehört, Sir?» fragte der Page.

«O Gott, ich weiß nicht», sagte James. «Ich komme am besten mit nach oben.»

Auf den fragenden Blick des Pagen nickte der Mann am Empfang. «Es ist in Ordnung. Laß Dr. Forrest nicht warten.»

James fuhr mit dem Pagen in den ersten Stock und ließ sich zum Zimmer der Bergins führen. Während der Junge wartete, holte sich James sein Jackett. Als er zufällig einen Blick auf den Kleiderschrank warf, sah er den in einer Plastikhülle an der Schranktür aufgehängten schwarzen Cut von Josh. Beim Anblick des ungetragenen festlichen Anzugs brach plötzlich all das Schmerzliche der jüngsten Geschehnisse über James herein. Die Tränen schossen ihm in die Augen. Er setzte sich auf das Bett und stützte den Kopf in die Hände. Zu seinem Entsetzen begann er laut zu schluchzen. Der Page räusperte sich diskret.

«Verschwinde!» schrie James. «Ich werde das Zimmer nicht ausrauben.»

Der Page zog sich zurück und schloß lautlos die Tür. James ließ sich erschöpft auf das Bett fallen. Warum hatte Cressida das getan? Warum? War sie wirklich ohne jede Moral? War es sein Fehler, Maggies Fehler, weil sie sie zu sehr verwöhnt hatten? Wurde er auf diese Weise für seine eigenen Fehler bestraft? War Susies Krankheit auch so eine Strafe, eine Strafe für sie beide? Eine furchtbare Angst ergriff ihn, und gleichzeitig schämte er sich für das, was er Susie angetan hatte. Er sah auf seine Uhr. Inzwischen müßte sie aus dem OP gekommen sein. Vielleicht sollte er sie anrufen.

Das Telefon stand auf dem Nachttisch. Er wählte die Nummer des Princess Diana Hospitals und verlangte Dr. Hobson.

«Dr. Hobson ist noch im OP. Kann er Sie zurückrufen, Dr. Forrest?»

«Nein, ich werde nicht mehr hier sein», sagte James. «Ich rufe in einer Stunde noch einmal an.»

«Dann können Sie Dr. Hobson in seiner Sprechstunde erreichen. Soll ich Ihnen die Nummer geben?»

«Ja, bitte», sagte James. Er suchte in der Nachttischschublade etwas zum Schreiben, fand einen kleinen Notizblock und zog den halben Inhalt der Schublade mit heraus. «Okay, schießen Sie los. Ja. Besten Dank.»

Er riß das Blatt von dem Block ab, legte den vergoldeten Kugelschreiber, der sicher Julia gehörte, zurück und hob die verschiedenen Briefe und Zettel vom Boden auf. Plötzlich hielt er einen Brief in der Hand, der aus Julias ledergebundenem Notizbuch gefallen war. Er trug eine Adresse in Palm Beach, Florida. Die Handschrift war ein wenig wacklig, aber durchaus lesbar. Er starrte auf den Brief, und seine Hände begannen zu zittern, während er las:

«Meine liebe Tochter,
ich habe mich sehr gefreut, Dich wiederzusehen. Ich wünschte, Du könntest öfter kommen, aber Du hast natürlich auch Pflichten gegenüber Deinem Mann. Er kann sehr froh sein, eine Frau zu haben, die ihm so treu zur Seite steht. Ich hoffe, er weiß, was er an dir hat.

Was Du mir über dieses Mädchen, das Oliver heiraten will, berichtet hast, hat mich sehr besorgt gemacht. Es ist tragisch, daß ein so hervorragender junger Mann seine Zukunft gefährdet, indem er sich einem so unmoralischen und vielleicht sogar gefährlichen Mädchen ausliefert.

Natürlich habe ich mit meinen Anwälten gesprochen und mein Testament geändert. Danach wird Oliver weder Erbe noch Nutznießer dieses Vermögens sein, solange er mit dieser Person verheiratet ist. Sollte die Ehe auseinandergehen, worauf ich ebenso hoffe wie Du, können wir die Sache neu überdenken. Ich lege Dir eine Fotokopie der geänderten Passagen bei. Das vollständige Dokument ist bei den Vermögensverwaltern hinterlegt. Deinem Wunsch entsprechend habe ich Oliver nicht selbst geschrieben. Du

wirst ihm diese Maßnahme auf Deine taktvolle Art sicher besser erklären können. Vielleicht wird er sich ein wenig gekränkt fühlen, aber ich bin sicher, er wird eines Tages einsehen, daß wir klug gehandelt haben. Es ist unsere Pflicht, unsere Kinder zu beschützen, solange uns Gott dies ermöglicht.
Alles Liebe – Dein Vater

«Großer Gott», sagte James, während er den Brief weglegte. Dann stand er auf, ging an die Minibar, und zum ersten Mal nach zwanzig Jahren goß er sich einen Whisky ein.

KAPITEL 27

Susie – zehn Uhr dreißig vormittags

Als Susie erwachte, fühlte sie Schmerzen im Arm und in der Brust. Sie hatte schrecklichen Durst. Wenn sie die Augen öffnete ... wäre James ... Aber sie wußte, daß er nicht da sein würde. Er liebte sie nicht und hatte sie wahrscheinlich nie geliebt. Ihr ganzes Leben war eine einzige Lüge gewesen. Und Alistair hatte sie die ganze Zeit über geliebt. Das wußte sie jetzt, und auch das tat weh.

Sie schlug die Augen auf und blickte in Alistairs lächelndes Gesicht. Und noch jemand war da, hielt ihre Hand und lächelte ihr liebevoll zu.

«Alistair. Rufus.»

«Susie, wie geht es dir?»

«Ich bin noch ein bißchen benebelt.» Plötzlich erinnerte sie sich, daß sie operiert worden war. Hatten sie ihr die Brust abgenommen? Sie versuchte, den Arm zu heben. Sie mußte wissen, ob sie noch da war, ob sie verstümmelt war. Doch sie war noch zu schwach. Sie biß sich auf die Lippen. Alistair beugte sich über sie und küßte sie.

«Es ist alles in Ordnung, Darling. Sie ist noch da.»

Er hatte erkannt, was sie zu tun versucht hatte. Vor Erleichterung und Rührung schossen ihr die Tränen in die Augen. Die Tränen brannten – vielleicht wurde es besser, wenn sie die Augen für einen Moment schloß ...

Als sie die Augen wieder öffnete, stand Dr. Hobson am Fußende des Betts und sah sehr zufrieden aus. Eine Schwester fühlte ihren Puls.

«Ihr Mann ist nur rasch hinausgegangen, um zu telefonieren», sagte er. «Aber Ihr Sohn ist hier.»

«Rufus, was tust du hier? Woher hast du gewußt... ich habe deinem Vater gesagt –» Sie zögerte, als ihr bewußt wurde, daß sie das nie wieder zu Rufus sagen könnte, ohne sich zu schämen. «Ich habe Alistair gebeten, keinem von euch etwas zu sagen.»

«Harriet hat es mir mitgeteilt.»

«Harriet! Woher hat sie es gewußt?»

«Du hast sie doch angerufen. Weißt du es nicht mehr?»

«Nein. Ich habe sie nicht angerufen. Ich –» Und dann erinnerte sie sich, daß sie kurz vor der Operation unbedingt James sprechen wollte und daß nur Harriet am Telefon war.

«Mutter, warum hast du mir all die Jahre nichts gesagt? Du weißt, was ich meine.»

«Ja, ich weiß», sagte Susie und sah unsicher zu ihm auf.

Er beugte sich zu ihr nieder und küßte sie. «Mutter, wir alle lieben dich. Werde schnell gesund, das ist das einzige, was zählt.»

Dr. Hobson räusperte sich. «Entschuldigen Sie, wenn ich kurz störe», sagte er, «aber ich muß Ihnen noch etwas sagen.»

Susie zuckte erschrocken zusammen. «Was ist es, Doktor?» fragte sie. Sie griff nach Rufus' Hand, aber sie stellte fest, daß ihr das nicht genügte. Sie wollte Alistair neben sich haben, wenn ihr Urteil gesprochen wurde. Vielleicht, dachte sie in ihrer Panik, war diese Krankheit die Strafe für alles, was sie ihm angetan hatte.

«Dr. Hobson, könnten Sie warten, bis mein Mann zurück ist?»

«Ich hole ihn. Bitte, warten Sie, Doktor», sagte Rufus.

«O Rufus, Darling. Vielen Dank. Könnte ich einen Schluck Wasser haben, Doktor? Ich habe schrecklichen Durst.»

«Aber nur einen kleinen Schluck», sagte die Schwester.

«Wie spät ist es, bitte?» fragte Susie, während die Schwester das Glas zurückstellte.

«Kurz vor elf.»

«O Gott!» sagte Susie, der plötzlich alles wieder einfiel. Tilly. Der Flug. Rufus. «Wo ist mein Sohn? Ich muß ihm etwas sehr Dringendes sagen. Schwester, könnten Sie ihn bitte holen?»

Sie sank erschöpft in die Kissen zurück. Dr. Hobson nickte der Schwester zu, und sie eilte aus dem Zimmer.

«Mutter, was ist los? Dad kommt sofort.»

«Es geht nicht um mich oder Dad. Du mußt so schnell wie möglich nach Heathrow, Rufus.»

«Warum?»

«Du mußt Tilly noch erwischen.»

«Tilly will mich nicht mehr sehen», sagte Rufus. Susie sah ihn an. Er war sehr blaß und sah aus, als hätte er nicht geschlafen.

«Ich habe heute morgen mit ihr gesprochen, als ich dich gesucht habe. Sie war bei ihrer Mutter und klang sehr niedergeschlagen. Sie fliegt mit der Mittagsmaschine nach New York, wenn du sie nicht aufhältst. Du mußt mit ihr reden.»

«Mutter, ich habe dir doch gesagt –»

«Sie will dich sehen, und sie liebt dich sehr.»

«Das tut sie nicht. Sie will nur diesen Zwei-Millionen-Dollar-Vertrag haben.»

«Rufus, sie wird gehen, wenn du sie nicht aufhältst. Wenn du dich beeilst, schaffst du es noch.»

«Ich will erst hören, was Dr. Hobson zu sagen hat.»

Alistair kam herein und schloß die Tür hinter sich. Er sah sehr abgespannt aus. Er setzte sich auf den Stuhl neben dem Bett und nahm Susies Hand.

«Also, was ich Ihnen mitzuteilen habe», sagte Dr. Hobson, «wird sie sehr beruhigen. Die Biopsie hat ergeben, daß der Knoten gutartig ist. Nur ein Teil des umgebenden Gewebes hat sich verändert und könnte eventuell später bösartig werden. Mit anderen Worten, wir müssen es im Auge behalten und vielleicht einmal eine subkutane Brustoperation vornehmen.» Susie hielt den Atem an und fühlte, wie Alistairs Griff fester wurde. Dr. Hobson lächelte und legte die Hand sanft auf ihren Arm. «Das ist weitaus weniger schlimm, als es sich anhört. Es wäre eine Operation unter der Haut, und was man entfernt, kann ohne weiteres aufgefüllt werden. Sie würden überrascht sein, wie gut Sie danach wieder aussehen. Und jede Gefahr wäre gebannt. Es tut mir leid, daß Sie sich so ängstigen mußten, aber –»

«O Gott», sagte Alistair. Er sah Susie an, dann stand er auf und ging zum Fenster.

«Vielen Dank, Dr. Hobson», sagte Rufus. «Das ist einfach wundervoll.» Er sah Susie zärtlich an. «O Mutter, ich bin so froh. Und jetzt fahre ich nach Heathrow. In Ordnung?»

«Viel Glück, mein Junge.»

Dr. Hobson verabschiedete sich ebenfalls und verließ mit Rufus das Krankenzimmer. Alistair rührte sich noch immer nicht.

«Alistair», sagte Susie. «Du kannst ruhig auch gehen, wenn du möchtest. Du bist sicher sehr müde.»

«Ach Susie», sagte er, und dann kam er zu ihr und sank neben dem Bett auf die Knie. Die Tränen liefen ihm über das Gesicht. Er nahm ihre Hände und küßte sie.

«Susie, ich habe immer gedacht, wir führten eine Vernunftehe, aber nun weiß ich, daß ich dich von ganzem Herzen liebe und ohne dich nicht mehr leben kann.»

«Aber Alistair –»

«Nein, sag nichts, Susie. Solange ich dich habe, ist mir alles andere egal. Ich konnte all die Jahre damit leben. Ich kann es auch in Zukunft. Solange du lebst und bei mir bist. Nur darauf kommt es an.»

«Nein, Alistair», sagte Susie und strich ihm über das Haar.

«Du bist es, auf den es ankommt. Es tut mir leid, daß ich so dumm war und daß ich dich unglücklich gemacht habe.»

«Das hast du nicht», sagte er. «Du warst immer so gut zu mir, und ich war ja auch kein Engel. Gib mir einen Kuß.» Er beugte sich vor und küßte sie zärtlich.

«Und Rufus?» sagte Susie zaghaft.

«Rufus?» Alistair sah sie fragend an. «Meinst du nicht, daß er alt genug ist, um allein klarzukommen?» Er sah sie an, als wollte er sagen: Laß es dabei bewenden – für immer.

Es klopfte an der Tür. Die Schwester kam mit einem riesigen Strauß Rosen ins Zimmer. «Für Sie», sagte sie. «Sind sie nicht herrlich?»

Susie sah Alistair an. Er war aufgestanden, ohne ein Wort zu sagen, ohne sie anzusehen, und griff nach seinem Mantel.

Sie warf einen Blick auf die Karte. «Für meinen Liebling – alles Liebe.»

«Es tut mir leid», sagte sie zu der Schwester. «Hier muß ein Irrtum vorliegen. Die Blumen sind nicht für mich. Bitte, lassen Sie sie zurückgehen, und ich möchte, daß derjenige, der sie geschickt hat, erfährt, daß ich sie nicht angenommen habe. Vielen Dank, Schwester.»

KAPITEL 28

James – elf Uhr vormittags

«James! Man hat mir gesagt, daß du hier oben bist, um deine Jacke zu holen. Aber mußt du unbedingt auch noch in meinen Sachen herumschnüffeln?» fragte Julia und blickte auf den Brief, der auf dem Bett lag. «Das erklärt zumindest einiges. Der Apfel fällt bekanntlich nicht weit vom Stamm.»

James, der gedankenverloren aus dem Fenster schaute, drehte sich erschrocken um.

«Julia!» Er faßte sich schnell. «Bitte, halte deine Zunge im Zaum.»

«James, ich brauche kein Blatt vor den Mund zu nehmen. Und ich bin ungemein erleichtert, daß ich meinen Sohn schließlich doch noch vor dieser Ehe bewahren konnte, in der er nur unglücklich geworden wäre.»

«Was zum Teufel meinst du?» James setzte sich wieder auf das Bett und leerte sein Glas.

«Ich dachte, du trinkst keinen Alkohol», sagte Julia.

«Würdest du mir bitte erklären, was das hier» – er hielt ihr den Brief entgegen – «was das hier bedeutet?»

«Das müßtest du eigentlich wissen, wenn du den Brief gelesen hast», sagte Julia. «Mein Vater war zutiefst beunruhigt, daß Cressida über sein Vermögen verfügen könnte. Er hat Oliver alles vermacht, obwohl das ganze Kapital bis zu meinem Tod treuhänderisch verwaltet werden sollte.»

«Das wußte ich, aber nicht, daß es soviel ist», sagte James.

«Es ist sehr viel. Wir haben nie davon gesprochen – nicht

einmal Oliver wußte vor seinem fünfundzwanzigsten Geburtstag, wieviel es ist. Aber Cressida hat es gewußt. Ich weiß nicht, wie sie es herausgefunden hat. Vermutlich durch deinen Freund, Mr. Buchan. Diese Millionäre kennen sich alle und auch die Höhe ihres Vermögens.»

«Wieso bist du so überzeugt davon, daß sie es wußte?» fragte James.

«Weil sie Oliver gefragt hat, ob er wirklich soviel Geld erben würde. Das war vor einem Jahr, als sie bei uns in Bar Harbor zu Besuch war.»

James fühlte sich leicht benommen. «Trotzdem, ich verstehe nicht ganz –»

«O James, wirklich! Cressida wollte Oliver nur wegen seines Geldes heiraten. Sie hat ihn nicht geliebt. Aber sie hat beschlossen, ihn zu heiraten, und alles getan, daß er nicht mehr zurück konnte. Ich habe schon an dem Morgen, als sie ihre Verlobung ankündigte, gewußt, daß Oliver Zweifel hatte, daß er nicht ganz glücklich war. Aber Oliver ist ein so anständiger Mensch. Er hätte es nie zugegeben. Ich habe versucht, ihm diese Heirat auszureden, aber er wollte nicht auf mich hören.»

«Ich würde sagen, er ist alt genug, um seine eigenen Entscheidungen zu treffen», sagte James kühl.

«Wie naiv bist du eigentlich, James?»

Er stand auf und nahm sich ein zweites Glas Whisky.

«Jedenfalls habe ich mit der Zeit entdeckt, daß meine Bedenken begründet waren», fuhr Julia fort. «Deine Tochter, James – ist ein Flittchen.»

«Julia, sei vorsichtig mit dem, was du sagst.»

«Ich sage, was mir gefällt. Sie hatte mehrere Liebhaber. Einen besuchte sie regelmäßig in New York, als sie bei uns war. Mir kamen ihre langen Ausflüge zum Einkaufen und ihre Museumsbesuche, die sie immer allein unternehmen wollte, merkwürdig vor, und da bin ich ihr nachgegangen. Sie verbrachte die ganze Zeit in der Wohnung eines Mannes. Ich habe sogar gesehen, wie er ihr die Tür aufmachte und sie küßte. Als ich Cressida damals zur Rede stellte, hat sie natürlich alles abgestritten. Sie hat geweint und getobt, sie würde sich umbringen, wenn Oliver mir statt ihr glauben würde oder wenn er sie verlassen würde.»

«Julia, das ist entsetzlich. Ich werde dir nicht länger zuhören.»

«Niemand wollte auf mich hören, nicht einmal Oliver. Deine Tochter versteht es hervorragend, mit den Gefühlen anderer zu spielen. Sie hatte einen merkwürdigen Einfluß auf Oliver. Je mehr ich versucht habe, ihm die Augen zu öffnen, um so weniger glaubte er mir – bis er von dieser Schwangerschaft erfuhr. Aber dann war es schon zu spät. Es war nur wenige Tage vor der Hochzeit.»

«Und woher willst du wissen, daß es nicht Olivers Baby ist?»

«James, das ist allein aufgrund der Daten unmöglich. Das solltest du doch am besten wissen.»

James schwieg. Er wußte, daß sie recht hatte.

«Als ich erkannt habe, daß ich Oliver nicht überzeugen konnte, habe ich mich an Cressida gewandt. Sie weinte und behauptete, ich würde sie hassen, ich sei verrückt vor Eifersucht. Und dann sagte sie – und das werde ich nie vergessen – ‹Julia, die Sache ist gelaufen. Du kannst gar nichts mehr machen. Oliver wird nicht kneifen.› Damals wußte ich, daß ich die Hochzeit nicht mehr verhindern konnte. Aber ich konnte wenigstens dafür sorgen, daß diese Ehe sehr bald wieder auseinandergehen würde.»

«– indem du deinen Vater gebeten hast, sein Testament zu ändern.»

«Ja. Ich hätte schon viel eher daran denken sollen. Und danach habe ich Cressida von dem geänderten Testament in Kenntnis gesetzt.»

«Am Abend vor der Hochzeit. Wie konntest du nur so grausam sein?»

«Mein Gott, James! Das sagst du nach allem, was sie euch angetan hat? Ihr habt euch alle blenden lassen von ihrem süßen Gesicht, ihrem reizenden Wesen. Ausgenommen vielleicht Merlin. Er schien sie als einziger von euch zu durchschauen. Als ich an jenem Abend zu ihr hinaufging, um ihr gute Nacht zu sagen, habe ich ihr Papas Brief gezeigt. Sie hat ihn gelesen und achtlos aufs Bett geworfen. Dann sagte sie: ‹Gute Nacht, Julia›, setzte sich an ihren Frisiertisch und begann, sich abzuschminken. Und ich nahm den Brief und ging wieder nach unten. Das war das letzte Mal, daß ich sie gesehen habe. Danach hat sie offensichtlich entschieden, daß es sich für sie nicht mehr lohnte –»

«Nein», sagte James, «sie hätte die Hochzeit nicht platzen lassen. Ganz bestimmt nicht. Ich kann es einfach nicht glauben, Julia.»

«Ich denke, die Tatsachen sprechen für sich», sagte Julia achselzuckend. «Und ich finde, etwas Besseres hätte uns allen unter den gegebenen Umständen nicht passieren können. Du wirst aber hoffentlich für dich behalten, was ich getan habe.»

«Ich denke nicht daran», sagte James. «Warum sollte ich? Ich sorge dafür, daß alle erfahren –»

«Ja, James? Was sollen sie erfahren?»

Und plötzlich begriff er, daß er selbstverständlich Stillschweigen bewahren mußte, weil Julias Geschichte womöglich stimmte und weil vieles geschehen war, was sich nicht mehr leugnen ließ. Cressida war an ihrem Hochzeitstag weggelaufen, um einen anderen zu heiraten; sie hatte ihre Familie und Freunde, aus welchen Gründen auch immer, betrogen. Je weniger von dieser Geschichte ans Licht kommen würde, um so besser.

«Ich werde jetzt gehen», sagte er düster. «Nach Hause, um Maggie irgend etwas zu erzählen. Weiß Josh das alles?»

«Nein, natürlich nicht. Er würde es nicht verstehen, und Oliver auch nicht, obwohl er heute morgen wesentlich besser beieinander ist. Wirklich, James, du solltest mir dankbar sein.

Sie ist für keinen von uns ein Verlust. Ich weiß, es ist schmerzlich für dich, aber es wird für alle ein Segen sein, wenn sie nie wieder zurückkommt.»

«Ich verstehe nicht, wie du als Mutter so denken kannst», sagte James. «Man kann nicht einfach aufhören, seine Kinder zu lieben, egal, was sie getan haben. Man muß doch für sie dasein und ihnen vergeben. Alles andere wäre unmenschlich. Adieu, Julia. Ich hoffe, wir sehen uns nie wieder.»

KAPITEL 29

Tilly – zwölf Uhr mittags

Drei Kilometer vor Heathrow blieb das Taxi im Stau stecken. Die letzten hundert Meter rannte Tilly zu Fuß. Sieben Minuten vor Abflug ihrer Maschine hastete sie durch die Abflughalle zum Informationsschalter. «Miss Mills, wir warten schon auf Sie. Gate neununddreißig. Und guten Flug.»

Der Beamte am Abflugschalter war weniger freundlich. «Der letzte Aufruf kam vor zehn Minuten. Sie halten den ganzen Betrieb auf.»

«Tut mir sehr leid», sagte Tilly atemlos. «Ich beeile mich. Hier ist die Bordkarte und hier mein – wo ist das verdammte Ding? Warten Sie, ich habe ihn, er ist hier drin, er muß hier drin sein –»

Sie kramte verzweifelt in ihrem Lederrucksack. Dann drehte sie ihn um und schüttete den gesamten Inhalt auf den Schaltertisch: Brieftasche, Kleingeld, Kaugummis, Make-up, Zigaretten, Polaroidfotos, lose Tampax – ihr Paß war nicht da. Und während sie auf das Durcheinander starrte, fiel ihr ein, daß er noch in Merlin Reids Lagonda sein mußte, im Handschuhfach, wo sie ihn selbst hingelegt hatte, als sie in ihrem Rucksack nach einer Dose Cola gesucht hatte. Es war zwei Minuten vor zwölf. «Ottoline Mills, Passagier nach New York, wird gebeten, sofort zu Gate neununddreißig zu kommen!» dröhnte es aus dem Lautsprecher. Aber der Abfertigungsbeamte schüttelte den Kopf. Ohne Paß konnte er sie nicht durchlassen. Und so kam es, daß Rufus, der sich mit gänzlich untypischer Rücksichtslosigkeit durch die Menge in der Abflughalle drängte und soeben einen lauten Verzweiflungsschrei ausgestoßen hatte, als er auf der Anzeigetafel las: Flight Closed on AA 279 to New York, nun plötzlich vor Tilly stand, die den ganzen Kleinkram wieder in ihren Rucksack stopfte.

«Du liebe Zeit, Rufus, was um alles in der Welt tust du denn hier?»

Rufus zerrte sie durch die Halle und weiter zu seinem Porsche, der im Halteverbot stand und zum Glück noch von keinem Polizisten entdeckt worden war. Er schob Tilly in den Wagen und fuhr wortlos stadteinwärts. Erst als der Verkehr langsamer wurde, sah er Tilly an.

«Ich kann immer noch nicht glauben, was du getan hast», sagte er.

«Was habe ich getan?»

«O verdammt, Tilly, muß ich es dir erst buchstabieren?»

«Ja, das solltest du.»

Sie nahm sich eine Zigarette und zündete sie an. Rufus seufzte und kurbelte das Seitenfenster herunter. «Du weißt, daß ich es nicht mag, wenn du rauchst», sagte er. «Und schon gar nicht im Auto.»

«Ich kann ja auch aussteigen und zu Fuß gehen», meinte Tilly.

«Bitte», sagte Rufus und sah sie wütend an. «Soll ich anhalten?»

«Das solltest du, wenn du nicht auf den Wagen vor uns auffahren willst.»

«Verdammt!» sagte Rufus zum zweiten Mal und trat auf die Bremse.

«So kenne ich dich ja gar nicht», sagte Tilly.

«Ich bin auch noch nie so wütend auf dich gewesen.»

«Aber warum, Rufus? Warum bist du so böse auf mich?»

«Das fragst du mich noch, Tilly? Erst beschließt du, ohne

ein Wort zu verlieren, diesen Vertrag zu unterschreiben und in New York zu leben. Dann bemerkst du nicht einmal, daß ich auch etwas auf dem Herzen habe. Und zusätzlich versteifst du dich auf die absolut lächerliche Idee, daß eine Ehe zwischen uns nicht gutgehen würde. Es ist unerhört, Tilly, wie du mich übergehst und einfach tust, was du für richtig hältst. Ich habe verdammt noch mal genug davon.»

Tilly schwieg. Als sie das Radio anstellen wollte, stieß Rufus ihre Hand beiseite. «Und das läßt du auch. Ich kann das gräßliche Zeug, das du hörst, nicht ausstehen.»

«Junge, Junge», sagte Tilly und fand das Ganze allmählich komisch.

«Und behandle mich gefälligst nicht so von oben herab.»

«Rufus, das tu ich doch gar nicht.»

«Doch, das tust du. Genau das. Du bestimmst, was für uns am besten ist. Ich werde erst gar nicht gefragt. Das ist in höchstem Maße egoistisch und verletzend.»

«In Ordnung, Rufus», sagte Tilly. «Ich habe schon verstanden –»

«Halt einfach den Mund. Kein Wort mehr.»

«Wohin fahren wir?»

«In meine Wohnung.»

«Oh.»

Schweigend blickte sie eine Weile aus dem Fenster, und dann fiel ihr plötzlich siedend heiß ein, daß Susie im Krankenhaus war. «Rufus, ich habe ganz vergessen, mich nach deiner Mutter zu erkundigen. Wie geht es ihr? Ich meine, wird sie –»

«Ja, gottlob», sagte er. «Der Arzt ist optimistisch.»

«Und sie hat vorher nichts gesagt?»

«Nein.»

«Eine tapfere Frau.»

Rufus biß die Zähne zusammen und konzentrierte sich auf den Verkehr. Tilly legte vorsichtig die Hand auf sein Knie.

«Laß das», sagte er.

«Rufus, ich weiß nicht, ob ich in deine Wohnung mitkommen möchte – so wie du gelaunt bist.»

«Du wirst ausnahmsweise einmal tun, was ich will», sagte er. «Und ich habe beschlossen, daß wir zu mir fahren.»

«In Ordnung», sagte Tilly kleinlaut.

Rufus' Wohnung lag nur zehn Minuten vom Haus seiner Eltern entfernt. Tilly hatte ihn oft geneckt, daß er am Schürzenzipfel seiner Mutter hing. Es war eine sehr hübsche Wohnung, die Susie eingerichtet hatte und von Susies Reinmachefrau blitzsauber gehalten wurde. Während Tilly die viktorianischen Möbel betrachtete, die Aquarelle an den Wänden, die silbergerahmten Familienfotos, das glänzende Parkett und die schönen Zimmerpflanzen, fragte sie sich gewiß zum hundertsten Mal, wie sich Rufus vorstellen konnte, daß sie sich in dieser Welt zurechtfand.

«Rufus, ich muß Felicity anrufen. Sie wird ziemlich böse auf mich sein.»

«Ja, natürlich.» Er klang noch immer aufgebracht. Tilly sah ihn an und ging zum Telefon. Dieser Anruf würde alles andere als angenehm werden.

Felicity war so verärgert, daß Tilly erschrak. «Rosenthal hat ein Empfangskomitee für dich zum Flughafen geschickt und ein unglaubliches Programm vorbereitet. Es ist ungeheuerlich, was du dir da leistest. Was soll ich den Leuten sagen?»

«Felicity, ich weiß es nicht. Sag ihnen, daß ich krank geworden bin. Es tut mir sehr leid.»

«Dein Benehmen ist absolut unprofessionell, Tilly. Ich weiß gar nicht, was in dich gefahren ist.»

«Felicity, jeder macht mal einen Fehler.»

«Leute, die zwei Millionen Dollar kassieren wollen, machen keine Fehler. Also, ich versuche, einen Flug für morgen zu bekommen. Wirst du deinen Paß bis morgen haben?»

«Ich denke schon.»

«Okay. Ich ruf dich später an. Wo bist du?»

«In Rufus' Wohnung. Du hast die Nummer. Es tut mir wirklich sehr leid, Felicity.»

Aber Felicity hatte bereits aufgelegt.

«Ich mache uns gleich einen Kaffee», sagte Rufus, «aber erst will ich noch rasch im Krankenhaus anrufen.»

«Natürlich.»

Nach dem Anruf wirkte er etwas gelöster. «Es geht ihr gut. Ich soll dich von ihr grüßen.»

«Vielen Dank», sagte Tilly. «Sie ist sehr nett. Ich mag sie und kann verstehen, warum du sie so liebst. Ist dein Vater bei ihr?»

«Ja», sagte er. «Aber eigentlich ist er nicht mein Vater.»

Tilly schwieg. Sie sah ihn nur an und versuchte, keine Regung zu zeigen.

«Entschuldige», sagte er. «Ich hole den Kaffee.»

Als er zurückkam, setzte er sich neben sie auf das Sofa. Tilly nahm seine Hand. «Möchtest du darüber sprechen?»

«Ja», sagte er. Und zum ersten Mal an diesem Tag sah er sie liebevoll an.

Er erzählte ihr von dem Gespräch zwischen seiner Mutter und James Forrest, das er am Abend zuvor mitangehört hatte, und wie verwirrt, betrogen und verletzt er sich fühlte.

«Ich fühle mich völlig aus der Bahn geworfen, als ob alles, was ich jemals gedacht und gewußt habe, plötzlich nicht mehr stimmt. Wenn du mir heute sagen würdest, die Erde sei eine Scheibe – ich würde es glauben. Und mein Vater, ich meine Alistair, er muß sich doch wie ein Idiot vorkommen. Wie hat er das nur all die Jahre ausgehalten?»

Er sah sie so todunglücklich an, daß Tilly Tränen in die Augen stiegen. Sie legte die Hand zärtlich an seine Wange und küßte ihn, während sie verzweifelt überlegte, was sie sagen sollte und wie sie ihm am besten helfen könnte.

«Weißt du, was ich denke?» sagte sie schließlich. «Ich

finde, deine Mutter ist einfach großartig. Okay, sie war deinem Dad nicht treu. Aber das ist nicht das Schlimmste in einer Ehe. Und dein Dad ist kein Narr. Er muß es gewußt haben, und er muß wohl gedacht haben, daß sie es wert ist. Sie ist dadurch nicht weniger gut zu dir gewesen. Sie hat dich dein Leben lang geliebt und sich um dich gekümmert. Sie hat diese Wohnung so perfekt für dich eingerichtet, daß ich jedesmal vor Ehrfurcht erstarre. Es hat sie nicht daran gehindert, so tapfer zu sein, euch nichts von ihrer Krankheit zu erzählen, obwohl sie sich sehr geängstigt haben muß. Sie ist immer noch derselbe Mensch, nichts hat sich geändert.»

«Doch», sagte er. «Natürlich hat sich etwas geändert.»

«Nur, wenn du es zuläßt. Sieh mal, gestern um diese Zeit warst du der klügste, ausgeglichenste und anständigste Mensch, der mir je begegnet ist. Hat sich daran etwas geändert? Nein. Und es war deine Mutter, die dich dazu gemacht hat. Sei nicht zu streng mit ihr, Rufus. Du weißt nicht, warum sie es getan hat. Aber sie hat dich nie im Stich gelassen – weder dich noch einen anderen aus deiner Familie, auch nicht deinen Vater. Und Alistair ist dein Vater. Er war es, der dich großgezogen hat, nicht dieser aufgeblasene, hochnäsige –»

Sie verstummte plötzlich. Rufus sah sie merkwürdig an.

«Du magst James Forrest nicht, richtig?»

«Nein», sagte Tilly tonlos.

Er stand auf und ging eine Weile im Zimmer auf und ab. Tilly wünschte sich, daß sie ihm helfen könnte. Rufus setzte sich wieder neben sie und nahm ihre Hand. «Vielleicht werde ich mit der Zeit genauso darüber denken können. Ich wünschte, ich hätte deinen Pragmatismus.»

«Ich würde ihn dir geben, wenn ich wüßte, was das ist», sagte Tilly.

Rufus lachte. Er sah besser aus und hatte wieder etwas Farbe im Gesicht. «O Tilly, warum konntest du das nicht schon gestern nacht für mich tun?»

«Weil ich eine selbstsüchtige Ziege bin», sagte Tilly fröhlich. «Rufus, laß uns ins Bett gehen.»

Später schlief sie wohlig erschöpft ein. Als sie wieder aufwachte, saß Rufus neben ihr und sah sie an.

«Ich liebe dich», sagte er.

«Ich liebe dich auch.»

«Und nun sag mir, was gestern passiert ist. Es war nicht der Vertrag, warum du weg wolltest, nicht wahr.»

«Nein», sagte Tilly.

«Was dann?»

Tilly dachte an James Forrest und wie sie ihn gehaßt hatte, seit sie wußte, was er ihrer Mutter angetan hatte, und wie sehr er mit ein wenig Mitgefühl und Großzügigkeit ihr Leben erleichtert haben könnte. Sie dachte an ihre Mutter, die zwölf Stunden am Tag arbeiten mußte, um ihr Leben zu fristen. Und sie dachte an Rufus, den Sohn dieses Mannes, und sie wußte nicht, wie sie das alles unter einen Hut bringen sollte.

«Weißt du, es ist eine sehr komplizierte Geschichte», sagte sie nach einer Weile. «Es gibt da etwas –» Und dann dachte sie daran, was Rufus in den letzten Stunden durchgemacht hatte. Sollte sie ihn zusätzlich quälen, indem sie ihm sagte, wieviel Leid sein leiblicher Vater ihr und ihrer Mutter zugefügt hatte? Sie sah die Verwirrung und den Schmerz in seinen Augen und wußte, sie konnte und durfte es ihm nicht sagen.

«Ich nehme an», sagte sie vorsichtig und aufrichtig, «daß ich in Panik geraten bin. Ich habe solche Angst vor einer Ehe, Rufus – Angst, jemandem ganz und gar zu gehören. Das verstehst du doch, oder?»

«Nein», sagte er.

«Es ist doch gut so, wie es ist», sagte sie und griff nach seiner Hand. «Wir lieben uns, wir verstehen uns wunderbar im Bett. Es ist alles bestens. Mehr kann man sich nicht wünschen.»

«Ich möchte, daß du immer für mich da bist. Und ich will,

daß du weißt, daß ich immer für dich da bin. Das ist meine Auffassung von der Ehe – die völlige Hingabe an den anderen.»

«Genau davor habe ich Angst. Unabhängig zu sein ist so wichtig für mich, Rufus.»

«Und wo bleibt dabei die Liebe? Wenn du jemanden liebst, dann mußt du dich anpassen und Kompromisse schließen, weil dir etwas daran liegt, was der andere denkt und was er braucht.»

«Du willst mich einfach nicht verstehen», sagte Tilly ärgerlich. «Du hast dein Leben fest in der Hand, und daran wird sich nie etwas ändern.»

«Und das sagst du, obwohl du weißt, daß meine ganze Welt zusammenzubrechen droht? Glaubst du wirklich, ich könnte mit dieser elenden Situation ganz allein fertigwerden? Ich kann es nicht, höchstens mit deiner Hilfe.»

«Das ist es ja, was ich meine», sagte sie verzweifelt. «Ich will nicht abhängig sein. Nicht einmal gefühlsmäßig. Nicht einmal von dir.»

«Aber das geht nicht, wenn du jemanden liebst. Wenn du vollkommen unabhängig sein willst, mußt du jeden anderen Menschen aus deinem Leben verbannen. Das ist die einzige Möglichkeit. Aber macht das froh und glücklich, Tilly? Mir kommt das ziemlich trostlos vor.»

«Du begreifst einfach nicht», sagte sie. «Du brauchst eine Ehefrau aus deinen Kreisen und nicht einen schwarzen Emporkömmling aus Brixton.»

«Du bist eine der schönsten Frauen auf der Welt, und es ist mir irgendwie gelungen, dich in mich verliebt zu machen», sagte Rufus. «Du könntest jeden Mann haben, aber aus einem unerklärlichen Grund hast du dich für mich entschieden. Ich bin es, der Angst haben sollte, nicht du. Nun komm mal wieder auf den Boden der Tatsachen, Tilly, und hör auf, dich auf diese blödsinnigen Vorurteile zu versteifen.»

Tilly sah ihn an, und dann erinnerte sie sich, was ihre

Mutter am Morgen zu ihr gesagt hatte, über Rufus und auch über James Forrest. Niemandem wäre geholfen, wenn James Forrest öffentlich erniedrigt würde. Und Rufus hatte wahrscheinlich recht. Für ihre Liebe lohnte es sich, ihre Unabhängigkeit aufzugeben. Vielleicht würde sie ihm sogar eine gute Ehefrau werden. Und doch –

«Tilly», sagte Rufus sehr sanft. «Willst du mich heiraten? Du kannst rauchen soviel du willst und ‹beschissen› sagen, deine gräßliche Musik hören, du brauchst keine Kinder zu bekommen – aber bitte, heirate mich.»

Tilly sah ihn an und schwieg. Sie konnte sich immer noch nicht überwinden, alles, woran sie sich jahrelang geklammert hatte, aufzugeben. Rufus' Augen wurden immer trauriger. Er stand auf.

«Vielleicht solltest du jetzt gehen», sagte er. «Ich glaube, es ist wirklich besser, wenn du gehst.»

Das Telefon unterbrach die lähmende Stille.

«Ja, sie ist hier», sagte er. «Für dich.» Er reichte ihr den Hörer. «Es ist Felicity.»

«Hallo», sagte Tilly. «Wie bitte? Oh, ich verstehe. Also –» Sie blickte zu Rufus, der ihre Sachen vom Boden aufsammelte, die sie vor einer Stunde einfach fallen gelassen hatte. Er legte sie ordentlich zusammen, und dann setzte er sich plötzlich hin und drückte das Bündel an sich, als würde er die Trägerin dieser Kleider das letzte Mal umarmen. «Felicity», sagte sie, «ich weiß nicht, wie ich es dir sagen soll. Aber ich habe mich anders entschieden. Ich gehe nicht nach New York. Ich werde heiraten.»

KAPITEL 30

Harriet – zwölf Uhr mittags

«Es tut mir so leid für Sie», sagte Jennifer Bradman.

«Danke», sagte Harriet. Dieser Vormittag war schrecklich. Auf der Bank hatte man ihr keine andere Wahl gelassen, als Konkurs anzumelden. Dann hatte Theo angerufen, noch während sie dem Bankmanager gegenübersaß, und ihr angeboten, ihre Firma zu retten, aber sie wäre lieber gestorben, als sein Geld anzunehmen. Ihre Mitarbeiter, die so treu bei ihr ausgehalten hatten, waren ab sofort arbeitslos, und der Konkursverwalter war bereits unterwegs, um ihre Geschäftsräume zu schließen und zu versiegeln. Es dauerte einige Augenblicke, bis ihr klar wurde, daß sich die Gynäkologin Mrs. Bradman nicht auf den Untergang ihrer Firma, sondern auf das Verschwinden von Cressida bezog.

«Ihre Eltern müssen in sehr großer Sorge sein.»

«Ja», sagte Harriet, «das sind sie. Wir alle machen uns große Sorgen. Und ich bin hier, weil ich nach Erklärungen suche, wohin sie gegangen sein könnte und warum. Ich weiß, daß Sie eigentlich nicht mit mir darüber sprechen dürfen.»

«Nun, das ist ein ungewöhnlicher Fall», sagte Jennifer Bradman. «Aber ich werde Ihnen nicht weiterhelfen können. Ich halte Ihre Schwester für eine sehr schwierige junge Frau und habe nicht die geringste Ahnung, wo sie sich befinden könnte.»

«Aber sie war schwanger – dieses Mal?»

«Ja. Ungefähr in der vierzehnten Woche. Es ging ihr ziemlich schlecht.» Sie sah Harriet scharf an. «Warum sagen Sie ‹dieses Mal›?»

«Weil ich einen Brief von Ihnen gefunden habe, in dem steht, daß sie letztes Jahr nicht schwanger war. Dadurch bin ich auf Sie gekommen. Von uns hat niemand etwas von Cressidas Problemen gewußt.»

«Das ist wirklich merkwürdig», sagte Jennifer Bradman, «denn es war eine echte eingebildete Schwangerschaft. So etwas kommt manchmal vor. Sie hatte alle Symptome – keine Periode mehr, geschwollene Brüste und Übelkeit.»

«Sie hatte schon als Kind einen empfindlichen Magen», sagte Harriet. «Kaum war irgend etwas schwierig, mußte sich Cressida übergeben.»

«Ja, das ist typisch für das Krankheitsbild einer hysterischen Persönlichkeit. Hatte sie noch andere gesundheitliche Probleme?»

«O Gott, ja», sagte Harriet. «Sie war allergisch gegen Milchprodukte, sie konnte nur Baumwolle auf der Haut tragen.»

«Und schmerzhafte Monatsblutungen?»

«Ja», sagte Harriet und dachte an die zahllosen Partys, Tennisspiele, Picknicks und Fahrradtouren, die abgesagt werden mußten, weil Cressida bleich und mit einer Wärmflasche auf dem Bauch im Bett lag. «Und wie ging das mit der Scheinschwangerschaft aus?»

«Sie war sehr aufgeregt, als sich herausstellte, daß sie kein Kind erwartete. Sie kam zu mir und hat mir erzählt, daß sie und ihr Verlobter heiraten wollten –»

«Das war ungefähr im September letzten Jahres, richtig?»

«Im Oktober», sagte Jennifer Bradman nach einem Blick auf ihre Unterlagen. «Als sie zu mir kam, war sie schon auf dem Sprung nach New York. Sie strahlte vor Glück, obwohl sie über Übelkeit klagte. Als ich sie untersuchte, stellte ich trotz der anderen Symptome fest, daß ihr Uterus nicht erweitert war. Ich habe dann einen Test gemacht, der negativ ausfiel. Daraufhin ist sie völlig zusammengebrochen. Sie hat mir erzählt, in ihrer Familie habe es mehrfach Unfruchtbarkeit gegeben. Ihre Mutter habe sich allen möglichen Behandlungen unterziehen müssen, bis sie endlich schwanger wurde, und sie fürchtete, daß es bei ihr genauso sein würde.»

«Das ist doch alles Quatsch», sagte Harriet empört. «Ich bin mir absolut sicher, daß meine Mutter keine derartigen Probleme hatte, und Cressida war damals noch nicht einmal verlobt mit Oliver. Sie ist – ach, ich weiß nicht –»

«Das ist wohl alles sehr schwierig für Sie», sagte Mrs. Bradman freundlich. «Aber wie gesagt – ich glaube, Ihre Schwester hat eine sehr komplexe Persönlichkeit. Sie benimmt sich sehr theatralisch. Sie scheint mit ihrem Leben nicht richtig fertig zu werden. Ich hätte Ihrer Schwester gern geholfen. Sehen Sie, dieses Weglaufen ist sehr oft eine Art Hilfeschrei. Ich hatte den Eindruck, daß sie nicht mit sich zufrieden war. Zum Beispiel hat sie mir sehr viel von Ihnen, Miss Forrest, erzählt. Sie schien Sie sehr zu bewundern und wegen Ihres Erfolgs zu beneiden.»

«Aber –» Doch Harriet sprach nicht aus, was ihr auf der Zunge lag. Sie wollte sich nicht auf eine schwierige Diskussion mit Jennifer Bradman einlassen oder noch mehr über Cressida erzählen, über das Foto, die andere Hochzeit oder Cressidas hinterlistiges Wesen. «Sagen Sie, gab es denn irgendwelche Anzeichen, daß meine Schwester bei dieser jetzigen Schwangerschaft Probleme hatte?»

«Nein. Sie schien sich sehr darüber zu freuen, obwohl ihr oft übel war. Die bevorstehende Hochzeit bedeutete für sie unter diesen Umständen natürlich eine Belastung. Warum fragen Sie?»

«Ich wollte es nur wissen», sagte Harriet. Plötzlich war ihr die ganze Sache zuwider. «Aber sie hat sich darüber gefreut, sagen Sie.»

«O ja, sie war sehr glücklich. Und soviel ich verstanden

habe, auch ihr Verlobter. Er wünscht sich angeblich einen Jungen.»

«Tatsächlich?» sagte Harriet. «Das habe ich nicht gewußt – und er höchstwahrscheinlich auch nicht.»

Kurz vor ein Uhr kam sie nach Covent Garden. Ihr Studio lag im ersten Stock eines der früheren umgebauten Lagerhäuser gleich hinter dem großen Platz in der Mitte. Sie blickte zu ihren Fenstern hinauf und dachte, daß sie die Räume dort oben, die ihr eigentliches Zuhause waren, heute zum letzten Mal als Eigentümerin betreten würde. Man würde sie aussperren, die Schlösser auswechseln, und bald würden fremde Menschen dort oben ein und aus gehen. Plötzlich erkannte sie den Wagen, der vor ihrer Tür parkte, und die große Gestalt am Steuer. Noch bevor sie umkehren und weglaufen konnte, war Theo ausgestiegen und hielt sie am Arm fest.

«Harriet, ich muß mit dir sprechen.»

«Es gibt nichts zu besprechen, Theo. Und laß mich los oder ich schreie!»

«Heutzutage würde kein Mensch davon Notiz nehmen. Außerdem sehe ich nicht aus wie ein Verbrecher.»

Harriet sah ihn an. Er war wie immer tadellos gekleidet – grauer Nadelstreifenanzug, cremefarbenes Hemd, geschmackvolle Seidenkrawatte. Trotz seines schweren Körpers wirkte er sehr elegant. Aber sein Gesicht hatte einen Ausdruck, den Harriet nicht oft an ihm gesehen hatte; er war weder bekümmert noch wütend, sondern vollkommen niedergeschlagen. «Bitte, Harriet», sagte er, als er sah, daß ihr Blick weicher wurde, «laß uns zusammen zu Mittag essen.»

«Ich kann jetzt nichts essen, Theo. Ich habe das Gefühl, als würde ich nie wieder essen können, nicht zuletzt, weil ich es mir wahrscheinlich nicht mehr leisten kann.»

«Ach, sei nicht lächerlich», sagte er. «Du wirst dich wieder aus diesem Häufchen Asche, das du aus dir gemacht hast, erheben und –»

«Theo, nicht ich habe mich dazu gemacht», sagte Harriet.

«Doch, das hast du. Und es ist wichtig, daß du das begreifst. Du hast dich übernommen, Harriet. Du bist eine glänzende Designerin, aber eine schlechte Geschäftsfrau. Vergiß nicht, ich habe deine Bilanzen gesehen. Ich bin bereit, dir zu helfen, aber ich werde dich nicht bemitleiden. Ich bleibe bei dem, was ich zu Hayden Cotton gesagt habe. Du hast die Zahlen frisiert.»

Harriet sah ihn an und verlor plötzlich die Kontrolle über sich. In ihrem ohnmächtigen Zorn wollte sie nur noch eines – sie wollte Theo verletzen, sie wollte ihm weh tun, ihn schlagen. Mit aller Kraft, die sie aufbringen konnte, rammte sie ihm ihre Faust in den Unterleib. Er zuckte zusammen und wich zurück. Dann sagte er ruhig: «Ich rate dir, das nicht noch einmal zu tun.»

«Ich tue es aber noch einmal», sagte sie. Doch Theo packte sie einfach und schob sie in den Wagen. Dann lief er um den Wagen herum, ließ den Motor an und fuhr mit quietschenden Reifen los. Er hatte recht, dachte sie. Keiner der Passanten hatte sich auch nur umgedreht.

Theo hielt vor der Tate Gallery. «Das Restaurant im Museum hat eine sehr gute Weinkarte. Wollen wir hineingehen?»

Sie wollte eigentlich nicht, aber die Art, wie er sie ansah, ließ sie ihre Empörung und ihr Unglück für einen Moment vergessen.

«Ich habe es gefühlt – draußen im Wagen», sagte er leise, als sie ihm im Restaurant gegenübersaß.

«Was hast du gefühlt?»

«Du weißt es.»

«Theo, ich weiß bald gar nichts mehr.»

«Du siehst müde aus. Trink den Champagner. Er wird dir guttun.» Er hob das Glas und nickte ihr zu. «Dein Faustschlag hat wirklich weh getan», sagte er und klang plötzlich viel fröhlicher.

«Das sollte er auch», sagte sie heftig. «Zu behaupten, ich hätte meine Bilanzen frisiert.»

«Na gut, vielleicht sollten wir das Thema beiseite lassen.»

«Du hast ja keine Ahnung, wie sich jemand fühlt, der gedemütigt wurde.»

«Da irrst du dich», sagte Theo, während er nachschenkte. «Es ist noch keine zwölf Stunden her, daß ich gründlich gedemütigt wurde. Willst du die Geschichte hören?»

«Nein.»

«Hör sie dir trotzdem an.»

«Nun, ausnahmsweise freue ich mich für Sasha», sagte Harriet und aß mit großem Appetit den geräucherten Lachs.

«Und vermutlich findest du auch, daß ich es verdient habe.»

«Ja.»

Er seufzte. «Du hast sicher recht.»

«Bist du unglücklich, weil sie gegangen ist?»

«Nein, nicht im geringsten.»

«Warum nicht?»

«Weil ich dich immer noch liebe», sagte er leise.

«O Theo, hör auf. Wenn du mich geliebt hast, warum hast du sie dann geheiratet?»

«Ich mußte etwas tun, weil du mich nicht haben wolltest.»

«Das ist doch unglaublich! Du heiratest eine Frau, die du nicht liebst, nur um über eine andere hinwegzukommen! Wie kann man nur so kindisch sein? Und so egoistisch?»

«Ich weiß, ich weiß.»

Sie sah ihn scharf an. Seine Augen funkelten belustigt. «Das ist nicht komisch.»

«Ich habe nicht behauptet, daß es komisch ist.»

Harriet gab auf.

«Sasha hat es gewußt», sagte er nach einer Weile.

«Was hat sie gewußt?»

«Das von uns beiden.»

Sie starrte ihn an. «Wer hat es ihr gesagt?»
«Cressida.»
«O Gott», sagte Harriet und brach in Tränen aus.

Sie hatten das Restaurant verlassen und saßen in dem Raum der Tate Gallery, in dem Bilder und Skulpturen von Degas zu sehen waren. «Ich habe so viele schreckliche Dinge über sie erfahren, daß es mir vorkommt, als wäre sie eine ganz andere, die keiner von uns richtig gekannt hat. Sie hat ein geheimes Leben geführt, alles war Lug und Trug. Armer Oliver. Sie war schwanger, weißt du, aber nicht von ihm, sondern wahrscheinlich von dem Mann in Paris. Und letztes Jahr hat sie Oliver gegenüber behauptet, sie sei schwanger, und war es gar nicht. Die Gynäkologin, zu der Cressida ging, meinte, Cressida habe eine hysterische Persönlichkeit und ihr Verhalten sei eher krankhaft als schlecht.»

«Es muß so sein», sagte Theo. «Wenn sie psychisch gestört ist, erscheint alles in einem anderen Licht. Es erklärt manches.»

«Aber nicht für mich», sagte Harriet. Nach der jüngsten Enthüllung hatte sie nichts mehr für Cressida übrig.

«Wie würdest du reagieren, wenn sie zurückkommt?» fragte Theo.

«Ich weiß es nicht. Ich hoffe nur, daß sie nie zurückkommen wird. Ich habe gestern noch etwas über sie erfahren – von meiner Mutter. Du erinnerst dich doch an meinen kleinen Hund, an Biggy?»

«Ja, natürlich», sagte er.

«Sie hat ihn auf dem Gewissen. Sie hat die Gartentür absichtlich geöffnet, damit er hinauslaufen konnte und überfahren wurde.»

«Harriet, das glaube ich nicht.»

«Du mußt es glauben», rief sie und erschrak über den Schmerz in ihrer Stimme. «Ich habe es im Herzen immer gewußt, daß es genau so war. Zu meiner Mutter hat sie gesagt, sie habe vergessen, das Tor zu schließen, es sei ein bedauerlicher Unfall gewesen. Aber so war es nicht. Sie hat mich gehaßt und wollte mir schaden.»

«Harriet, nicht –»

«Du begreifst einfach nicht, wie bösartig sie sein kann. Ich nehme dir das nicht übel, denn dich hat sie immer am leichtesten um den Finger wickeln können. Sie brauchte ja nur mit ihren langen Wimpern –»

«Ach, hör doch auf», sagte er. «Sei nicht so nachtragend, Harriet. Das bringt doch nichts.»

«Ich bin aber nachtragend», sagte sie. «Ich fühle mich so betrogen, so – ach, es ist absolut lächerlich. Ich weiß gar nicht, warum ich hier sitze und mit dir rede. Ausgerechnet mit dir.»

«Weil von allen Menschen, die du kennst, ich derjenige bin, Harriet, der dich am besten versteht und am meisten liebt.»

«Nein, Theo.»

Sie stand auf und ging zu einer kleinen Ballerinastatue. Sie betrachtete den dünnen Hals und die auf dem Rücken gefalteten Hände, als sich Theo zu ihr gesellte.

«Harriet, bitte –»

«Nein!» rief sie laut und so feindselig, daß der Aufsichtsbeamte mißbilligend die Brauen hob. Sie errötete. «Ich muß zurück», sagte sie. «Der Konkursverwalter wird bald kommen und meine Habe beschlagnahmen.»

«Harriet», sagte er, «laß mich dir wenigstens helfen. Ich gebe dir das Geld, ich leihe es dir zu üblichen Bedingungen, wenn du willst. Du könntest die Firma vom Konkursverwalter zurückkaufen.»

«Theo, du kennst mich wirklich überhaupt nicht. Ich werde dein Geld nicht annehmen, denn ich will nicht, daß du mir hilfst.»

«Warum nicht?»

«Weil du dann gewonnen hättest. Du hättest mich gezwungen zu tun, was du willst. Und nun laß mich bitte zufrieden. Ich will nichts von dir. Ist das so schwer zu begreifen?»

«Harriet», sagte er sehr leise, während er die Hände hob, um sie zu berühren. Doch dann ließ er sie wieder sinken. «Harriet, bitte. Ich liebe dich. Ich liebe dich mehr denn je.»

Eine Weile standen sie schweigend nebeneinander, und Harriet wußte, sie liebte ihn noch immer. Ihre Sehnsucht nach ihm tat beinahe körperlich weh.

«Bitte, Harriet», flüsterte er, «ich will dich.»

Doch mit diesem kleinen Satz hatte er seine Chance vertan. Nur darum ging es bei ihm. Was er wollte, mußte er haben – Grundstücke, Kunstwerke, Autos, Firmen, Macht, Frauen... Sie konnte und wollte nicht in diesen Katalog aufgenommen werden.

«Ich fürchte, du weißt gar nicht, was Liebe bedeutet», sagte sie. Dann drehte sie sich um und lief aus dem Saal. Sie rannte die Treppen des Museums hinunter, winkte einem Taxi und stieg ein. Als ihr Blick in den Rückspiegel fiel, sah sie ihn, die Hände in den Taschen und mit gebeugtem Kopf, die Stufen hinuntergehen.

«Mistkerl», sagte Harriet laut, und dann brach sie in Tränen aus.

KAPITEL 31

James – ein Uhr mittags

Im Haus war es schrecklich still. Alle waren gegangen, sogar Janine und Merlin. James saß in seinem Arbeitszimmer und versuchte, sich etwas zu beruhigen, bevor er zu Maggie ging.

Er war kaum zu Hause gewesen nach seinem Besuch bei Julia, als der Blumenhändler anrief. Mrs. Drayton habe den Strauß, den Dr. Forrest bestellt hatte, nicht angenommen; möglicherweise liege eine Verwechslung vor.

«Wahrscheinlich ein Irrtum von mir», sagte James. «Geben Sie den Strauß den Schwestern.»

Dann hatte er im Krankenhaus angerufen, doch Mrs. Drayton wollte nicht mit ihm sprechen; sie sei zu müde. Und als er sich bei dem behandelnden Arzt, den er kannte, nach Susie erkundigte, erfuhr er wenigstens, daß kein Grund zur Sorge bestand.

Als er den Hörer auflegte, zitterten seine Hände, und plötzlich fühlte er eine panische Angst in sich aufsteigen. Sein Leben brach auseinander. Seine über alles geliebte Tochter Cressida entpuppte sich als geldgieriges Flittchen. Susie wollte offensichtlich nichts mehr von ihm wissen. Rufus wußte von seiner jahrelangen Affäre mit Susie und daß Alistair nicht sein Vater war. Der Whisky bei Julia war eine Wohltat gewesen. Er brauchte sofort noch einen Drink.

«O Gott», stöhnte er laut und warf den Kopf in den Nakken.

Wie aus weiter Ferne hörte er das Telefon klingeln, aber er hob nicht ab. Er konnte jetzt mit niemandem sprechen. Wie gelähmt saß er an seinem Schreibtisch. Das Telefon verstummte. Anscheinend hatte Maggie den Anruf entgegengenommen. Er zündete sich eine Zigarette an und inhalierte tief.

Als er die zweite Zigarette ausdrückte, kam Maggie ins Zimmer. Sie lächelte strahlend. James sah sie verblüfft an.

«Was ist los?» fragte er. «Was ist passiert?»

Maggie setzte sich und sah ihn mit tränenfeuchten Augen an. Sie weinte vor Freude. «Das war eben Cressida», sagte sie. «Sie hat aus Paris angerufen. Wir hatten ein ausführliches Gespräch.»

«Was hat sie gesagt? Was geht hier eigentlich vor?»

«Nichts geht hier vor», sagte Maggie. «Sie ist krank und verängstigt und schrecklich durcheinander. Ich glaube, ich konnte sie ein wenig beruhigen. Es tut ihr alles sehr leid.»

«Wie nett», sagte James und wurde plötzlich wütend. «Sie verschwindet am Hochzeitsmorgen, blamiert sich und uns, stürzt uns in Angst und Schrecken, und dann tut es ihr schrecklich leid. Dann ist ja alles in bester Ordnung, nicht wahr? Wir vergessen einfach und schmücken das Haus für ihren Empfang.»

«James, bitte, hör mir zu. Sie ist verzweifelt.»

«Wenn sie verzweifelt ist, so geschieht ihr das nur recht.»

«James, sie ist schwanger.»

«Das weiß ich.»

«Aber nicht von Oliver. Sie liebt einen anderen Mann.»

«Ach ja? Mein Mitgefühl hält sich in Grenzen.»

«James, bitte. Sie wollte Oliver niemals heiraten. Aber er war so leidenschaftlich in sie verliebt. Sie dachte auch, sie würde ihn lieben. Aber als sie erkannte, daß sie einen Fehler gemacht hatte, war es zu spät. Alles war geplant, alle waren so glücklich.»

«Phantastisch.»

«James, sei nicht so zynisch, versuch doch zu verstehen.

Du weißt, wie sensibel sie ist und daß sie niemandem weh tun kann. Sie hat diesen Mann Anfang des Jahres in Paris kennengelernt und sich in ihn verliebt. Sie hat versucht, mit Oliver Schluß zu machen, aber er geriet völlig außer sich. Sie konnte es ihm einfach nicht antun.»

«Warum hat sie nicht mit uns darüber gesprochen?»

«Sie hat es versucht, aber sie brachte es nicht übers Herz. Die Hochzeit war schon vorbereitet. Ich mache mir solche Vorwürfe, James, daß sie niemanden hatte, an den sie sich wenden konnte. Was bin ich nur für eine Mutter? Sie denken zu lassen, eine Hochzeit sei wichtiger als ihr Glück!»

«Eine ziemlich einfältige, würde ich sagen», antwortete James.

«Wie dem auch sei – Anfang Mai hat sie mit diesem Mann in Paris Schluß gemacht. Er heißt übrigens Gérard Renaud und ist Journalist. Sie sagte ihm, sie müsse Oliver heiraten. Damals wußte sie noch nicht, daß sie schwanger ist. Gérard war todunglücklich, aber er hat es akzeptiert. Er hat Paris dann verlassen. Seine Zeitung schickte ihn nach Südafrika. Er war wochenlang weg. Als sie entdeckte, daß sie schwanger ist, wußte sie nicht, was sie tun sollte. Sie geriet in Panik, wollte eine Abtreibung vornehmen lassen, aber sie brachte es nicht über sich. Also hat sie zu Oliver gesagt, das Baby wäre von ihm.»

«Der arme Kerl.»

«Ja. Sicher, das war nicht in Ordnung. Aber sie hatte solche Angst, es ging ihr so schlecht –»

«Maggie, nicht einmal du solltest diesen Unsinn glauben.»

«James, ich schwöre dir, es ist kein Unsinn. Du hast nicht mit ihr gesprochen. Sie war außer sich, so sehr bedauert sie das alles. Und da ist noch etwas. In der Nacht vor der Hochzeit hat Gérard angerufen. Er war wieder in Paris und wollte ihr unbedingt noch etwas sagen. Er ist krank, James, sehr krank. Er hat Leukämie und wird wahrscheinlich nur noch wenige Monate zu leben haben. Er wollte Cressida noch einmal sehen.

Nun gab es nichts mehr, was sie zurückhalten konnte. Er sollte von dem Kind erfahren, und sie wollte die Zeit, die ihm noch blieb, mit ihm verbringen und für ihn sorgen.»

«Aber, Maggie –»

«Sie sagt, es sei ein Wink des Schicksals gewesen, der sie davor bewahrte, etwas Falsches zu tun.»

«Aber warum konnte sie nicht mit uns darüber sprechen? Sie hätte uns wenigstens einen Teil dieses Elends erspart.»

«Das habe ich sie auch gefragt. Aber sie fürchtete, sie hätte dann uns gegenüber vielleicht nachgegeben. Und vergiß nicht, sie hat uns einen Brief geschrieben. Daß wir ihn nicht gleich gefunden haben, ist nicht ihre Schuld.»

«Nein, vermutlich nicht», sagte James.

In seinem Kopf drehte sich alles. Er hätte Maggie und Cressida nur zu gern geglaubt. Aber diese Geschichte war absurd und allzu offensichtlich darauf angelegt, Maggies Mutterherz zu erweichen. Und Julia hatte sich ihre Geschichte nicht aus den Fingern gesogen, auch wenn sie ihren Vater und ihren Sohn vergötterte.

«Na gut. Und wo ist Cressida jetzt?»

«In Gérards Wohnung in Paris. Sie ist allein, weil er zu weiteren Untersuchungen ins Krankenhaus mußte.»

«Ich will mit ihr sprechen», sagte James. «Gib mir die Nummer.»

«Nein, James.»

«Wie bitte?» Er sah sie verständnislos an. «Natürlich gibst du mir die Nummer.»

«Ich lasse nicht zu, daß sich das arme Kind noch mehr aufregt.»

«Maggie, sie ist kein Kind mehr. Hast du gewußt, daß sie diesen Mann gestern geheiratet hat?»

«Das ist doch lächerlich, James. Das konnte sie gar nicht.»

«Sie wurde fotografiert, als sie im Brautkleid an der Seite eines Mannes die Stufen von Sacré-Cœur herunterlief.»

«Ach, *das* meinst du», sagte Maggie offensichtlich erleichtert. «Das hat sie mir auch erzählt. Sie wollten den Tag irgendwie feiern, und da haben sie einen Priester in Sacré-Cœur um den Segen gebeten.»

«Also, ich habe von diesem Theater jetzt endgültig die Nase voll. Ich bin schrecklich müde, Maggie.»

James wollte ihr gerade den Rücken zudrehen, als sie plötzlich fragte: «Woher weißt du das alles?»

«Ein Freund von Tilly Mills hat das Foto zufällig entdeckt und hat es Harriet gestern abend gefaxt.»

«Hast du das Foto gesehen?»

«Ja. Und ich bin mit Theo nach Paris geflogen. Wir haben auch mit dem Priester, der sie gesegnet hat, gesprochen.»

«Und mir hast du kein Wort gesagt. Nicht einmal das Foto hast du mir gezeigt – wie konntest du?»

«Maggie, du hast geschlafen. Ich habe auch erst gegen zwei Uhr nachts davon erfahren. Und um fünf sind wir losgeflogen. Ich war wieder zurück, bevor du aufgewacht bist, und dann –»

Maggies Gesicht wirkte plötzlich kalt und hart. «Du läßt mich im dunkeln, lügst mich an und betrügst mich. Du denkst, ich werde schon stillhalten. Nun, James, das werde ich endgültig nicht mehr. Ich verlasse dich.»

«Ach, red doch keinen Unsinn», sagte James.

«Ich habe diesen Entschluß schon vor einiger Zeit gefaßt. Ich wollte nur noch die Hochzeit abwarten.»

«Maggie, du kannst nicht einfach gehen. Wie soll ich ohne dich auskommen?»

«Du wirst sehr gut ohne mich auskommen und wirst genau das haben, was du wolltest. Du wirst frei sein und mit Susie zusammenleben können.»

«Susie?» fragte James. Er hatte diese Unterhaltung so oft im Geist geprobt, daß die Worte wie von selbst kamen. «Was hat Susie damit zu tun?»

«James, bitte, hör auf mich zu belügen. Ich weiß es längst. Tu, was du willst, James. Es ist mir egal.»

Er starrte sie an und versuchte zu begreifen, was sie sagte.

«Ich hasse dich», sagte sie. «Du hast mich in all den Jahren zum Narren gehalten. Du und deine Mätresse, die schöne Susie mit ihrer perfekten Figur, die mir, der dummen Maggie, den Mann weggenommen hat. Ich habe es sehr bald gewußt, und du hast entweder gedacht, ich würde nichts merken oder ich würde es akzeptieren für das zweifelhafte Vergnügen, mit dir verheiratet zu sein. Nun, ich habe es in gewisser Weise akzeptiert und dir nie eine Szene gemacht. Und ich mußte an die Mädchen denken, die dich beide vergöttert haben.»

James sah sie an. Er fühlte eine merkwürdige Beklemmung bei dem Gedanken, sie könnte ihn verlassen. Er liebte sie nicht, aber er brauchte sie. Sie war wichtig für ihn und sein Leben.

«Ich mag es nicht, wenn du so redest», sagte er schließlich.

«Das ist dein Pech, James. Aber ich werde dir sagen, was ich tun werde und warum ich es tue.»

«Du darfst nicht gehen», sagte er. «Fahre nach Paris und besuche Cressida, wenn du mußt. Aber komm wieder.»

«Warum sollte ich?»

«Weil wir verheiratet sind. Und das schon sehr lange.»

«Nein, das sind wir nicht», sagte Maggie. «Ich habe den Haushalt geführt und mich um die Kinder gekümmert. Aber unter einer Ehe stelle ich mir etwas anderes vor. Wir haben selten miteinander geschlafen, und wenn wir es getan haben, wußte ich, daß du dabei an Susie denkst. Wir sprechen kaum miteinander, wir gehen nie miteinander aus, nicht einmal ins Kino. Nur unsere Mahlzeiten nehmen wir gemeinsam ein, und dann weiß ich, daß du mich beobachtest und denkst, daß ich zuviel esse.»

«Maggie, das ist nicht wahr.»

«Doch. Du siehst mir zu und denkst dabei an Susie und ihre tolle Figur und wie sie auf sich achtet.»

«Seit wann weißt du das mit Susie? Wie hast du es herausgefunden?» fragte er.

«Schon bevor Rufus zur Welt kam.»

James hielt den Atem an. Wußte sie auch, daß Rufus sein Sohn war?

«Ich habe mich gefragt, ob Susies Tom von dir ist», fuhr Maggie fort. «Aber er ist Alistair wie aus dem Gesicht geschnitten. Ich nehme an, wenn Susie von dir schwanger geworden wäre, hätte sie das Kind nicht ausgetragen. Sie ist nicht gerade ein mütterlicher Typ.»

James schwieg. Er konnte Susie Maggie gegenüber schlecht verteidigen.

«Ich habe versucht, mir einzureden, du würdest nur mit ihr flirten, weil sie hübsch und sexy ist. Aber ich habe euch beobachtet und gelegentlich nachspioniert.»

«Ich verstehe nicht, warum du nie etwas gesagt hast.»

«Du hättest sie ja doch nicht aufgegeben. Also habe ich einfach gewartet.»

James starrte schweigend aus dem Fenster.

«Jedenfalls bin ich froh», fuhr sie heiter fort, «daß Cressida mich jetzt braucht. Gerade als ich dachte, daß ich endgültig zum alten Eisen gehöre, habe ich wieder eine Aufgabe. Und das ist wundervoll.»

«Willst du damit sagen, du gehst zu ihr und diesem Mann nach Paris? Hältst du das wirklich für eine gute Idee?»

«Nein, ich werde natürlich nicht bei ihnen bleiben. Ich werde mir eine kleine Wohnung irgendwo in der Nähe von London nehmen. Ich habe immer noch ein paar Freunde hier, und ich werde mein Leben neu aufbauen. Wenn Cressida möchte, daß ich zu ihr komme, wenn das Baby geboren ist, werde ich vielleicht eine Weile bei ihr bleiben. Und wenn – nun, wenn sie allein sein wird, kann sie selbst entscheiden, wo sie leben will.»

«Du glaubst also diese Geschichte», sagte James. Daß Maggie ihn verlassen wollte, verdrängte er einfach. Er war nicht in der Lage, sich mit einem weiteren Problem zu befassen.

«Ja, und ich gehe jetzt packen.»

«Du willst heute schon weg?» fragte James. «Wohin willst du?»

«Zu einer alten Freundin. Ich kann bei ihr wohnen, bis ich etwas Passendes für mich gefunden habe. Ich werde etwas Geld von dir brauchen, und ich denke, ich habe es mir verdient. Ich komme nachher noch einmal, um mich zu verabschieden.»

Sie ging aus dem Zimmer und aus seinem Leben. Obwohl er so oft davon geträumt und es herbeigesehnt hatte, daß sie von selbst gehen würde, fühlte er sich nun allein gelassen und zutiefst deprimiert.

KAPITEL 32

Theo – halb drei Uhr nachmittags

Theo steckte im Stau vor Buckingham Palace und blickte zur Marmorstatue der Königin Viktoria empor. Er hatte Respekt vor der alten Dame und schätzte ihre konservativen Prinzipien sowie ihren Mut. Zu Lord Balfour hatte sie einmal gesagt, die Möglichkeit einer Niederlage ziehe sie nicht einmal in Betracht. Und das tat auch Theo nicht. Er wollte Harriet, er brauchte sie, er liebte sie, und er würde sie bekommen. Es war nur eine Frage der Geduld und der geschickten Planung.

Er griff nach dem Autotelefon und rief seine Sekretärin an.

«Hat jemand für mich angerufen, Myra?»

«Michael hat bereits sechsmal angerufen. Er möchte mit Ihnen zu Abend essen. Hayden Cotton möchte baldmöglichst zurückgerufen werden, ebenso Mark Protheroe und ein Mr. Hennessy, der für Mrs. Buchan tätig ist. James Forrest würde Sie gerne heute abend sehen. Alles andere kann warten.»

«Gut. Sagen Sie Michael, aus einem Abendessen wird wahrscheinlich nichts werden, aber ich würde mich freuen, ihn zu sehen. Ich werde ihn anrufen, sobald ich dazu komme. Das übrige erledige ich, wenn ich im Büro bin.»

Dann rief er James an.

«Hallo, hier ist Theo. Bist du okay? Tut mir leid, aber heute abend habe ich keine Zeit –»

«Maggie hat mich verlassen», sagte James tonlos.

«Mein Gott, warum denn?»

«Sie sagte, sie weiß alles und haßt mich.»

Theo zog eine Zigarre aus seiner Jackentasche, schnitt die Spitze ab und steckte sie in den Anzünder am Armaturenbrett. «Das tut mir wirklich leid. Es sei denn, du willst es so.»

«Ich weiß nicht, was ich will», sagte James, und Theo merkte, daß er weinte.

«James, was ist los? Ist etwas mit Susie?»

Es entstand eine kleine Pause, während sich James die Nase putzte. «Nein, Theo. Susie geht es soweit gut. Es war falscher Alarm.»

«Ist es Rufus?»

«Nein, auch nicht wegen Rufus.»

«Wo will Maggie denn hin?»

«Sie will sich irgendwo eine Wohnung nehmen und dann nach Paris zu Cressida gehen.»

«Cressida?» Theo fuhr beinahe auf das vor ihm stehende Auto auf. «Habt ihr sie gefunden?»

«Nein. Das heißt, vermutlich schon. Sie hat Maggie angerufen und ihr eine ziemlich ungewöhnliche Geschichte erzählt. Ich will dich aber jetzt nicht damit behelligen.»

«Nein, sprich ruhig weiter», sagte Theo. «Ich habe alle Zeit der Welt.»

Und so hörte er, im Regen und im Freitagnachmittagsstau festsitzend, erst die Geschichte von Cressida und dann, etwas stockender vorgetragen, die Geschichte von Julia.

«Ach, und noch etwas, Theo. Hast du Cressida jemals erzählt, wie wohlhabend Julias Vater ist? Ich hatte keine Ahnung, wie reich er ist.»

Theo seufzte. «Ich wollte es ihr eigentlich nicht sagen, aber sie verstand es hervorragend, einem etwas zu entlocken. Ich habe ihr erzählt, daß ich den alten Knaben auf einer Tagung in Palm Beach kennengelernt habe. Er lebt wie ein Einsiedler und ist besessen von der Computertechnologie, mit der er sehr viel Geld verdient.»

«Das scheint Julias Geschichte zu bestätigen», sagte James matt. «Sie sagte, daß Cressida vom Vermögen ihres Vaters vermutlich durch dich erfahren hat. Na ja, wahrscheinlich hätte sie es sowieso herausgefunden.»

«James, es tut mir sehr leid», sagte Theo schließlich, während er den Bentley auf den Parkplatz vor seinem Büro lenkte. «Es sieht so aus, als hätten wir beide einiges vermasselt.»

Hayden Cotton teilte Theo mit, daß er definitiv kein Geld in Harriets Firma stecken würde.

«Es sind weniger die Zahlen. Es ist nur so, daß mir die Sache nicht viel bringen würde. Sie macht im Grunde nichts anderes als wir, und wir sind in England schon gut vertreten. Sie ist ein intelligentes Mädchen und eine glänzende Designerin, nur keine Geschäftsfrau. Ich würde sie gern einstellen, aber ich glaube nicht, daß sie interessiert wäre.»

«Als was möchtest du sie haben?» fragte Theo.

«Als Designerin. Ich möchte eine neue Kollektion starten mit gut gemachter, aber erschwinglicher Ware. Ich denke auch an Abendkleider, keine großen Roben, sondern gut geschneiderte Dinnerjacketts und Blazer für Damen.»

«Es wird nicht einfach sein, diesen Markt zu knacken», sagte Theo.

«Ich weiß. Aber möglich ist es durchaus. Und ich denke, Harriet könnte es schaffen.»

«Mm», machte Theo. «Und wo würde sie arbeiten?»

«Bei uns in den Staaten natürlich. Ich könnte ihr ein fantastisches Angebot machen. Aber ich fürchte, das will sie nicht.»

«Ich glaube auch nicht, daß sie kommen würde», sagte Theo, «aber es wäre genau das Richtige für sie. Und sie ist die Richtige für dich und deine Idee. Hayden, ich sag dir was –»

«Ja?»

«Ich weiß, wie man sie dazu bringen könnte, dein Angebot anzunehmen.»

KAPITEL 33

Harriet – vier Uhr nachmittags

«Alles in Ordnung, Miss?»

Harriet saß auf den Eingangsstufen des Hauses, in dem sie bis vor einer Stunde ihr eigenes Studio hatte. Vor ihr stand ein Polizist.

«Ja. Vielen Dank. Alles bestens.» Sie lächelte etwas unsicher und stand auf.

«Soll ich Ihnen ein Taxi rufen?»

«Danke. Nicht nötig», sagte sie und dachte, daß sie sich überhaupt nichts mehr leisten konnte. Sie war bankrott, sie würde bald keine Wohnung mehr haben, und sie war ganz allein. Langsam ging sie in Richtung Charing Cross und fuhr von dort mit der U-Bahn zu ihrer Wohnung. Michael hatte ihren Wagen zurückgebracht und einen Zettel mit einer roten Rose hinter den Scheibenwischer gesteckt. «Schlüssel im Briefkasten. Danke. Bis bald.»

Ihre Wohnung war geschmackvoll eingerichtet, aber da sie kaum darin gewohnt hatte, wirkte sie unpersönlich und leer. Sie ließ sich auf das Sofa fallen und brach in Tränen aus. Laut weinend und schluchzend gab sie sich ihrem Kummer hin. Als das Telefon klingelte, nahm sie nicht ab. Sie holte sich ein Taschentuch, setzte sich wieder hin und schaltete den Anrufbeantworter ein. Eine weibliche Stimme mit amerikanischem Akzent sagte, sie möchte bitte Mr. Hayden Cotton anrufen, es sei dringend, und gab die Telefonnummer durch.

Während Harriet darauf wartete, mit Hayden Cotton verbunden zu werden, fragte sie sich, ob sie noch einmal eine Chance bekommen würde. Vielleicht war es noch nicht zu spät. Theo hatte gesagt, sie könnte ihre Firma vom Konkursverwalter zurückkaufen.

«Harriet Forrest?»

«Am Apparat.»

«Hayden Cotton. Haben Sie schon einen Geldgeber?»

«Nein, Mr. Cotton. Leider nicht. Ich habe heute Konkurs angemeldet.»

«Schade. Ich bedaure, daß wir keine Möglichkeit gefunden haben, mit Ihnen ins Geschäft zu kommen. Doch ich möchte Ihnen einen anderen Vorschlag machen.»

«Ja?» Konnte er hören, wie laut ihr Herz klopfte?

«Hätten Sie Lust, zu uns in die Staaten zu kommen und für mich zu arbeiten? Sehen Sie, ich starte eine neue Kollektion und möchte Sie als Chefdesignerin haben. Ich könnte Ihnen ein sehr gutes Angebot machen. Ich dachte an eine Viertelmillion für den Anfang, mit Gewinnbeteiligung natürlich. Vielleicht könnten Sie eines Tages sogar als Partnerin bei mir einsteigen. Was halten Sie davon?»

Harriets Gedanken überschlugen sich. Dieses Angebot war nicht das, was sie sich gewünscht hatte. Aber eine Viertelmillion Dollar war viel Geld. Sie würde Kleider entwerfen können, ohne sich den Kopf über Kosten, Löhne, Umsatz und Mehrwertsteuer zerbrechen zu müssen. Sie würde endlich Geld haben, das sie für sich ausgeben könnte, statt es immer wieder in die Firma stecken zu müssen. Sie hätte mehr Freizeit, müßte nicht nachts und an den Wochenenden arbeiten. Sie würde in New York wohnen und wäre weit weg von England, von ihrer Familie und von Theo. Und dann dachte sie wieder daran, wieviel Freude es ihr gemacht hatte, ein eigenes Geschäft zu haben, es nach eigenen Vorstellungen zu führen und zu sehen, wie es wuchs und gedieh. Ja, sie hatte Fehler gemacht, aber sie hatte daraus gelernt. Sie wollte es noch einmal versuchen. Für Hayden Cotton als Chefdesignerin zu arbeiten war vielleicht einfacher, aber was dabei herauskam, würde letztlich sein Erfolg sein und nicht der ihre.

«Ich fühle mich sehr geschmeichelt, Mr. Cotton», sagte sie, «aber ich glaube, ich könnte nicht für jemand anderen arbeiten. Ich bin es gewohnt, selbständig zu sein, und ich will es wieder werden. Trotzdem vielen Dank, daß Sie mich gefragt haben.»

«Wirklich schade», sagte er mit einem Seufzer. «Ich dachte, mein Angebot könnte Sie reizen. Aber Theo hat mir von vornherein gesagt, daß Sie nicht kommen werden.»

«Theo Buchan? Sie haben mit ihm darüber gesprochen?»

«Ich habe es erwähnt. Wir sind alte Geschäftsfreunde. Er meinte, es sei genau der richtige Job für Sie, aber ich würde nur meine Zeit verschwenden, wenn ich Sie fragte. Vermutlich kennt er Sie besser als ich. Hören Sie zu, Harriet. Überschlafen Sie die Sache, und dann kommen Sie vielleicht für einige Tag herüber, und wir besprechen alles noch einmal.»

«Ja, das ist eine gute Idee.»

«Sehr gut», sagte Hayden Cotton. «Rufen Sie mich morgen an. Ach, und übrigens – die Entscheidung, Ihr Geschäft nicht zu kaufen, habe ich unabhängig von Theos Ansichten getroffen. Das sollten Sie vielleicht wissen.»

Sie ließ sich ein Bad einlaufen und wachte eine Stunde später in der Wanne auf, als das Telefon erneut klingelte. Sie zog ihren Bademantel an, setzte sich neben den Heizkörper und betrachtete ihre verschrumpelten Hände. Es war ihr Vater.

«Liebling, kann ich dich besuchen?»

«Nicht heute abend. Ich bin schrecklich müde.» Sie wollte ihn nicht sehen, und er sollte es ruhig wissen. Vielleicht würde sie sich eines Tages damit abfinden, daß ihr Vater eine Affäre mit Susie hatte, aber darüber hinwegkommen würde sie nie.

«Deine Mutter hat mich verlassen.»

«Oh», sagte Harriet. Es klang sehr kühl, aber sie fühlte absolut nichts dabei.

«Du klingst nicht sehr überrascht.»

«Tut mir leid», sagte sie. «Wo ist sie jetzt?» Sie hoffte inständig, daß ihre Mutter nicht auf die Idee verfallen war, zu ihr zu kommen. Sie hatte genug – genug von ihnen allen.

«Bei einer Freundin», sagte James. «Und demnächst bei Cressida.»

«Habt ihr sie gefunden?»

«Sie hat aus Paris angerufen.»

«Und? Geht es ihr gut?»

«Ja und nein», sagte er.

«Kannst du mir das genauer erklären?»

«Nicht am Telefon. Es ist zu kompliziert. Ich muß einfach mit dir sprechen, Harriet.»

Er klang verzweifelt.

«Hör zu, Dad. Ich bin in der Wanne eingeschlafen. Gib mir fünf Minuten, dann rufe ich zurück.»

«Kann ich nicht bei dir vorbeikommen, Harriet?»

«Vielleicht», sagte sie, «aber ich brauche noch ein bißchen Zeit.»

Sie saß in der Küche, trank ihren Tee und starrte in den feinen Regen vor dem Fenster. Ihr Vater würde sich noch ein wenig gedulden müssen. Sie mußte sich erst darüber klarwerden, wie es mit ihr weitergehen sollte. Wenn sie das Angebot von Hayden Cotton annahm, würde sie dann eine dieser reichen New Yorker Frauen werden, die abends, nach einem langen Tag, allein in ihre leeren eleganten Wohnungen heimkehrten? Oder sollte sie in England bleiben, ihrem Instinkt folgen und in dem ganzen Durcheinander versuchen, wieder dahin zu gelangen, wo sie schon einmal gewesen war? Sie war neunundzwanzig Jahre alt, hatte eine Mutter, die sich nur um ihre andere Tochter kümmerte, einen Vater, der plötzlich jemand geworden war, dem sie aus dem Weg gehen wollte, und Freunde, die immer mehr ihre eigenen Wege gingen. «Nicht schon wieder, Harriet», sagte sie laut, als sie die Tränen aufsteigen fühlte.

Das Telefon schrillte. Oje, dachte sie mit einem Blick auf die Uhr. Sie hatte ihren Vater lange warten lassen.

«Harriet –»

«Entschuldige, Daddy», sagte sie. «Ich bin in ungefähr einer Stunde bei dir. Ich glaube, ich würde gern nach Hause kommen.»

«Wirklich?» Er klang sehr dankbar.

«Ja», sagte sie. Sie wollte nach Hause. Diese Wohnung war nie mehr als ein Schlafplatz gewesen; und ihr einziges wirkliches Zuhause, das Studio, gab es nicht mehr. Sie würde einige Tage bei ihrem Vater verbringen und sich in Ruhe ihre nächsten Schritte überlegen.

Vorher wollte sie nur noch Janine anrufen, die auf dem Anrufbeantworter eine Einladung zum Abendessen hinterlassen hatte. Sie mußte ihr sagen, daß sie nicht kommen konnte.

Merlin meldete sich am Telefon. Janine sei noch beim Einkaufen, sagte er. «Natürlich, ich werde ihr sagen, daß du nach Wedbourne fährst. Dein Vater klang wirklich sehr deprimiert. Er hat hier angerufen, weil er Theo sprechen wollte.»

«Theo?» sagte Harriet. «Was wollte Theo bei euch?»

«Er hat Janine heute nachmittag besucht. Ich weiß nicht genau, warum. Jetzt ist er jedenfalls weg – anscheinend, um Sasha zu treffen.»

«Sasha? Theo wollte sich mit Sasha treffen? Merlin, bist du sicher?»

«Ja doch. Er wollte Rosen kaufen, sagte er. Ich hatte welche für Janine mitgebracht, weißt du, und –»

«Ja, ich verstehe schon, Merlin», sagte Harriet sehr ruhig. «Bestell Janine liebe Grüße von mir. Wiedersehen, Merlin.»

Sie legte auf, nahm ihre Autoschlüssel und ihre Tasche und ging aus dem Haus.

Wie betäubt fuhr sie durch die Cromwell Road stadtauswärts.

Sie konnte es immer noch nicht fassen. Plötzlich durchfuhr sie ein solcher Schmerz, daß sie beinahe die Kontrolle über den Wagen verloren hätte. Theo war wieder bei Sasha. Er kaufte Rosen für Sasha – zwei Stunden, nachdem er ihr gesagt hatte, er liebe sie noch immer, er habe sie immer geliebt und Sasha nur geheiratet, weil er sie, Harriet, nicht bekommen konnte.

KAPITEL 34

Theo – halb sieben Uhr abends

Theo saß an seinem Schreibtisch und blickte auf die Überreste seiner Ehe mit Sasha, die ihm ihr Anwalt, Mr. Hennessy, ausgehändigt hatte: ein Verlobungsring, die Schlüssel für das Haus in London sowie für den Daimler und den Range Rover.

Dann vereinbarte er ein Abendessen mit Michael und rief in Harriets Wohnung an. Keine Antwort. Er rief in ihrem Studio an. Nichts. Er versuchte es bei Rufus, Tilly, den Draytons – ohne Erfolg. Dann rief er bei Janine an. Merlin meldete sich.

«Harriet? Oh, ungefähr vor einer halben Stunde. Sie wollte nach Wedbourne fahren. Ich habe ihr gesagt, daß du hier warst und dich anschließend mit Sasha treffen wolltest.»

«Merlin, was redest du da? Ich habe mich nicht mit Sasha getroffen.»

«Aber das hast du gesagt, mein Junge. Ich habe es gehört. Du hast gesagt, du würdest ihr ein paar Rosen bringen.»

«Nein, Merlin, ich habe gesagt, ich würde zu Sashas Anwalt gehen. Du mußt dich verhört haben. Das mit den Rosen war ein Scherz. Sasha und ich lassen uns scheiden.»

«Was, schon? Wie schade. Ich fand Sasha sehr nett. Das tut mir leid, daß ich etwas Falsches gesagt habe.»

«O Merlin», sagte Theo verzweifelt. «Du weißt gar nicht, was du da angerichtet hast.»

Theo rannte aus seinem Büro, warf sich in den Bentley und reihte sich in den dichten Verkehr. Eine Stunde später war er noch nicht einmal auf der Autobahn. Lieber Gott, dachte er, in welcher Verfassung muß sie sein. Er rief James an. «Ist Harriet bei dir?»

«Nein, noch nicht. Ich mache mir allmählich Sorgen. Das Wetter ist scheußlich. Sie müßte schon seit zwei Stunden hier sein.»

«Kannst du sie nicht über ihr Funktelefon erreichen?»

«Sie scheint es nicht bei sich zu haben.»

Nach der Ausfahrt Beaconsfield ließ der Verkehr etwas nach, so daß Theo schneller vorankam. Er versuchte sich zu beruhigen, indem er sich sagte, daß es noch nicht dunkel war, daß Harriet eine sichere Autofahrerin war und daß sie nicht zu Hysterie neigte. Wahrscheinlich hatte sie irgendwo angehalten, um Kaffee zu trinken und einen ihrer geliebten Hamburger zu essen. Vielleicht war ihr das Benzin ausgegangen. Sie achtete nie auf die Tankuhr. Warum nur hatte sie beim Mittagessen nicht auf ihn gehört? Dann wäre sie jetzt bei ihm und in Sicherheit gewesen.

Hinter der nächsten Kurve stieß er auf einen Stau, den ein Unfall eine halbe Meile voraus verursacht hatte. Wie es aussah, waren mehrere Autos und ein Lastwagen zusammengeprallt. Polizeischeinwerfer blinkten. Zwei Krankenwagen waren bereits zur Stelle. Der Verkehr war völlig zum Stillstand gekommen. Theo blieb ungefähr dreißig Sekunden im Wagen sitzen. Dann stieg er aus, ließ den Bentley mitten auf der Fahrbahn stehen und rannte zur Unfallstelle. Keuchend näherte er sich den ineinander verkeilten Fahrzeugen. Einer der Krankenwagen fuhr eben ab. Ein Polizist hielt ihn auf.

«Nein, Sir, Sie können hier nicht durch. Die Unfallstelle ist gesperrt. Sieht nicht gut aus.»

«Das sehe ich», sagte Theo. Drei Autos waren bis zur Unkenntlichkeit zusammengedrückt. Eines war ein Peugeot, ein schwarzer Peugeot 205, Harriets Wagen.

«Sir, Sie können hier nicht durch», wiederholte der Polizist, aber Theo ging einfach weiter.

«Ich glaube», sagte Theo mühsam, «das ist das Auto meiner Freundin.»

Ein Polizeiwagen brachte ihn zum Krankenhaus. Er stand vor dem Wartezimmer der Unfallstation, während der junge Sergeant sich am Schalter erkundigte. Der Polizist warf Theo einen Blick über die Schulter zu und folgte dann einer Schwester ins Untergeschoß. Sie ist tot, dachte Theo. Harriet war tot, gestorben in dem Glauben, daß er ein verdammter Lügner war, der, wie sie immer wieder gesagt hatte, nicht wüßte, was Liebe bedeutet. Seine leidenschaftliche und tapfere Harriet war in einem Haufen von Blech zerquetscht worden. Theo wurde plötzlich schrecklich übel. Er rannte nach draußen und übergab sich. Dann kam er langsam in den Warteraum zurück, setzte sich und vergrub das Gesicht in beiden Händen.

«Mr. Buchan?» Ein junger Arzt in weißem Kittel sah ihn fragend an.

«Ja?»

«Mr. Buchan, bitte folgen Sie mir.»

Er würde sie also identifizieren müssen. Wie schlimm würde sie entstellt sein? Würde er den Anblick ertragen? Er stand auf und taumelte.

«Sind Sie in Ordnung, Mr. Buchan? Hat Ihnen niemand eine Tasse Tee angeboten?»

«Ja, aber –»

«So etwas ist furchtbar, ich weiß», sagte der Arzt. «Niemand ist darauf vorbereitet. Es tut mir sehr leid. Also, ich denke, Sie sollten sich auf einen kleinen Schock gefaßt machen, aber –»

Theo hörte nicht zu. Er stand vor der durch einen Vorhang abgetrennten Kabine. Er hob die Hand, um den Vorhang beiseite zu schieben – und ließ sie wieder sinken. «Tut mir leid, Doktor», murmelte er. «Ich glaube, ich kann es nicht.»

«Ich mach das schon», sagte der Arzt.

Theo wandte sich ab. Als er hörte, wie der Vorhang zurückgezogen wurde, wußte er, daß er sich umdrehen mußte, daß er sie ansehen mußte oder das, was noch von ihr übrig war – und er brachte es noch immer nicht über sich.

«Einen Augenblick, bitte», murmelte er. «Tut mir leid, Doktor.»

«Theo!» Es war Harriets Stimme, schwach, ein wenig undeutlich, aber unmißverständlich Harriets Stimme. «Theo, was tust du denn hier?»

Epilog

Am nächsten Morgen brachte er sie nach Wedbourne. Ein Polizist hatte den Bentley zum Krankenhaus gefahren und Theo vorwurfsvoll erklärt, er könne froh sein, nicht noch einen weiteren Unfall verursacht zu haben, weil er den Wagen mitten auf der Schnellspur stehen gelassen hatte.

James folgte ihnen in seinem Wagen. Er war auf Theos Anruf hin ins Krankenhaus gekommen, und sie hatten beide bei Harriet gewacht, während sie schlief. Die Nachtschwester sah stündlich nach Harriet. Alle sagten, es sei ein Wunder, daß sie den Unfall überlebt hatte. Zwei Menschen waren dabei gestorben, drei schwer verletzt worden, und sie hatte nur einen doppelten Knöchelbruch, einen gebrochenen Arm, etliche Schürfungen und Prellungen im Gesicht und eine verhältnismäßig leichte Gehirnerschütterung.

Die Polizei hatte festgestellt, daß sie den Unfall nicht verschuldet hatte. Mehrere Zeugen hatten gesehen, wie der Lastwagen, der viel zu schnell gefahren war, von der mittleren Fahrspur abgekommen, ins Schleudern geraten und frontal auf den ersten Wagen und dann gegen Harriets Wagen geprallt war. Sie war gegen die Leitplanke geschleudert worden, und der Wagen hinter ihr hatte die linke Heckseite des Peugeots gerammt. Ihre Rettung verdankte sie der Tatsache, daß sie angeschnallt war und daß die Bremsen ihres Wagens versagt hatten, denn sonst wäre er mehr in der Mitte getroffen worden.

Theo und James richteten ihr ein Bett im Wohnzimmer her, weil sie keine Treppen steigen konnte. In den ersten Tagen litt sie unter Kopfschmerzen und schlief die meiste Zeit; doch dann wurde sie munterer, wollte in den Garten hinaus, verlangte ein Telefon, Limonade und scharfgewürztes Essen.

Da sie mit dem gebrochenen Arm keine Krücken benützen konnte, besorgte ihr James einen Rollstuhl, in dem sie umhergefahren werden konnte.

Theo wich nicht von ihrer Seite. Er pflegte und umsorgte sie und las ihr jeden Wunsch von den Augen ab. Harriet war nahe daran, sich einzugestehen, daß sie ihn liebte.

Einmal wachte sie durstig und von Schmerzen gequält in der Nacht auf. Sie tastete nach dem Glas, das neben ihrem Bett stand, und stieß es um. Während sie noch überlegte, ob sie wirklich die kleine Glocke benützen sollte, die Theo ihr für den Notfall hingestellt hatte, war er schon da. Theo sah sie mit verschlafenem Gesicht besorgt an, während er in seinen Morgenmantel schlüpfte. «Was ist los, Harriet?» fragte er. «Hast du Schmerzen? Soll ich dir etwas holen?» Sie war so beeindruckt von seiner Aufmerksamkeit und seinem Einfühlungsvermögen, daß sie unfähig war, etwas zu sagen. Sie lächelte nur und griff nach seiner Hand.

«Ich scheine Fortschritte zu machen», sagte er lächelnd und ging, um etwas Wasser und ihre Schmerztabletten zu holen. Dann schüttelte er ihr Kissen auf und setzte sich neben sie, bis es ihr besser ging.

«Du bist wundervoll», sagte sie, bevor sie einschlief. «Vielen Dank, lieber Theo.»

Den größten Teil seiner Geschäfte erledigte Theo in dieser Zeit von Wedbourne aus. Seine Sekretärin und Mark Protheroe zogen für mehrere Tage ins Royal Hotel.

In der langen Nacht im Hotel hatte er James von seinem Verhältnis zu Harriet erzählt. Er hatte ihm erklärt, daß er sie liebe und heiraten wolle. James hatte die Neuigkeit erstaunlich ruhig aufgenommen.

«Ich kann mir nicht vorstellen, was sie an dir findet. Es sollte deine letzte Hochzeit sein, Theo, oder ich schwöre dir, ich bringe dich um. Aber wenn es das ist, was sie will –»

«Sie will es. Sie weiß es nur noch nicht», sagte Theo.

Auf Harriets Drängen hin wurde ihr Unfall Maggie gegenüber heruntergespielt. «Ich weiß, sie würde nach Hause kommen und sich um mich kümmern wollen. Aber das wäre für uns alle etwas schwierig.» Theo rief Maggie an und sagte ihr, Harriet habe einen kleinen Auffahrunfall gehabt, sich den Arm verletzt und sich ein paar Tage freigenommen, um sich zu erholen. Maggie fühle sich ausgezeichnet, berichtete er, und sei eifrig auf Wohnungssuche. Cressida schien es ebenfalls gutzugehen; sie habe an Oliver geschrieben, um ihm alles zu erklären. Oliver würde sicher verstehen, daß es so am besten sei.

Eine Woche nach der geplatzten Hochzeit erhielt James einen Brief von Cressida, in dem sie ihn um Verzeihung bat. «Wir wollen heiraten, sobald Gérard aus dem Krankenhaus kommt. Ich wünschte, du würdest ihn kennenlernen, aber vermutlich möchtest du das lieber nicht. Er ist sehr krank und wird voraussichtlich nicht mehr lange zu leben haben. Wir hoffen, daß er wenigstens noch die Geburt seines Kindes erlebt.»

James war ziemlich erschüttert, als er den Brief gelesen hatte. Er machte einen langen Spaziergang, von dem er abgespannt und grau im Gesicht zurückkehrte.

«Möchtest du darüber reden?» fragte Harriet.

«Nein, nicht jetzt», sagte er.

Er verbrachte den Rest des Tages in seinem Arbeitszimmer und kam nur zum Abendessen herunter, bei dem er kaum ein Wort sprach.

«Es ist die ideale Rolle für Cressida», sagte Harriet später zu Theo. «Romantisch, tragisch, geheimnisumwittert – sie muß sehr glücklich sein.»

«Du klingst verbittert», sagte Theo.

«Wenn ich an Cressida denke, kann ich nur verbittert sein», sagte sie.

Harriet dachte auch viel über die Beziehung zwischen ihrem Vater und Susie nach. Eines Abends, als Theo in London war, kam er selbst darauf zu sprechen. Sie sträubte sich erst gegen ein solches Gespräch. Doch seine zögernd vorgebrachten Erklärungen lockerten ihre ablehnende Haltung ein wenig.

«Es ist nicht zu entschuldigen, ich weiß», sagte James. «Ich habe alle belogen und betrogen, und jetzt bekomme ich den Lohn dafür. Ich habe beide Frauen in meinem Leben verloren und werde jetzt sehr einsam sein.»

Dann kamen Tilly und Rufus zu Besuch. Tilly trug einen großen, mit Diamanten besetzten Verlobungsring. Sie sagte, sie würde keine unanständigen Wörter mehr gebrauchen und demnächst auch nicht mehr rauchen, aber beides gleichzeitig aufzugeben sei einfach zuviel verlangt.

«Und was gibst du auf, Rufus?» fragte Theo.

«Da fällt mir auf Anhieb nichts ein», sagte er. «Aber ich habe Tilly versprochen, ich würde ihr, was das Kinderkriegen anbelangt, noch etwas Zeit lassen.»

«Kinder? Tilly, was für ein Sinneswandel!» sagte Harriet lachend.

«Ja, ich weiß, ich weiß. Ich bin gespannt, was wir beide zustande bringen werden.»

«Das bin ich auch», sagte Rufus. Er strich sein helles Haar zurück und lächelte sie aus seinen dunklen Augen an.

Susie hatte sich inzwischen erholt und zu einer Operation entschlossen, nachdem ein weiterer gutartiger Knoten festgestellt worden war.

«Danach gehe ich zu einem plastischen Chirurgen», sagte sie zu Alistair. «Aber vielleicht sollte ich nicht so eitel sein. Wenn es dich nicht stört, werde ich auch damit leben können.»

Michael kam mit einer teuren Flasche Champagner, einem

Dutzend Rosen und einem Stapel Prospekte von Studios und Büroräumen, in denen Harriet ihr nächstes Geschäft aufziehen könnte. «Wir würden Ihnen besondere Bedingungen einräumen, gnädige Frau, und sogar auf die übliche Mietvorauszahlung verzichten.»

Er sah ein wenig verändert aus, dachte Harriet. – Er war selbstbewußter geworden und mit seinem Vater schien er sich auch versöhnt zu haben.

«Michael, wie lieb von dir», sagte Harriet, während sie in den Prospekten blätterte und sehnsüchtig bei einem Studio in Bloomsbury verweilte. «Aber noch habe ich Schulden und kann unmöglich kostspielige Geschäftsräume mieten. Wenn ich je wieder anfangen sollte, so muß ich es hier vom Küchentisch aus tun, denn ich werde sogar meine Londoner Wohnung verkaufen müssen.»

«Das ist doch lächerlich. Es gibt bestimmt einige Leute, die dir ein Darlehen geben würden. Dad zum Beispiel –»

«Michael, nein», sagte Harriet. «Dein Dad wäre der letzte, von dem ich Geld annehmen würde.»

«Warum denn?»

«Nun, weil ich einfach nicht will.»

«Du bist verrückt», sagte Michael. «Er würde es liebend gern tun. Du weißt doch, wie sehr er dich mag.»

«Ja», sagte Harriet. «Das weiß ich.»

Auch Janine und Merlin schauten vorbei. Ihre Hochzeit sollte Ende August stattfinden, und anschließend wollten sie eine Reise durch China machen. Merlin war anfänglich sehr bedrückt, weil er glaubte, er sei an Harriets Unfall schuld, und konnte nur schwer beruhigt werden.

James, Theo und Harriet sprachen immer wieder über Cressida. Sie gingen alle Einzelheiten durch und überlegten, welche Geschichte glaubhaft und welche Erklärung am ehesten wahrscheinlich sein könnte.

«Zweifellos ist sie in diesen Mann verliebt», sagte Theo. «Und er ist krank –»

«Er sieht nicht krank aus», sagte Harriet bissig. «Nicht auf dem Foto.»

«Harriet, du urteilst zu hart», sagte James. «Ein Foto kann täuschen. Er ist im Krankenhaus –»

«Woher weißt du das?» fragte Harriet. «Weil Cressida es gesagt hat? Sie hat voriges Jahr zu Oliver gesagt, sie sei schwanger, und sie war es nicht. Sie hat auch gesagt, sie würde Oliver lieben und ihn heiraten. Du liebe Zeit, seid ihr denn alle verhext von ihr?» fragte sie zornig und versuchte, sich auf ihren Krücken aus dem Stuhl hochzustemmen und aus dem Zimmer zu gehen.

«Harriet», sagte Theo und drängte sie sanft in den Stuhl zurück. «Sei nicht so unversöhnlich. Das hilft doch nichts.»

«Ich kann nichts dafür, daß ich so bin», sagte sie. «Und ich kann nicht verstehen, wie du ihr verzeihen kannst, Daddy. Selbst wenn wir ihre romantische Geschichte glauben, bleibt immer noch, was sie dir und Mutter angetan hat. Sie hätte sich euch anvertrauen können.»

«Ja, natürlich», sagte James niedergeschlagen. «Es ist so merkwürdig. Ich habe das Gefühl, als würde ich sie gar nicht mehr kennen. Da können wir hin und her überlegen, soviel wir wollen – wir werden nie verstehen, warum sie dies alles getan hat. Aber ich bin der gleichen Ansicht wie Mrs. Bradman, daß Cressida eine klassische Persönlichkeitsstörung aufweist. Dieses nahezu zwanghafte Lügen, die komplexen Täuschungsmanöver, ihre ständigen Gesundheitsprobleme, ihre Unfähigkeit, mit Geld umzugehen – das alles ist typisch.»

«Ich habe auch bewiesen, daß ich nicht mit Geld umgehen kann», sagte Harriet, «aber niemand unterstellt mir eine Persönlichkeitsstörung. Oder etwa doch?» Sie sah Theo herausfordernd an.

«Harriet, sei nicht albern», sagte James. «Du hast ein paar falsche geschäftliche Entscheidungen getroffen. Das ist etwas vollkommen anderes.»

«Dann kann ich ja beruhigt sein», sagte sie sarkastisch.

«Aber die Tatsache, daß sie ohne uns etwas zu sagen ihre Wohnung verkauft hat, beweist doch, daß sie eine drastische Veränderung geplant hat.»

«Sie hätte ihre Wohnung so oder so verkaufen müssen», sagte Theo. «Wozu hätte sie sie gebraucht, wenn sie in New York gelebt hätte?»

«Ihr seid ja wie besessen von ihr», sagte Harriet, und wieder stiegen ihr die Tränen in die Augen. «Wir sitzen hier und denken uns Entschuldigungen für sie aus, für die arme Cressida, mit der etwas nicht gestimmt haben muß ... und dabei war sie nichts anderes als ein verwöhntes, egoistisches Luder, das ihr alle bewundert habt.»

Theo starrte düster in sein Glas. «Ich denke», sagte er, «die ganze Wahrheit wird keiner von uns jemals erfahren. Nur Cressida kennt sie. Und sie wird sie uns nicht verraten.»

Als sich Theo eines Abends zu Harriet setzte, sagte er: «Hör zu, es gibt viel zu besprechen. Ich verstehe dich nicht, Harriet. Ich liebe dich, und ich weiß, daß du mich liebst –»

«Theo, es ist nicht so wie früher. Es ist vorbei. Es war eine schöne Zeit, aber eine Sache auf Dauer ist es nie gewesen.»

«Woher weißt du das?»

«Unser Leben ist zu verschieden. Du würdest versuchen, mich zu beherrschen und schließlich völlig in Besitz nehmen. Und das will ich nicht.»

«Harriet, ich schwöre dir, ich werde es nicht einmal versuchen. Ich werde dich nicht drängen, mich zu heiraten, und ich werde dir kein Geld mehr anbieten. Ich will dich nur lieben können – das ist alles, worum ich dich bitte.»

«Theo, du weißt genau, daß ich nach New York gehen werde.»

«Großer Gott», sagte er. «Das hatte ich ganz vergessen. Ich dachte, du hättest die Idee aufgegeben.»

«Nun, da hast du dich geirrt, und zwar von vornherein. Du hast doch Hayden Cotton gesagt, ich würde niemals nach New York gehen.»

«O ja», sagte er. «Es war keine schlechte Idee damals – und sie hat funktioniert, nicht wahr?»

«Wie meinst du das?»

«Ich habe ihm gesagt, er soll dir sagen, daß ich der Meinung sei, du würdest nie zu ihm kommen, weil ich wußte, daß dies die einzige Möglichkeit ist, dich dazu zu bewegen, es doch zu tun. Und ich hatte recht.»

«Was!?» sagte Harriet. «Du wagst es, so mit meinem Leben zu spielen?» Sie war so wütend, daß sie ihn am liebsten umgebracht hätte. «Ich bin nicht eine deiner Firmen oder Projekte», sagte sie mit zornbebender Stimme, «mit denen du beliebig jonglieren kannst. Du hast einen großen Fehler gemacht, Theo. Du hättest mir das nicht sagen dürfen. Nichts hätte besser beweisen können, daß wir nie –»

Er sah sie an. Sie war tatsächlich den Tränen nahe.

«Harriet, ich –»

«Theo, um Himmels willen, laß mich. Geh und laß mich in Frieden!» schrie sie. «Hast du verstanden? Verschwinde, geh nach London, nach New York, wohin du willst – aber bitte, hör endlich auf! Ich kann es nicht mehr hören!»

«Na gut», sagte er ruhig. «Ich werde gehen. Du hast gewonnen, Harriet. Es ist vorbei.»

Als sie ihm nachschaute, während er das Zimmer verließ, mußte sie sich den Mund zuhalten, um ihn nicht zurückzurufen – um nicht zu sagen, daß sie unrecht hatte und daß sie ihn liebte.

Eine Stunde später hatte Theo seine Sachen gepackt und im Bentley verstaut. Er ging, ohne sich von ihr zu verabschieden. Das Haus wirkte ohne ihn wie ausgestorben.

Harriet ging an diesem Abend früh zu Bett, aber sie schlief schlecht. Am Morgen fühlte sie sich elend. Ihr Vater half ihr die Treppe hinunter. Dann saß sie am Frühstückstisch, trank eine Tasse Kaffee nach der anderen und starrte mürrisch aus dem Fenster. Es war ein schöner Morgen – wie an Cressidas Hochzeitstag –, ein wenig dunstig, aber schon sonnig. Doch der Sommer war beinahe vorbei. Die Rosen welkten, der Rasen wirkte vertrocknet. Nur ein paar Wochen waren seit jenem Morgen vergangen, aber Harriet schien ein ganzes Leben dazwischen zu liegen – und trotzdem saß sie immer noch hier, zornig, unglücklich und einsam. Plötzlich sehnte sie sich so nach Theo, daß sie laut stöhnte.

James blickte von seiner Zeitung auf. «Tut der Knöchel weh?»

«Nein.»

«Hast du Kopfschmerzen?»

«Nein. Es ist nur mein Herz.»

«Ach so», sagte er und las weiter.

«Du liebst ihn, nicht wahr?» fragte er nach einer Weile.

«Ja», sagte sie. «Ich fürchte, ich liebe ihn sogar sehr. Aber ich –»

«Aber was?»

«Es ist zu spät.»

«Es ist nie zu spät», sagte James.

«Diesmal schon. Und ich weiß, es ist besser so. Wirklich. Wir würden nie ein gemeinsames Leben führen können. Wir würden uns gegenseitig zerfleischen. Weißt du, Daddy, er versteht mich nicht. Er hat nie etwas getan, nicht ein einziges Mal, das bewiesen hätte, daß er mich richtig versteht. Er hat nicht begriffen, was ich will. Er denkt, er wüßte es, aber es stimmt nicht.»

«Es ist nicht leicht, jemanden richtig zu verstehen», sagte James.

Sie schwiegen, und dann sagte sie: «Ich würde gern zur Brücke gehen. Dort unten geht es mir meistens bald wieder besser. Ich bin nicht mehr dort gewesen, seit Cressidas Hochzeitstag. Würdest du mich begleiten?»

«Ja, natürlich.»

Es war sehr still an der Brücke. Der Bach führte nach dem trockenen Sommer nur wenig Wasser, und die dicht wuchernden Wasserpflanzen dämpften das Rauschen des kleinen Wasserfalls. Aber es war kühl und angenehm. Sie setzten sich auf die Steinbank, warfen Stöckchen ins Wasser und lächelten über ein Teichhuhn, das versuchte, auf den Wasserpflanzen zu gehen. «Dummer Vogel», sagte Harriet, «du solltest es wirklich besser wissen.»

«Dasselbe könnte ich zu dir sagen», sagte Theo.

Sie drehte sich um. Er stand auf der anderen Seite der Brücke und sah merkwürdig unförmig aus, als hätte er etwas unter sein Jackett gestopft.

«Theo, was willst du denn hier?» fragte Harriet.

«Ich bin nur gekommen, um mich zu verabschieden. Ich denke, das sind wir einander schuldig.»

«Oh», sagte Harriet unsicher. «Ja, natürlich.»

«Darf ich hinüberkommen und dir einen Kuß geben?» fragte er mit ernstem Gesicht.

«Ja, bitte. Tu das.» Sie lächelte.

Langsam kam er über die Brücke und blieb vor ihr stehen. Sie blickte zu ihm auf und dachte, daß sie ihn heute vielleicht zum letzten Mal sah.

«Ich habe etwas für dich», sagte er schließlich. «Ein Abschiedsgeschenk.» Und dann begann er etwas umständlich seine Jacke aufzuknöpfen.

«Du hast immer gesagt, ich würde dich nicht verstehen und würde nicht wissen, was du wirklich willst. Vielleicht ändert dieses kleine Präsent deine Meinung. Herrje, ich wünschte, du würdest mir mit dem verflixten Ding helfen.»

Harriet saß wortlos da und starrte auf das Bündel unter seinem Jackett, das sich zu bewegen schien, bis aus dem dunklen Futterstoff eine schwarze glänzende Nase, dann ein goldgelbes, zerknittertes Gesicht und zwei dicke runde Pfoten auftauchten.

«So, da wären wir», sagte Theo. «Mit den besten Wünschen von mir. Sein Name ist Biggy.»